謹訳 源氏物語 八

改訂新修

林望

目次

装訂　太田徹也

匂《におう》兵《ひょう》部《ぶ》卿《きょう》

源氏没後六、七年から十二、十三年　薫十四歳から二十歳

光源氏没後、その子孫たちのありさま

光源氏が世を去って後、その光り輝くような風姿や声望を受け継ぐべき人は、数多い子孫のなかにも、ついに見出《い》だし難いのであった。退位された冷泉院《れいぜいいん》の帝《みかど》について、ここでなにかと申し上げるのは、恐れ多きことゆえ言わぬ。

今上陛下の三の宮、すなわちあの明石中宮腹《あかしのちゅうぐうばら》の若宮は紫上のもとで育てられたが、同じく六条院で成長した女三の宮腹の若君とともに、二人ともとりどりに汚れなく美しいという評判を取っている。

いや、たしかにこの二人は、その風采容貌《ふうさいようぼう》、並々ならぬものではあったが、それでも、かつての光る君のように、見るも眩《まぶ》しいというほどの美しさでもないというのが本当のところであろう。もちろん世間一般の人ということで申すならば、それはもう賛嘆すべき気品と清々《すがすが》しい美しさに溢《あふ》れて、たしかに素晴らしい若君たちには違いないところへ、あの天下に鳴り響いた源氏の子孫とあって、世の人々が実際以上に評価しもてなしたというと

ころがあり、若き日の源氏の声望や佇《たたず》まいよりも、いくらか勝っているなどという噂《うわさ》すら聞こえてくる。ひとつには、そんなことで、おそらくは世にゆるぎもなく立派な若君たちと思われていたのであった。

さて、この三の宮は、紫上がとりわけ心を込めて大事に育てたことゆえ、その縁《ゆかり》の二条院にいる日も多い。

兄宮の東宮のことは、尊貴《そんき》の身として大切にされることは当然ゆえひとまず措《お》くと、帝も明石中宮も、この三の宮のことを、格別にかわいくお思いになって、大切に大切に扱われる君ゆえ、紫上没後は内裏に引き取って住まわせていたが、三の宮自身は、やはりなにかと気の置けない二条の邸《やしき》のほうに住むことを快く感じるのであった。

この三の宮は、元服の後、兵部卿《ひょうぶきょう》と呼ぶ。

明石中宮腹の女一の宮も紫上が引き取って育てたが、六条院の東南《たつみ》の町の東の対《たい》を、紫上在世時分のしつらいを改めることなく、そのまま住まいとして、朝に夕に紫上を恋しく思っては面影を偲《しの》んでいる。

同じく明石中宮腹の二の宮もまた、六条院東南《たつみ》の町の寝殿を折々の休息所としてはいたが、宮中では梅壺《うめつぼ》を住居《すまい》として、今は右大臣に昇進した夕霧の中《なか》の姫君を北の方としていた。

この二の宮は、次代の東宮候補として、たいそう評判も重々しく、また生真面目な人柄でもあった。

夕霧の右大臣には、ずいぶん多くの姫君がある。

その長女に当たる姫は、入内《じゅだい》して東宮妃となり、ほかに寵《ちょう》を争うような人もない様子で悠々と過ごしている。されば、以下の妹君たちも、その順序に従って宮々に縁付くという約束なのであろうと、世の中の人も思っている。また明石中宮自身もそのように言っているのだが、実際には、この三の宮すなわち兵部卿の宮のほうは、そんなつもりはさらさらなく、自分の心から発したのではない仲らいなどは、まるでつまらぬと思っているような様子に見える。

父大臣《おとど》も、〈なんの、どうしてさように形式ばって、きちんきちんと縁付ける必要などあろうか〉と思って落ち着きはらってはいたけれど、といって、もし帝から、そのようにせよとのご内意でもあれば、その時は、無下《むげ》に知らん顔というわけにもいくまいというような風情《ふぜい》で、数多い姫君たちを、それはそれは大切に世話している。

さるなかに、六の君という姫君は、藤典 侍腹《とうないしのすけ》の出生であったが、たいそうな美形で、多少なりとも〈我こそは〉と思い上がっている親王《しんのう》たちや上達部《かんだちめ》が、こもごもに思いを寄せては心を悩ませる種となっている。

六条の院の女君がたのその後のありさま

六条院に、そして二条院に、とりどり集《つど》うていた女君がたは、源氏の没後、それぞれの終《つい》の住《す》み処《か》へと泣く泣く引き移っていった。

そのなかに、あの花散里《はなちるさと》と呼ばれた人は、二条の東院を遺産分けとして相続して、そちらに移っていたのであった。

入道の宮（女三の宮）は、父朱雀《すざく》院から伝領した三条の宮に住んでいる。

今上帝の后《きさき》明石中宮は、もっぱら内裏を住まいとしている。

……と、こういうようなわけで、さしも栄華を誇った六条院も、今は見る影もなく寂しくなり、人気《ひとけ》もすっかり少なくなってしまった。

夕霧の右大臣は、

「他人《ひと》の身の上のこととして、昔の前例などを見聞きするにも、その人が生きている間に、丹精《たんせい》込めて造立《ぞうりゅう》した家居《いえい》が、死後に名残《なごり》もなくうち捨てられてしまう……それが世のならいとは言いながら、まことに無常なことと見える……そういうのはたいそう悲しくて、現世《うつしよ》の儚《はかな》さが、つくづくと痛感される。されば、私がこの世に生きている間だけでも、この六条の院を荒らすことなく、近辺の大路などに人影が絶えたりせぬようにせねばな……」

とそのように考えては、人にも言い聞かせ、東北《うしとら》の町に、あの一条の落葉の宮を移り住まわせ、三条の本宅の雲居《くもい》の雁《かり》と、この落葉の宮と、毎月を十五日ずつに分けて、いかにも実直男《まめびと》らしくきちんきちんと平等に通ったことであった。

亡き源氏と紫上を恋い慕う人々

されば、二条の院とて立派に御殿を造り、せっせと磨きたてたというのも、また、六条の院の春の御殿《おとど》とて世間を騒がせて玉の台《うてな》のような豪邸を営んだというのも、畢竟《ひつきよう》するに、明石の御方ただ一人の子や孫たちのためであったかのように見えて、御方は、数多い宮たちのお世話をしつつ、なにかと力を尽くしている。

右大臣は、どの女君のことも、昔源氏が生前に言い残した心づもりのままに、いっさいを変改《へんがい》することなく、あたかも親になったような心がけで、平等に世話をしているのだが、それにつけても、〈それにしても、あの対の上（紫上）が、この女君がたのように現世に生き長らえておいでであったとしたら、どれほど心を尽くしてお世話をしてさしあげたかったことか……。しかし、とうとう私の別《べつ》しての好意のほどを、多少なりとも分かっていただけるような機会もないまま、こうして亡くなってしまわれた……〉と、口惜《くちお》しく、またいかにも飽き足らず悲しいことと思い出している。

満天下の人々挙《こぞ》って、あの源氏を恋しがらぬ人とてなく、あれにつけこれにつけ、世の中はまるで火が消えたように、何をしても張り合いのない思いを嘆かぬ折はなかったことであった。

ましてや六条院や二条院に仕える人々、女君がた、また女宮たちも、寂しく張り合いのないことは、いまさら申すまでもない。嘆いても嘆いてもきりのない源氏のことはもちろんながら、またあの紫上の生前の面影が皆人《みなひと》の心を占有して、諸事につけて四六時中思い出さぬ時とてもなかった。

春の花盛りは、思えばほんのひととき、その長からぬゆえにこそ、いっそう心に沁《し》みて感興を催すものなのではなかったか……。

女三の宮腹の若君（薫）への冷泉院の愛護

二品《にほん》の宮（女三の宮）腹の若君は、生前の源氏が行く末を案じてよくよくお願いをしておいたとおり、冷泉院の帝が、とりわけて大切に思ってお目をかけてくださった。お妃《きさき》の秋好む中宮も、ご自身には皇子《みこ》たちがおられなかったこともあって、なにかと行く末を心細くお思いになるにつけて、いまこの若君を将来の心強い後ろ楯として心底《しんそこ》頼りに思っているのであった。

そこで、この君の元服なども、冷泉院において執り行なわせる。

歳は十四。二月《きさらぎ》に、まず侍従《じじゅう》に任官。

引き続き、秋には、右近の中将になって、上皇からの特別の加階《かかい》として、従四位の下《じゅしいげ》から、従四位の上《じょうい》に位階一等《かいいっとう》の昇格を賜《たまわ》るなどということまでなさって、いったい何を案じられてのことであろうか、いよいよ一人前の大人に仕立てなさる。

そうして、上皇ご自身お住まいの御殿に近い対《たい》の屋を、この中将の曹司《ぞうし》としてしつらえさせるについても、院みずから親しく指図《さしず》されて、若い女房、女の童《めわらわ》、はては下仕《しもづか》えの者に至るまで取り分け容貌人柄の優れた者を選ばれる。それはもう、皇女がたをお世話するときの格式にも勝って、まばゆいまでに調《ととの》えさせなさったのである。

院においても、中宮においても、お仕えしている女房どものなかで、容貌の美しい、また貴《あて》やかで見苦しからぬ者は、挙《こぞ》ってこの中将の曹司に異動させる。……と、こんなふうに心を尽くされたというのも、煎《せん》じ詰めれば、この冷泉院の御殿を中将が気に入ってくれて、住みよい所と思ってくれたらよいが、とその一心で、ことさら懇《ねんご》ろに世話をしようと思われたがゆえなのである。

今は故人となった致仕大臣《ちじのおとど》の姫君で、入内《じゅだい》して弘徽殿女御《こきでんのにょうご》、やがて大殿《おおいどの》の女御とも呼ばれた人の腹に、女宮がただ一人生まれていたのを、冷泉院は限りなく大切に愛育していたが、その女宮に負けず劣らず、この中将を手厚くもてなしたというについては、なにしろ秋好む中宮へのご寵愛が、年月《としつき》の経《た》つにしたがってますます深くなっていくほどに、その行く末を案じられて、将来の後ろ楯にというお心なのではないかと思われたが、それにしても、なにもあそこまでしなくてもと思われるほど、手厚いお心入れであった。

女三の宮の日常と、中将の苦悩

その母女三の宮は、今は勤行専一《ごんぎようせんいつ》の静かな暮らしぶりで、月ごとの念仏会《ねんぶつえ》、また年に二度の法華八講《ほつけはつこう》、そのほか折々の尊い仏事を営むばかりで所在のない日常であったから、子息中将が三条の宮に折々出入りしてくれることは、我が子ながら却《かえ》って親のように頼もしい庇護《ひご》者のように思っている。されば中将も、できるだけ三条の宮のほうへ顔を見せてあげなくてはとも思うし、といって、冷泉院も懇ろにもてなしてくださるし、内裏の帝もなみなみならぬご寵愛でしきりとお召しになってはお側《そば》を離そうとはなさらぬし、東宮も、また二の宮、三の宮も、みな仲良しの遊び相手として引き回しもしよう、というわけで、引く手あまたの中将は、暇《ひま》もなく切《せつ》なくもあって、体がいくつもあったらいいのにと思うのであった。

幼い時分に、中将はみずからの出生の秘密のようなことを、ちらりと漏れ聞いたことがあったのだが、長ずるに及んで、そのことも折々気にもかかって、なんとかして正真《しょうじん》のところを知りたいと思い続けている。しかし、そんなことを問いただせる人などいるはずもない。このことを自分がぼんやりとでも知っているらしいと母宮に悟られるのは、いかにも具合が悪いので、むろん母に尋ねるなどできるはずもない。

それで、このことがいつもいつも心にかかっていて、

「ああ、いったいどういうことであったのかな……。前世からのどんな約束があって、こんな悩ましい思いのつきまとう身に生まれついたのだろうか……。あの善巧太子《ぜんぎょうたいし》という人は、出生の秘密を自ら悟り得たとか聞いたが、僕もそんな悟りを自得したいものだがなあ」

と、独り言を漏らしなどする。

おぼつかな誰に問はましいかにして

はじめも果ても知らぬわが身ぞ

気にかかってしかたがない……さて、いったい誰に尋ねたらいいだろう、どういう次第で、その生まれも、これから先どうなるのかも分からない我が身なのだろうか

と、こんなことを独りごちたとて、それに答えてくれる人もない。

ついにはなにかの拍子に、もしや自分はどこか病気に罹《かか》っているのではないかと感じたりするのも、よほど良からぬことがありそうに思えて、心中に嘆かわしい思いばかりがぐるぐるとしている。

〈母宮も、まだあんなに若盛りの御身《おんみ》を尼姿に窶《やつ》されて、はてさて、あれはいったいどれほどのご道心があって、俄《にわ》かに仏の道に赴かれたのであろう……きっと、そういう思いもかけぬ行き違いのために、世を辛いものに思いなされることがあったのだろうな。……ことの真相は、世の人だって、必ずや漏れ出た噂を耳にして知っているに違いない。が、こんなことは、世間の評判を思えば、どこまでも包み隠しておかなくてはならぬことに違いないから……それで僕には真実を知らせてくれる人もないみたいだ〉と、中将は思う。それからまた、〈母宮は、明け暮れ勤行に励んでおられるようだけれど、もとよりどこか頼

りなげで、のんびりとしておられる……あれはしょせん女のお悟りというもの……極楽往生なさって蓮《はちす》の花の上に生まれ変われるかどうか、さてどうだろう……蓮に宿る露の玉がきらりと輝くように悟りを磨くというようなわけには、とうていいくまい……。また、女の身として、仏になれぬことをはじめとして五つの障りのあること、これまた仏法には隠れもない事実なのだから、後世《ごせ》のほどはなんとしても心もとない……となると、僕が母宮のご行道《ぎょうどう》をお助けして、同じことなら後の世だけでもせめて浮かばれるようにしてさしあげなくてはな……〉とまで思い続ける。

そこからまた、中将の思いは、亡き柏木にまで通《かよ》っていく。

〈あの、亡くなってしまわれた人（柏木）も、さぞ心安からぬ思いに屈託して、懊悩《おうのう》のうちに世を去られたのであろう……〉などと推量するにつけても、やがて来世においてでも、ぜひ対面してみたいという思いが心中に湧《わ》き起こる。そんなこともあって、元服など、いかにも煩《わずら》わしい気がしていたのだが、といってまさか辞退してしまうというわけにもいかず、ついそのまま元服してのちは、自然、世の中から重んじられて、まばゆいばかりの栄華を身に帯びることとなってしまったが、そんなことも、少しも意に染まず、ただただ冷ややかな思いに打ち沈んでいた。

内裏の帝も、母三の宮の異母兄に当たられるゆえ、とくにお心寄せ深く、中将をたいそう愛《かな》しいものに思《おぼ》し召され、また明石中宮も、中将がまだ幼かった頃から、おなじ六条院の御殿の内で、若君たちといっしょになって成長し遊んでいた、その時分の気持ちをすこしも変えることなく接している。そうして、生前の源氏が、

「この子は、私の生涯も末の頃になって生まれて……大人になるのを見届けることもできぬ……それを思うと胸が痛む」

と述懐していたことを、折々に思い出しなどして、自分の子と同じように大切に思うてきた。

夕霧の右大臣も、数多い自分の子どもたちにも増して、この中将の君を、心濃《こま》やかに大切なものとして持て扱い世話を焼くのであった。

生まれついて気品と美しさを具えた薫

昔、光君と謳《うた》われた君は、あのように桐壺の帝のご寵愛を一身に受けながら、嫉《ねた》み妬《そね》む

人がさまざまあったうえに、早く亡くなった母の実家筋にもしかるべき後ろ見をする人がなかったため、宮中での生い立ちは必ずしも順調ではなかった。が、あれほどすぐれた思慮深い心がけを以て、世の中のことを、ともかく穏健に安寧にと思い定めて自重した故に、さしも並ぶものの無い身の光を、眩《まぶ》しくないように鎮《しず》め得て、へたをすれば天下の騒《そう》擾《じょう》ともなりかねなかったところを、大事に至らずやり過ごしたのであった。その後《ご》世《せ》を願っての勤行も時宜《じぎ》を外《はず》すことなく果たし、なにもかもさりげなく振舞って、いつも先々のことを見通しては慎重に事に処するという心がまえであったが、この中将の君は、まだ若くてなんの業績もないうちから、世間の声望のみ身に余り、気位を高く持していることこの上もない様子であった。

なるほど、思えば、この人はこんな風に生まれ育つべき前世からの因縁があって、ほんとうはこの世俗の人間として生まれてきたのではなく、仏が仮に人間の姿を借りて現世《うつしよ》に宿っているのかと見えるところがあった。顔や姿も、これここのところが素晴らしい、そこがとても美しいとか、そういうふうにも見えないのであったけれど、ただただ、飾らぬ素《す》の美しさが輝くばかりで、こちらが恥ずかしくなるような気品を具《そな》え、心の奥深いことは計り知れないといった様子が、世にたぐいもないのであった。

そうして、なにより、その香りの芳《こうば》しいことは、この世ならぬ匂いと怪しまれるほどで、中将が立ち居振舞うあたりばかりか、遠く離れたところへ通って来る風までもまことにあの百歩《ひやつぽ》の彼方まで匂い来る百歩香《ひやくぶこう》さながらの香りかたなのであった。

いや、誰でも、この君ほどの身分に生まれた人の有様となれば、そうそうひどく窶《やつ》れて見えたり、あるいはまるで目にも立たぬような様子だというようなことがあるだろうか。まさか、そんなこともあるまいし、みなそれぞれに、我こそは人より一枚上を行ってやろうと思って、せいぜい身だしなみを整え香を焚《た》きしめなどするようだが、この君は違っている。

なにしろ、たとえば女のところへこっそりと忍んで通って行こうにも、隅々までそれと知れるほどの匂いが立って隠れていることができず、まことに困り果てるというほどの芳香を発していたので、この君に限っては、そのことを煩わしく思って、せいぜい香なども焚《た》きしめたりせぬようにしている。それでもなお、香を染み込ませるための唐櫃《からびつ》に埋もれている数多い名香《めいこう》のどんな香りにも、この君の体から発する芳香は、言いようもないまでに素晴らしい匂いを加えて、はっきりそれと識別される。されば、庭前の梅の木なども、中将の君がふと袖をかけただけで、古歌に「色よりも香《か》こそあはれと思ほゆれ誰《た》が袖触れし宿の梅ぞも（色よりも、この香りにしみじみと心惹《こころひ》かれます。いったい誰の袖が触れた、この家の梅なのでしょうか）」とあるがごとくに、その梅の香は格別な匂いを放つようになる。そこで、「匂ふ香の君思ほゆれ花なれば折れる雫《しづく》に今朝ぞ濡れぬる（馥郁《ふくいく》と匂ってくる香りから自然とあなたが思われる、そんな香りのする花だから、私は一枝手折《たお》ってみた、そうしたら折からの春雨に濡れていた枝の雫に、今朝はしっとりと濡れてしまいました）」という古歌に倣って、中将が袖を触れた梅《うめ》が枝《え》を手折って春雨の雫に濡れ、その香りをみずからの袖にも染み込ませようとする女たちも多かった。そうして、秋は秋で、「主《ぬし》知らぬ香《か》こそ匂《にほ》へれ秋の野に誰《た》が脱ぎかけし藤袴《ふぢばかま》ぞも（誰の香りとも分からぬ匂いがしているぞ、秋の野に香っているのは、いったい誰が脱ぎかけていった藤袴なのだか……）」と古歌に歌ってある、その秋の野に誰のものとも知れぬ香りを漂わせている藤袴とて、もともとの香りなどかき消されて、ただこの君の体から発せられる蠱惑《こわくてき》的な匂いの格別な素晴らしさに、たまたま中将が手折った瞬間から、ぐんと香りが立ちまさるというほどなのであった。

兵部卿の宮の薫への対抗心

かにかくに、中将の体の薫り高いことは、これも古歌に「梅の花立ち寄るばかりありしよりひとのとがむる香にぞしみぬる（梅の花のもとにちょっと立ち寄っただけであったのに、『その移り香はいったいどなたの袖の香なの』と恋人に咎《とが》められるほど袖に梅の香が染みついてしまった）」とあるのにも似て、人に聞き咎められるほどであった。

兵部卿の宮は、なにかとこの中将に対抗意識を燃やしていたのだが、なかでもこの香《かぐわ》しい匂いのことは取り分けて張り合う気持ちを燃やして、宮のほうは、あれやこれやと優れた名香をたっぷりと衣に焚きしめる。そのために、朝に夕に、香の調合に余念もないという有様で、なにごともまず香り本意に暮らしている。されば、庭前の植込みにも、春は梅の花園に眺め入ってはその香を愛《め》でるけれど、秋に、世間の人々の賞翫《しょうかん》する女郎花《おみなえし》や、あるいは牡鹿《おじか》が妻のように心を寄せると見える萩《はぎ》の露などは、香りがないので見向きもせぬ。そうして、秋はただ、「皆人の老《おい》を忘るといふ菊は百年《ももとせ》をやる花にぞありける（誰も皆老いを忘れるという菊の花は、思えばたしかに、その露で拭《ぬぐ》えば百年の老いをさえ払ってくれるという花であったよなあ）」と古き歌にも言挙《ことあ》げされた菊の花、また「前頭《せんとう》には更に蕭条《せうでう》たる物あり。老菊衰蘭三両叢《らうきくすいらんさんりやうそう》（前のほうを見やれば、いっそうしょんぼりとさびしげな物がある。老いたる菊と、衰えたる蘭とが、わずかに二本三本《ふたもとみもと》残っているばかり）」と漢詩《からうた》にも詠じてある衰えゆく蘭草《らんそう》すなわち藤袴、それに見たところはまったく冴《さ》えない吾亦香《われもこう》などは、いずれも趣深い香りのあるくさぐさ故に、まことに荒涼と霜枯れてしまう頃まで、見捨てることなく愛でているなど、要するに香りの方面にのみことさらに気を配っては、その香りへの愛着を表に立てて風流めかしているのであった。

こういうわけで、兵部卿の宮は、ややなよなよと柔和で、趣味的な方面に傾き過ぎていると、世の中の人は噂しあったことであった。

今は亡き源氏は、なにごとにかけても、こんなふうに一つのことを表に立てて、人とは一風変わったありさまに執《しゅう》するというようなことはなかったものだが……。

さて、この源氏の中将は、つねに兵部卿の宮の邸へ出入りして、管弦の遊びなどにも、張り合うようなつもりで笛など吹き交わし、たしかに競いあいながらも、若いものどうし良い友情をはぐくみあって然るべき間柄なのであった。

また例によって、世間の人は、この二人を目してそれぞれ「匂兵部卿《におうひょうぶきょう》」「薫中将《かおるちゅうじょう》」などと、鬱陶《うっとう》しいまでに並べたてて喧伝《けんでん》する。されば、その頃ちょうどよい年格好の娘など持っている良家の公達は、心をときめかせて、ぜひ自分のところの婿君になど持ちかけてくることもある。

匂宮《におうのみや》は、あちらこちらと、面白いかけひきのできるような相手を探しては口説《くど》き寄りなどして、その相手の女の様子人柄などを探り探りしている。が、取り立ててこの人というように心にかかる思わしい女もいなかった。

匂宮、冷泉院の一の宮への懸想《けそう》

そうして宮は、〈……あの冷泉院の女一の宮に、自分が婿の立場になって逢《お》うてみたいものだが、さぞ口説き落とす甲斐《かい》もあろうな〉と思っている。すなわち、その母弘徽殿女御は故致仕大臣《ちじのおとど》の娘とあって家柄も重々しく、なにかと心憎いばかりの嗜《たしな》みを具《そな》えた人ゆえ、姫宮の様子も、まことにめったとないほど優れているという風評であった。その上、少し側近《そばぢか》いところに常々仕えている女房などが、この姫君の詳しい様子を、ことに触れて匂宮に吹き込んだものだから、色好みの宮としては、ますます逸《はや》る気持ちを抑えがたく思っているやに見受けられる。

対照的な薫の心ざま

いっぽうの薫中将は、世の中を、心底《しんそこ》から無価値なものだと思って、悟り澄ましているという心がけだから、なまじっか女に心を留めたりしたなら、いざ世を捨てようと思う時になにかと絆《ほだ》しになるであろうことを恐れる。ましてや、内親王のような、なにかと煩《わずら》わしい思いをせねばならないようなあたりにかかずらうのは、いかにも気が進まぬとばかり、すっぱりと思い切っている。……思うに、当面、心に沁みて思いを懸けるような人もいないので、なにやら行ない澄ましたようなつもりでいるのであったろう。となれば、親の許しもないような女のもとへ通うということは、まして思いつくべくもない。

薫、十九歳で三位の中将になる

薫は十九になった年、三位《さんみ》の宰相《さいしょう》に補《ふ》せられ、なお右近の中将も兼任している。まだ源氏在世の時分に、この子の行く末についてくれぐれも頼まれたということもあって、冷泉院の帝もまた秋好む中宮も、格別に中将を引き立ててくれる。それゆえ、臣下の身分ながら、中将は、天下の誰にも憚《はばか》るところなき素晴らしい人望を身に帯びているのではあるが、内心には、どうしても我が身の出生について悩ましいところがあって、快々《おうおう》として楽しまぬ思いがある。されば、心の逸《はや》りに任せての浮《うわ》ついた色好み沙汰《ざた》などは、さらさら好まず、なにごとも深く落ち着いた心がけで過ごしていたので、自然と、ずいぶんと老成した気性のように、人には思われていた。

匂宮が年ごとにますます心を砕いて恋慕しているとみえる、かの冷泉院の女一の宮について、薫中将は、もとより同じ冷泉院のうちに明け暮れ居馴《な》れているので、まったく違った目で見ている。なにぶん、身近な存在のこと、なにかの事に触れて、くだんの姫宮のありさまは耳にもするし、また見もする。すると〈なるほど、たしかに並々ならず、心憎いばかりに風格のあるご日常の有様など、たいしたものだ。どうせ同じことなら、なるほど、こういうような人と一緒になることができたら、これから先ずっと生きている限り、満ち足りた人生を送るよすがともなるだろうな〉とは思う。しかし、日ごろ大概のことについては、冷泉院はなんの心隔てもなく思ってくださるのだが、ことこの姫宮のこととなると話は別で、中将との間にはきっちりとした隔てを置いて、ずいぶんとよそよそしく扱う習いであった。いや、それも道理ではあるし、関わりあうのも面倒というものゆえ、中将も強いて昵懇《じっこん》のつきあいをしたいとも思わない。うかうかお近づきになって、万一にも思いの外に恋着《れんちゃく》の心でも萌《きざ》したなら、自分にとってもあちらにとっても、いずれたいそう困ったことになる……そこをしっかり認識して、必要以上に馴れ馴れしくしようとも思わないのであった。

そうして、薫自身、このように女たちから称賛されるために生まれてきたというような魅力的な男なので、ほんのかりそめばかりに口説《くど》きかける女房程度の女たちでも、まるで素っ気なくする気持ちにはなれず、皆すぐに靡《なび》くという有様だったから、自然自然に、通り一遍の通い所なども数多くなる道理であった。が、そういう女たちに対しても、薫は、決して目に立つ特別扱いなどはせず、まったく普通に持て扱いつつ、しかしそこかしこ冷淡でもない程度の情《なさけ》はかけるものだから、却って女たちは気が気でない。そこで、薫に思いを寄せる向きは、どうしても恋しい思いに誘われて、母君女三の宮の暮らす三条の宮に女房として参り仕える、とまずそういう女たちも数多くいる。

なにぶん、お情を頂戴《ちょうだい》したとて、薫のその後の冷淡な態度を見るのは、はたから見ていかにも辛《つら》そうに思える。しかし、ぷっつりと縁が切れてしまうのは嫌だ、その心細さをなんとかしたい一心で、なにもそこまでせずともよさそうな身分の人々までも、せめてこの三条の宮あたりに女房として仕えて、あてにもならぬ契《ちぎ》りに与《あずか》るのを、わずかな頼みにしている……と、そんな女が少なくなかったのである。

とはいえ、たいそう魅惑的な、うっとりとするような顔や姿の薫中将であってみれば、一度でも逢瀬《おうせ》を遂げた女は皆、その恋しく思う我が心に引きずられ騙《だま》されてしまうような心地で、ついついなにごとも大目に見てしまうのであった。

六の君を落葉の宮の養女に

しかるに、薫自身は、

「母宮がお元気でおられる限りは、いつもこうしてお側にいて、朝に夕にお目にかかり、せいぜい親孝行をさせていただくことばかり願っております」

と思うところを口にするものだから、夕霧の右大臣も、数多い娘御たちのなかで、一人は匂宮に、また一人は薫中将に、などと心中ひそかに思ってはいるのだが、なかなかそれを口に出しても言えない。

〈いや、まずそれもあまりに縁が近過ぎるから、男女《おとこおんな》の仲としては惹《ひ》かれあうというわけにもいくまいからな〉などと、強いて考え直してもみるが、〈……といって、この宮や中将を差し置いて他には、これと肩を並べるほどの人も、さてさて、見つけることは難《かた》かろうよな、今どきの世の中に〉と思い煩《わずら》っている。

これでしかし、正室腹の姫君たちよりも、藤典侍《とうないしのすけ》腹の六の君などは、また一段と美しい姫で、気立てなどもどことい って不足なく育ち上がっている……のだが、やはり劣り腹の生まれゆえ、世間の評価はどうしても低くなりがちである。そこのところが、なんとしてももったいない、と右大臣は心を痛めていて、そこで、思いついた一つの良案として、あの一条の宮（落葉の宮）には、お子もなくいかにも身辺が寂しいことゆえ、この際、この六の君を六条院に迎え取って、その手許《てもと》に差し上げることにしたのであった。

〈こうしておけば、取り立ててなにかの機会を作らずとも、ふとした折に、薫中将や匂宮が目にすることもあるだろう……一度でもそういう機会があれば、かならずこの姫に恋慕するにちがいないぞ。もとより女については目の利く人々だ、おそらく格別にあの姫の良さをわかってくれるに違いあるまい〉などと、夕霧は思って、深窓の奥に秘蔵して大事にもてなすというのでなく、むしろ、いかにも華々しく目立つように洒落《しゃれ》た物好みをさせて、男たちが心を通わせるよすがが多くなるように工夫をめぐらしたのであった。

六条の院で賭弓《のりゆみ》の還饗《かえりあるじ》が催される

正月十八日、宮中での賭弓《のりゆみ》（左右近衛の舎人《とねり》たちによる競射の儀）を終えての饗宴《きょうえん》が、六条院でたいそう入念な用意のもとに催され、賓客として親王《しんのう》がたにもご臨席を賜ろうかというほどの心づもりであった。

その日、親王がたのなかで、すでに成人している方々はみな臨席する。

明石中宮腹の親王がたは、いずれもいずれも気品高く汚れなく見えるのだが、なかでも匂兵部卿の宮は、また一段と優れて、肩を並べる人とてもないように見えた。これに比べて、四《し》の御子《みこ》で常陸宮《ひたちのみや》と呼ぶ更衣《こうい》腹の親王は、母親がそのような身分の生まれだと思って見るせいか、気品の点でははるかに劣っているのであった。

賭弓《のりゆみ》の儀《ぎ》そのものは、恒例に従って、左近衛《さこんえ》がたが一方的に勝ちとなった。しかも、例年よりもだいぶん早く終了して、左大将を兼務している夕霧も早々と退出してくる。

匂兵部卿の宮、常陸宮、明石中宮腹の五の宮と、みな一台の牛車《ぎっしゃ》に招き乗せて、夕霧の左大将は宮中から下がっていった。

いっぽう、右方《みぎかた》に属する宰相の中将薫は負け方であったから、音もなくそっと退出してくるところを捕まえて、夕霧は、

「おやおや、親王がたがお出で下さいますのに、お見送りにご同道なされませぬか」

と、わざわざ車を停止させ、自分の息子の衛門《えもん》の督《かみ》、権中納言《ごんちゅうなごん》、右大弁《うだいべん》など、またそのほかにも上達部を数多く、何台もの車に同乗させたなかに薫も誘い合わせて、賑《にぎ》やかに六条院へやってきた。

その道すがら、しばらく経ったあたりで雪がちらちらと散ってきて、一風情《ひとふぜい》ある黄昏時《たそがれどき》であった。

公達《きんだち》は、それぞれに笛など面白く吹き立てて遊びながら、六条院に入っていく。その有様は、じっさい、この六条院のほかには、いったいどんな極楽浄土に、かかる折節の感を催し興を尽くす所が求められようかと、そんなふうに見えるほどであった。

寝殿の南の廂《ひさし》に、常に変わらず南に向いて、左近衛府の中将少将たちが居並び、それと対面して北向きに、将官たちへのねぎらい役の親王がたや上達部が着座する。

やがて土器《かわらけ》の御酒《おみき》に始まって、なにかと興趣も募ってゆくほどに、『求子《もとめご》』の舞を、近《この》衛将監《えのしょうげん》らが舞い遊ぶ。

「八少女《やをとめ》は　我が八少女ぞ　立つや八少女、立つや八少女、
神のやす　高天原《たかまのはら》に　立つ八少女　立つ八少女

（八少女は、われら氏子を代表してくれる八少女ぞ、立つや八少女、立つや八少女、あの神のおられる高天原に、立つ八少女、立つ八少女）」

と、賑やかに舞う、その翻《ひるがえ》る袖と袖、鳥の羽のように打ち返すその羽風《はかぜ》に、御前近くの梅が枝も、たいそうみごとにほころび満ち、こぼれ出る香りが、さっと散りわたって、そこへ、例の薫中将の体の香《かぐわ》しい薫りが、それはそれは引き立って、なんとも言いようのないほど清雅《せいが》な美しさである。

この有様を、御簾《みす》ごしにわずかに覗《のぞ》き見ている女房なども、

「ああ、良い薫り。これって、ほら『春の夜の闇《やみ》はあやなし梅の花色こそ見えね香《か》やは隠るる（春の夜の闇はわけがわからない。梅の花の形は見えないのに、香りだけは隠れることもないのだから）』と昔の歌に歌ってある、春の夜の梅の香みたいね」

「ええ、ほんとに。今夜の闇はたしかにものの文目《あやめ》も見えわかぬほどに深いけれど、でも『降る雪に色はまがひぬ梅の花香にこそ似たるものなかりけれ（梅の花の色は、降る雪と見紛うばかりだけれど、その香ばかりは、他に似るものもないほどであったことよ）』という歌の心にも通って、ほんとうに紛れようのないすばらしい薫りだこと」

などと、口々に褒めそやした。

夕霧の右大臣も、これはまったく賞嘆《しょうたん》すべき薫りだと思って見ている。しかもこの薫君が、容貌ばかりか物腰態度も抽《ぬき》んでて優れ、少しの乱れもなく身を修めているのを見て、

「これこれ、右中将もいっしょに唱和せぬか。まるで客人《まろうと》のつもりで澄ましていてはいかんぞ」

と注意する。これには、薫中将も、無愛想と思われぬほどに、

「……立つや八少女　神のます　この御社《みやしろ》に　立つや八少女、立つや八少女……」

など声を添えて……。

紅梅
こうばい

源氏没後十六、七年頃　薫二十四歳

按察使の大納言の後妻に真木柱が

それから、数年が経った。その頃、按察使《あぜち》の大納言と呼ばれていた人は、故致仕大臣《ちじのおとど》の次男で……すなわち亡き柏木の右衛門《うえもん》の督《かみ》の弟に当たる。

この人は、童《わらわ》の頃から諸芸に巧みで、華やかなことの好きな心がけの人であったが、年とともに次第に昇進するにつれて、ますます生きている甲斐《かい》のある、わが世の春を謳歌《おうか》して、帝のご信任もたいそう重いものがあった。

北の方は二人あったが、前からの御方《おんかた》はすでに亡くなり、今の御方は、かの真木柱《まきばしら》その人であった。

髭黒《ひげくろ》の大臣《おとど》は、致仕大臣《ちじのおとど》の後に太政大臣《だいじようだいじん》に補《ふ》せられたが、かつて元の北の方との離縁に際して、この姫君は父との別離を悲しんで、「今はとて宿《やど》かれぬとも馴《な》れ来つる真木《まき》の柱はわれを忘るな（今はもうお別れね、わたしはこれからこの家を離れていくけれど、ずっと馴れ親しんできたこの真木の柱だけは、どうかわたしを忘れないでね）」という歌を詠んで真木の柱の干割《ひわ》れに挟んで去った……そのことを読者はご記憶であろう……その人が、この按察使の大納言の北の方になっているのであった。

真木柱は、祖父式部卿《しきぶきょう》の宮のもとで成人して、これも今は亡き蛍兵部卿《ほたるひょうぶきょう》の宮に縁付けられたが、宮は真木柱を心から愛することなく、不幸な結婚生活を余儀なくされていた。しかしその後、宮も亡き人の数に入り、やがて按察使の大納言が真木柱のもとへ秘かに通うようになった。

それもしかし、年月の経つほどに、世間体をさまで憚るにも及ばぬことと思ったのであろう、正式に北の方として迎えたというわけであった。

大納言の御子《みこ》たちと真木柱

大納言の子どもとては、故北の方の腹に姫君が二人だけあったのだが、それもいかにも物足りぬことと思って、神仏《かみほとけ》に祈願をかけて、今の北の方の腹のほうに、男君を一人儲《もう》けていた。

いっぽうの真木柱のほうも、故兵部卿の宮との間に姫君（宮の御方）が一人あった。

大納言は、母や父がいずれであるかを問わず、誰も誰も平等に、我が子同様懇《ねん》ごろに愛育したのであったが、それぞれの御子たちに仕える女房や乳母《めのと》などの人々ともなれば、そうそうすっきりと整《ととの》った心がけでいるというわけにもいかない。そこで、なにやらひねくれた心の行き違いが出来《しゅったい》することが折々あった。しかし、北の方の真木柱は、たいそう晴れ晴れとした心がけの、陽気にさばけた人柄であったから、事を荒立てず円満にとりなし、仮に、なさぬ仲の姫君付きの人々から、なにかと不愉快なことを言われても、柳に風と聞き流し、せいぜい善意に受け取ってことを治めるというようなわけで、聞きにくいような取り沙汰もなく、まことに見苦しからぬ暮らしぶりであった。

この故北の方腹の二人の姫君、また真木柱の連れ子の姫君、いずれも同じような年格好で、次々としかるべき年ごろになったので、それぞれに御裳着《おんもぎ》の儀を挙げさせて一人前に仕立てさせた。

邸《やしき》は、母屋《もや》の間口《まぐち》を七間《しちけん》に造りなした広々とした造作《ぞうさく》で、その南面《みなみおもて》に大納言自身と大君《おおいぎみ》、西面《にしおもて》に中君《なかのきみ》、そして東面《ひがしおもて》に宮の御方と、それぞれ住まわせていた。

ちょっと考えると、この宮の御方は、父宮のいないお気の毒な身の上のように思えるのだが、実際には、亡父兵部卿の宮、あるいは祖父に当たる式部卿の宮家などからの宝物を受け継ぎ、また所領から上がる私財なども豊かで、内々《うちうち》の格式や暮らしぶりなど、心憎いまで気品高く住みなし、その様子は望ましい限りであった。

大君を東宮妃に、中君を匂宮にという大納言の望み

こんなふうに大切に大切に愛育している姫の存在は、例によって、たちまち人の知るところとなり、次から次にこの姫を所望する公達《きんだち》が現われ、内裏の帝からも、また東宮からも思《おぼ》し召しがあったけれど、さて父大納言はすぐにうんとは言えない気持ちであった。〈いやいや、帝には中宮（明石中宮）がおられるわけだから……どれほど素晴らしい人であったら、あの中宮と肩を並べることができようぞ……とはいえ、これで頭からこちらが劣るものと思って、いたずらに卑下するというのも、宮中にご奉公している甲斐がないというものだ。……また東宮には、右大臣殿（夕霧）のご長女の女御がおられて、並ぶ人とてあるまじき様子でお仕えしているのだから、これまたなかなか競い難いところがある。……が、そんなことを言うてばかりおってもしかたないぞ。人並み以上にしてやりたいと思う女の子を、はじめから諦めて宮仕えに出さないなどということがあっては、いったい何のために大切に育てたのかわからぬ〉と、そう決心して、まずは大君を東宮のもとに参

らせることにした。

この大君は、歳のころは十七、八ほどで、かわいらしく、色香も華やかな容貌であった。

中君も、大君に負けず劣らず、貴《あて》やかで初々しい美しさを持ち、汚れなく澄んだ様子は姉君に勝って魅力的なように見えた。されば、これほどの姫君を、単なる臣下の男に縁付かせるというのももったいないことゆえ、もしかの匂兵部卿の宮に、その思し召しがあるのであれば、それは願ってもないこと……などと大納言は思っている。

また、真木柱腹の若君は童殿上《わらわてんじよう》していた関係で、匂宮は宮中でこの若君を見つけることがある。そういう折々には、いつでも身辺にまとわりつかせて、なにかとお戯《たわむ》れの相手としている。なかなか気の利いたところのある、またいかにも聡明さが偲《しの》ばれるような目つき額つきをした少年である。

「弟のおまえを見るだけでおしまい、というのはご免だぞ、と父大納言にしかと申し伝えよ、いいな」

匂宮は、そんなことを言いかけるので、若君はかくかくしかじかと、父大納言に伝達する。すると、大納言は、にっこりと笑って〈それでこそ願っていた甲斐があった〉と思っている様子であった。

「しかるべき縹緻《きりよう》の娘は、他の后《きさき》がたに劣るような立場で宮仕えをするよりは、この宮のような方にこそ、娶《めあわ》せるようにしたいものじゃ。そうしたら、ともかく、わしが心ゆくまで、丹精《たんぜい》を抽《ぬき》んでて婿君としてお世話申そうもの、いかさま、こちらもさぞ命が延びるであろうと思うほどの、あの匂宮のお美しさじゃほどに……」

と、こんなことを大納言は言い言いしながら、しかし、まずは姉の大君を東宮のもとに参らせるというほうを急ぎ準備させる。

その胸中には、〈わが氏神の春日明神のご託宣が、もしや自分の世に下ることがあるやもしれぬ……その時は、亡き父致仕大臣《ちじのおとど》が、わが妹（弘徽殿女御）を冷泉院に入内《じゅだい》させたにもかかわらず、中宮（秋好む中宮）のご威勢に負けたことに心を痛めたまま生涯を終えられた……、かつてそんなことがあったのだから、この度は、せいぜい父の無念を慰めるような御託宣であってほしいものだ……〉と、秘かに祈りつつ、大君を東宮に参らせたのであった。

やがて、東宮のご寵愛の並々ならぬよしを、人々が報告する。

すると、こういう宮中での交わりにいまだ不馴れなうちは、しっかりとした後ろ見《うしろみ》の人がなくてはなるまいと、大納言は思って、北の方真木柱をその後見人《こうけんにん》として付き添わせた。真木柱は、継子に当たる大君に対して、どこまでも思いやり深く世話をして後見役を務めるのであった。

宮の御方の申し分なき気立て

かくて北の方も大君も宮中に上がって不在ゆえ、南面《みなみおもて》の自室はにわかに火の消えたようになり、大納言は、なにやら所在なげに過ごしている。西面《にしおもて》にすむ中君は、いつだって同腹の姉君といっしょに居る生活に馴れていたので、それはもう心の中に穴が空いたような寂しさを覚えて、日々ぼんやりと物思いに沈んでいる。また、東面《ひがしおもて》の宮の御方も、たがいに疎遠にしていたわけでなく、夜々《よるよる》は同じ所に共に寝て、お稽古《けいこ》事を習うのも一緒、なんということのない遊びでも、この宮の御方を師匠のように思って、大君、中君、揃って習い遊んでいたものであった。

この宮の御方という人は、世にも珍しいほどの恥ずかしがり屋で、母真木柱にさえ、はっきり面と向かって話をするようなことはせず、ちょっと行き過ぎなくらいに控え目にし

ぷりな愛らしさはまた、人より優れているくらいであった。

それなのに、大君の入内《じゅだい》やら何やらと、自分の実の娘のことばかりに齷齪《あくせく》しているようなことになるのも、北の方や宮の御方に気の毒なことだと大納言は思って、

「まず、しかるべきお相手と思うような方を適宜《てきぎ》にお決めになって、私にお申し付けなさるがよい。まったく実の娘と同じことに思ってお役に立ちましょうほどに……」

と言ってみる。けれども、真木柱は、

「そのような、結婚だなど……さらさら思い立つような様子でもございませぬから……なまじっかに縁組みを急ぐようなことは、却《かえ》って心を苦しめることになりましょう。こういうことは、やはり前世からの因縁というものがございますので、なにごとも宿縁《しゅくえん》次第、わたくしがこの世におります限りは、なんとでもご面倒を見させていただきましょう。……でも、わが亡き後は……つくづく心配ではございますけれど、出家して尼になるなりなんなり、いずれ人様の物笑いにならぬよう、軽率なことをせぬように世過ぎをしていただきたいと願っております」

と、ほろほろ泣きながら、この姫の気立ての申し分なき由を切々と語り続けた。

大納言、宮の御方を見たいと思う

大納言は、どの姫もみな平等に親らしい態度で接していたが、いまこうして真木柱の語るところを聞けば、にわかに、その宮の御方の姿形を見てみたいものだと、心が動く。

「私は実の父同様に思っているのに、こうして水臭く姿を隠しているのは、なんだか不本意だがな」

とそんな恨みごとを言いつつ、人知れず、もしやどこかにその姿を見せることがないものかと、あちこちの部屋を覗《のぞ》いて回ったが、絶えてその片端をちらりとだけでも目にすることは叶《かな》わなかった。

「母上がご不在のときは、私が代わりにこちらへ参っていようかと思うのに、そうやってお隠れになって、まるでよそよそしく心の隔てを置かれるご様子、実の父と同じ気持ちでおります私としては、まことに不本意な思いがいたしますが」

などと申し入れては、御簾《みす》の前に座っている。

すると、中から宮の御方の返事が、かすかに聞こえてくる。その声や物の言いようなど、いかにも貴《あて》やかで嗜《たしな》みがあり、ひいて奥床しい容貌までがそこはかとなく想像されて、ああすばらしいなあと思わずにはいられない様子なのであった。

大納言は、みずからの血を分けた実の姫君たちを、おさおさ人に劣らぬものと自負していたが、〈いやいやこの宮の御方に比べたら、とても勝ち目はないかもしれぬ〉と思う。〈……こういうことだから、世の中というものは広い……なかなか思うとおりにはならぬものだな。こちらは、娘たちが世にたぐいない美人だと思うているに、それに上越《うわこ》す人も、こうして思いがけず居たりするのだからな……〉などと思いつつ、それだけにますます一目なりとも見てみたいという気持ちが募る。

大納言、音楽談義にことよせて口説きかかる

「この何か月かは、なにやらわさわさと忙しくしていて、お琴《こと》の音《ね》ひとつ拝聴することができぬまま、ずいぶん久しいことになりました。西面《にしおもて》におります姫（中君）は、琵琶《びわ》をたいそう熱心に稽古しておりますが、いやはや、そんなふうにして少しはものになるとでも思っておりますのでしょうかな。そもそもあの楽器は、生半可に弾いた日には、とても聴

くに堪えぬ音色だ。されば、同じことなら、どうかくれぐれもお心を込めてお教えいただけますようにお願い申しますぞ。……いや、この老人は、とりたてて習い覚えた楽器とてもございませぬが、昔、まだ若かりし盛りの時分に精々弾いて楽しんだ、その昔取った杵柄《きねづか》でしょうか、自分の腕前はともかく、人の演奏の上手下手《じようずへた》を聞き分ける程度の嗜みは、いずれの楽器についても、ないということもなかったものですがな……で、お手並みのほどは、いまだゆっくりと聴かせていただく機会とてもございませぬものの、時々拝聴致しますお琵琶の音色《ねいろ》の見事なことは、その昔の名人の音《おと》も彷彿《ほうふつ》とするような気がいたします。亡き源氏の大殿《おとど》よりの相伝《そうでん》にて、現在、ああした古式の妙音で弾けるかたとては、ご子息右大臣（夕霧）が残っているばかりだ。源中納言（薫）や兵部卿の宮（匂宮）は、何ごとも昔の人にも負けず劣らず、それはたしかに前世からの縁が他の誰とも違った人々ではあり、また、この音楽の方面にかけては、取り分け熱心に心を込めておられるのは確かだけれど、やはり、実際の手さばきとなると、すこーしなよなよした趣のある撥音《ばちおと》のように聞こえて、さすがに右大臣には及ばぬところがございましょう……とまあ、そんなふうに考えておりますが、いやいやしかし、今そこもとに弾き出される琵琶の音色こそは、右大臣のそれに、いかにもよく似ておいでのように感じますぞ。琵琶というものは、柱《じゆう》の上を押して弾くときには、すべからく静々《しずしず》とした音色に弾ずるのを良しとするものながら、そなたが柱を押さえて弾かれる時には、撥音が格別にて、すっきりと美しい響きに聞こえますのが、女の演奏としては、却って興趣深く思われます。さあさ、ひとつお弾きにならぬかな。これこれ、誰《たれ》ぞ、楽器を持って参れ」

大納言は、そんなことを言って、琵琶を持ってこさせる。

宮の御方はともかく、お付きの女房ともなれば、大納言から隠れて姿を見せぬなどという者はまったくない。しかしそういう女房衆のなかにも、一人、たいそう若く上臈《じょうろう》めいた女房で、姿を見られまいとお高く構えている者がいて、大納言に呼ばれても従わずに隠れている。これには大納言も、

「宮の御方はともかく、お側仕《そばづか》えの女房までが、こう自儘《じまま》に振舞うのは、まことに宜《よろ》しからぬぞ」

と言って、すっかり腹を立てている。

そこへ、真木柱の産んだ若君が、内裏へ参上しようと、直衣《のうし》を着て髪を解き放った殿《てん》上童《じょうわらわ》の宿直姿《とのいすがた》でやってきた。これを見ると、乱れなくきちんと結い上げた鬢《みずら》姿よりも、

たいそう風情《ふぜい》たっぷりに見えて、大納言は、〈とびきりかわいいな〉と思うのであった。

大納言は、ちょうどよいついでゆえ、麗景殿《れいけいでん》にいる真木柱への言伝てを、若君に託した。

「万事はよろしく頼みもうします、とな。今宵も、私は参内することがむずかしそうだ。どうも体調がすぐれないのでな……そのように母君に伝えよ」

と、そんなことを言ってから、

「そうだ、そなた、ここで笛を少々吹いてみよ。なにかと言うては、お上《かみ》の御前《おまえ》での管弦の御遊《おおんあそ》びにお召し出しになられることだが、その度に、いつも危なっかしくて見ていられたものではないぞ。まだとてもとても未熟な笛じゃによってな」

などと、自慢気ににんまりと笑う。そして、双調《そうじょう》に吹かせてみた。

それがたいそう上手に吹いたものだから、

「うむ、悪くはないな。だんだんと上手になっていくのは、この宮の御方のお側で常々合奏などしているからであろう。どうじゃ、ここらで少し、弦楽との合わせを所望したいのだがな」

と、こんなふうに、若君の笛にことよせて、宮の御方に強いて演奏を請《こ》うものだから、御方も困ったなとは思っている様子であった。それでも、若君の笛に合わせて、ほんの爪《つま》弾《び》きながら、すこしばかり掻《か》き鳴らした。興に乗って、大納言自身も、いかにも物馴れた太やかな声音の口笛を以て、朗々と唱歌《しょうが》を吹き合わせる。

そうして、この寝殿の東の端に、軒に近く紅梅がたいそう美しく、色も鮮やかに咲いているのを見て、

「この御前《おまえ》の花は、いかにも風流心があるように見えるぞ。おお、そうだ、兵部卿の宮は、いま内裏においでかと思うのだが、この紅梅を一枝《ひとえだ》折って進上せよ。『君ならで誰にか見せむ梅の花色をも香をも知る人ぞ知る（あなた以外のいったい誰に見せたらよいのでしょうか。この梅の花の色や香のよろしさは、ただ知る人だけが知るというものゆえ……）』と申すことゆえな」

と、そんなことを言って、また、

「ああ、亡き六条院の大殿《おとど》が、光源氏の君などと世に喧伝《けんでん》されて、まさに若盛りでおわしたころ、私はまだ童《わらわ》で、ちょうどこの若君が兵部卿の宮にお仕えするのと同じように、源氏の君と親しくお付き合いさせていただいたものだった。その時分のことが、年とともに

ますます恋しく思い出される……、が、この兵部卿の宮などの方々を、世間の人は、なにやら格別の人と思いもし、またなるほどその美しさは確かに人の賞嘆を受けるために生まれついたかのように見えるけれど、いやいや、私の目には、どうしても端《はし》の端とも思われぬ程度に見えてしまうのは、さても源氏の君は世に比類なきお方と、ずっと思い申し上げてきたことが、わが心にそう思わせるのであろうかな。あの大殿のご逝去のことは、別になんのご縁もない者が思い出すだけでも、それはもう胸が晴れるときもないほどの悲しみなのだから、ましてや、近いご縁のあった人が大殿に先立たれて後も、便々《べんべん》と生き長らえていたとしたら、さぞさぞ長く退屈な余生のように感じることであろう……いや、わしもそんな思いなのじゃ」

など、源氏の思い出を口に上《のぼ》せて、あれこれ思い巡らしては、なにがなし悲しく、ただ寂寞《せきばく》の思いに駆られて涙に萎《しお》れかえっている。

大納言、紅梅の一枝を匂宮に贈る

かくてはもはや気持ちを抑えかねたのであろうか、大納言はすぐにその紅梅を一枝折らせて、若君に託し兵部卿の宮のもとへ届けさせる。

「さてさてどうしたものであろう。過ぎし日々といい、源氏の君といい、恋しい形見とては、もはやこの宮しかおられぬ。いにしえ、仏が入滅《にゅうめつ》なさったそのお名残には、阿難尊者《あなんそんじゃ》が説法の砌《みぎり》に光を放ったとか、さては、仏がふたたび出世《しゅっせ》されるかと疑った賢い仏弟子たちがいたと経典には言うてあるが、わしも、そのひそみに倣《なら》って、心の闇を晴らすよすがばかりに、かの兵部卿の宮に、押してものを申し上げるわけなのだ」

そう言って、大納言は、

心ありて風のにほはす園の梅に
まづうぐひすの訪《と》はずやあるべき

誘う心があって風が匂いを送ってくる、この園の梅に、なにはともあれ、鶯《うぐいす》が一声訪れなくてよろしいのでありましょうか……
……思いがあって、この消息を差し上げるのですから、鶯の一声のようなお言葉を是非
と、こんな歌を、その花の色を思わせる紅《くれない》の紙に、たいそう若々しい筆づかいで書き、しかし花の枝に結ぶことはせず、ひそかに若君の懐中する畳《たと》う紙に取り混ぜ、ざっと折り

畳んで送り出してやる。若君は、幼心に、ともかくあの宮に親しく構ってもらいたいと思う一心で、せいぜい急ぎ参内していった。

匂兵部卿の宮は、折しも、宮中清涼殿《せいりようでん》の北廂《きたびさし》なる明石中宮の上局《うわつぼね》から、みずからの宿直所《とのいどころ》へ退出してくるところであった。その後ろに、ぞろぞろと殿上人が随従して来るので、若君も、紅梅の枝を手に持ったまま、そのお供に加わった。

そこで匂宮は、ふと若君に目を留めて言葉をかける。

「昨日は、どうしてあんなに早く退出してしまったのだ。で、いつ戻って来たのかね」

「はい、昨日は早く退出してしまいましたのが残念で、今日、まだ宮さまが内裏にいらっしゃると人が申しますから、急いで参りました」

そう答える若君の口吻《こうふん》はまだまだ幼いけれど、どこか物馴れたところがある。

「そうか。いや内裏ばかりでなくて、もっと心やすいところ……二条の私邸のほうへも時々は遊びに来たらよい。若い者たちが、いつもなんとなく集まっている所だからね」

こんなことを、匂宮は、若君一人だけを側《そば》に呼んで親しく語らっているので、随従の人々は遠慮して側に寄らない。それで、三々五々退出したりして、やがて宮の周辺もすっかり静かになった。

「そなたも東宮のお側にいつも参っていたようだが、このごろは、お暇《いとま》を少しは頂戴できているようだね。以前は、年がら年中お側去《そばさ》らずにお召しのようだったが、最近はすっかりあの大君に東宮のご寵愛を奪われてしまって、そなたもすっかり形なしのようにみえるぞ」

宮はにやりと笑いながらそんなことを言ってからかった。

「いえ、東宮さまがお側からお放しくださらないので、弱っていたのです。それよりも宮さまの御前《おまえ》に……」

と、そこまで言って口を濁したところで、宮がまた畳みかける。

「なんだ、私の側になど、いられないとでも申すか。ははあ、さては私を大した者ではないと侮ってすっかり見限ったと見えるな。いや、それも道理かもしれぬ、が、そう思われては面白くもないぞ。ところでそなたの姉君、私と同じく、時代遅れな宮家のお血筋で、東面《ひがしおもて》にお住まいの……なんとやら申し上げる御方な、ひとつ私と相思《あいおも》いあう仲になってはくださらぬかどうか、そなたからこっそりと話をしてみてくれぬか」

宮は、そんなことを囁《ささや》いた。そのついでに若君が、持参した紅梅の枝と父からの文を進上すると、宮は、ふわりと笑みを浮かべて、

「おお、こちらが書き送ったのが『怨みての後』でなくてよかった。もしそんなことであったら、いかにも興ざめというものだったろうからな」

などと、「怨みてののちさへ人のつらからばいかに言ひてか音《ね》をも泣かまし（なまじっか怨みごとを言いやっての後までも、なお思う人がつれない態度だったら、さあその後は何と言って声を上げて泣いたらよかろうか）」という古歌を引きごとに独りごちつつ、その花の枝を下にも置かずに、じっと見つめている。枝の様といい、花房の色、そして香りといい、そこらのものとはまるで違う。

「うむ、古歌にも『紅《くれなゐ》に色をばかへて梅の花香《か》ぞことことに匂はざりける（紅に色を変えて、この梅の花は、その色の濃い分、香のほうは特別によく匂うというわけでもないのであったな）』などと言うてあるとおり、庭に照り映えている紅梅は色にばかり気を取られて、香のほうは白い梅に劣るなどと世間では言うようだが、いやいや、この紅梅は、たいそうりっぱに、色といい香といい、二つながら取り揃《そろ》えて見事に咲いたものだ」

と宮は感心する。とくに梅は、かねて匂うものに心を寄せる宮の愛好する花ゆえ、進上

した甲斐もあったと思えるほど、しきりに誉めそやすのであった。

「その姿からすると、そなた今宵は宿直《とのい》なのであろう。それなら、このまま私の部屋で休むがよいぞ」

宮はそういって、若君を手許に召して部屋から出してくれないので、とうとう東宮のもとにも、また姉の麗景殿のもとにも参上することができなくなってしまった。それでも、こうして匂宮といっしょにいると、花も恥ずかしく思うだろうというほどに芳しい薫香《くんこう》の匂いが満ちて、側に寝よ、と命じられた若君は、子供心にもたぐいなく嬉しくもあり、また心惹《ひ》かれもしている。

「ところで、この花の主《あるじ》……そなたの姉君は、どうしたわけで、東宮のところへお移りにならなかったのだね」

宮は、この紅梅の主を若君の姉、宮の御方と見て、そんなことを尋ねた。

「さあ、存じませぬ。父が『心知らむ人に』などと申しているのを聞きましたけれど」

この香り高い紅梅を、どうせなら「心知らむ人に」か……大納言もなかなか気の利いたことを言うものだ……宮は「あたら夜の月と花とを同じくは心知れらむ人に見せばや（このもったいないほどの良夜の月と花と、同じことなら、風流の心を知っているだろうと思える人に見せたいものだな)」と詠じた古歌を想起しながらにやりとした。

〈しかし、大納言の心算《こころづもり》では、自分の実の娘、あの中君のほうを私にと思っているらしいが……〉と、かねて噂に聞いたところを思い合わせたが、そうはいっても、宮の思い人は、父大納言の願いとは掛け違って、もっぱら宮の御方なのであってみれば、この手紙への返事は、そうそうはかばかしくも書けない。

匂宮のそっけない返歌

翌朝、若君が退出するというので、ただ形ばかりの返歌というような風情で、

花の香にさそはれぬべき身なりせば
風のたよりを過ぐさましやは

花の香に誘われようかというほどの我が身でありましたなら
風のたよりを見過ごしになど、どうしてできましょうぞ

と詠んで返した。

そうして、この文《ふみ》を若君に託しながら、

「よいか、今はな、大納言の爺《じい》さまなどにあれこれと差し出たことをさせぬようにして、そなたがそっと秘密裏にことを運ぶのだぞ、あの宮の御方に……な」

など、繰り返し押し返し念をおす。ここまで宮がご執心《しゅうしん》とあっては、若君も、東面の宮の御方を、自分にとっても大事な人と思って、ひとしおの好意を寄せるようになった。

これまで、腹違いの姉たち——大君や中君——のほうが、却って気安く若君に姿を見せなどすることがあって、まるでふつうの姉弟《きょうだい》のようだったけれど、同腹の姉の宮の御方のほうは、子供心にも、軽率なところがなくて望ましい心がけなのだから、ぜひともこの立派な姉に、結婚し甲斐《がい》のある婿君を迎えたいものだ、と思い思いしている。

けれども、東宮に入内した大君が、たいそう華々《はなばな》とした暮らしぶりであるのを見ても、同じ姉の栄華とは申しながら、若君の心には、この宮の御方の現状は、とても残り多く口惜しいことに思われる。それならば、せめては、この兵部卿の宮でも、宮の御方の婿君として身近に拝見できたらいいなと思うようになったのだから、あのような花の使いを務めたのは、まことに嬉しいご縁だった、と若君は思った。

また、大納言と匂宮の贈答

匂宮から託された文は、なにぶんとも昨日の手紙への返事であるから、父大納言に見せないわけにはいかなかった。

しかし、このおざなりな返歌を読んでは、大納言のご機嫌はよろしくない。

「なんと……癪《しゃく》に障《さわ》るおっしゃりようだな。あの宮というお方は、あまりにも色好みの方面が行き過ぎておられるのを、感心したことではないと皆が噂しているのを耳にされて、右大臣（夕霧）や私などが見ているところでは、たいそう真面目ぶってな、それらしくお心を修めておいでになるのは、まったく可笑《おか》しいな。そもそもが、色好みの風流人と申すに足るほどの美男ぶりなのに、そこを無理やりに真面目ぶって過ごしておられるなんてのは、かえって見どころが少なくなろう……というものではないかのう」

など、しきりと陰口を叩《たた》きながら、今日もまた若君を参内させるついでに文を託して、

「本《もと》つ香《か》のにほへる君が袖触《ふ》れば

花もえならぬ名をや散らさむ

もともと香り高く匂っているあなたさまが、ちょっと袖なりとも触れてくださるなら、花もことのほかに素晴らしい香りがするとて、世間の噂になりましょう……わが娘もあなたさまに触れていただければ本望でございますものを

おやおや、これはいささか好き好きしい言葉が過ぎました。あなかしこ」

とて、まるで真面目に婿となってくれるよう申し込むような調子で書いてあった。

この再度の文を受け取った宮は、〈はてさて、この分では、本気で婿にしたいと思うところがあるのであろうか〉と、それでもやはり心のときめきを覚えて、また、

花の香をにほはす宿にとめゆかば

色にめづとや人の咎《とが》めむ

かほどに麗しい花の香りを匂わせる宿に、その香りを慕って訪ねていったなら、さぞ色めいたことの好きな人だと人が咎めるであろうな

などと、依然として本心を打明けぬ詠みぶりなのを見て、大納言は、心外千万な思いで

いる。

真木柱、宮中から退出して匂宮のことを語る

やがて、真木柱が宮中から下がってきて、内裏あたりの出来事をかれこれ語らうついでに、こんなことを報告する。

「若君が、ある夜宿直《とのい》して明けの朝《あした》に退出してきました時に、その匂いのたいそう素晴らしかったことを、皆そんなものかと思って気にも留めずにおりましたところ、東宮さまが、ぱっとお気付きになりましてね、『あの子は、兵部卿の宮にお近づきになったのだね……どうりで私を避けているはずだ』とまあ、どうやらかれこれ様子を察して恨みごとを仰せあそばしたのは、ほんとうに可笑しゅうございましたこと。それで、あなたさまから兵部卿の宮さまにお手紙など差し上げましたの？　そんなふうにも見えませんでしたが……」

「そうだよ。あの宮は、なにしろ梅を愛《め》でる君だからね。あの東《ひんがし》の外《はず》れの紅梅が、たいそう花盛りに見えたもので、そのままにもしておかれず、一枝折って差し上げたのだ。い

や、それにしてもあの宮の移り香の素晴らしいこと、あれは格別のものだね。宮中の晴れの場に出で交わる女だって、あそこまで華々しく香《こう》を焚《た》きしめることはできまい。それにくらべると、源中納言（薫）は、あの宮のように風流めかしてぷんぷんと焚き匂わすこともしないが、生まれついて身に立ち添う香りが、世に比類もないものだ。どういうことともわからぬが、さても、前世からのいったいどんな善因の果報なのであろうかな、そこのところを知りたいものだが……。同じ花とは申しながら、どうしてまた梅の花は、あれほど良い香りがするのであろう。おそらくはその生え出《い》でたもとの根からして格別なのであろう。匂うもののお好きな兵部卿の宮などが、賞翫《しょうかん》なさるのも、まずむべなるかなというところだね」

など、梅の花に事寄せて、大納言はまた匂宮の話題を口にする。

匂宮、宮の御方にますます心を寄せる

宮の御方は、よろずに分別のつくほどに大人びているので、なにごとにつけても、よく見知っているし、また聞けば心にとどめずにおくこともないのだが、ただ一つ、夫という

ものを持って人並みの暮らしをしようというようなことには、さらさら関心がないのであった。

いっぽう世の中の人々というものは、結婚を道具にして時めいている人に近づこうという気持ちがあるからか、両親が揃って後ろ楯となっている姫君には、心を尽くして求婚の沙汰に及ぶなど、なにかと華々しいことが多いのだけれど、こなた宮の御方ともなると、父君はすでに亡く、後ろ楯が充分でないから、なににつけてもひっそりと内向きの暮らしぶりであった。そんなことを聞き伝えて、匂宮は、あえてこの姫をば、自分の伴侶《はんりよ》として相応しい人だと深甚の思いを寄せては、なんとかして手に入れたいと思うようになっていた。

若君をつねづね身近に纏《まとわ》らせつつ、この少年を使いとして秘かに文を通わしている。しかし、大納言の君は、匂宮はなんとしても実の娘の中君の婿にと望みをかけて、なにとぞして、宮が思い立って求婚されることでもありはせぬかと、しきりと探索の手を及ぼし、すっかり期待を膨らませているのを見ると、北の方は、そんな夫が、なにやらかわいそうに思えてくる。

「あなたさまのお望みとはまるで掛け違って、なにをしたって思いを寄せるはずもない姫のほうへ、役にも立たぬお手紙を数を尽くして頂戴しておりますのは、まことに甲斐もないことのように思えますわね」

とて、母真木柱もそのように思いを述べる。

宇治の八の宮の姫君の噂

されば、宮の御方からは、かりそめの返事すらもないのだが、そうなると、ますます負けじ魂を発揮しつつ、匂宮はいっこうに諦める気配もない。

これには、母真木柱も内心思うところがある。

〈さてもさても、これほどに仰《おお》せくださいますものを、なんの不都合があるものでしょうか。もとより宮さまの人品骨柄に不足はなし、婿君として後ろ見など申し上げたい君だし、これより将来にむかってますますご立派になられるようにも拝見するし……〉と、そのように母としては思う。とはいえ、この宮はたいそうな色好みとして聞こえた人、されば通っている女の数もあまたあって、あの宇治の八の宮の姫君のところへも、なかなか浅からぬ思し召しにて、たいそう繁《しげ》く通っているとか、そういうところを思えば、あまり頼りにもならぬ心の浮気っぽさ加減なども、どうやら慎重を期すべきところがありそうに思われる。

それで母北の方は、本心のところでは、まずこの宮のことは思い切って諦めているのだが、といって相手は宮さまゆえ、あまりに冷淡なあしらいも恐れ多いというわけで、こっそりと、自分が姫になりかわって、差し出たことながら、たまさかには返事など書いたりしているのであった。

竹河《たけかわ》

源氏没後六、七年から十五、六年頃　薫十四歳から二十三歳

髭黒の大臣に仕えていた老女房の語ったこと

この物語は、源氏の一族とは距離を置いていた、後の太政大臣《だいじようだいじん》、すなわち髭黒《ひげくろ》の大殿《おとど》の邸《やしき》に仕えていた口達者な老女房《おいにようぼう》のうちに、いまだに生き長らえていた者たちが、問わず語りに物語ったところゆえ、かの紫上にゆかりの物語とはあまり似てもいないようであるが、語った女房たちの言うところを聞けば、「源氏の大殿のご末裔《まつえい》について、あれこれ間違ったことが混じって伝えられているのは、おそらく我らよりさらに年老いてすっかり呆《ほう》けてしまった人が出任せを申したのであろう」などといかにも納得のゆかぬ様子であった。はてさて、いずれの申すことが正しいのであろうか。

さて、玉鬘《たまかずら》の尚侍《ないしのかみ》の腹に、今は亡き髭黒の大殿の御子《みこ》とては、男が三人、女が二人生まれていたが、いずれもしかるべく傅育《ふいく》してひとかどの者に育て上げたいと、大殿は心に決めていた。そうして、年月《としつき》の過ぎるのも待ち遠しい思いで子どもたちの成長を楽しみにしていたのだが、あに図らんや、子どもらの行く末を見届けることなく、あっけなく亡くなってしまった。まるで夢のようななりゆきにて、いつにしようか少しでも早くと思っていた姫君の入内《じゅだい》も、そのまま沙汰止みになってしまった。

大殿が亡くなって後も、その威勢の名残として、家のなかに唸《うな》っている宝物《たからもの》やら、領《りょう》しているこ荘園かれこれなど、まず経済的な方面でにわかに零落《れいらく》するようなことはなかったもののとかく人の心などというものは、世に時めいている人に限って、だれもが寄りつくというものだから、あれほど威勢の盛んであった大臣家も、家中《かちゅう》の様相は、おおかた打って変わって寂しくなってゆく。

北の方玉鬘にとって異母兄弟に当たる君たちは、あちこちに勢力を張って栄えているのであったが、なまじっか位高い人たちの間柄とて、もとよりさまで親昵《しんじつ》でもなかったところへ、かの故大殿《こおとど》という人が、人情味に欠けるところがあったばかりか、むら気なところが過ぎた人柄であったので、とかく周囲の人たちから心の隔てを置かれるということもあって、同じ血を引くとは申しながら、玉鬘はその異母兄弟たちの誰とも心を許してつきあうということがなかった。

いっぽう、六条院の源氏は、むしろ養女として育てた縁を大切にして、なにもかも昔に変わらぬ親しさを以て、家族の一員に数えてくれていた。そうして、自分の亡き後の仕置きをあれこれ書き置きしてあったなかにも、遺産相続の順位として、明石中宮の次に玉鬘を書き加えてあったので、夕霧の右大臣などは、生半可の兄弟よりも深い配慮をして、しかるべき折々には、消息を送って交流を欠かさない。

姫君たちの行く末

玉鬘腹の男君たちは、すでに元服などして、おのおの一人前になっていたのだが、父大殿が失《う》せて後は、宮中での後ろ楯もない身の上となって、行く末には不安もあり、不本意な思いに心折れることもある。が、それでも、いずれはしかるべく出世をしてゆくことであろう。

そこで、問題は、残った姫君たちのことであった。

母玉鬘は、〈この姫君たちをどのように縁づけたらよかろうか〉と思い乱れる。

内裏の帝に対しても、髭黒は生前、かならず姫を入内させたいという念願を奏上しておいたこととて、その姫君たちが一人前になるであろう年月をご叡慮《えいりよ》あって、常々内裏からそのことを仰せ下さる。

しかしながら、陛下のお側《そば》には、あの明石中宮が、その声望威勢ますます盛りを極めて、いよいよ誰も肩を並べることができぬ状態になっている。されば、その他の女君たちは、だれもかれも皆良いところなしのありさまであった。

そんな状況であるのに、さらにそのいちばん後《あと》から、のこのこ参内したとて、かの白楽天の漢詩《からうた》に「未《いま》だ君王《くんわう》に面《おもて》を見《み》えしむること得《う》ること容《ゆる》されざるに、已《すで》に楊妃《やうひ》に遥《はる》かに目を側《そば》められたり（まだ君王へのお目通りも許されないうちから、すでに楊貴妃に遠くからじろりと睨《にら》まれてしまった）」と詠じてある不遇の女人さながら、〈……中宮から、遠く末席のほうへ、じろりと睨まれるようなことになってしまうのも嬉しくないことだし、……といって、人に劣って、なんの物数《ものかず》にも入れてもらえないような情《なさけ》ない立場のままに、姫を世話するというのも、これまた、心を労《ろう》するばかりだし〉と玉鬘は、とつおいつ考えあぐねている。

冷泉院より御意を賜わる

さる折しも、冷泉院《れいぜい》から、たいそう懇篤《こんとく》なるお言葉を賜った。そこには、玉鬘が昔、尚侍《ないしのかみ》として院のお側に仕えるようにと御意《ぎょい》をこうむりながら、これに背《そむ》いて髭黒の北の方になってしまったということ、あれは、院としては恨めしく不本意な成り行きであったという、大昔の一件まで蒸し返して、

「今は……まして、もうすっかり年をとってしまったことでもあり、帝の位からも去ってなんの栄《は》えもない身の上だと思い捨てられようとも、ただ、安んじて任せておける親代わり、くらいに思って、姫君をお譲りなされよ」

と、たいそう真剣に仰せになる。

〈はてさて、どうお応《こた》えしたらよかろうか……私自身の結婚のことを、ずいぶん心外なことをする女だとお思いになっておられるようだけれど、あれは、私だって不本意だったので、ほんとうに拙《つたな》い身の運命《さだめ》だと思っている……。まったくもう、お合わせする顔のない、恐れ多いこと……。ならば、いっそやはり、もうこんな命の末に近くなってのことだけれど、長女の姫を入内させてお気持ちを直していただこうかしら……〉などと、玉鬘はなかなか決心がつかぬ。

夕霧大臣の子息蔵人《くろうど》の少将も求婚

この姫は、顔形がたいそう美しいという評判があって、思いを懸ける男たちも多い。さるなかに、夕霧の右大臣の子息、蔵人《くろうど》の少将とやらいう人は、北の方雲居《くもい》の雁《かり》の産んだ子だが、兄君たちよりもずっと大切に守《も》り育てたというので、人柄もまことに魅力的な君、この男君が、ひどく熱心に縁組みを懇請《こんせい》してくる。

もとより、玉鬘は、源氏の養女分であったから、夕霧は義理の弟ではあり、また雲居の雁は異腹の妹に当たっているわけで、どちらから見ても、あながちに縁遠いという間柄でもないゆえ、夕霧の子息たちが睦《むつ》まじく通って来るのを、そうそう疎々《うとうと》しいもてなしもできかねる。

そこで、この子息たちは、玉鬘のところに仕えている女房たちにも気安く馴《な》れ近づき、そのあたりを伝手《つて》として思いの丈を伝えようという魂胆《こんたん》で、懸想《けそう》のほどをそれぞれ馴染みの女房たちを通じて申し入れてくる。女房たちが昼夜の見境もなくそんなことを耳に入れてくるかしましさを、玉鬘は煩《わずら》わしく思いながらも、いっぽうまた、その期待には添い難いこととて、心苦しいことにも思っていた。

蔵人の少将の求婚については、母北の方からも、しばしば玉鬘のもとへ手紙が寄せられ、父夕霧からも、

「いまのところは、まだまことに軽々しい身分のようにご覧になりましょうが、そのあたりは親しいご縁を以てお見許しいただきたく……」

などと言ってくる。

しかしながら、玉鬘としては、長女の姫大君《おおいぎみ》については院に差し上げようかという思いもないではなし、ここで一介の臣下に過ぎぬ男に縁付けようとはさらさら思っていない。そして、中君《なかのきみ》ならば、その少将がもうすこし世間の声望も軽々しからぬ身分に昇《のぼ》ってよい釣り合いになったなら、縁を結んでもよかろうか、と思っていた。

けれども、少将のほうは、そんな悠長なことは言っていられない、もし許してもらえないなら盗み出しても取っていこうかというくらい、なにやら気味の悪いほどに思い詰めている。

母親としては、少将と大君とは、身分上まったく不釣り合いだとも思わないが、姫君自身が承知しないうちにお付きの女房などが手引きをして、なにかの紛れに男を通わせると

いうようなことは、世間の人々も軽薄なこととして評判するであろうから、取り次ぎの女房たちにも、

「神に誓って、ゆめゆめ心得違いな過ちをしてはなるまいぞ」

とうるさく念を押していたので、さすがに女房たちも、煩わしいことに思って、なかなか取り次ぎをしたがらぬ。

玉鬘は薫を婿にとひそかに思っている

さて、六条院の源氏の大殿《おとど》の晩年、朱雀院《すざく》の女三の宮が産んだ男君の薫《かおる》は、冷泉院に引き取られて実の皇子《みこ》のように大切に育てられ、今は四位《しい》の侍従となり、その頃十四、五歳ばかりになっていた。その年ごろの男は、とかくまだ子どもっぽさが残って幼弱《ようじゃく》なところがあるものだが、薫は歳のわりには心がまえも大人大人《おとなおとな》して、見苦しいところなく、この分では将来は人にまさって有望だということが目にも著《いちじる》しく分かるので、玉鬘としては、むしろこの君を「婿君」として、自分のところでお世話をしたいと思っている。

故髭黒の太政大臣邸は、くだんの薫侍従の実家三条の宮とたいそう近いところにあった

ので、しかるべき折々の遊び所として、大臣の子息たちの誘うにまかせて、薫も時々やってくることがある。

なにぶんとも、心憎いばかりに評判の高い姫君のいる邸とあって、若い男たちでここに心を懸けぬ者とてもなく、これみよがしに格好を付けて出入りしている。そのなかでも、姿形の美しいという点では、かの入り浸りの蔵人の少将が随一だったが、いっぽうまた、心の惹《ひ》きつけられるような立派な心がけに、飾り気なく上品な男ぶりというような点では、この四位の侍従薫に及ぶ人とてもなかった。

この君は、六条院の大殿に縁近いと思って見るせいで、格別なものを感じるのでもあろうか、世間から、自然と大切にされるという人であった。とりわけて、玉鬘の邸に仕える若い女房衆など、この君を、別《べつ》して賞嘆しあっている。そこで玉鬘も、

「ほんとうに、感じのよい方ね」

などと言い言いして、この薫にばかりは、親しみ深い様子で言葉を交わしなどする。

「六条院さまが、ご生前に思し召し置きくださったご配慮の数々を思い出しては、ご逝去以後、心の慰む時とてなく、ただただ悲しいばかりですけれど、さりながら、そのお形見として、さてどなたをいったい思うておいたらよいのでございましょうね。右大臣さま

（夕霧）は、あまりにお偉い方で、特別になにかの機会でもなければお目にかかるというこ
ともでき難いことですし……」
と、こんなことを玉鬘は述懐しつつ、薫を、まことの兄弟のように思って接するので、薫のほうでも、姉の許《もと》へ出入りするような心づもりでやってくる。この薫に限っては、世の公達《きんだち》にありがちな色好みらしいところも見えず、それはもうたいそう落ち着いた人柄なのを、どこの邸の若い女房たちも、みな飽き足らず残念なことに思って、艶《つや》めいたことを言いかけては真面目な薫を困らせたりしている。

正月、按察使大納言や夕霧らの年頭の挨拶

正月が明けて間もなく、尚侍《かむ》の君《きみ》玉鬘の邸に、兄弟の按察使《あぜち》の大納言……読者の皆さま覚えてお出でであろうか、あの賢木の巻で八、九歳のころに催馬楽《さいばら》の『高砂』を謡った声の良い少年、あの君が、いまでは大納言になっているのであったが……、また藤《とう》中納言……この君は亡き髭黒の大殿の太郎で真木柱《まきばしら》と同腹の弟……などが、参集していた。右大臣の夕霧も、子どもたちを六人も引き連れて年頭の挨拶に訪れている。その風貌を見れ

ば、まことになに一つとして足らぬところもなく、申し分なき美男ぶりと声望であった。されば、その若君たちも、一人一人さまざまながら、いずれもすっきりと美しげな容貌で、年相応の位よりは、みな高い身分に昇り、さていったいこの君たちには悩みなんてものがあるんだろうかと、傍目《はため》には見えるほどであった。

ところが、その君たちのなかで、蔵人の少将ばかりは、とりわけ大切に育てられた人と見えるにもかかわらず、なぜかいつもしょんぼりして、どうやら悩ましいことがあるような様子をしている。

夕霧と玉鬘の姫君の縁談をめぐる対話

夕霧の右大臣は、兄弟のように育った誼《よし》みで、玉鬘とのあいだに取り次ぎの女房など介することなく、ただ几帳《きちょう》ばかりを隔てて、昔と同じく気安げに、直接言葉を交わしている。

夕霧は言う。

「頃日《けいじつ》は、特段の用事のない限りは、そうしばしばお話を承《うけたまわ》ることもできませんで、残念に思っておりました。わたくしも、こう馬齢《ばれい》を重ねてまいりますと、本務で内裏へ参上するよりほかの私的な外出など、なにやらまごつきがちで、すっかり億劫《おっくう》になってしまいました。そんなことで、本来なら折々に伺っては父の思い出の物語など致したいと思い思いしつつ、いつしかご無沙汰のまま打ち過ぎてしまいました。……しかし、あれに召し連れました倅《せがれ》どもは、もしなにかのご用などございましたら、どうぞご遠慮なく呼びつけてお使いくださいませ。あの者たちには、日ごろから、『なにかあったら誠心誠意お役に立って、真心のほどをご覧いただくようにせよ』と、よくよく教訓しておりますほどにな」

玉鬘は応える。

「今となりましては、もうすっかり世間からは相手にされないようなありさまになってまいりますのに、右大臣さまには、こんなわたくしどもを、お見捨てなく人数に加えてくださいます。それだけに、亡き六条院さまの御事も、どうしても忘れ難くお偲《しの》び申し上げなどいたしております」

こんなことを口にしたついでに、玉鬘は、長女の姫君に、冷泉院から思《おぼ》し召しを賜ったことを、ちらりと話してみる。

「……と、こんな忝《かたじけ》ない仰《おお》せをいただいておりますのですが……でも、わたくしどもの姫のように、これという後ろ楯もないままに、なまじの宮仕えなどさせますのは、かえって見るに忍びないようなことにもなりはせぬかと……ああしたらいいか、こうしたらいいかと、思い煩《わずら》っておりますので……」

こんなふうに玉鬘は切り出した。すると夕霧は、

「内裏の今上陛下からも、そのように仰せ下されることもあるやに承りましたが、さて、どのように思い定めたらよろしいものでございましょうか。冷泉院さまは、帝位からもう退かれているという意味では、すでに盛りを過ぎたような感じもいたしますけれど、そもそも世にも稀《まれ》なるその美しいお姿は、決して老け込むというようなこともございませぬように拝見しますゆえ、わたくしなども、もしまともに育った姫を持っておりましたならば……と、そんなことを愚考いたしもするのですが、あのようにご立派なお妃《きさき》がたが揃《そろ》っておいでのところへ立ち交わるほどの娘もおりませぬことにて、まことに口惜しい思いでおります。……で、そもそも、あの女一の宮の母君、弘徽殿女御《こきでんのにょうご》（柏木の妹）は、今仰せの大君が院へ上がることを承知しているのでしょうか。いや、以前にも、同じようなことがありましたが、やはり弘徽殿女御への遠慮を以て話が進まなかった、そんな前例もございますし……」

と心配をする。

「いえ、その女御さまが……冷泉院さま御退位の後は、とくに忙しいお仕事もなく、のんびりしたご日常の所在なさを、婦唱夫随とでも申しましょうか、心を一つにして姫君のお世話をすることで慰めにしたいと、そのように……あちらさまのほうから……お勧めくださいます。それで、さてどうしたものかしら、と思っているようなことでございまして……」

玉鬘は、そう答えた。

皆打ち揃って、三条の宮の女三の宮に挨拶に行く

やがて、夕霧ばかりでなく、按察使の大納言やら、藤中納言やら、みなみな、この玉鬘の邸に年始の挨拶に参集したあと、揃って、三条の宮まで、入道の宮（女三の宮）への挨拶に出向く。さても、朱雀院に古くより縁《ゆかり》のある人々も、六条院の源氏に近かった人々も、それぞれの縁のある以上、いまもなお、この入道の宮のあたりに挨拶せずには通れないもののようであった。玉鬘の子息たち、左近の中将、右中弁《うちゆうべん》、侍従の君なども、そのま

ま夕霧のお供をして三条の宮へ向かう。まことに、これほどの人々を引き連れてゆく夕霧の威勢は大したものであった。

夕方、薫の入来

夕暮れになって、四位《しい》の侍従薫も、玉鬘邸にやってきた。それまでに、成人して立派になった若君たちもたくさん参集したが、みな誰も誰もひとかどの公達ぶり、いずれが勝るいずれが劣るというようなこともない。おしなべて感じのよい人々ばかりであったけれど、さるなかにも、いちばん後《あと》から、この薫君がやってきたのを見れば、やはりいちだんと目が釘《くぎ》付けにされる感じがして、いつもながら、美男好きの若い女房たちは、

「やはり、だんぜん違ってるわね、薫さま」

など言いそやしている。また、

「こちらの御殿の姉姫さまのお相手には、なんといっても薫さまを並べて拝見したいものよね」

などと、聞きにくいことを平気で喋々《ちょうちょう》する。

なるほど、たいそう若くすっきりとした様子をして、しかも動くたびに得《え》ならぬ芳香がふわーっと漂ってくる。その素晴らしい風姿といい香りといい、とても世間当たり前の男ぶりとも思えぬ。これには、いかに深窓《しんそう》に匿《かくま》われている姫君とても、おのずから情《なさけ》のほどを弁《わきま》えた人ならば、なるほどこの君は人に優れて魅力があるような……そう認識できることであろう、と思われる。

玉鬘は、夫の追善供養のための念誦堂《ねんずどう》にいて、

「どうぞこちらへ」

と薫に声をかける。

薫は東の階《きざはし》から昇って、東側の妻戸口《つまどぐち》あたりの御簾《みす》の前に座を占める。その御前《おまえ》近い若木の梅が、なんだか頼りなげに蕾《つぼみ》を付け、鶯《うぐいす》の初声《はつごえ》もまだおぼつかぬ様子で聞こえてくる。そこへこの薫君の初々しい姿を見ては、女房たちもいたずら心を起こして、なにか好き好きしいことのひとつも言わせてみたいというような気分になる。そこで、女房どもは、口々に埒《らち》もない戯《たわむ》れを言いかけるのに対して、薫は、まともに取りあうこともせず、ただ口数も少なく心憎いばかりに鷹揚《おうよう》な態度で応対するので、女房どもはく

やしがる。なかにも宰相《さいしょう》の君と呼ばれている上臈《じょうろう》が、こう詠みかける。

折りて見《み》ばいとどにほひもまさるやと
すこし色めけ梅の初花《はつはな》

そうそう堅い蕾のように畏《かしこ》まっていないで、いっそ折ってみたならば、匂いもまさるかと思う程度には、色めいてごらんなさいませ、梅の初花のような君

〈たちまち、こんな歌を詠んでよこしたとは小癪《こしゃく》な〉と薫は聞き、

「よそにてはもぎ木なりとや定むらむ
したにほへる梅の初花

よそ目に見ては、とんと枯れ木だというように思い込んでおられるかもしれませぬが、いやどうしてどうして、下心には、色香に匂うておりますよ、この梅の初花も

なんなら、ちょっとこの袖に触れてごらんになりますか」

とて、意外にも、この堅物らしい様子の君が、「色よりも香こそあはれと思ほゆれ誰《た》が袖触れし宿の梅ぞも（色よりも、この香りにしみじみと心惹《こころひ》かれます。いったい誰の袖が触れた、

この家の梅なのでしょうか)」などという艶《えん》な歌を引き事にして、当意即妙に歌を返したので、女房たちの心もほどけた。

「ほんとのところは、そうそう、お姿の美しいことよりも、あの香りのほうがもっと素晴らしいものね」

など口々に言いそやしながら、どうかしたら、御簾の下から手を出して、その薫の袖を引き動かしかねないほど浮き足立っている。

こんな様子を見て、玉鬘は、奥のほうから躙《にじ》り出てくると、

「なんというあきれた人たちでしょ……。こちらが恥ずかしくなるほどの実直人《まめびと》にまで、そのような厚かましいことを……」

と声を押し殺して注意しているようだ。

しかし、その声は、端近《はしぢか》のこととて、薫の耳にもかすかに届いた。

〈やれやれ、実直人《まめびと》だなどと……なんというまた気の利かない名を付けられてしまったことぞや、情ない〉と、薫は思っている。

この邸の玉鬘腹の三男、侍従の君は、いまだ殿上《てんじょう》なども許されていないので、年始の挨

拶にあちこち出歩くということもなく、たまたま在邸していた。この藤侍従《とうじじゅう》の君が、若木の沈香《じんこう》で作った折敷《おしき》（角盆）二つばかりに、お菓子と盃《さかずき》程度のものを運んできて薫をもてなす。

玉鬘は、

「右大臣（夕霧）は、お歳を重ねられるほどに、ますます亡き源氏の大殿《おとど》に、ほんとうにそっくりにおなりで……。でも、こちらの源侍従の君（薫）は、似ていらっしゃるところもお見受け申しませぬけれど、ご様子がほんとうに物静かで、おのずからにじみ出る品の良さなど、あの源氏の君の若盛りもかくやと思いやられます。源氏の君も、お若いころはきっとこんなご様子だったのでございましょう」

と、亡き源氏を思い出して、しおしおと涙を流すのであった。

やがて薫は引き上げていったが、その立った後まで、名残《なごり》の香《か》が消えぬ薫の芳《かんば》しさを、女房たちは口々に賞嘆してやまない。

正月下旬、薫、再び玉鬘の邸へ

さりながら、侍従の君薫自身は、実直人《まめびと》などと朴念仁《ぼくねんじん》のような綽名《あだな》を蒙《こうむ》ったのを、いかにも名折れに思ったので、その二十日過ぎの頃、梅の花の盛りの時分に、〈こう色気無しのように言い做《な》されては不本意千万、ひとつこれは色好男《すきもの》の真似事でもしてみることにしよう〉と思って、藤侍従のところへやってきた。

さて、西の中門《ちゅうもん》を入ろうとして、ふと見ると、同じような直衣《のうし》姿の男が立って中の様子を窺《うかが》っている。その男は、薫の姿を認めて、こそこそと隠れようとするので、さっそく引き留《とど》めてみれば、いつもこの邸の様子を窺っている蔵人の少将であった。

少将は、寝殿の西面《にしおもて》に、琵琶《びわ》や箏《そう》の琴《こと》の音《おと》がするので、これぞ姫君たちの弾く楽《がく》の音《ね》かと胸躍らせて立ち聞きしているもののようであった。

薫は思った。

〈なんと、少将か。やれやれ難儀なことを……。人も許さぬ恋路に思い初《そ》めるというのは、罪深いというべきことよな……〉

やがて、琴の音《ね》が止んだ。薫は少将に声を懸ける。

「さあさ、ひとつ案内をしてくれたまえよ。私は中がどうなっているのか、よくもわからぬのでな」

そう言うと、薫は、少将を引き連れて門を入った。西の渡殿《わたどの》の前の紅梅の木のもとへ進み入ると、薫は、

「梅《むめ》が枝《え》に　来《き》ゐる鶯や
春かけて　はれ
春かけて　鳴けどもいまだ　や
雪は降りつつ　あはれ　そこよしや
雪は降りつつ

梅の枝に来てとまっている鶯よ、
春の来る頃に　はれ
春の来る頃に　鳴いているけれど　いまだに　やあ
雪は降っているよ　ああ　そこよしや
雪は降っているよ」

と、良い声で催馬楽《さいばら》『梅が枝』を口ずさみながら立ち止まる。すると、その身から発する気が、梅の香よりも著しく、あたりに馥郁《ふくいく》と匂いわたる。

そこで女房たちは、西南の隅の開き戸を押し開けると、和琴《わごん》をたいそう巧みに掻《か》き鳴らして、薫の朗吟に和して聞かせる。

〈おお、これは……女の弾く琴で、格調高い呂《りょ》の調《しらべ》（注、中国伝来の旋法で春の調べとされた）の歌にここまで巧みに合わせ弾くということは、なかなかないものだが、いや見事見事〉と薫は思う。そこで、もう一遍、繰り返して歌うと、そこへこんどは琵琶を奏でて合わせてくる。その音色の、またとなく華やかなこと……。

〈ふむ、さすがに、由緒《ゆいしょ》床しきお暮らしぶり……並々ならず風雅なお邸ゆえ、かくも見事にな……〉と、薫もおのずから心惹《こころひ》かれつつ、今宵は少しばかり気を許して、わけもない戯《ざ》れ口《ぐち》なども、女房相手に叩《たた》いてみるのであった。

御簾の内から、すっと和琴が差し出された。

薫も少将も、さすがに譲りあってどちらも手を触れようとはせぬ。すると、藤侍従の君を取り次ぎとして、玉鬘は、

「侍従さまのお琴は、無双の名手でいらっしゃった故致仕大臣《こちじのおとど》（柏木らの父）の御爪音《おんつまおと》に、とてもよく似ておられるとか承《うけたまわ》っておりますものを……。なにとぞして拝聴申したく存じます。今宵は、まげて『鶯の声に誘われて』おくつろぎくださいませ」

と、外の君たちに言葉をかける。

「鶯の声に誘引《いういん》せられて花の下《もと》に来《きた》る、草の色に拘留《こうりう》せられて水の辺《ほとり》に坐り《を》（鶯の声に誘われて、この花の下に来た、草の色に引かれて、この水の辺に座っている）」と歌った古き漢詩《からうた》を下心に含んでの誘《いざな》いとあっては、その風雅なること凡俗ならず、〈……かくては、これ以上照れくさがって指をくわえているわけにもいくまい〉と薫も思い定めて、さまで気合いを入れるでもなく、はらりはらりと掻き鳴らす。その風情たるや、またたいそう豊かな響きに聞こえる。

故致仕大臣《ちじのおとど》は、父親といっても、玉鬘は常に身近に置いてかわいがってもらったということもなかったけれど、もはやこの世にはおられなくなってしまったと思うと、それはそれでたいそう心細い思いがして、かかる楽の音を聞くなど、ほんのかりそめのことの紛れに、ふと懐かしく思い出したり……すると、しみじみ哀痛の思いに打たれる。

〈はて、不思議な……どういうわけであろうか……この侍従の君は、亡き大納言（柏木）

のお姿に、ほんとうに生き写し……その上、この琴の音など、もう大納言が弾いているのかと思うほど、そっくりで……〉と思って、玉鬘は泣く。これも、年をとったがゆえの涙もろさなのであろうか。

蔵人の少将も、声はまことに美しく、正月恒例の男踏歌《おとことうか》にゆかりの催馬楽《さいばら》『この殿は』を唱和する。

この殿は　むべも　むべも富みけり
三枝《さきくさ》の　あはれ　三枝の　はれ　三枝の
三つ端《ば》四つ端の中《なか》に　殿造《とのづく》りせりや　殿造りせりや

この御殿は　なるほど　なるほど豊かな御殿だ
福草《さきくさ》の　ああ、福草の　はあ　福草の
三つ棟四つ棟と　殿造りしてある、殿造りしてあるよ

なまなか小賢《こざか》しげな心がけの、歳長《とした》けたうるさがたもここには混じっていないので、自然自然と、お互いの気分も盛り上がってきて、次々と歌い奏でる。さるなかに、この家の

住人《あるじ》藤侍従という人は、風雅方面はからっきしだめであった父髭黒の大臣《おとど》に似てしまったのであろうか、こちらの方面は苦手で、ただひたすら盃ばかり過ごしている。
「どうだい、せめて祝言の謡いだけでも唱和せぬか」
少将たちにこんなことを言い責められて、藤侍従もしかたなく、これも男踏歌の歌いごとなる催馬楽『竹河《たけかわ》』を、他の人の歌うのに揃えて歌うのを聞けば、技巧的には未熟ながら、なかなか良い声で歌う。

「竹河《たけかは》の　橋のつめなるや　橋のつめなるや
花園《はなぞの》に　はれ　花園に　我《われ》をば放《はな》てや
我をば放てや　少女伴《めざしたぐ》へて

竹河の　橋のたもとなる　あの橋のたもとなる
斎宮《さいぐう》の花園に　はあ　花園に　我を自由に遊ばせよ
我を自由に遊ばせよ　額髪《ひたいがみ》を切りそろえた童女《おとめ》と立ち連れて」

その歌この歌の、皆声良きに賞《め》でて、御殿の御簾のうちから、褒美の土器《かわらけ》が差し出される。

しかし、それを見て薫は、

「おっといけないいけない、これでうかうか一献頂戴《いっこんちょうだい》して酔っぱらってしまったら、下心に忍ばせている恋心も包み切れなくなって、ついけしからぬことを口にしてしまうもの、などと聞いております。さて、それがしをいったいどうもてなしてくださるおつもりか」

などと戯《たわむ》れごとを言い立てて、ただちにその酒には手を付けぬ。

すると、御簾の内から薫侍従に対して、小袿《こうちき》に重ねた細長《ほそなが》の、しかもすっかり着ていた人の移り香の沁《し》みた「お垢付《あかつ》き」のそれを、当座の褒美《ほうび》として与えようとする。が、薫は受け取らぬ。

「これは『なにぞもぞ』でございますなあ」

これも男踏歌に歌う催馬楽の題『なにぞもぞ』を引き事にして、薫は、「これはいったいなにのおつもりか」と、ふざけ半分に、受け取った形のまま、これをこの家の住人《あるじ》藤侍従の肩に懸け与えて、さっさと去っていく。侍従は、自分が貰《もら》う謂《いわ》れはないとばかり、薫を引き留《とど》め、押して被《かず》け返そうとするけれど、

「いやいや、楽人《がくにん》たちをもてなすとて、水漬《みずづ》けなど頂戴しておりますうちに、すっかり夜が更けてしまいましたほどにな」

と、これも踏歌の折のもてなしになぞらえて、その被け物はご勘弁とばかり、さっさと逃げ出していった。

蔵人の少将は、この薫侍従ほどの君が、こんなふうにちらちらと立ち寄っているように見えるからには、どの女たちもきっとこの君に心を寄せていることであろう、それに比べて我が身など、とてもとても……とたいそう屈託《くったく》し、しょんぼりとして、世の中はつまらぬとばかり、恨みごとの歌を詠じた。

人はみな花に心を移すらむ
ひとりぞまどふ春の夜の闇《やみ》

あーあ、人はみんな良い香りのする花に心を移してしまうのであろう。
それゆえ、自分などは、ひとりしょんぼりとくれ惑うている、そんな春の夜の闇よな

と、こんな歌を詠じつつ、ため息ばかりついて立っていると、御簾の内から、女房が歌を返してくる。

をりからやあはれも知らむ梅の花

ただ香《か》ばかりに移りしもせじ

わたくしが心を寄せるのは、その人その折の具合によってなのですよ。
いかに香ばしい梅の花だとて、ただかばかりの香（か）ばかりに、心移りするわけではありませぬ

翌朝、薫よりの文至る

その明くる朝、四位の侍従薫君のもとから、昨日の主の藤侍従のもとへ、

「昨夜は、まことに乱酔狼藉《らんすいろうぜき》仕《つかまつ》りまして、母上さま始めお邸の方々はどのようにご覧になったことでございましょうか」

という由の手紙が届けられたが、これは女の方々もお読みくださいという心であろうか、ほとんど平仮名書きで、その奥に、

竹《たけ》河《かは》のはしうちいでしひと節《ふし》に
深き心の底は知りきや

昨夜、わたくしも歌いました、あの竹河の橋（はし）……ではございませぬが、心の端（はし）をつい口に出してしまいました、そのひと節に、わたくしの深い心の底の、姫様への恋しさを知っていただけたでしょうか

と、そんなことが書いてあった。

受け取った藤侍従は、さっそくこれを寝殿に持っていった。

玉鬘が、姫君が、こもごも興味津々でこれを見る。

「まあ、手跡《しゆせき》なども、とてもすてきに書いてあること。どういうお人なのかしらね、あの薫侍従という方は。まだお歳も若いのに、こうなにもかも整っておいでとは……。ご幼少の時分に父君六条院さまにも先立たれ、母宮がそれほどしっかりとお育てになったとも伺っていませぬけれど……それでも、こんなふうに人よりも勝るなにか……因縁を、お持ちなのでしょうね」

と玉鬘は、薫を褒めることで、自分の息子たちの手跡が下手くそだということを、暗に諷《ふう》するのであった。

これには藤侍従がみずから返事を書いたけれど、なるほどその手跡は、まことに未熟な

ことであった。

「昨夜は、水漬けを召し上っているうちに夜が更けたなどと仰せになって早々に帰られたのを、皆々不審がっておりましたようでございますが、

竹河に夜をふかさじといそぎしも
いかなる節を思ひおかまし

竹河の橋の詰め……とお歌いになって、その河底のように深（ふか）いお心をお示しとの仰せながら、それにしては、
夜も更（ふ）かさぬうちにと急ぎお帰りになったのは、さてさて、
どんなお心と考えておいたらよかろうかと、竹河だけに不審なる節がございますな」

というような次第で、この竹河の節《ふし》をば縁《えん》の始めとして、薫侍従は、藤侍従の居室へ出向き、姫君に対する下心の懸想をほのめかす。

かくて、蔵人の少将がかねて危惧《きぐ》していたとおり、みなが薫に思いを寄せるという結果になった。藤侍従の君も、若い心の赴くところ、縁も近い人として、この素晴らしい薫君と、明け暮れ仲良くしたいと思うのであった。

三月、二人の姫君、碁を打つ

三月《やよい》になった。

古歌に「桜花散りかひくもれ老いらくの来むといふなる道まがふがに（桜花よ、みっしりと散って空も曇るようにしておくれ、そうしたら老いというものがやってくる道も分からなくなるだろうから）」と詠じてあったことだが、なるほど折節、咲く桜もあれば、空も小暗《おぐら》くなるばかりに散りしきる桜もあって、おしなべてあたり一面花盛りなる頃、故髭黒の大臣邸には、訪れる人とてもなく、みなのんびりと過ごしている。これでは姫君たちが姿を物陰に隠すまでもなく、端近なところに出ていたとしても、差し当たって咎《とが》め立てするにも当たるまじく思われる。

その頃、姫君たちは、十八、九というほどのお年ごろであったろうか、その容姿も心根も、それぞれに見どころがあった。

上の姫大君《おおいぎみ》は、目鼻立ちがくっきりとして品がよく、それでいて派手で華やかなところがあって、これほどの姫なれば、なるほどそこらの臣下の身分の男に娶《めあわ》せるなどは、さらに似つかわしくないというように見える。

桜襲《さくらがさね》（表白、裏赤）の細長《ほそなが》に、山吹襲《やまぶきがさね》（表薄朽葉、裏黄）の袿《うちき》など、季節がらにぴったりと合った色合いが、いかにもしっとりとした風合いに重なり合っている裾《すそ》まで、まさに愛敬《あいきよう》がこぼれおちているように見える。その一挙手一投足に至るまで、心細《こま》やかに行き届いている感じで、はたの者が恥ずかしくなるほどの美しさである。

今一人の中君《なかのきみ》は、薄い色目《いろめ》の紅梅襲《こうばいがさね》（表紅、裏紫）の装束に、豊かな黒髪は艶々として、さながら柳の糸がゆるやかに揺れるようなたおやかさに見える。こちらの姫は、すらりと背が高くて飾り気のない自然な美しさで、物腰はしとやかに落ち着き、軽薄なところがなくて思慮深い気配がまさっている。とはいえ、見るからに華やいだ匂うような色香という点では、やはり大君にはとうてい及ばないと、邸内の女房たちは思っている。

この二人の姫君が、碁を打つというので差し向かいに座っている、その髪の生え際といい、またさらさらと豊かな髪のかかり具合といい、まことに見どころがある。それをまた母玉鬘が見守っている。

姫君の弟藤侍従の君が、碁の勝負の立会人として、二人の側近《そばちか》くに侍《じ》しているところへ、左近の中将、右中弁の兄君たちも顔を覗《のぞ》かせた。長兄の左近の中将が言う。

「おお、侍従も、姫君たちのお覚えまことにめでたいものと見えるな。御碁《おんご》の立会人たるを許されるとはなあ」

こんなことを言い戯《たわむ》れながら、中将は、なにやらいっぱしの大人ぶって、ずいと跪《ひざまず》いたりするので、その辺りに侍《はべ》っている女房たちも、あわてて居住まいを正す。そうして中将が、

「いやはや、宮仕えがずいぶん忙しくなりまして、あくせくしているうちに、弟の侍従にしてやられたとは、なんとまあ不本意千万なることとでしょうかな」

と、わざとらしく嘆いてみせると、こんどは右中弁が、

「わたくしなどは、よろず取り扱いの弁官《べんかん》という仕事柄、なおのこと私邸のほうでのご奉公はままなりませぬが、だからといって、そのようにお見捨てになられるとはなあ……」

など、口から出任せに戯れる。

これには、姫君たちも、碁のほうは中断して、ひたすら恥じらっているその様子がまた、たいそう魅力的である。

「しかし、これで内裏あたりへ出入りしておりますと、ああ、やはり亡き父上がいてくだ

さったらなあと思い申すことのみ多いことで……」

など、中将はつい涙ぐんで、姫君たちをじっと見た。

中将は、二十七、八ばかりになっているので、今や押し出しも堂々たるもの、そして、この姫君たちの将来は、なんとしても、宮仕えに差し上げるようにと父君が定め置いたとおりにしたいものだと思っている。

けれども、その姫君たち自身は、前にとりどりに咲く花の木のなかでも、色艶のとりわけて美しい桜の枝を女《め》の童《わらわ》などに折らせて、

「ねえねえ、この花の枝は、他のところのとは断然ちがうわね」

などと得意になってもてあそんでいる。これを見て、中将は、

「お二人がまだ幼かった時分、『この花は私のよ』『ちがうわ私のなんだから』とか言って、取りあいをしておられたことがありましたっけ……。その時、亡き父上がご覧になって、『よし、それは大君のお花ということにせよ』と仰せになったのに対して、母上は、『中君の木にしましょうね』と仰有《おつしや》いましたね……もう大きかった私は、さすがにそうわあわあ泣いたりはしなかったけれど、でも、父上も母上も、どうして姫君たちばかりに贔《ひい》屓《き》されるのだろう、あれは僕の木なのにと思って、内心は、安からぬ思いがしたものでし

たよ……」

と、そんなことを微笑みながら追懐したり、また、

「しかし、この桜が、もうこんな老木《おいき》になってしまったのを見るにつけても、ああ、過ぎてきた年の数が思い出されます。この長い歳月の間に、ずいぶんたくさんの人に先立たれてしまったものと……我が身の悲しみも限りがございません」

と、母玉鬘に向かって、泣きみ笑いみ述懐したりもする。

そんなふうにして、中将たちは、例になくのんびりと過ごしている。

中将ももうすでに人の婿となった今、日ごろはそうそう実家のほうで心静かに過ごすということもないのであったが、今日ばかりは、花に心を留《とど》めてゆっくりとしている。

玉鬘も心中の思いを吐露する

尚侍《かむ》の君《きみ》玉鬘は、もうこれほど立派に成人した人々の親とも思えぬくらい、本当の歳よりはずいぶん若く清純な感じがして、今もなお女盛りの容貌に見える。

冷泉院の帝は……実は、この玉鬘の面影を今も忘れることができず、かつて尚侍《ないしのかみ》として

近侍《きんじ》していた時分のことが恋しく思われて、何にかこつけたらもう一度逢うことができようかと、そんなふうに思いを巡らされた結果、大君を院へお召しになるということを思いつき、それで強いてそのことを申し入れなさったというわけなのであった。

とは申せ、さて、この姫君たちを選《よ》りにも選って、すでに引退している冷泉院に差し上げるということは、兄君たちにとっては、面白からぬ思いがする。

「院に……などは、やはり、どこか差し上げ栄《ば》えのない心地がいたしますな。なにごとにつけても、時の勢いに従ってこそ世人《よひと》も納得いたそうというもの。たしかに、冷泉院さまは、お姿もこの上なくご立派でいつも拝見したいような、世にたぐいもないほどの君ではございますが、やはり、もう盛りを過ぎられた……という感じが否めませぬ」

「さようでございます。琴笛《ことふえ》の調べも、花鳥《はなとり》の色も、時宜《じぎ》に適《かな》ってこそ、人の耳にも目にもとまるものではありますまいか。されば、むしろ東宮さまに差し上げてはいかがでございましょう」

中将と右中弁が、口々にこんなことを言うのを制して、玉鬘が、

「はてさて、それはどうであろう……東宮さまとなると、はじめからそれはもうご立派な御方（夕霧の大姫君）が、傍らに並ぶ者とてもないようなご様子でおわしますことゆえ

……。生半可にそのようなところへ立ち交わりますのも、胸の痛むようなことのみ多く、なにかと物笑いの種になりはせぬかと、どうしても気が進みませぬ……。これで亡き殿がご存命でいてくださったなら……、遠い将来どうなるかはさておき、すくなくとも、ただ今のこととしては、きっと入内しても、重々その甲斐のあるようにしてくださったことでしょうけれど……」

と、そんなふうに心情を吐露すると、皆々しゅんとしてしまう。

蔵人の少将やって来て姫君たちを垣間見す

やがて、中将などがみな帰ってしまって後《のち》、姫君たちは、また打ちさしていた碁の先を続ける。

幼い頃から、取り合いをしていたくだんの桜を賭け物にして、

「じゃ、こうしましょ。三番勝負で勝ち越したほうが、あの桜の主《あるじ》となるということにしてはどう」

など、戯れを言い交わして、興がっている。

だんだんと日暮れて暗くなってくると、碁盤を端近《はしぢか》なところへ持ち出して、なお勝負が付くまで打ち続ける。しまいには、御簾まですっかり巻き上げてしまって、それぞれのお付きの女房たちが、こぞって我が君の勝つように祈りあっている。

その折しも、あの蔵人の少将が藤侍従の部屋を訪ねてきたのだったが、折あしく侍従は、兄君たちと連れ立って外出してしまっていた。そのため、おおかた人気《ひとけ》も少なく、西の渡殿《わたどの》あたりの戸が開いていたのを見つけて、少将はそっと身を寄せて中を覗いてみた。すると……焦がれていた姫が、すぐそこに見える。こんなに嬉しい機会を見つけたのは、仏様が濁世《じよくせ》に示現《じげん》ましましたところへ行き合わせたほどの、天にも昇る心地がしたのも、思えば儚《はかな》い恋心というものであった。

夕暮れの霞《かすみ》に紛れて、さほどはっきりと見えたわけでもなかったが、そこを、ひしと目をつけて、じっくりじっくりと眺め入る。すると、桜色の色目の着物を着ているのが、かの大君か……と、はっきり見分けることができた。

「桜色《さくらいろ》に衣は深く染めて着む花の散りなむ後《のち》の形見に（衣の色は、桜色に深く染めて着たいもの……花が散ってしまった後《あと》の形見にでもしたいから）」と昔の人が歌った通り、その桜色の衣の美しいこと、まさに輝くばかりの色香に見えたものを……これでよその男に縁付かれてしまったら、と思うと、ますます悲観的な思いに屈託する少将であった。

が、あたりに侍《はべ》っている若い女房たちの、くつろいだ珍しい姿が、もう暗くなりかかった夕べの残光のなかにいかにも魅力的に見える。

碁の勝負は、右方中君《みぎかたなかのきみ》の勝ちに帰した。

「右方が勝ったというのに、右の高麗楽《こまがく》の調べがまだ聞こえないわ、遅い遅い」

などと、勝ち誇っていう女房もある。

「そもそもね、あの桜の木は、わが右方に懐《なつ》いているからこそ、西のほうに寄って立っておりますものをね……」

「それを、左の大君さまの物になさったりするから、もう長いこと、どちらの桜かというような御争いがございましたのですもの」

右方の女房たちは、いかにも心地よさそうに、交々《こもごも》こんなことを言い募る。

蔵人の少将には、女たちが何を言っているものやら、理解できなかったけれど、それでもなんだか興味深く聞き、〈こんなときには、なにか気の利いたことの一つも言い入れたいものだが、いや、いかんいかん、誰も人目のないことと思って、ああしてくつろいでおられる時に、突然男が闖入《ちんにゅう》したりするような、心無いことはすまいぞ〉と思って、そのままそっと立ち去っていく。

その後、少将は、またこんな好機がないものかなあと思って、あちこち物陰に隠れては、内部の様子を窺《うかが》って回っているのであった。

姫君たちと女房ども交々《こもごも》に歌を詠み交わす

姫君たちは、こんな花の争いをしながら、のどかに日々を明かし暮らしていたが、さる風の荒々しく吹いた夕方のこと、愛惜する桜の花が、吹き乱されて散っていくのが、なんとしても残念で惜しまれて、負け方となった大君が、こう詠んだ。

桜ゆゑ風に心のさわぐかな
思ひぐまなき花と見る見る

この桜の散るゆえに、どうしても心が騒いでしまう。
この花はとんと思いやりのない右方の味方だとは見ているものの……

その女房、宰相の君は、

咲くと見てかつは散りぬる花なれば
負くるを深き恨みともせず

こんなに咲いたとて、その一方でどんどん散ってしまう花なのだから、
たとえ負けてあっちの木になってしまっても、別に恨みともせぬ……

と、こんなふうに大君の左方《ひだりかた》の応援歌を詠む。すると、こんどは中君が、

風に散ることは世の常
枝ながらうつろふ花をただにしも見じ

風に花が吹き散らされるのは世の常態だけれど、
枝ごとこちらの物になってしまった花を、
そちらさまは平然としては見られますまいに

と詠み返す。つづいて、中君付きの女房、大輔《たゆう》の君が、

心ありて池のみぎはに落つる花
あわとなりてもわが方に寄れ

私たち右方（みぎかた）に寄せる心があって、この池のみぎわに落ちる花よ、
落ちて泡になったとしても、きっとこちらの岸のほうへ寄ってきなさいね

と唱和する。これは「枝よりもあだに散りにし花なれば落ちても水の泡とこそなれ（あの枝からも、あんなにもろく散ってしまった花だから落ちても水の泡のように儚く流れ消えるのでしょう）」という古歌を下敷きに歌ったのである。と、次には、勝ち方右方の女《め》の童《わらわ》が庭に下り、花の下を歩き回って、散った花びらを、ずいぶんたくさん拾い集めて持ってきた。

そして、

大空の風に散れども桜花
おのがものとぞかきつめて見る

あの大空を吹く風に散ってしまった桜花だけれど、
私たちのものだと思って、せいぜい掻き集めて見る

と詠むと、こんどは左方の女の童なれきが、

「桜花にほひあまたに散らさじと

おほふばかりの袖はありやは

桜の花をあちこちに散らすまいとしたところで、
空全体を覆うほどの袖がありますでしょうか、さて

ずいぶんお心が狭いように見えますけれど」

など、「大空におほふばかりの袖もがな春咲く花を風にまかせじ（ああ、この大空全体を覆ってしまうような巨大な袖がほしいものだ。あの春咲く桜花を、風が蹂躙《じゅうりん》するに任せぬように……）」という古く名高い歌をわざわざ引いて、相手方を言い負かす。

玉鬘、大君の冷泉院輿入れを決意

こんなことで、月日がいたずらに過ぎていく。玉鬘は、こうのんきにしている姫君たちの行く末が気掛かりで、どうしたものかとあれこれ思いあぐねている。

冷泉院からは、毎日お手紙がある。しかも、弘徽殿女御も、

「なお姫君のご院参をご決心いただけないのは、よほど疎遠にお思い隔てをなさっておい

でなのでしょうか。お上は、わたくしに向かって『そなたがなにかと尚侍に要らぬことを申して疎《うと》ましいことにしているように見えるな』などと、たいそう憎らしげに思し召して仰せになりますので、いかにお戯《たわむ》れとしても、胸の痛むことでございます。いずれ同じことならば、近々《ちかぢか》のうちに、ぜひご決心くださいませ」

と、正真《しょうしん》の誠意を込めて書き送ってくる。

〈女御さまがここまで仰せになるのは、やはり、そうなるべき宿縁があるに違いないように思える……ほんとうだったら反対なさってしかるべき女御さまのほうから、わざわざここまで仰せくださるというのも、まことにもったいないことだし……〉

玉鬘は、そんなふうに思い思いしている。

そして、やはり大君は、冷泉院に差し上げようと、やっと決意すると、さっそく輿《こし》入れの準備にとりかかった。といっても、調度品などは、もう以前からたくさんに作り置かせてあるので、なお随従する女房たちの装束など、あれこれこまごまとした品々を準備するのであった。

このことを聞くと、蔵人の少将は、もう焦がれ死にでもしかねまじき思い詰めかたで、母君雲居の雁に、なんとかしてほしいとせっつく。そんなことを言われても、困るのは母君のほうである。それでも、せめてこんな手紙を玉鬘に書き送った。

「たいそうお恥ずかしいことにつきまして、思いの片端《かたはし》ばかりを申し上げるのも、まことに愚かしい親心の闇ゆえの心惑いでございます。さりながら、おなじ母親として、わたくしどもの苦しい胸の内をご推量くださるところあらば、どうぞよしなにご賢察賜り、もとよりふつつかな息子ながら、もう一度お考え直しいただきまして、なにとぞ心を安んじてやってくださいませ」

こういう調子で、息子が不憫《ふびん》でならぬという気持ちをこめて頼まれては、玉鬘も、

「さあ、困りましたね」

とて、ため息ばかりついている。そして、

「いかがいたすべきか、思い定めることもできぬ有様なのでございますが、なにぶん院さまより、無理にもと仰せくださいますものですから、母親としては、千々に心乱れて思い定めかねております。されば、もしご本心よりわたくしどもの姫をご所望《しょもう》とあらば、せめてこの度のことはご辛抱いただきまして、やがてお心を安んじ申すべく考えさせていただきますので、その計らいをば、ご覧あそばされましたら、世の聞こえも穏便に済むことで

ございましょう」

と、こんな返状を認《したた》めたのは、つまり、この大君のことは勘弁してほしい、そしてこのことが無事済んだら、中君《なかのきみ》を少将に差し上げようと、そういうふうに思っているのであろう。

けれども、〈これで、大君の輿入れと、中君の結婚とを同時に進めたりしては、いかにもいかにも得意満面、してやったりという顔つきでいるに違いないと、世間は見るだろう。されば、院に差し上げるほうはともかく、少将のほうは、まだまだ位なども低いのだし、今しばらくは……〉などと、玉鬘は、とつおいつ思案する。

しかしながら、男のほうは、大君がだめなら中君をと、簡単に心を移すことなど、さらさら思いもかけぬ。ましてや、かの碁を打つ姫をちらりとでも垣間見《かいまみ》てしまった後《のち》は、寝ても覚めてもその面影がちらついて恋しく、また次にはどんな機会に、その姿を見ることができるだろうと、そんなことばかりが心を占領している。それなのに、こんなふうに、頼みの綱もふっつりと切れてしまう展開になってしまったのを、ただただ、思い嘆くこと、限りがなかった。

少将、藤侍従の部屋で薫の文を見て落胆する

そこで、せめては愚痴でも聞いてもらおうか、というほどの気持ちで、少将は、あの藤侍従の部屋へやってきた。折しも侍従は、薫からの文をくつろげて見ているところであった。

少将の入来《じゅらい》に気づいて、藤侍従はあわててその文をひき隠す。

〈や、あわてて隠すとは……さては〉と思って、少将は、無理やり奪い取った。こんなとき、強いて抵抗してなにか痛くない腹まで探られても困るので、侍従は、それほど真剣に隠そうともしなかった。

奪い取った文を読んでみると、文面は、さしたることもなく、ただ大君のことを恨めしげにちらりと書いたばかりのことであった。

つれなくて過ぐる月日をかぞへつつ
ものうらめしき暮の春かな

知らん顔をして過ぎていく月日を数えながら、はや春も終わりかと、
恨めしいばかりの暮の春になりました……かの君もそのように知らん顔なのは恨めしいことで

これを読んで、少将は、

〈なるほどなあ。あの薫侍従という人は、こんなふうにしっくりと落ち着いた態度で、いかにも体裁よく振舞うこと、まったく小憎らしいばかり……。それに比べて、私などは、こうして物笑いになるようなせわしない心がけで……そんなところばかりしょっちゅう見られているから、結局は侮られてしまうことになったわけだ……〉と思うにつけて、ちくちくと胸の痛みを感じる。

かくては、もはや侍従を相手に愚痴をこぼす気にもならなくなって、いつもなにかと手紙の取り次ぎなどを頼んでいる、中将のおもとという女房の部屋へでも行こうかな、と思うけれど、それも、〈どうせ、どんなに頼んだところで、例によって、なんの甲斐もないであろうな〉と、ただただため息ばかりが出る。

藤侍従は、

「そうだ、この手紙の返事をしなくては」

と言いながら、母君のところへ立ってゆく。これを見ると、さすがに、少将としては腹立たしく心安からぬ思いに駆られる。かくして、まだ若い心には、ひとえに物を思い詰めるということになりがちなのであった。

それから、少将は、くだんの中将のおもとのところへやってきた。そうして、呆《あき》れるほどひどく恨み嘆くのを見れば、さすがに取り次ぎ役のおもとも、軽々《けいけい》に戯れずくにすることもできがたく、〈お気の毒なことだわ〉と思って、おさおさ返事もしない。

少将は、あの碁打ちの夕べ、物陰からこっそりと立ち合ったことなども言い出して、

「あーあ、あんなところを、いやせめて夢でもいいから、また見てみたいものだけどなあ。ハア……これから先、何を頼みにして生きていったらいいだろう。こんなふうに申し上げる機会も、この先いくらも残っていないように思えるから、もう絶望だ。でもね、『つらきもあはれ（恋は辛《つら》いも味のうち）』という箴言《しんげん》は、ほんとうにその通りに違いないな」

と、ばかに真面目な面持《おもも》ちで言う。

中将のおもとは、思う。

〈いくら『つらきもあはれ』だからといったって、もうこの先、なにを言いやる方便もないことだし……。母上の尚侍《かむ》の君さまが、せめてこの人を慰めるために、中君さまのことを親切に仰せ下さることだって、これっぽっちも嬉しそうではないし……。そうか、あの夕暮れの碁打ちの折に、そっと立ち合って覗き見たせいで、こんなふうにますますとんでもない恋慕心が募ったのかも……〉と、おもとは想像して、それも無理からぬことと思う。それでおもとは一計を案じ、

「もしあの時に、そっと覗いておられたなんてことが、姫君のお耳に入ったとしたら、きっと、なんてけしからぬお心なのかしら、と少将さまをお疎《うと》みになられることでございましょう。それに、このわたくしだって、今までお気の毒だとおもってご同情申しあげていた気持ちも失せせました。ほんとうに、なんて油断も隙もならないお心根なんでしょう」

と、敢て逆《さか》ねじを食わせるようなことを言った。

「なんだ、そんなことならそれでもいいさ。今はもう命も限り近い身の上だもの、なにも恐ろしいことなどありはせぬほどにな。……さはさりながら、あの折に左方がお負けになられたことは、じつにお労《いたわ》しいことであったな。あそこで、なんのこだわりもなく、わたくしを呼び入れてくだされればよかったものを。そうしたら、うまく目配《めくば》せなどして差し上

げて、よもや負けなどせぬようにできましたはず」

少将は、そんなことを言って、

いでやなぞ数ならぬ身にかなはぬは
人に負けじの心なりけり

さてもさても、なんとしたこと……こんな物の数でもない身の上の私にとって、
持ったってしかたのないものは、人に負けまいとする心であったものをなあ

とて、「数」だの「負けじ」だのと碁に縁《ゆかり》のある言葉を連ねて、負け惜しみのような歌を詠じた。中将のおもとは、さすがに、ほっほっほと笑いながら、

わりなしや強きによらむ勝ち負けを
心ひとつにいかがまかする

なんと道理に外れた仰有《おつしや》りよう、なにごとも勝負は強いものの勝ちでございますほどに、
お気持ち一つでどうなるものでございましょうか……恋も強い者勝ちにて

と、「強き」やら「勝ち負け」やらを詠み込みつつ、こんな歌を返してくる。それも、

少将の心に痛く突き刺さる。

少将は懇願するように、また歌い返した。

あはれとて手をゆるせかし生き死にを
君にまかするわが身とならば

せめてかわいそうだと思って、弱い者に何手か置き石をするごとく、いくらか手加減をしてくださいませよ。

碁の目の生き死にさながら、この命の生き死にも、
姫君にお預けしているわが身なのですから

こんな歌どもを詠み交わしながら、泣きみ笑いみ、中将のおもとと少将は、一夜を語り明かした。

翌四月一日、夕霧大臣邸にて少将の文を評定

一夜明けて、四月《うづき》の朔日《ついたち》となった。

宮中では、季変わりの行事がかれこれあって、少将の兄弟たちも、参内のための衣更《ころもが》えやらなにやらとバタバタして過ごしているなかに、ただかの少将だけは、たいそう萎《しお》れ返ってぼんやりと考えごとをしている。こんな様子を見ると、母雲居の雁としては、なんだかかわいそうで涙ぐんでしまうのであった。父右大臣も、

「このことが、なにかの拍子に院のお耳に入ったりすれば、やはり差し障りのあることゆえ、あちらの母君としても、そうそう無理してまで聞き入れてもくれまい……そんなふうに思ってなあ、今から思うと悔やまれるのだが、いつぞや尚侍《かむ》の君に対面した折にも、結局少将のことは真剣に頼み込むこともせなんだ。あの時……もし私が強いて申し入れでもしていたなら、いかになんでも、そうそう無下《むげ》にもなさらなかったであろうにな」

など、今さらながら言うのであった。

さようなことで、少将は、いつものように、

花を見て春は暮らしつ今日よりや
しげき嘆きのしたにまどはむ

あの美しい花……のような姫さま……を見ながら、この春はうかうかと過ぎてしまいました。

夏となる今日からは、嘆きと申します木の繁っているその枝の下で、わたくしは、ただただ心惑いして過ごすのでございましょうか

など、季節によそえた恋文を書いて、大君のもとへ届けさせた。

この文を受け取った中将のおもとは、大君の御前までこれを持参してみると、姫ご本人や玉鬘を囲んで何人かの重立った女房たちが、このご求愛の君、少将の労《いたわ》しいまでの恋《れん》着《ちゃく》ぶりのあれこれを、口々に話して聞かせる。そこで中将のおもとは、「さても、かの君は、『あはれとて手をゆるせかし生き死にを君にまかするわが身とならば』などと仰せになって、それもただ口先ばかり生き死にのことを言うのではございませんで、真実胸を痛めておいでのようでございました」

などと、昨夜の面談の様子を報告すると、さすがに玉鬘も、〈まあ、なんてお気の毒なこと……〉と聞くのであった。そうはいっても、内心には、〈あちらの父大臣《おとど》や母北の方が、それほどまでに願っておいでなのならばと思えばこそ、わざわざ大君の代わりとして中君をさしあげようとまで考えているというのに、なにやら、こうして姫を院に差し上げ

ることを、少将の恋を妨げるためにしているように誤解しているらしいのは、なんとしても不本意なこと……どんなに立派な殿方だとしても、『ただの臣下の男には決して結婚させてはなるまいぞ』と、かたく言い置いた亡き殿のご遺志もあることだし……それに、院に参らせることだって、しょせんはご隠退後の御身、行く末の栄《は》えばえしからぬことと思っているくらいなのに……〉など思い思いしている。そんな折も折に、中将のおもとが取り次いで持参した、その少将の文を取り入れて、女房たちは皆で読んでは気の毒がる。

返事は、玉鬘近侍の女房が筆を執った。

今日ぞ知る空をながむるけしきにて
花に心をうつしけりとも

今日という今日、はっきりと知りました。
あなたがそんな風にぼんやりと空を眺めている様子であったのは、
ただ花に心を奪われていただけだったのだということを……

こんな風に『大空は恋しき人のかたみかは物思ふごとにながめらるらむ（大空は、恋しい人の形見だとでもいうのだろうか……物を思うたびについつい空を眺《なが》めて、詠嘆《なが》めて、

めてしまうから）』と嘆く古歌を下心に引いて、そっけない調子で書かれた返歌を見ては、女房たちが、

「まあ、なんてお気の毒な。あのように真剣に思いを打明けておいでなのに……」

「それではまるでお戯《たわむ》れにとりなして、はぐらかすようじゃございませんこと」

などと騒ぐけれど、だからといって、今さらもっと真面目に書き直すのも面倒ゆえ、そのままにして送り返した。

四月九日、大君、冷泉院へ

四月《うづき》九日、大君は、冷泉院のもとへ輿入れすることとなった。

右大臣夕霧は、この輿入れに際して、姫君、母君はじめ、随従する女房たちのために、牛車に前駆《さきが》けの人々を添えて、何台も何台も贈り参らせた。また北の方雲居の雁も、あれほど頼んだのに願いが聞き入れられず、この輿入れの日を迎えたことを恨めしく思いながらも、お付きの女房たちへの褒美としてきらびやかな女装束《しょうぞく》を数多く調製して贈る。もともと雲居の雁と玉鬘は、それほど親しく付きあっていたというわけでもないのだが、息子

少将の求婚ゆえに、このところはにわかにしげしげと文など取り交わしていたのであった。それなのに、縁調《えんととの》わず院参《いんざん》と決まったら、ぱったりと疎遠になってしまうのも見苦しいと思うゆえ、こんな儀礼は欠かさないのである。

その雲居の雁の消息には、

「どういうわけでございましょうか、すっかり正気を失ってぼんやりしてしまっておりまする少将の有様を目の当たりにし、わたくしどももせいぜい介抱に努めておりますほどに、こたびの姫君ご院参につきましては、予《かね》てなにもお聞かせいただけませぬままに、こうしたなりゆきとなり、それだけでも残念に存じましたが、そのような時に、わたくしどもにはなにもご下命いただけませぬのも、なにやら水臭いお仕打ちと存じます」

などと書き連ねてあった。表面の文章だけを見ると、いかにも穏便な書きようながら、言葉の端々《はしばし》に、息子を袖にされたことに対する、雲居の雁の恨めしい気持ちが仄《ほのみ》見えているゆえ、受け取った玉鬘は〈やれやれ、困ったこと……〉と思って見ている。

また、父の夕霧からも手紙がある。

「わたくし自身も馳せ参じたいと存じおりましたが、あいにくと、物忌みのことがありまして伺うことができませません。せめて、息子どもを、なにかの雑用にでもお使いいただきたく、そちらへ参上致させます。なにとぞ思いのままにお召使いくださいませ」

文面にはこんなことが書いてあって、子息のうち、源少将《げんしょうしょう》、兵衛《ひょうえ》の佐《すけ》などを送ってよこした。さすがに、これに対しては玉鬘も、

「お情深くていらっしゃる」

と、ぬかりなくお礼を言上《ごんじょう》する。

按察使《あぜち》の大納言からも、女房たちの乗り料《りょう》としての車を提供してくる。この大納言の北の方は、ほかならぬ故髭黒の大臣の息女、昔のあの真木柱の姫君である。すなわち、大納言は玉鬘の異母兄弟だし、また大君と真木柱とは異母姉妹ということになるわけゆえ、どちらから言っても、本来睦まじく行き来していてもよさそうなところであったが、実際には、そんなこともなかった。

そうして、髭黒の大臣の長男、藤中納言《とうちゅうなごん》その人がみずから出向いてきて、玉鬘腹《たまかずらばら》の左近の中将、右中弁といっしょに、さまざまの行事を取り仕切った。

この輿入れの実現については、たしかに父大臣の遺志を尊《たっと》んで臣下の男ならぬ冷泉院に差し上げたのだから、その点ではよかったけれど、といって、院はすでに隠退の身の上、もし髭黒の大殿《おとど》が生きておられたら、定めてこの程度ではなかったものをと、家中の

皆々、嬉しいような悲しいような微妙な思いに胸を打たれる。

蔵人の少将なおも大君に文を贈る

蔵人の少将は、また例によって中将のおもとへ、ばかに深刻な言葉を尽くした文をよこす。

「今はもうこれが限りかと思って覚悟を決めていた命、さはさりながら、やはり悲しくてなりませぬゆえ、せめて『あはれと思ふ（かわいそうな男よと思う）』と憐憫《れんびん》のお言葉の一《ひと》言《こと》だけでも仰せくださいましたら、そのお言葉に引き留められて、いましばらくだけでも露命《ろめい》を繋《つな》ぐことができるかもしれませぬ」

などなど、しんみりと書いてある。

おもとは、さっそくこの文を姫君のもとへ持参してみると、大君と中君の二人、しきりとなにか語り合いながら、それはもうひどく打ち萎れているのであった。

この二人の姫は、日ごろから昼も夜もいつも一緒に住み馴れていた。もともとは、御殿の西と東に別れて部屋があったのだが、その間は中仕切りの障子で隔てられているばかり、その中戸すらひどく鬱陶《うつとう》しいものに思って、互いに行ったり来たり自在に過ごしていたのだから、こたびの姉君の結婚を機として、これからは別々の暮らしになることの悲しさに、ひどくふさぎ込んでいたのであった。

結婚を控えて、格別念を入れて仕立てた装束を着付けさせてお粧《めか》ししている様子は、素敵に美しい。そうして、生前父大臣が、姫を入内させたいと常々言っていたことなどを思い出し、これから院の許《もと》へ輿入れすることを思っては、心悲しい気持ちでいた、そんな時だったからだろうか、いつもなら手にも取らぬ少将の文を、ふと取って見た。

〈あの蔵人の少将という方は、父君は右大臣、母君もご健在で、いずれもご立派にお揃いでおいでゆえ、この先いかようにも頼もしいはずのお立場なのに、なぜにまた、こんなたいいわけたことばかり思って言ってくるのであろう……〉と、大君は、まことに納得いたしかねる思いでいる。それにつけても、〈ここに、命も限りというようなことが書いてあるけれど、ほんとかしらねえ……〉と訝《いぶか》しく思って、すぐにその文の冒頭の余白に、こう書き込んだ。

「あはれてふ常ならぬ世のひと言も

いかなる人にかくるものぞは

『あはれと思ふ』と言葉をかけて欲しいとの仰せながら、誰もみんな哀れ無常の世の中、
いったいそのなかの誰にそんな言葉をかけたらよいものでしょう

たしかにわたくしも父を亡くしなどいたしましたゆえ、無常の哀れということだけは、そういう不吉なことにつけて、少しだけ存じておりますが……それだけのことで」

姫君の書き入れは、こんなにべもない文言ばかりであった。

「ね、こんなふうに返りごとを言ってやってちょうだい」

と姫は中将のおもとに命じたのだが、中将は、それをあえて別の紙に書き直すことなく、少将の文の余白に書き入れた形のまま送り返した。

少将にとっては、姫から自筆のお返事をいただけるなどは、限りなく珍しくありがたいことゆえ嬉しくもあるが、翻って思えば、それもこれも今日が限り、院参の後にはもうこんなことは金輪際《こんりんざい》あり得ないのだと思うと、痛切に悲しくもあって、かれこれ悲喜こもごもの涙が、なんとしてもとどまらぬ。

少将は、また折り返し文を送る。そこには、「誰《た》が名は立たじ……」などと、かの「恋

ひ死なば誰が名は立たじ世の中の常なきものと言ひはなすとも（もし私があなたのために恋い死んだとしても、あなた以外、誰の浮き名も立つことはないだろう……ただあなたの浮き名が立つばかり、あなたが、世の中は無常なものだから、あれは自分のせいで死んだのではないと、いかに弁解に努めようとも……）」という名高い古歌などを引き事にして、なにやら脅し半分に恨みがましく書いてある。そうして、

「生ける世の死には心にまかせねば
　聞かでややまむ君がひと言

　こうして生きている現世《うつしよ》で、いつ死ぬかは、決して思いのままにはならないのですから、結局このまま、あなたの「あはれと思ふ」という一言を、ついに聞かぬまま、わたくしは死んでいくのでありましょうか

　もしわたくしがこのまま死んでしまったとき、あなたがその墓の上になりとも『あはれ』の一言を掛けてくださるお心をお持ちだと得心できますなら、死出の旅路もひたすらに急いでたどり得ましょうものを……」

など、かの唐土《もろこし》呉《ご》国《こく》の季《き》札《さつ》が、徐国《じょこく》の亡き君王《くんのう》の墓に、かねて徐の君が所望《しょもう》の剣《つるぎ》を掛け

て去ったという物々しい故事まで仄めかしつつ、かきくどいてあった。これを見て、大君は、はっとした。

〈しまった、なんだってまたおろかしくも返事などしてしまったものか……わざわざまた、こんなことを重ねて言ってくるとは……どうやら、中将のおもとは、あの書き添えを別の紙に書き換えもせず、私の筆跡のまま返してしまったものらしい〉と、苦々《にがにが》しく思って、不機嫌に黙り込んでしまった。

冷泉院、大君を大いに気に入る

輿入れに際しては、随行の女房や女《め》の童《わらわ》、いずれも容姿に難のない者ばかりを選《え》りすぐって揃えた。その他、院参についての、大概の儀式のかれこれなどは、もし入内するとしたらどんなふうにするか、というのと何も変わるところのないほど立派に用意してある。

院に参って、まず最初に挨拶に向かったのは、かの女一の宮の母、かつて宮中では弘徽殿女御と呼ばれた女君のところであった。付き添っていた玉鬘は、女御に挨拶かたがたあれこれの物語などに時を過ごす。

そうして、もう夜更けになった時分に、院の御座《おまし》に参上したのであった。

秋好む中宮五十三歳、弘徽殿女御四十五歳など、いずれももう長いこと院のお側にあって、ずいぶん年長《た》けておられるのに対して、大君は、まだ十八、九、たいそうかわいらしい様子で、今まさに花の盛りともいうべき美しさに、院はすぐに目を奪われて、どうしてそのご愛情がおろそかなはずがあろう。たちまち、華々しいご寵愛《ちょうあい》をほしいままにするところとなった。こんなところを見ると、冷泉院が御位《みくらい》を降りて、ただの人のようにお暮らしゆえ、なにかと思いのまま気安く物事に処しなさるのが、こんなときまことに望ましく結構なことなのであった。

そしてまた、院は、かねて玉鬘にも並々ならぬご執心をお持ちであったから、この際、姫君に随伴して、しばらくはこの院の御所に滞在してほしいものだと、お心に留《と》めて思し召していたのだが、玉鬘のほうは、万一そのようなことで余計な軋轢《あつれき》が生じては一大事と察して、いち早く、そろりと退出してしまっていた。これを知って、院は、〈ああ、なんと口惜しく、辛い仕打ちであろう……〉とお思いになっていた。

冷泉院に出入りして大君への恋慕を続ける薫

いっぽうまた、源侍従薫の君を、院は、明け暮れ御前に召し出しては、お側をお放しにならぬ。まるでその昔、かの光源氏が育ちゆくに際して、父桐壺帝が片時もお手放しにならなかったときに勝るとも劣らぬかわいがりようであった。

それゆえ薫は、院の内にあって、どの女君にも疎遠にすることなく、親しげに出入りしてまわっている。この大君のところへも折々姿を見せては、いかにも好意を寄せているかのようなふうを装い、またその下心には、自分がどう思われているかなあと思う心さえあるのであった。

夕暮れのしんみりとした時分に、藤侍従と連れ立ってあちこちしていた折のこと……。

かの大君のお部屋もほど近く見通されるあたりの庭の五葉《ごよう》の松に、藤の花がたいそう華やかに咲き懸かっているのを、遣水《やりみず》のほとりの石に二人で腰掛けて、厚く生《む》した苔《こけ》を座布団がわりにして、つくづくと物思わしげに眺めている。

そうして薫は、それほど真剣にというわけでもないが、かの大君への思いのままならぬを恨むらしいことを、ちらりと仄めかしつつ、語らっている。

手にかくるものにしあらば藤の花
松よりまさる色を見ましや

もしわが手に懸けることができるものであったなら、あの美しく咲いている藤の花の、
松より勝る色香をば、ただぼんやりと眺めていようか……いや

と、こんな艶《つや》めいた歌を詠じながら、そっと藤の花を見上げている薫の様子が、藤侍従の心には、曰《いわ》く言い難く哀切で、お気の毒なことに思える。そこで、こういう現実になったについては、自分の思っていたところとはまったく掛け違った成り行きになってしまったのだということを仄めかすのであった。

紫の色はかよへど藤の花
心にえこそかからざりけれ

あの藤の花の紫色（いろ）は、私も藤侍従ゆえ、血脈（いろ）は通っているのだけれど、
なかなか私の思いのままに、こなたへ懸かるようにはできなかったな

こんな歌を詠んだのは、この藤侍従はしごく実直な君なので、薫の叶《かな》わぬ思いをかわいそうにと思っているからであった。実際薫としては、理性を失して、居ても立ってもいられないほどに心を惑わせるというほどでもなかったのだが、ただ、口惜しいことだとは思っている。

蔵人の少将のその後

さてまた、あの蔵人の少将はといえば、これはもうごく真剣で、どうしたらいいものであろうと思い詰めて、とんでもない間違いもしでかしかねまじきほど、逸《はや》る気持ちを抑え難く思うのであった。

大君に懸想していた男たちのなかには、諦めて中君をと、心を移す人もある。

しかしながら、かの雲居の雁の恨み言などもあったことゆえ、玉鬘のほうでは、この少将の君を中君の婿にしてはどうだろうと思って、そのようにちらりと申し入れたのだが、その後なんとしたことか、少将のほうからは、さっぱりと音沙汰が絶えてしまった。

院の御所のほうには、夕霧の子息たちも、予てから親しく出仕していたのだが、この大君が参っての後は、少将だけがろくに姿を見せなくなってしまっただけでなく、稀々殿《まれまれてん》上の間《じょうま》に顔を出すことがあっても、怏々《おうおう》として楽しまぬまま、逃げるように退出してゆくばかりであった。

帝、左近の中将を糾問

内裏の帝は、故髭黒の大臣が大君を入内させたいと願っていたこと、また格別であったというに、このように筋違いな院のほうへ輿入れさせたという事実を、〈いったい、どういうことであろうぞ〉と思し召して、糾問《きゆうもん》のため大君の兄、左近の中将を召し出して、苦言を呈した。

中将は内裏から下がってくると、すぐに玉鬘のもとへ報告に行った。

「お上のご機嫌は、うるわしからぬご様子でございました。こんなこともあろうかと存じまして、前々から申し上げていたではございませぬか。お上の御意《ぎよい》がございますのに、わざわざ院の許へ差し上げるなど、世間の人が内心どう思うか、きっと首を傾《かし》げるにちがいないと……。それなのに、母上のお考えはわたくしどもとは違って、このような形にご決心なさったのですから……もはやこちらとしては、なんと申し上げるすべもなく、お考えのとおりに運ばれた結果が、案の定、お上から、しかじかご不快の由を仰せいだされたようなわけにて、わたくしどもにとっても、まことにやるせないことでございますよ」

左近の中将は、この度の仕置きは、いかにも面白からぬことと思って、かくのごとく母玉鬘に苦言を呈するのであった。

「いえね、いまにわかにこう思い立ったというわけでもないのですよ。ただ、院さまのほうから、強いてご所望があって、それがもうお気の毒なくらいにご熱心だったものですからね……内裏へ差し上げるとなったら、さてどうでしょう、父のない姫にはこれという後ろ楯もないことゆえ、宮中の交わりなど、まことに心もとないことのように思えますもの。それに比べては、院さまはもうご退隠のお気楽なお暮らしにて、姫のためには、そのほうが良かろうと思えばこそ、ご所望にまかせて……と、そう決心したようなわけだったのですよ。……でも、誰も彼も、さように都合の悪そうなことを、前もってありのままに諫《いさ》めてくれもしないで、決めて不都合が起こってしまってから、今さら蒸し返して咎《とが》められても……。聞けば右大臣さまも、このことを、とんでもない僻事《ひがごと》をしでかしたかのように、なにやかやと仰せになっておられるとか、それはもうわたくしとして、たいそう辛うございますよ。……でもね、こんなことも、前世からの約束であったかもしれませぬほどに……」

とて、玉鬘は、激するところなく穏やかに申し開いて、とくに心を騒がせている様子もない。すると、中将は、玉鬘の話の腰を折るように、また言い募る。

「その、前世からのお約束とやらは、目には見えぬものでございますほどに、お上が、ここまで熱心に仰せくださいますものを、『陛下、それは前世からのお約束が違っておりますことゆえ』などという申し開きができるはずもございませんでしょう。いかにお上のお側の中宮（明石中宮）さまに遠慮しておられるからとて、それでは、院のお側の女御（弘徽殿女御、女一の宮の母）さまについては、どうしようとお考えになっておられますのか。……それは、たしかに女御さまのほうから、後《うし》ろ見《み》をしてくださるとかなんとか、前々から仰せくださって、そのように思い交わしあそばしておいででしょうとも、じっさいともなれば、そうそう思い通りには運びますまい。よろしい、ではひとつお手並み拝見ということにいたしましょう……」

兄の中将が言い募るのに加勢するように、弟の右中弁も弁じたてる。

「しかしです、よくよく考えてみますと、お上には中宮がついておられるからとて、他の女君がたがいっさいお仕えしない、などということがありましょうや。どの君を見ても、多くの妃がたがおいでなのが当然ではございませぬか。そのうえで、多くの妃がたが、互いに気がねもなく心安く競い合うことこそ、昔も今も帝にお仕えすることの醍醐味《だいごみ》といってもよろしいのではないですか。それに比べては、院にお仕えするとなりますと、お相手はあの女一の宮の女御となれば母上にとっての妹君です。それなのに、ちょっとした行き違いでも出来《しゅったい》して、なにかと不具合が聞こえてきた日には、よほどよからぬことがあるように、世間は興味本位で言いそやしもしましょう、そうではありませぬか」

など、兄弟二人して責め立てるので、さすがに母玉鬘も、たいそう苦悩せざるを得ぬ。

大君の懐妊と管弦の御遊び

とはいえ、冷泉院の大君に対する愛情は、月日の経《た》つにつれて、ますますまさってくる。そうして、とうとう、七月《ふみづき》になると、大君は懐妊の身となった。

つわりで苦しそうにしている様子など、それもまたえもいわれぬ魅力があって、なるほどこれではあの蔵人の少将をはじめとして、あちこちの公達が懸想文などをうるさく送ってきたというのも、まずむべなるかな、なんとしてかほどに美しい人を、通り一遍に見過ごし聞き過ごしにできようか、とそんなふうに思われる。

冷泉院は、明け暮れ管弦の御遊《おおんあそ》びをさせてお楽しみになっている。そこには、薫侍従もお側近くに召し寄せられているので、侍従も大君の弾《だん》ずる箏《そう》の音《ね》を耳にすることがある。しかも、いつぞや催馬楽『梅が枝』を歌うのに合わせて弾くのを聞いた中将のおもとの和《わ》琴《ごん》も、常に召し出して御前で弾かせなさったので、すっかりその音色を覚えてしまって、どれが大君の弾く琴《こと》の音か、はたまたおもとの弾く和琴の音かと聞き合わせるほどに、心が騒いで、薫はとても平静ではいられないのであった。

新年の男踏歌

その年も改まって、新年は男踏歌《おとことうか》の行なわれる年に当たっていた。殿上人《てんじょうびと》の若人《わこうど》たちのなかにも、踏歌に奉仕できるような音楽舞楽の上手も多い時分であった。そこで、なかにも技量の優れたものを選んで踏歌に奉仕させる。

くだんの四位の侍従薫はその人数に選ばれ、今回は、右列《うれつ》の歌頭《かとう》（筆頭《ひっとう》の音頭《おんど》取り）の役に任ぜられた。また、あの蔵人の少将も、楽人《がくにん》の人数に数えられている。

折しも、十四日の月がきらびやかに曇りなく輝くなか、踏歌の一行は、帝の御前《おまえ》を立ちいでて、ただちに冷泉院に参る。

院では、女一の宮の女御も、また懐妊中の御息所《みやすんどころ》すなわち大君も、御殿にそれぞれの局《つぼね》を設けて見物する。

また上達部、親王《みこ》がたも、引き連れ引き連れ見物に参上する。

が、この有様を見ていると、夕霧の右大臣や致仕大臣《ちじのおとど》の一族以外には、つくづく目を奪われるほどに端正な風采《ふうさい》の公達というものは、当今さらに見当たらぬようであった。内裏の今上陛下の御前よりも、むしろこの冷泉院のほうがなにかと気の張るところがあって、皆々心して殊《こと》の外《ほか》に装束や挙措《きょそ》に心用意を加えているなかにも、踏歌の一行に加わっている、かの蔵人の少将だけは、ちょっと違ったところに心を動かしていた。

〈きっと、あの御方《おんかた》が見ている……〉と、そう思いやって、心中そわそわと落ち着かないのであった。

踏歌の男たちが冠に挿《さ》している、ぱっとしない綿《わた》の花も、それを挿頭《かざ》している人の良し悪しによって、ずいぶん風情が違って見えるが、その姿も声も、それぞれに、たいそう見どころ聞きどころがあって趣深い。

「竹河《たけかは》の　橋のつめなるや……」

と催馬楽の『竹河』を朗詠しながら、一同寝殿の階《きざはし》のもとへ踏み寄ると、去年の春、紅梅の花咲く庭でこの催馬楽を歌って、かりそめの遊宴をした夜のことなど、少将の心中に彷彿《ほうふつ》と追懐《ついかい》され、すんでのところで楽の演奏を間違えそうになっては涙ぐむのであった。

それから、一同は、秋好む中宮の御殿のほうへ参向したが、冷泉院もそちらのほうへお渡りがあって、一緒にご覧になる。

折柄《おりから》の月は、夜が更けていくにつれて、昼よりも明るいほど、なにもかもあからさまになって面映《おもは》ゆいばかりに、皓々《こうこう》と冴《さ》えわたる。その光のなかで、少将は、〈ああ、御息所は、私が舞うのをどんなふうにご覧になっておられるだろうか〉と、そんなことばかりが気にかかって、なんだか足も地に着かずふらついているような有様、されば、せっかく褒美に出された盃なども、一人だけいっこうに進まないのを、見咎められてしまうなど、少将にしてみれば、まことに面目ないことであった。

翌日、疲労困憊の薫、冷泉院に召される

その夜は一晩中、あちらこちらと歩き回って、源侍従薫はひどく具合が悪くなり、横になって一休みしていると、院からのお召しがあった。

「ああ、苦しいな。せっかく一休みするところだったのに」

と、薫はぶつくさ言いながら、それでも院の許へ参上する。院からは、宮中での踏歌のありさまなど、さまざまご下問がある。

「歌頭《かとう》の役目には、常ならば年配の者が任ずるのが例なるに、そなたのような若い者が選ばれたとは、まことに心憎いばかりだな」

と、こんなことでも、院は薫がかわいくてしかたがないという面持ちである。そうして、御自《おんみずか》らも踏歌の歌頭が発声する『万春楽《ばんすらく》』の一ふしを口ずさまれたりなどしつつ、大君の御息所の許へお渡りになる。薫は、そのままお供に参ったが、あたりには踏歌見物に参上してきた、女君がたの実家の人々もたくさんいて、いつもよりはずいぶん華やかに、なんだか御所のなかが世俗的な賑《にぎ》わいに浮き立っているように感じられる。

渡殿《わたどの》の戸口のところにしばらく足を止めて、薫は、かねて声を聞き知っている女房に、言葉をかけた。

「昨夜の月光は、まったく面映ゆいばかりの明るさで弱りました。とりわけ、あの蔵人の少将が、あんなに明るい月の光になにやら顔を赤くしているようでしたが、あれはさて……必ずしも月影に恥じていたというわけでもなさそうでしたね……。内裏では、あのようにもじもじした様子などありませんでしたから」

などと、遠回しに、少将がそれそこの御簾の内におられる御方への思いのあまりに、あんなに上気した顔をしていたのではないか、と仄《ほの》めかす。これを聞いた女房たちのなかには、事情を推察して、少将にそっと同情する者もある。

すぐに、御簾うちから言葉を返す女房がある。

「『闇はあやなし』と申すことにて、素敵な香りが届いてまいりますが、闇ならぬ月光のもとのお姿はまた格別にお美しいこと、と皆で評定《ひょうじょう》いたしておりました」

かの「春の夜の闇はあやなし梅の花色こそ見えね香やは隠るる（春の夜の闇はわけがわからない。梅の花の形は見えないのに、香りだけは隠れることもないのだから）」の古歌を引いて、この女房は、薫の体から発せられるかぐわしい香りに酔うたことを言い、そればかりか、姿を見てみれば、それもまた少将などとは比べ物にならないくらいお美しいと、充分におだてておいてから、御簾内より一首の歌を詠みいだす。

竹河のその夜《よ》のことは思ひ出づや
しのぶばかりの節《ふし》はなけれど

竹河を謡い興じた、あの夜（よ）のことは思い出すことがありますか。……と申して、今思い起こすほどの何事があったというわけでもございませぬけれど……

こんな、竹の縁《えん》で「節間（よ）」といい「節《ふし》」といったにすぎぬ、どうということもない思いつきばかりの歌であったが、薫は、あの紅梅の香っていた夜のことをふっと思い出して、涙ぐんでいる自分に気づくと、ああ、あの姫へのおのれの思慕は決して浅いものではなかったのだ……と、今つくづく思い知った。

流れてのたのめむなしき竹河に
よは憂きものと思ひ知りにき

流れてゆく先に、ほのかな期待を抱かせてくれたことが、なにもかも空しくなってしまった、

あの竹河の夜（よ）、今こうなってみて、世（よ）の中はかくも辛いものかと、つくづく思い
知ったことだ

薫は、河の縁で「流れて」といい、竹の縁で「よ（節間）」と作った、似たような歌を返して、しんみりと沈んでいる。その様子を見ても、女房たちは、みな胸をときめかすのであった。いやいや、薫は、かの少将のように、立ち入って露骨に恨み言を言い入れたりもしないのだが、その人柄の気高さゆえに却《かえ》って、女たちの胸にじんと響くように感じられるのである。

薫は、御息所への思慕などは、口にしてはいけないことを自覚している。

「おっと、このまま口が過ぎることがあるといけませぬ……。恐れ多し恐れ多し」

と、そんなことを言って立とうとしたところへ、

「こなたへ参れ」

と、院のお召しがある。薫は、なにもかも見透かされているようなばつの悪い思いがしたけれど、すぐに院のもとへ参上する。

「亡き六条の大殿《おとど》の邸での踏歌の朝に、女ばかりの管弦の遊びを催されたことがあって、

それはとてもおもしろかった、ということを右大臣（夕霧）が話したことがある。が、なにごとも、あの源氏の大殿の後《あと》を継ぐような才を持った人は、さて求めがたい世の中となってしまったな。あの時分には、紫上はじめ、たいそう腕利きの女までもが多く集まっていたのが、あの六条の院だったのだから、どんなに即席の演奏でも、さぞ素晴らしいことであったろうな」

冷泉院は、そんなことを思いやって仰せになると、弦楽器のあれこれを調律させて、箏《そう》は大君の御息所、琵琶は薫侍従に賜る。そうして和琴は、院ご自身の演奏で、催馬楽『この殿は』などを合奏して打ち興じなさる。御息所のお琴《こと》の腕前はまだ未熟なところがあったものだが、ずいぶん立派にご教育なさって、今は見事に弾くようになっていた。その音《ね》色《いろ》には今風な華やかさがあって、爪音《つまおと》も美しく、歌であれ、奏楽であれ、上手に見事に弾いてみせた。これを見るに、御息所という御方は、何事にも、危なっかしいところや、人に劣るところのない、立派な人のようであった。

〈これほど見事に、箏をお弾きになるとは……さては、そのお姿お顔立ちなども、たいそう美しい人なのであろうな〉と、やはり薫はその人に心惹かれる。

立場上、薫は、このように御息所に接近する折も少なくなかったゆえ、おのずからよそよそしい態度ではなかったけれど、決して、遠慮のない礼《れい》に外《はず》れたふるまいなどはなく、したがって馴れ馴れしく恋慕の恨み言などを口にしたりもせぬが、しかし、折々につけて、秘かに抱いていた思慕の念が叶えられることのなかった嘆かわしさばかりを、ちらりちらりと仄めかすことはある。そんな薫の態度を、さて御息所はなんと思ったことであろう。それは分からない。

四月、女宮誕生

四月《うづき》、御息所に女宮が生まれた。

姫宮とあっては、さまで際立って目に立つ晴れがましさもないようであったが、院はたいそうお喜びゆえ、夕霧の右大臣以下、産養《うぶやしな》いの祝宴は、まるで皇子ご誕生にも劣らぬほど、あちこちで催された。

祖母の尚侍《かむ》の君《きみ》玉鬘は、いつもいつもじっとこの姫を抱き持っては、かわいがっていたが、院のほうからは、早く帰参すべき旨、しきりと仰せが下るので、御息所は五十日《いか》の祝いの頃に帰っていった。

冷泉院には、すでに弘徽殿女御の腹に女一の宮がおいでであったが、ずいぶん程経てまたかわいらしい姫が生まれたので、院は一の宮に劣らず、とても大切に思し召しておられた。そこで、前よりもいっそう、この御息所のところにばかりお渡りになっている、ということになった。これには、女御がたの女房たちが、収まらぬ。

「ほんとうに、こんなことがあってほしくない世の中でございますね」

などと、なにやら穏やかならぬことを言いもし、思いもしている。

玉鬘は尚侍の職を中君に譲ろうと決意

女御と御息所、そのご本人たちは、身分柄とりたてて軽々しく仲たがいなどするというわけでもなかったのだが、ただ、それぞれに仕えている女房どもの間《あいだ》に、けしからぬ揉《も》め事などが出来《しゅったい》するようにもなってくる。

やはり、なんと申しても左近の中将は兄君ゆえ、この院参に関して厳しく諫めたことだったが、果たしてその危惧していたとおりになってしまったことを、玉鬘は悲しく思う。

「世の中をかく言ひ言ひの果て果てはいかにやいかにならむとすらむ（世の中というものは、

こんなことを言い言いして、その果ての果ては、さてもどんなに、どんなになっていこうとするのであろう〉」という古歌の心ではないが、〈ほんとうにこの先、果ての果てにはどうなっていくのであろう〉と、母君はまことに気が気でない。

〈もしや、こんなことをしていては、ついには人の笑い草になるような按配《あんばい》に、体裁の悪い扱いをされてしまうのではなかろうか……たしかに院さまのご寵愛は浅からぬものがあるけれど、昔から長く仕えている御方々ともなれば、決して愉快ではあるまい。そういう方々が、万一にも快からず思って大君を爪弾《つまはじ》きにするようなことが出来したら……それはほんとうに胸が痛むこと〉と、玉鬘は思う。

それだにあるに、実際、内裏のお上《かみ》は、自分を袖にして院参させたなど、まことに不愉快極まると思し召して、たびたびおかんむりのご様子だと、報告してくる人がある。そんなことを聞けば、玉鬘は、ただもう煩《わずら》わしいことになったと思う。

そこで、玉鬘が考えたのは、中の姫君を、後宮のほうへ入内させるのではなくて、ちょうど自分がそうであったように、宮中の事務官としてご奉公させるということであった。すなわち、自らの役職である尚侍《ないしのかみ》を、この中君に譲って、自分は引退する、とそういう方便を実行に移すことにした。とはいえ、尚侍は、宮中の重職ゆえ、そうそう簡単に引退やら交替やらは許されぬ。そのため、もうずいぶん以前から辞職のことは心に掛かっていたのではあるが、なかなかお許しが出ず、辞めることができずにいたような次第であった。

けれども、この際、亡き髭黒の大臣《おとど》の遺志を尊重する意味もあって、はるかな昔の前例などを引きあいに出しながら、母から娘への尚侍譲位のことがご允許《いんきょ》になった。思えば、中君には、尚侍になるという宿縁があったに相違なく、その年ごろになるまで、玉鬘の辞任が許されなかったのだ、とも考えられる。

かくして、中君は尚侍に任官することになった。そのような姿で、帝のご寵愛を争うようなこともなく、気楽に内裏住みをしてほしい、と母玉鬘は思うのだが、それにつけても、気の毒なのは、かの蔵人の少将である。

かねて、大君への求婚については、母親の雲居の雁からの鄭重《ていちょう》な口添えなどもあったゆえに、せめては大君の代わりとして中君との結婚を期待させるようなことを、ちらりと申し入れたこともあったのに、いざ蓋《ふた》を開けてみれば、中君もまたさような形で宮仕えさせることになってしまって、〈やれやれ、これでは、あの右大臣の北の方は、なんとお思いになるだろう〉と、まったく思いあぐねているのであった。そこで、子息の右中弁を使者として、弁明の手紙を書き送り、決して悪気《わるぎ》があってのことではなかったという旨を、少将の父夕霧の右大臣に申し開く。

「実は、内裏のお上より、かくかくしかじかご不興《ふきよう》の由なる仰せ言を蒙りました。さても院やらお上やら、あれこれと上つ方ばかりにお仕えさせたいなど、強いて高望みゆえに、かかる煩わしいことになるとやら、世間ではなんと評判しておりますことか、それを愚考いたしますについても、思いわずらっております」

文意はおおかたこんなところであった。

さっそく夕霧から返事が遣わされる。

「ご苦衷《くちゆう》まことにご尤《もつと》もにて、お上のご不興のこと、なるほどかかる事情なれば、さように思し召してお咎めあそばされるのも道理と拝察申します。されば、仮にそれが表向きの役職での出仕という形となるにせよ、御意《ぎよい》に従い奉《たてまつ》らぬのは、あるまじきことと存じます。いずれ、急ぎご決意あってしかるべきかと……」

と、夕霧の返書には、こう認《したた》めてあった。

かくて、中君も宮中にお仕えすることになったのであるが、大君を冷泉院に参らせるについて弘徽殿女御に気を使ったのと同様に、明石中宮のご不興を買わぬように、細やかに気を配ったことであった。そんなことにつけても、もし父髭黒の大臣が存命であったら、なにもこんな戦々恐々たる思いをしなくてもよかったものをと、しみじみ後ろ楯のいない哀しさを味わった。

姉の大君は、なにぶん美貌の評判が高く、帝も、この君をたいそう魅力的な人だとお聞き及びであったので、それを院に差し出して、内裏のほうへはその代わりの妹君をよこしたということが、どうも納得できぬ思いでおられる。しかしながら、この中君という人も、たいそう細やかに心の行き届く人柄ゆえ、じっさいに宮仕えの暮らしが始まってみれば、心憎いまでの様子でお仕えしている。

そこで、前尚侍《さきのないしのかみ》たる玉鬘は、この際、様《さま》を変えて尼になりたいと思い立ちはするものの、中将や右中弁など子息たちが、諫める。

「しかし母上、大君の院参といい、中君の宮仕えといい、あれこれ多事多端な折から、いまご出家になっても、なにかと慌ただしいばかりで、とうてい心静かな勤行《ごんぎょう》もままなりますまい」

「どうでしょう、もうすこし時を待って、いずれの姫の身の上もしっくりと落ち着くのをお見届けになっての後になさっては……。そうして、誰からも難癖《なんくせ》をつけられる恐れのない状態で、一心にお勤めをなさいませ」

こんなことがあって、玉鬘は、今は出家を思いとどまり、なにかと心配ゆえ、内裏の中君のところへ、時々こっそりと参ってはなにかと世話を焼いている折もある。

しかし、いっぽうの冷泉院の許《もと》へは、なにぶん院はまだ下心に玉鬘への懸想を捨てていないこととて、万一にも間違いの沙汰などあっては面倒ゆえ、よほどな用事があるとき以外は、さらさら参上することがない。

そもそもの昔を思い出してみれば、かつて源氏に養われていた娘時分に、あれほど院からの思し召しがあったのに、こうして髭黒のものとなってしまったことからして、はなはだ申し訳ないことであった。そのことを恐れ多く思えばこそ、せめてものお詫《わ》びというつもりもあって、世間の非難は承知の上で、あえて大君を入内させずに、知らん顔をして院のもとへ差し出した、という思いが玉鬘にはある。

〈……それなのに、ここで姫ばかりか、仮に冗談であろうとも、自分自身までが、いい歳をして色めいた評判を立てられるなどということが出来したら、それこそ、世間に顔向けもできぬ見苦しいことになる〉と、玉鬘は思っている。

そうはいっても、こういう差し障りがあるのだということは誰にも明かすことなく、娘の大君にすら、打明けることはなかった。だから、大君のほうでは、

〈だいたい、幼いころから、父上さまは、わたくしを特にかわいがってくださったけれど、母上さまは、あの桜の枝の争いのときや、そのほかどんな時にも、いつだって妹の中君のご贔屓だったから……だから、こんなふうになっても、あちらにばかりおいでになって、わたくしのところへはちっとも来てくださらない〉と、恨めしく思っているのであった。

冷泉院にしても、またこういう玉鬘の不平等なとりなしをば、ひどく辛く思って、こう仰せになった。

「私のような古びた男に、そなたを縁づけたきり放りっぱなしで、宮中の時めくあたりにばかり参上しているとは、よほどこちらを軽く見ているのであろうな……ま、それもしかたあるまいが」

と、大君の御息所に打明けては、ただつくづくと玉鬘を恋しく思うことが募っていく。

数年の後、御息所に男御子が生まれる

また何年かの後、大君の御息所は、こんどは男御子《おとこみこ》を産んだ。

院のお側にはおおぜいの御方《おんかた》がたがお仕えしていたにもかかわらず、ついぞそのようなめでたいこともないまま年月が経ってしまっていたのだが、今さらながらに、こういうことになるとは、この御息所との間には、なみなみならぬ宿縁があるのに違いないと、世の人々は驚いた。

まして、いままで男御子を授かったことのなかった冷泉院は、この若宮を、かぎりなく大切な、愛《かな》しいものに思し召す。それにつけても、もしこの皇子《おうじ》ご誕生が、現在のようなご退位後のことでなくて、帝の位におわすときであったなら、どんなにか甲斐のあることであったろうか。

〈ああ、今となっては、皇子が生まれたとて、なんの張り合いもないこと、口惜しい限りじゃ〉と院は思し召すのであった。

それまでは、弘徽殿女御が産んだ女一の宮一人しか御子はいなかったので、この宮をこ

の上なくかわいいと思い思いしておられたのだが、ここへ来て、御息所の腹に、女御子《おんなみこ》男御子《おとこみこ》と、続けざまに生まれて人数もふえ、しかもとりどりにかわいらしい御子たちであったので、それもたいそう珍しく尊いことに思え、御息所に対する寵愛は深まる一方であった。

そうなるとさて、弘徽殿女御としては、娘の一の宮が軽く扱われるような、面白からぬことも起こるであろうと、心が騒ぐのであった。

かくては、やがて何かというと、悪意を含んでひねくれたとりなしなども出来《しゅったい》して、女御と御息所の仲は、自然自然に隔心《かくしん》を生じていくように見える。

世の中一般のこととして考えると、とりたてての身分でもない人々の仲らいであっても、初めから添い続けてきたという道理のある妻のほうに、とかく無関係な傍観者たちは味方をするという傾向があるものだ。されば、冷泉院に仕える人々も、身分の上下を問わず、女御という高貴な身分であって、しかも長く院に添い仕えている御方にばかり道理があるように思い、ちょっとしたことでも、後から院参した御息所のほうを、なにかと良からずとりなしなどするのであった。

これを見て、左近の中将や右中弁などの兄弟たちは、

「それ、言わぬことじゃない」

「わたくしどもが、あんなにお諫めしたことは、間違っておりましたでしょうか」

と、ますます母玉鬘を責めた。

玉鬘は、心もおちおちとしていられず、そんな諫めを聞くのも胸痛く、

「こんな宮仕えの沙汰もなくて、のんびりと、幸せそうに結婚生活を送っている人だって、たくさんいるように思えるのにね。さてさて、限りもない後ろ楯や宿縁に恵まれた人でもない限り、こんな宮仕えのことを、ゆめゆめ思い立つべきではありませんでしたね」

と、つくづくため息をついた。

薫も今では宰相の中将に昇進

かく時の過ぎゆくうちに、そのかみ大君に懸想をかけてきた人々も、しだいに一人前に昇進して立派な公達になっていた。されば、それらの公達のなかから婿になるべき人を定めていたとしても、玉鬘の一家に相応《ふさわ》しからぬとは言えぬ君がたくさんある。

そういう公達のなかに、昔源侍従《げんじじゅう》と言っていた時分はまだまだ若造で、ひ弱に見えた薫

君も、今や宰相の中将という位に昇り、匂兵部卿の宮と並んで、「匂う兵部卿の宮、薫る中将」などと、当今切っての美男として耳障りなほどに騒がれていたようであった。さりながら、実際にはたいそう人柄も重厚で、心憎いばかりの人物となっている。そこで、高貴の親王がたや、大臣などの名家の人々が、こぞってこの薫を婿にしたいと申し入れたりするようであったけれど、薫はいっこうに聞き入れないという評判であった。

それを聞けば、玉鬘としては、

「ああ、あの時分は、まだ子どもっぽくて、なんだか頼りないようなご様子だったけれど、今ではずいぶん立派にご出世のようですね」

など、身近の女房たちとうち語らっている。

蔵人の少将も今は三位の中将に昇進

またかの蔵人の少将であった君も、いまでは三位《さんみ》の中将になり昇って、しかもたいそう評判が良い。女房たちのなかには、

「あの君は、ほんとうに美しいお顔お姿で、理想的だったもの」

など言うやら、あるいは、いささか性根の悪い侍女ともなると、

「院に差し上げて、あんな面倒なことになるくらいなら、こちらの中将さまのほうが、よほどましだったわね」

などと評定する者もあって、いやはや、まことに鬱陶《うっとう》しいことであった。

この三位の中将は、今になってもなお、あの御息所への恋慕を絶ったわけではなく、我が身をみじめにも思い、かつはまた邪魔立てをした玉鬘を冷酷な人だとも恨みつつ、左大臣（系譜未詳）の娘を妻に得たけれど、その本妻のことは、まるで心にも留めることなく、なにか手習いを書く時にもあるいは日頃の口癖にも、「東路《あづまぢ》の道の果てなる常陸帯《ひたちおび》のかことばかりも逢ひ見てしがな（あの東路の道の果てにある常陸の国の、常陸帯に付いている鉤（かご）ではないけれど、かごとばかり……ほんの形ばかりでもあの人に逢いたいものだなあ）」という古歌を書いたり口にしたりするのは、いったいどういう了見なのであったろうか。

そうしてその御息所自身は、院のうちの気苦労ばかり多い日々の不協和音にすっかり嫌気が差して、しだいに実家《さと》にのみ下がって暮らしがちになっている。

玉鬘は、そんなまるで当ての外れた大君の有様を〈なんと口惜しいこと〉と思ってい

る。

一方、内裏へ上がった中君は、後宮には入らなかったことが幸いして、却って花々とした暮らしぶりで、気苦労をすることもなく、まことにたしなみ深く心憎いまでの人柄だという評判のうちに楽々と宮仕えをしている。

左大臣の死去により各人昇進

さて、その三位の中将を婿にしていた左大臣が亡くなって、右大臣の夕霧が左大臣に昇り、藤大納言（按察使の大納言）は、左大将兼右大臣となった。それ以下の人々もみな順々に昇格して、この薫中将は中納言に、また三位の中将は宰相となって朝議《ちょうぎ》に列する身分となった。かにかくに、このほど昇進の喜びを得た人々は、みな源氏の一族とそのゆかりの人々ばかりで、この一族よりほかにはこれといった人材はない、という時世になったことであった。

中納言昇任の挨拶に、薫は、前《さき》の尚侍《ないしのかみ》玉鬘のもとへやってきた。そうして、その御前《おまえ》の庭に畏《かしこ》まって、お礼の言葉を申し入れると、御簾を隔てて玉鬘自身が応対をする。

「このように、草茫々《ぼうぼう》になってゆくばかりの茅屋《ぼうおく》を、お避けにならずにお運びくださるお心ばえにも、まず真っ先に、亡き源氏の大殿《おとど》のことが思い出されてなりませぬ」

御簾内から、そう言い出《いだ》す声は、貴《あて》やかで愛敬たっぷりの魅力があり、もっともっと聞いていたいと思うような、はなやかな色がある。

〈おお、この御方は、まったくお年など召されぬように、いつまでも若々しくておいでとみえる。さればこそ、院にも、恋の恨みのお心がいつまでも絶えることなくおわすのだな……。これでは、そのうちに必ずや色めいた事が惹《ひ》き起こされることであろう……〉と、薫は思った。

玉鬘、苦しい胸の内を、薫に訴える

「いえ、昇進の嬉しさなどは、わたくしの心のなかでは、なんということもございませぬけれど、ただただ、まず真っ先に、我が姿を見ていただきたいと思って参上してまいりました。それなのに、『避《よ》けずに来た……』などと仰せになるのは、日頃《ひごろ》の無沙汰の罪を、裏返しの形でお叱りになるのでもございましょうか」

薫は、そんな挨拶をした。すると玉鬘が、堰《せき》を切ったように語り出した。

「せっかく昇進のお祝いにお出でになった今日は、もうこうして盛りを過ぎた身の上の嘆きを申し上げるべき機会でもないと、なんだか気が差しますけれど、でも、わざわざお立ち寄り下さいますなど、滅多と無い折でございますから……、いえ、お目にかかった時でもなければ、こんな内輪話など申し上げにくいことでございます、なにぶん、くだくだと回りくどいことでございますし……。じつは……院さまのところにお仕えしております姫が、宮仕えの暮らしのあれこれについて、それはもうひどく思い悩んでおりまして、今では、とかく里がちにふらふらとしております。もとより、あの一の宮の女御（弘徽殿女御）さまをお頼り申しもし、また中宮さま（秋好む中宮）のほうも、ご寵愛のことについては、なんとかお許しいただけるものと、そう期待して過ごしてまいりましたが、いずれの御方さまも、結局は、姫のことを無礼《ぶれい》で堪忍ならぬ者と、そのように思し召されているように仄聞《そくぶん》いたしますほどに……それはもう、なにかといたたまれぬようなことばかりでございまして……あの二《ふた》ところの若宮たちは、そのまま院の御所のほうにおいでになり、しかし、今申すとおり院中での交らいもなりがたい御息所自身は、それならいっそこんなふうに、せめて実家《さと》のほうで心安く、ぼんやりとして過ごすようになさいと、そう申して里下がりさせましたものでございますけれど……それにつけても、なにかと聞くにたえぬような陰口などがちらちらと聞こえてまいりましてね……はては、院さままでが、そのようなことは宜しからぬと思し召す旨を仰せになったとか……。そこでお願いなのでございますけれど、院さまには、とりわけかわいがられておいでの御身さまから、なにてもついでがございましたら、なんとかしてよしなにおとりなし申し上げてくださいませ。女御さまにせよ、中宮さまにせよ、いずれも頼もしい御方《おんかた》と存じましたればこそ、院さまへの宮仕えに差し出しましたので、その当座は、どちらの御方も、お心安だてにお頼り申し上げておりましたけれど、今は、こうなにもかも掛け違ってしまっては、なんと考えの足りない身の程知らずであったろうかと、我とわが心を責めております」

こう嘆きながら、御簾内《みすうち》でおろおろと泣く気配がある。

「なんの、それほどにご自分をお責めになって苦しまれるには及びますまい。もとより、こうした後宮の御方々《おんかたがた》の御交《おんまじ》らいの容易ならぬことは、昔から、いわば当然のこととなってございますが、姫君の場合は……さよう、院の御所のこととて、もはや御位《みくらい》を退《しりぞ》かれて、静かにお暮らしのことゆえ、なにごとも宮中のようには華々しいこともなく、みなみな気を許してのお仕えぶりのように、傍目《はため》には見えましょうけれど……いざそれぞれのお心のうちでは、しょせんは生身の人間どうしでございますれば、やはりあれには負けたくないとばかり、互いに挑みあう気持ちが、どうして無いなどということがございましょう。こうした事柄は、はたから見ているぶんには、別段なにも咎めだてすべきでないような事でも、いざ我が身にとってみれば、やはり恨めしいとも思い、とんだ筋違いなことにまで心を動かすなどということ、これも、女御や后などにありがちな心のお癖でもありましょう。……まず、その程度の些細《ささい》な行き違いも起こらぬものと信じて、宮仕えのことなどお思い立ちになられましたのか。こんなことは、ただ穏便に穏便に物事をとりなされまして、すべて大目に見てお過ごしになる、そうあるべき事柄でございましょう。そんなことを、男のほうから、とやかくと表立《おもてだ》って院に申し上げるべきことでもございますまい」

理路整然、薫は取りつく島もなく、こう諫める。

「いつかご対面申し上げるときあらば、どうしてもお訴え申そうと、かねてよりお待ち申し上げておりました甲斐もなく、まことにあっさりとしたご異見にて……」

玉鬘も、さすがにこれには苦笑のていであった。

こんな様子を見ていると、日ごろお子たちの親として、いかにも手際よく物事に処しているように見える割には、その実玉鬘は、案外と世慣れもせずおっとりとした人柄のように思われる。〈思うに、大君の御息所も、おおかたこんなふうにおっとりと育ちの良い風情なのであろう……、それにつけても、かの宇治の八の宮の姫君に、なにがなし心惹かれるというのも、いわばこうしたのどかなお人ざまの魅力なのであろうな〉と、薫は、あらぬことまでも思い渡る。

中君の尚侍も、ちょうどこの頃お里下がりをして戻ってきていた。

また昔のように、寝殿の西と東とに、それぞれ大君と中君が分かれて住んでいる様子は、いかにも華やいで、またさすがに実家での暮らしとあって、二人とものんびりとして、余計なことに悩まされることのない有様であった。

こんな花々とした気配に、薫は、御簾の内から、自分がどのように見られているだろうかと思うと、まことにおちおちとはできぬ思いがして、自然と心を引き締めざるを得ない。そのため、ただでさえ落ち着いた人柄であるのに、なおいっそう心を鎮めて立ち居振舞っているその様子は、またいかにも感じよく見えて、玉鬘は、〈ああ、いっそこの君を、婿として身近にお世話することができたらよかったのに……〉など、ふっと思うのであった。

紅梅の右大臣家のにぎわい

さて、紅梅の右大臣（もとの按察使の大納言）の邸は、この玉鬘邸のすぐ東にあった。

こたびの右大臣昇格の祝宴に相伴《しょうばん》役で参席する公達など、大臣邸にたくさん集うている。

かつて左大臣（夕霧）邸で、宮中の賭弓《のりゆみ》の後《のち》の饗宴が催された折に、また相撲《すまい》の節会《せちえ》果てての饗応《あるじもうけ》の時に、いずれも、かの匂兵部卿の宮がご臨席になったのを思い出して、この栄えある日に更に光を添える意味でもと、丁重に招請したのだが、宮はやってこない。

……いや、じつは、うまくすれば手塩にかけて傅育《ふいく》している姫君たちを、こういう機会に、あわよくば宮に縁付けたいという下心もあって、〈なんとかして、うまく……〉と右大臣は思っているように見えるが、宮は、さてどういう気持ちなのであろうか、さっぱりと心に留めて思ってもくれないのであった。

いっぽうまた、今は中納言となって、ますます理想的に美しい容姿となった薫が、姿ばかりでなく、その内面や手腕の面でも決して人後に落ちるということなく、立派な人物になっているのを、今は右大臣になった按察使の大納言も北の方（真木柱）も、なんとか我が娘の婿にと、目をつけているのであった。

近隣の右大臣邸で、かくのごとくに人車の出入りも囂《かまびす》しく、また前駆《さきが》けの者の声がしきりと聞こえるのも、昔まだ髭黒の大臣が生前現役であったころのことが思い出されて、いまはしんみりと静かになってしまった玉鬘の邸では、みなしめやかに物思いをしている。

「あの故兵部卿の宮（蛍兵部卿の宮）がお亡くなりになって間もなく、その北の方（真木柱）に、右大臣が通うようになられたことを、当時は、たいそう軽々しいことと、世間の人々も陰口など申しておりましたようですけれど、その後もずっと、右大臣の愛情の火の消えることもなく、こうして立派に添い遂げておられるのも、やはり、それはそれとして見苦しからぬことでございますね。ああ、妹背のことは、つくづく定めないもの……思いを遂げて添うのがいいのか、それともしかるべき身分の方《かた》に縁付けるのがいいのか、どちらがほんとうに幸福なのでしょう」

玉鬘は、ふとそんなことを述懐するのであった。

左大臣の子息、宰相の中将（もとの蔵人の少将）は、右大臣邸での盛大な饗宴の次の日、夕方ころになって、この玉鬘邸にやってきた。

なにしろ、恋しい大君の御息所が目下里下《もつか》がりをしてきていると思うと、どうにもこうにも身構える心になって、

「いまこうして宰相（参議）の身となって、朝廷のご用を承《うけたまわ》る人数の内に入れてくださったことの喜びなど、わたくしはなんとも思いませせぬ。ただ、内心の秘かな思いが叶わぬことの嘆きばかり、年月の重なるほどに、なんとしても思いを晴らすべき方法もないことが……」

と、そんなことを言って涙をぐっと押し拭《ぬぐ》うのも、なんだかわざとらしく見える。が、年のころ二十七、八ほど、まことに男盛りの色気が匂うばかり、華やかな容貌をしているのを見て、玉鬘は却って胸の痛みを覚える。

「なんとまあ、見苦しい坊やなのであろう。あんなふうに、お家柄ゆえ世の中を思いのままになるように傲《おご》り高ぶって、せっかく頂戴した官位《つかさくらい》を、なんとも思わずに、安閑と暮らしておいででの……。これで、亡き殿（髭黒）が、もし御存命だったら、我が家の息子たちも、おなじようにあんな恋の遊《すさ》びごとに心を乱していたことであろうか……」

そういって、玉鬘は、わっと泣き出した。

その子息たちは、それぞれ右兵衛《うひょうえ》の督《かみ》・右大弁とて、いずれも参議にはなっていない。かかるにつけても、後ろ楯のない不運を子息たちは、つくづく憂うべきことと思うているのであった。ただ、末息子の藤侍従と呼んでいた人は、この頃、頭中将《とうのちゅうじょう》というようであった。年齢から申せば、頭中将も悪くはないが、それでも、後ろ楯ある人々に比べれば、出世が人よりも遅いということを、母玉鬘は嘆いている。

そして宰相の中将は、この後《のち》も、とかくもっともらしいことを言っては、大君をかきくどき続けて……。

橋姫《はしひめ》

源氏没後十二、三年から十四、五年　薫二十歳から二十二歳秋まで

落魄の老い宮、八の宮

そのころ、もう若くもなく、宮廷の公家社会からは忘れられている宮様があった。母方なども高貴な血筋で、宮様方のなかでも東宮というような特別の身分に昇るべき声望などもあったのだが、それもいつしか沙汰《さた》止みになったまま、時は移り、御代《みよ》替わりなどもあって、人前にはとても顔を出せなくなるような騒動に巻き込まれなどするうちに、なまじっか声望があった分、かえって将来の希望など跡形もなくなるような破目《はめ》になった。これには、後ろ楯となっていた外戚《がいせき》筋の人々なども、期待外れに終わったことを心々に恨めしく思うて、なにやかやと口実を設けては、宮家に背を向けて去り、しまいには公私ともに、これといって頼りとすべき人もなきままに、誰からも見放された状態になっているようであった。

北の方はといえば、昔の大臣の姫君であったけれど、この現状はいかにも心細く、宮と結婚するについては、親どもも、いずれは皇太子妃に、というようなことも夢でないと期待していたのだったが、そんな昔を、そこはかとなく思い出すと、今の零落《れいらく》ぶりはたとえようもなく悲しいことが多かった。

それでも、宮との妹背《いもせ》の契《ちぎ》りの深く睦《むつ》まじいことはまたとないほどで、ただそのことばかりを、辛《つら》い俗世の慰めとして、お互いに並び無い愛情を以て支えあっていた。

北の方、逝去

さりながら、もう何年と御子《みこ》も授からなかったので、宮は、どうしたことかと頼りない思いで暮らしていたから、そんな索漠無聊《さくばくぶりょう》の生活の慰めに、せめてはなんとかして愛すべき子でも授からぬものかと、時々に思いもし、また口の端に上《のぼ》せもしたものであった。

すると、思いの外にひょっくりと姫君の、それもたいそうかわいらしい御子が生まれた。

この姫宮を、宮は限りなく愛《かな》しく思って、大切に大切に守《も》り育てたが、間もなく、立て続けに北の方に懐妊の兆しが現われ、〈こんどは男宮でも生まれてくれぬものかな〉などと思っているうちに、またも女君であったけれど、無事に生まれた。

が、しかし、母君のほうは、産褥《さんじょく》の患《わずら》い重くして、ついには亡くなってしまった。

宮は、あまりのことに茫然《ぼうぜん》となって、ただおろおろとくれ惑うている。

〈ああ、こうして便々《べんべん》と生きていくだけでも、いかにもきまり悪く、堪えがたいことばかり多い世の中だから、いっそ出家してしまいたいと予《かね》て思ってきたが、ただあの北の方を……とても見捨ててはいかれない……美しくて優しくてあんなに良い伴侶《はんりよ》はなかったから……それが、どうしても俗世に引き留《と》められる絆《ほだ》しとなって、かろうじて過ごしてきたものを……。これから一人取り残されて、私の心はただただ索漠《さくばく》たるものになっていくにちがいない。あの幼い姫君たちも、父一人で育て上げるなど、かかる皇族の身として、まったく愚かしくみっともないことと、世間も見るであろうし……〉と、宮はそんなふうに思い立って、いよいよ出家の本懐を遂げたいと思ったけれど、といって、かの姫君たちの養育を誰に託するという目処《めど》も立たぬままに置き去りにするというのも、なんとしても出来がたいと躊躇《ためら》いながら、もう何年も経《た》ってしまった。

やがて、次第に成長した姫たちの姿といい顔立ちといい、それぞれにかわいらしく非の打ちどころもないのを明け暮れの慰めとして暮らしているうちに、いつしかうかうかと年《とし》月《つき》が過ぎた。

後から生まれた姫中君《なかのきみ》については、乳母《めのと》など仕える女房たちも、

「さてもさても、北の方さまがこんな状態だというに、やっかいなこと……」

などと、ぶつくさ言いつつ、北の方危篤の因《いん》ともなった姫については、みなうち捨てて心を込めて世話をしようともしない。しかし、北の方は、今はの際《きわ》で、もうなにごとも分からなくなっているような按配《あんばい》ながら、ただ、その中君のことばかりを、たいそう不憫《ふびん》がって、

「どうか、この子をわたくしの形見と思って、かわいがってやってくださいませね」

と、それだけを、ただ一言くれぐれも言い置いたので、宮は、こうして永の別れをしなくてはならなくなった前世からの因縁も恨めしいばかりの折節であったけれど、〈いやいや、畢竟《ひっきょう》、こうなるべき定めであったのであろう……〉と思い切って、〈それにしても、あれは最期の最期まで、この妹姫を労《いたわ》しく思って、生《お》い先が気掛かりでならぬと、そのことばかりを言い言いして亡くなったのだったものをなあ〉と、そんなことを思い出しながら、大君《おおいぎみ》よりもむしろ、この中君のほうをたいそう愛《かな》しがって撫育《ぶいく》している。

それがまた、まことに容貌《ようぼう》のかわいらしい姫で、その美しさといったら、もしや悪霊に魅入られはすまいかと不吉な思いがするほどであった。

姉姫の大君は、気だてもおしとやかに、古風で雅《みや》びやかなところのある人柄であったばかりでなく、外見も態度物腰も、気品に満ちて心憎いばかりの風姿をしている。それゆえ、大事な大事な、高貴な血筋の姫ということでは、この姉姫のほうがまさっている。

かくて、姉は姉、妹は妹、いずれもそれぞれにかわいがって大切に守《も》り育てたけれど、どうしても思うに任せぬことばかり多くて、年月《としつき》とともに、宮の邸うちも寂れていく一方であった。仕えていた人々も、こんな邸にいたところで行く末が覚束《おぼつか》ないと思うほどに、みな我慢し切れなくなって、次々と順を追うて暇《いとまこ》を乞い、散り散りに去っていく。

中君の乳母《めのと》なども、北の方逝去の騒ぎに紛れて、きちんとした人を選んで雇うこともできなかったせいで、しょせんは下《しも》ざまの女の浅はかな考えから、まだ幼い中君をさっさと見捨ててどこかへ消えてしまった。

しかたなく、この幼い姫は、父宮がただ一人で育てたのであった。

八の宮邸の荒廃

とは申せ、宮の御殿とて、やはり広く雅趣豊かなお邸のこと、池や築山《つきやま》などの造作《ぞうさく》だけは昔に変わらなかったけれど、なにぶん手入れが行き届かぬゆえに、時とともに、それはもうたいそう荒れ果ててゆくのを、宮は、なすところなくぼんやりと眺めては物思いに沈んでいる。

家中《かちゅう》の事務を管掌《かんしょう》する家来なども、しっかりした人材を得ぬままに、邸や庭の修繕などをする人もなくて、そこらじゅうに雑草が青々と繁《しげ》りあい、軒の忍草《しのぶぐさ》も、我が物顔に青く蔓延《はびこ》っている。

四季折々の花や紅葉の、色をも香《か》をも、妻と二人、心を一つにして楽しんでいたからこそ、気慰《きなぐさ》みとなることも多かったものを、一人とり残された今となっては、ひたすらに寂しいばかりで、だれに心を寄せるよすがもなく、ただ持仏堂の荘厳《しょうごん》ばかりを、ものものしく造作させては、明け暮れ勤行一途《ごんぎょういちず》に過ごしているのであった。

宮の心には、〈……こんな絆《ほだ》しともなる者どもにかかずらって出家を果たせずにいるだけでも、思いのほかに口惜しいことよ……我が心ながら、自分の思いどおりには出家も叶《かな》わぬのが、前世からの約束事であったのかな〉と思われるものを、ましてや、〈なんとして今さら、世間の人並みに後妻を迎えたりなどすべきであろうか〉と、そんなことばかり年々歳々強く思うようになり、なにもかも俗世間とは縁を切って、姿はともかく、心だけは、まったく世捨ての修行者《しゅぎょうじゃ》とでもいうような気持ちに成り果てている。されば、北の方が亡くなってよりこのかたというものは、そこらの人のような色めいた心むきなどは、戯《たわむ》れにも思いつくことがないのであった。

「どうして、そこまでなさる必要がありましょう……。奥方様に別れた悲しみともなると、たしかに、またとあるまじきことのように、とかくお思いになるようではありますが、なに、それも当座だけ、だんだんと時間が経てば、そんなことばかりでもございますまいに」

「さればやはり、世間の人々と同じように、しかるべき御方を北の方にお迎えになられてはどうでございましょうかの……」

「おお、このお邸とて、どうじゃ、この見苦しい有様は。それとてご家中を取り仕切る御方がおられませぬからぞ。ご再婚のことあらば、自然となにもかもうまく回っていくというものではございませぬか」

と、人々は口々に宮の頑《かたく》なな心を難じつつ、なにくれと相応《ふさわ》しい縁組みを申し入れるというようなことが、縁辺を辿《たど》っていくらもあったけれど、宮は、さらさら聞きも入れないのであった。

ただただ心に仏を念じ、口に経を唱える日常のなかで、その隙々《ひまひま》には、この姫君たちを遊び相手として気慰みとし、やがて次第に成長するにつれて、琵琶《びわ》・琴《こと》のお稽古、碁打ち、漢字の旁《つくり》当て遊びなど、わけもない遊びの折々につけて、二人の姫の性格気立てを観察してみると、大君は、利発で目から鼻へ抜けるようなところがあって、思慮深く、軽薄なところのない人柄と見える。また中君は、おっとりして、放ってはおけないような健気《けなげ》さが姿にあらわれ、内気なはにかみ屋で、たいそうかわいらしい、というわけで、姉妹ながらその魅力はとりどりであった。

ある春の日、八の宮と姫君たち、歌を詠んで興ずる

春のうららかな日差しのなか、池の水鳥どもは、羽を打ち交わしながら、それぞれの声でさえずっている。そんなことも、かつてはどうということもない当たり前のこととして、宮は見ていたが、今は、あの鳥たちさえ妹背《いもせ》のつがいが離れずにいることを羨ましく

思って、じっと見つめていると物思いの種となる。

そんな春の日、宮は、姫君たちに、琵琶や琴など教えている。すると、二人ともたいそう魅力的で、まだ体は小さいけれど、とりどりに掻《か》き鳴らしている楽《がく》の音色《ねいろ》どもが、しみじみと心に沁《し》みて興趣深く聞こえてくる……と、ついつい亡き北の方と並んで眺めた庭のことなどもふと心に浮かんできて、宮は涙を浮かべている。

「うち捨ててつがひさりにし水鳥の
かりのこの世にたちおくれけむ

つがいで仲良くしていた母鳥は、父鳥や子鳥たちを捨てて去ってしまった……そんな水鳥（かり）の卵（こ）たちは、なんだってまた、かりそめのこの世に、とりのこされてしまったのであろう……これからさきどうしたら良いのであろうか

やれやれ、気の揉《も》めることばかりだ……」

こんなことを独りごちて、宮は、ぐいと涙を押し拭《ぬぐ》った。

姿形のたいそう清《すが》やかに見える宮であった。ここ何年もの勤行に、すっかりやせ細ってしまったけれど、それゆえにかえって貴《あて》やかですっきりと美しく、みずから姫君たちを世

話しようという心がけから、直衣《のうし》の着馴《な》れてしんなりとしたのを身に纏《まと》い、ゆるゆると気を許した様子は、こちらが恥ずかしくなるほど気品あるたたずまいである。

大君は、硯《すずり》をそっと引き寄せると、その硯の面《おもて》に、手習いのようにそこはかとなく歌どもを書き遊《すさ》んでいる。これを見て、宮は、

「これに書きなさい。硯は文殊菩薩《もんじゆぼさつ》の御眼《おんまなこ》と申して、そこには字など書かぬものというからね」

と言いながら、紙を差し出すと、姫は恥じらいながらこう書きつける。

いかでかく巣立ちけるぞと思ふにも
憂《う》き水鳥の契りをぞ知る

母上もおられないまま、どうやって巣立つまでになったのだろうと思うにつけても、浮（う）きみず鳥……わが憂（う）き身のつたない運命《さだめ》を痛感することです

この歌は、良い詠みぶりとも言えぬものの、その場には相応《ふさわ》しくたいそうしみじみと心に響いたことであった。

こう書いた手跡《しゆせき》は、これから先大人になっていった後には、どれほどの字を書くだろう

と将来が期待されるものの、その時は、まだよく続け字を書くこともできぬ程度であった。

「若君もお書きなさい」

と父宮は勧める。すると、中君は、もう少し幼げな筆遣いで、ずいぶん長い時間をかけてやっとこう書き上げた。

泣く泣くも羽《はね》うち着《き》する君なくは

われぞ巣守《すもり》になりは果てまし

こうして泣き泣きながらも、羽をうち着せて育《はぐく》んでくださった父君がいなかったら、わたくしなどは、孵化《ふか》できぬまま巣に残ってしまうところでした

姫君たちの衣なども、みな着古して萎《な》え果てているのだが、お側《そば》に仕える女房もないいま、いかんともすることができぬ。かれこれ、まことに寂しく、なすところもない有様であったけれど、それでもこの姫君たちが、それぞれたいそう健気でかわいげな様子をしているのを見ては、父として、〈ああ、なんと愛《かな》しく、胸の痛むことかな……〉と思わずにいられようか……。

宮は、お経を片手に持ち、読経をする傍ら、口に楽の譜を唱えて、姫君たちに音楽を教授する。大君には琵琶、中君には箏《そう》の琴《こと》、いずれもまだまだ未熟ではあったが、常に合奏をしつつ稽古に励んでいるので、その演奏は、聞くに堪えないというようなことはなく、それどころか、たいそう面白く聞こえる。

八の宮の既往

父桐壺帝にも、また母女御にも、若いころに先立たれて、これという有力な後ろ楯も取り立てて持たなかった宮とあって、漢学の物学びなども深くは修得できずじまい、ましてや、宮中の公達《きんだち》と交際してゆくための世過ぎの心がけなど、どうして知ることができたろうか。ただ、宮家の高貴な人と申すべき方々のなかでも、この宮は、おどろくほど貴《あて》やかでおっとりとした、まるで深窓の令嬢のような人柄なので、先祖代々譲りの宝物《ほうもつ》やら、母方の祖父《そふ》大臣《おとど》から相続した遺産やら、なにやかやと財物《ざいもつ》は尽きせぬものと思われたにもかかわらず、いつしかそれらも、さてどこへ行ったのであろう、すっかり雲散霧消してしまって、ただ、邸うちの調度品などだけが、宮家らしく端正な佇《たたず》まいでたくさんに残存しているのであった。そうして、もはやこの宮のもとに参上してご機嫌を伺い、好意を寄せてくれる人もいなくなった。

宮は、ただ無聊《ぶりょう》のうちに、宮中の雅楽寮《うたづかさ》の楽師どもなどのような、名人上手を召し寄せては、かりそめばかりの管弦の遊びに没頭しつつ、年を重ねて今に至っているので、この音楽方面ばかりは、たいそうな腕前なのではあった。

実は、この宮は、桐壺帝の八の宮で、源氏の大殿《おとど》の異母弟に当たる。

しかるに、冷泉院がいまだ東宮で、朱雀院の母弘徽殿大后《こきでんのおおきさき》が、おのれの権勢を以て世をわがままにできた時分、まことに横紙破りなることを企てて、源氏を後ろ楯とする東宮を廃して、代わりにこの八の宮を世継ぎに立てようと画策し肩入れしたことがあったのである。

が、この奸策《かんさく》は、まことにお生憎《あいにく》なことに、源氏の復権と弘徽殿かたの落魄《らくはく》という局面に際会《さいかい》して潰《つい》え、ついには宮も、天下を握った源氏一統のほうからは疎んじられ、権力の中枢から遠ざけられてしまうという結果になったのであった。

その後は、いよいよ源氏の血筋を引く人々ばかりが、次々に権勢をほしいままにすることになったがゆえに、宮は、もはや宮中の交わりもまったくできなくなってしまった。しかもこの数年は、いま申す通りの聖《ひじり》のような暮らしになり果てて、もはやこれまでと、なにもかも世俗の欲を思い捨ててしまっている。

八の宮邸焼亡、宇治の別邸に移る

そうこうするうちに、住んでいた宮殿が火事で焼けてしまった。かく弱り目にたたり目というような境涯《きょうがい》に落ちては、ただ茫然として意気阻喪《いきそそう》し、さてどこかへ移り住もうにも、京中には移転すべき適当な邸もなく、たまたま宇治という所に、ひと風情《ふぜい》ある山荘を持っていたのを幸い、そこへ引き移った。もはや思い捨てた俗世ではあるが、今はこれきりと、都を捨てて片里に引っ込んでしまうということを、宮はしみじみと哀しく思った。

滔々《とうとう》と流れる宇治川の瀬に、魚を取るための網代《あじろ》が仕掛けてある様子が近々と感じられ、昼となく夜となく、ざあざあという川音が耳にやかましい河辺の山荘で、心静かに勤行専念の暮らしをしたいという思いには相応《ふさわ》しからぬところもあるが、ほかにゆくところもない宮には、どうにもしようがない。

春の花、秋の紅葉、そして宇治川の流れなどを、いずれも寂しさのなかに心を慰めるよすがともして過ごしているのだが、それにつけても、前にも増していよいよ物思いのほかに何をすることもできぬ。

こんなふうに世間と絶縁してつれづれと籠《こも》っている野山の果てにあっても、今は亡き北の方がここに居てくれたらなあと、宮は、その面影を懐かしく思わぬ折とてもないのであった。

見し人も宿も煙《けぶり》になりにしを
なにとてわが身消え残りけむ

共に暮らしたあの人も、懐かしいあの家も、なにもかも煙となって消えてしまったのに、どうしてこの私の身一つは煙のように消えることもできず残ってしまったのであろう

こんな絶望的な歌を詠じては、生きている甲斐《かい》もないありさまで、帰らぬ昔を思い焦がれてばかりいる宮であった。

八の宮、宇治山の阿闍梨を師として仏道修行に励む

山また山、幾重にも重なるあたりの住み処《すか》に、もはや宮を探して訪ねてくれる人もいない。ただ、わけもない下人《げにん》連中や、田舎びた山の民どもばかりが、稀々《まれまれ》馴れ馴れしげに参り来たって、なにかとご用など承っている。

「雁《かり》の来る峰の朝霧晴れずのみ思ひ尽きせぬ世の中の憂さ（雁の越え渡ってくる峰の朝霧がいっこうに晴れぬように、ただ晴れぬ思いばかり尽きることのない、この世の中の辛さよ）」と歌うた昔人さながら、宮もまた、胸の霧の晴れる折もなく鬱々《うつうつ》として明かし暮らしていたのであったが、この宇治山に、行者《ぎようじや》めいた阿闍梨《あじやり》が一人住んでいた。

その人は、仏の教えについての学殖《がくしよく》も並々ならず、世人《よひと》の声望も軽くはなかったのだが、濁世《じよくせ》を厭《いと》うて、朝廷の仏事などに召されても、めったと出《い》でて仕えることもなく、ただただ山に籠って過ごしている。

しかるに、八の宮が、この聖の庵《いおり》にかくも近いあたりに移り住んで、寂然《じやくねん》たる暮らしのなかで、日々尊い仏事勤行に励みつつ、経典を読み学ぶ日々を送っていることを知り、阿

闍梨のほうでも宮を尊崇して、常に宮の邸へ参り訪《とむら》うようになった。そうして、八の宮自身今までに独学して知り得た経文のあれこれについて、阿闍梨が、さらに深い奥義《おうぎ》を解き聞かせ申し、この世がいかにかりそめにして無意味なものかを、篤《とく》と教え知らせたのだった。すると、宮は、

「いや、わたくしも心だけは、極楽の蓮《はちす》の台《うてな》にのぼり、かの濁りなき池のうちにも住み得《う》るような思いでおりますが、それでも、正直を申せば、まことにこんな幼い者たちを見捨ててゆくことが、ただただ気掛かりで……仏法一筋の道に赴いて僧形《そうぎょう》になることもできずにおります」

などと、腹を打ち割って思いを吐露するのであった。

阿闍梨、八の宮のことを冷泉院のお耳に入れる

この阿闍梨は、冷泉院にも親しくお出入りを許されて、お経などをお教えすることがあるという人物であった。

そこで、京に出たついでに、冷泉院に参上してお目にかかった。

院は、いつもどおり、しかるべき経典をあれこれご覧のうえで、なにかと質問などなさる、そのついでに、阿闍梨はこんなことを申し上げた。

「八の宮というお方は、たいそう聡明で、仏の教えを深く学び悟らせ給《たも》うことでございますな。おそらくは、前世からの因縁にて、そのようにおなりになるべくお生まれになったお人でございましょうか……。いかにも心深く悟り澄ましておわすところなど、まことの聖《ひじり》とも申すべきお心のほどかと拝見いたしております」

「そうか、それでもまだ入道の姿にはなっておられないのか。されば……ここに控えておる若い者たちは、なにやらあの宮を指して『俗聖《ぞくひじり》』などと綽名《あだな》しておるようだが、それはそれとして殊勝なることだな」

冷泉院は、そう仰せになった。

宰相の中将薫も、この時、院の御前《ごぜん》に伺候《しこう》していたが、この八の宮の清らかな暮らしぶりを耳にしては、ひそかに思うところがある。

〈……私だって、この俗世などまったく索然《さくぜん》たるものだと知りながら、勤行など、人の目にたつほどには真摯《しんし》に勤めてもおらぬ。思えば、うかうかとなんの取り柄もない日々を送ってきたものだな〉……薫は人知れずそう思うにつけて、〈その身は俗世にありながら、心は聖になっているという宮のお心組みのほどは、さて、いったいどんなものであろうか〉と、耳を欹《そばだ》てて阿闍梨の話を聴いている。

「宮は、出家の素懐《そかい》はもとよりお持ちになっておられますが、つまらぬことに思いなずんでな……、今となっては、胸を痛めておられる女子《おんなご》どもの身の上のことをば、きっぱりと思い捨てるということもできぬ、とな、さように嘆かれ給うことで……」

阿闍梨は、そのように院に申し上げる。

阿闍梨、宇治の姫君たちのことを語る

この人は、俗世を離れているとはいっても、音楽を愛《め》でる阿闍梨で、また、

「まことにまた、この姫君たちが、琵琶や琴などを合奏して楽を奏でられるのが、川波の響きと競い合うように聞こえてまいりますのは、それはもう、まことに面白く、なにやら極楽もかくやと思いやられますことじゃ」

などと、妙に古くさい褒めかたをするので、院はにっこりと微笑《ほほえ》まれて、

「さように聖まがいの父宮のもとに生まれ出《い》でた姫君では、さぞ俗世のことについては疎《うと》

かろうかと思いのほか、なんとそれは興味津々たるものがあるな。その八の宮が、姫君たちの身の上を案ずるあまり、それが絆《ほだ》しとなって出家を果たし得ず、そのことを苦にしておられるというなら、どうだろう、もし少しでも私のほうが長生きするようであれば、いっそ私にその姫君たちを譲ってはいただけぬものであろうか……」

などと仰せになる。

この冷泉院の帝は、桐壺帝の第十番目の皇子《みこ》にあたられる。されば、かつて朱雀院が、亡き源氏の君に預けなさったという女三の宮の前例を思い出して、さてこそ、その八の宮の姫君たちをば、この所在なき日々の遊び相手として頂戴《ちょうだい》できぬものかな、などと、ふと思いつかれたのであった。

しかるに、その姫君に思いを懸けてもおかしくない年回りの薫中将のほうが、却《かえ》ってそんな心がけをもたず、〈姫君よりもむしろ、八の宮が仏道に心を潜《ひそ》めておられるらしいお心構えを、じかにお目にかかって拝見したいものだな〉と思う。そうして、ますますその思いばかりが深くなっていった。

そこで、阿闍梨が山に帰るについて、

「どうでしょうか……わたくしも、かならず宮の許《もと》へ参らせていただいて、なにかとお教え願わしゅう存じます。されば、さように、まずは内々《うちうち》にも、御意《ぎょい》のほどを承《うけたまわ》ってくださいますように」

など、懇《ねんご》ろに頼み込むのであった。

冷泉院と八の宮の文の往来

さて、冷泉院の帝は、宮の心打たれる住まいのありさまを人伝《ひとづ》てに聞いたということなどを、口上として授けたあと、一首の歌を書いて文の使いに持たせる。

世をいとふ心は山にかよへども
八重たつ雲を君や隔つる

俗世を厭離《おんり》するわたくしの心は、そちらの山のほうへ通ってまいりますが、なかなかお目に懸かれないのは、七重八重《ななえやえ》に立ち込める雲によって、君が私との間を隔てているからでしょうか阿闍梨は、この文の使いを先に立てて、そのまま、かの八の宮の邸へ参上した。ほどほどの身分の、しかるべき人の使い程度でもなお訪れることが稀な山蔭に、冷泉院からの文の使いとともに、阿闍梨が訪ねてくれたのは、まことに珍しいことゆえ、宮は、待ち受け喜ばれて、所柄《ところがら》の酒肴《しゆこう》などを用意し、山住みらしいもてなしをする。

八の宮からの返し歌。

あと絶えて心すむとはなけれども
世をうぢ山に宿をこそかれ

ふっつりと行方を絶って俗世を離れ、すっかり心が澄（す）むというわけではないけれど、
かの『世を憂（う）し』と思う山……宇治（うぢ）山に宿りを借りて住（す）むことよ

宮は、かの「わが庵《いほ》は都の巽《たつみ》しかぞ住む世を宇治山と人は言ふなり（私の庵《いおり》は都の東南《たつみ》がたにあたるところにて、こんな侘《わ》びしい様子で住んでおりますほどに、世を憂（う）しと思っている山……宇治（うぢ）山と人は噂するようでございます）」という古歌を引いて、こう詠んだのだが、あえて「心すむとはなけれども」などと、まだまだ修行の至らぬものと卑下するような歌を返したものだから、これをご覧になった冷泉院は、〈さても宮は、いまもなお世間

に恨みを残しているのだな〉と、気の毒がってご覧になる。

阿闍梨は、かの薫中将が、仏の道に深く志しているようだということを、八の宮のお耳に入れる。

「まずまず中将の願いと申すは、『仏法の経文などについて、なんとかしてその真意を会得《えとく》したいという志は、ずいぶん幼いころから、深く思うていながら、浮世のしがらみにて、なかなか出家も叶わず、公私ともに暇《いとま》もなく明け暮れております。もとより、ひたすら閑居《かんきょ》して経典を習い読み暮らしたとて、いずれたいしたこともない身の程にて、しかく世を捨てたような暮らしをすることに、別段なんの遠慮もいらぬはずながら、とかくに勤行《ごんぎょう》も怠りがちに、俗事に取り紛れ、うかうかと過ごしております。さるほどに、いま宮様のまことに世にも稀なる尊き御有様《おんありさま》を人伝てに承りましてより、仏道修行の思い黙《もだ》し難く、ただただ、その願いを宮様にお伝えくださいますようにお頼み申します』と、まずそのように、懇《ねんご》ろに申しておられましたが……」

阿闍梨は、あらましこんなふうに伝え申したことであった。

「しょせんこの世はかりそめのものと思い切って、世を厭う心が萌《きざ》してくるというようなことは、なにか自分の身の上に愁いのあるときに、思い初《そ》めるものと見えるが、さて、中将はまだ年も若く、朝廷《おおやけ》のことも順風満帆《じゆんぷうまんぱん》、不満足なことなど何一つあるまいと思えるほどの身の程なるに、そのように、また死しての後の世のことまでも、ことをわけて考えておられるとは、なんと奇特《きどく》なことであろう。……いや、私などは、もとよりこうなるべき宿縁であったろうかな……ただもう俗世を厭い離れよと、ことさらに仏などが勧めて、そうさせてくださったような有様で……。好むと好まざるとにかかわらず、こうして静謐《せいひつ》な暮らしをしたいという思いが叶ってはゆくが、……しかしいかんせん、もはや残された命など僅かなものだという心地がして、これでは結局たいした悟道《ごどう》には達することなく命《みよう》終《じゆう》を迎えねばならぬようだ。されば、これまでも、これからも、なんの了悟《りようご》したところもないという思いに駆られるものを、そのように買いかぶられては、私のほうが恥ずかしくなる。教えるとか教えられるとかいう関係ではなくて、真に語らうべき仏法の友ともいうべきお人ではあるまいかな」

などと宮は述懐して、これより、薫とは互いに消息を通わせ、ついには、薫自身、宇治の里まで参り訪ねてきた。

薫、八の宮のもとに参る

来てみれば、なるほど阿闍梨から聞いてはいたが、聞きしにまさる寂しいたたずまいで、その住まいの有様をはじめとして、まったくかりそめの草の庵に、かかる聖の宮の住まいと思うせいか、いかにも質素な暮らしぶりのようである。一口に山荘といっても、その山里ゆえの寂しさに好ましく心の引かれるような、のんびりと静かな場所もあろうに、この宇治の山荘は、たいそう荒々しい激湍《げきたん》の水音の響きに、物思いどころではないという気に、ふとなることもあり、また、夜など、心安らかに夢を見ることもできぬくらい、まことにぞっとするような風があたりを吹き払ったりもする。

〈……宮のような修行の聖めいたお方のためには、むしろかように荒々しい場所柄こそ、現世《うつしよ》に思いを残さぬようにせよという心の促《うなが》しともなるだろうけれど……とはいえ、こんなところに、かの姫君たちは、どんなお気持ちでお過ごしになっているのだろうか、世間並みの、女らしく繊細なところなどはあまりないのではなかろうか〉と、薫の心に推量されるほどの、宮の住まいの有様であった。

仏間《ぶつま》との間には、ただ障子が立ててあるばかり、そんなふうに姫君たちは住んでいるらしく見える。

〈このたたずまいでは、もし色好みの心のある男だったら、きっとなにやかやとそれらしい素振りをみせて近づき、どんなお心がけの姫君たちなのか、ぜひ知りたいと思うに違いないだろうな……こんな殺風景なところとはいいながら、やはりどんな姫たちか、ちょっと気にかかるものな……〉と興味津々で思っているような薫の様子である。

とはいえ、〈いや、いかんいかん、そういう邪《よこし》まな心を絶ち切ろうと思えばこそ、せっかく、こんな山奥まで宮をお訪ねしたものを、その本意を忘れて、好き者めいた口説《くど》き文句などをあれこれ口にして戯《たわむ》れかかるなど、まったくこと志に相違するというものであろうぞ〉と思い直して、宮の、たいそう心細げなご様子を、懇《ねんご》ろにお見舞い申しつつ、ついには、たびたび参上して、教えを乞うようになった。

かくて、かねて思い描いていた通り、俗身にありながら修行に励む、この山の深さながらの、宮の深いお心のありようや、経典の奥義《おうぎ》などを教わるようになった。それも、ことごとしく賢《さか》しらぶって教授するというふうではなく、ただ嚙《か》んで含めるように懇篤《こんとく》に教えてくれるのであった。

世の中には、山林に隠れた修行僧というような人、あるいは学僧として聞こえた法師など、いくらもいるけれど、さるなかに、あまりごつごつと偉そうで取っ付きにくい、僧都《そうず》とか僧正とかいう身分の高僧たちは、みなそれぞれに多忙を極めているうえに、妙に生真《きま》面目《じめ》過ぎて、たとえば仏典の奥義《おうぎ》を問《と》い明《あき》らめたいと思っても、なにかと七面倒な感じがしてしまう。といって、そういう高僧ならぬ、単なる仏弟子というような身分の僧となると、たしかによろずの戒律を守っているだけの尊さはあるにしても、もともとの人品骨柄《じんぴんこつがら》が卑しくて、言葉なども下世話に訛《なま》っていたり、礼儀作法を弁《わきま》えず、いやに馴れ馴れしい態度であったりなど、いずれにしても、そんな連中はまたひどく不愉快だ。

とかく昼間は公務などに忙殺されているから、せめてしんみりと静かな宵のころにでも、教えの師僧を枕の近くまで呼び入れて法話でも聞こうかと思うけれど、そうなると、こういう下世話な坊さん連中は、やはり下品でどうにも厭わしい感じがする。そこへいくと、この八の宮は、たいそう気品高く、見るに胸痛むような清貧の様子で、口にのぼせられる言葉も、坊さん連中とは事変わり、同じ仏の教えも妙に難しいことは言わず、耳に入りやすい例話などを用いて易しく話してくれる。されば、透徹《とうてつ》した深い悟道《ごどう》を説き明かすというのではないけれど、さすがにこれほど高貴な人ともなれば、なにごとにも事理《じり》を弁《わきま》えているということにかけては、そこらの人とは一段も二段も違ったところがある。それゆえ、宮をしだいに見慣れていくにつれ、その度ごとに薫は、もっともっといつもお目にかかっていたいと思うようになり、たまさか仕事が忙しくて宇治へ参向する暇《いとま》のないときなどは、ただもう宮が恋しくてしかたがないのであった。

薫が、この宮をかほどに尊崇しているので、冷泉院からも、常に宇治へご消息を下されるようになった。そのため、もう長いこといっこうに人の噂にすら上《のぼ》らず、ひどく寂しげであった宇治の山荘にも、次第次第に訪れる人の姿が見かけられるようになってくる。また、冷泉院からは、四季折々の何かにつけて、お見舞いが届けられるが、それもまことに威儀厳然たるものであったし、薫もまた、しかるべき折々につけては、風流韻事《ふうりゅういんじ》に関わる事ども、あるいは日常の暮らしのかれこれ、まずは宮に心を寄せては、とかくのご用を承ること、はや三年ほどにもなった。

三年目の秋の末、宮の留守に、薫、宇治の山荘を訪《おとな》う

薫が二十二歳になった秋の末のころ、四季ごとに催される念仏会《ねんぶつえ》について、この川のほとりの山荘では、網代を潜《くぐ》る波の音も、この季節はあまりに耳かしましく静かでないというので、かの阿闍梨の住む山寺の堂に会場を移して行なうことになり、宮もそちらへ引き移って、七日ほど勤行に励む。

山荘に取り残された姫君たちは、たいそう心細く、物寂しさも募って、ただもう物思いに沈んでいる。

その頃、中将の君薫は、〈おお、そう言えば、宇治のほうへも久しく参っていないな〉と思い出すままに、有明月がまだ夜深い時分にさし昇ってきた頃、京の町を発った。ごくお忍びで、お供の人数なども僅かばかり、姿もうんと窶《やつ》して出かけてゆく。

宮の山荘は宇治川のこちら側にあるゆえ、渡船の面倒などもなく、馬に乗って行った。やがて宇治の山あいに入ってゆくほどに、あたり一面深い霧に閉ざされ、道も見えぬ草深い野中をとぼとぼと踏み分けてゆくうち、たいそう荒々しい風が轟々《ごうごう》と吹き出し、ばらば

らと落ちる木の葉から降る露が散りかかる。〈あ、冷たい〉薫は首をすくめる。しかし、それは誰のせいでもない、みずから好んでかかるところへ来た道ながら、いつしかびっしょりと濡《ぬ》れてしまった。

薫は、こんな忍び歩きなど、めったとしたこともないゆえ、その心持ちの心細いこと、しかしその一方で珍《めずら》かな興趣も覚えて、一首の歌を口ずさむ。

山おろしにたへぬ木の葉の露よりも
あやなくもろきわが涙かな

こんな山おろしの風に堪え切れなくなって落ちてくる木の葉の、その葉末《はずえ》の露よりも、わけもなくはらはらとこぼれるのは、わが涙だな

山の民どもの目を醒《さま》させたら事は面倒になる、そう思って、随身《ずいじん》の者どもにもせいぜい音を立てぬように命じ、忍びやかに柴《しば》の垣根を分けながら、駒を歩ませてゆくに、あるとも見えぬ幽《かす》かな水の流れをひたひたと踏みつけるのも、やはり心がけて音を立てぬようにしている。それでも、ただ、例の身から出る芳香ばかりは隠れもなく、風のまにまに馥郁《ふくいく》と漂って、あたりの山家《やまが》では、かの「主《ぬし》知らぬ香こそ匂《にほ》へれ秋の野に誰《た》が脱ぎかけし藤《ふぢ》

袴《ばかま》ぞも〈誰の香りとも分からぬ匂いがしているぞ、秋の野に香っているのは、いったい誰が脱ぎかけていった藤袴なのだか……〉」という古歌さながらに、〈はて、これは誰のものとも知れぬ香りだが……〉と、匂いに目を覚ます家々もあった。

姫君たちの楽の音を聴く

しだいに八の宮の邸が近くなってくると、かすかに、絃《げん》を弾《はじ》く楽《がく》の音《ね》が聞こえてくるが、何の楽器を掻き鳴らしているのかまでは判別できぬ。ただ、そのかそけき楽音《がくおん》は、所《ところ》柄《がら》からか、なにやらぞっとするほど寂《さ》び寂《さ》びとした風情に聞こえてくる。

〈……はて、宮は、いつもこうして合奏など楽しんでおられると聞くが……今まではついぞその機会がなくて、名手として名高い宮の琴《きん》の琴《こと》の音《ね》も、聞くことができずにいる……今こそその楽音を拝聴する絶好の機会に違いない〉と薫は思いながら、そっと邸内に忍び入る。

まず聞こえてきたのは琵琶《びわ》の音《ね》の響きであった。黄鐘調《おうしきじょう》に調弦して、珍しくもない小手調べの小曲を弾いているのだが、こんな所で聞くからだろうか、それすら耳に珍しい心地がして、さらに近づいて聴くと、ぴんと掬《すく》い上げる返しの撥音《ばちおと》までも、いかにも澄み切った風情で面白く感じられる。そこへさらに、箏《そう》の琴《こと》の音《ね》が……その、胸にじんと沁み入るような清艶《せいえん》な音色《ねいろ》も、途切れ途切れに聞こえてくる。

薫は、そのままじっと聴いていたいと思って、息を殺していたが、例の香りもすばらしく、来訪の気配は隠れようもない。さっそくその香りを聞き付けて、宿直人《とのいびと》かと思われる男、それもいかにも石頭《いしあたま》の無粋者《ぶすいもの》らしいのが出てきた。

「宮さまは、かくかくしかじかのわけで、念仏のため寺にお籠りでございます。されば、阿闍梨《あじゃり》の許へ、お出《い》での由をお知らせ申し上げることにいたしましょう」

男は、四角四面にそんなことを言う。

「なんの、そのように日限《にちげん》を設けて勤行《ごんぎょう》に励んでおられるところを、お邪魔申し上げるのは、いかにも不都合であろう。……されば、このようにびしょびしょに濡れて参上したが、なんの得るところもなく帰らなくてはならない身の辛さを、姫君の御方に申し上げて、ただ『哀れな』の一言なりとも仰せくだされば、それにて気の済むというほどのことよ……」

薫は、せめて、そんなことを言うと、男は、醜い顔をニカッと綻《ほころ》ばせて、

「では、お側の人を通じて、そのように申し上げましょうぞ」

と言いざま、立ってゆこうとする。そこを、

「いや、しばらく」

と、薫は呼び止めて、近く召し寄せる。

「もう何年ものあいだ、人伝てに聞いていたばかりで、なんとか拝聴したいと思っていたお琴《こと》の音《ね》どもを、こうして耳にできるとは、うれしくも良い折に際会した。されば、もうしばらく、すこし立ち隠《かく》れて聴きたいのだが、どこか近くに都合のよい物陰などあろうかな。不似合いなところへ、のこのことしゃしゃり出て、いずれも弾くのをやめておしまいになったりしては、まったく当てが外れるというもの……」

薫はこんなことを言う。その様子といい、顔容貌《かおかたち》といい、かかる山家者《やまがもの》の気の利かない心にも、やはりたいそう素晴らしく、なにやら恐れ多いことと思われるので、

「人の聞かない時は、ねんじゅうこうして合奏なさっておられますが、仮にそれが下々《しもじも》の者であっても、都のほうから参って、このお邸に逗留《とうりゅう》しているような人があるときには、こそっとも音《おと》を立てられませせぬ。おおかた、宮さまは、ここにこのように姫君がたがおい

でになることをお隠しになって、世間の人々には知らせ申すまいと思し召して、さように仰せ付けておいでなのでございます」

と、ありていに物語るので、薫はにっこりと笑って、

「なんとまあ、それは無意味な御物隠《おんものがく》しだね。そんなふうにひた隠しにされているようだが、それゆえに却って、世にも珍しい事と評判にもなり、結果的にどなたもご存じということになろうものを」

など言う。そうして、

「よいよい、それでもやはり案内せよ。私はな、けっして好き好きしい心など持ち合わせていない男ぞ。ただ、姫君がたが、こんなふうに寂しいお暮らしぶりというのは、なんとしても理解を越えたこと、とても世間当たり前のこととも存ぜられぬのだ」

と、心濃《こま》やかに語りかけるので、男は、

「恐れ入りまして……、こんなことをするのはいかにもわきまえのない者だと、後々お叱《しか》りを頂戴するやもしれませせぬな」

と言いながら、薫を案内してゆく。

その姫君がたの部屋の御前《おまえ》は、竹の透垣《すいがい》を立て回して、きっちりと隔ててあるのだが、

薫をそこのところまで手引きしていった。そうして、お供の者たちは、西の廊に呼び入れて、この宿直の男がみずから応接する。

薫、透垣の陰から姫君たちを垣間見

この先が、くだんの姫君たちの御座所《おましどころ》に通じているらしく思われる透垣の戸を、少し押し開けて、薫は、中を覗き込んだ。

月は、風情豊かに霧に煙《けむ》っている。その月影を眺めようと、簾《すだれ》を高々と巻き上げて、女人たちは座っていた。簀子《すのこ》に、ずいぶん寒そうに、もうすっかりよれよれになっている衣を身に纏った、ほっそりと見える女《め》の童《わらわ》が一人、また同じような姿の女房なども、そこにいる。

部屋の内にいる人のうち一人は、柱に少し身を隠すように座り、琵琶を前に置いて、撥《ばち》を手でまさぐりまさぐりしていると、それまで雲に隠れていた月が、さあっと、たいそう明るく差し出てきた。

その撥を手にした姫君が、こんなことを言った。

「ほら、扇でなくっても、これだって月を招くことができたでしょう」

そんな戯《ざ》れ言《ごと》を言いながら、くだんの姫は、簾《すだれ》の下から顔を覗かせて月を見る、その面差しは、たいそう可憐《かれん》で、色つやも美しいらしく見える。こちらが妹姫の中君に違いない。

いっぽうの、物に倚《よ》りかかって横になっている人は、琴《こと》の上に覆いかぶさるようにしながら、

「おやおや、撥で入り日を呼び返すということはあるけれど、月を招くなんて、ずいぶん妙なことを思いついたこと……」

と言い返しながら、にっこりと笑ったその様子は、琵琶の姫よりも、もう少ししっとりと落ち着いて、優婉《ゆうえん》な風情がある。〈……なるほど、舞楽の『還城楽《げんじょうらく》』には、入り日を撥で呼び返す舞の手があるけれどな、ふふふ……この箏の姫が大君であろうな〉と、薫はこのやりとりを面白く聴いている。

「でも、招くことはできなくたって、琵琶と月はご縁がなくもないわ」

琵琶の姫は、また言い返す。なるほど、琵琶の絃を張る駒近くに、撥を収める「隠月《いんげつ》」というところがあるからには、琵琶と月は切っても切れない縁に結ばれているというわけ

だが……。こんなたわいもない戯《ざ》れ言を、たがいに心許して言いあっている仲の良い様子は、予《かね》て〈こんな所でお育ちの姫君がたは、あまり女らしく繊細なところはないのではないか〉と想像していたのとは大違いで、まことにしみじみと心に響くばかり親しみ深く女らしく、薫は、いたく感じ入った。……どうやら姉妹の姫は、それぞれの得意の楽器を交換して、戯《たわむ》ればかりに興じているらしいのであった。

〈うーむ、昔物語などに語り伝えられているところを、若い女房などが朗読するのを聞いていると、かならずこんな風に思いがけぬところに隠れている姫を見つけるなどということが言ってあった……まさか、そんなのは作り話だろうと高《たか》を括《くく》っていたものだが、いやいや、これほどの姫が隠れているところが、あればある世よな〉と、もはやすっかり心惹かれているようであった。

しかし、霧が深くて、姫君たちの姿ははっきりとも見ることができぬ。〈ああ、また月が差し出てきてはくれぬものかな〉と思っていると、そこへ、奥のほうから、

「どなたか、いらしてますよ」

と告げ知らせた女房でもあったのであろう、にわかに簾《すだれ》を下ろして、みな奥へ入ってしまった。

それでも、慌てふためく様子もなく、おっとりとした物腰で、そろりと身を隠してゆく風情にて、衣擦《きぬず》れの音《おと》も立てず、たいそうもの柔らかに、いっそいじらしいまでの様子で、まことに気品高く雅びやかなのを、薫は、〈ああ、なんとすばらしい……〉と思った。

そこから、薫は、そっと滑り出てきて、供人らのいるところまでやってくると、帰途は牛車《ぎつしや》に乗っていこうと、京の邸まで、車迎えの使者を走らせた。

そうして、そこにいた先ほどの宿直人《とのいびと》に、

「きょうは生憎《あいにく》に宮ご不在のところへ参ってしまったが、それも、却って嬉しい楽の音など拝聴して、心中に屈託《くつたく》したるところを、いくらか慰めることができた。姫君がたには、こうして私が参上している由を申し上げよ。そのついでに、この野末《のずえ》の露にしとどに濡れてしまった恨みごとなども、よしなにお耳に入れてな」

と申し付けると、男は姫君のもとへ行ってそのとおりに言上《ごんじよう》する。

それを聞いて、姫君たちは、まさかこのように姿まで見られてしまったとは思いもかけず、ただ、くつろいで弾きすさんでいた琴《こと》どもの音《ね》を、もしやお聞きになったかもしれぬと、たいそう恥ずかしい心地がする。

〈あ、そういえば、不思議に芳《かんば》しい匂いのする風が吹いてきたけれど、まったく思いもかけなかった折節のこととて、まさか、薫中将さまがお出でとはついぞ気づかずにいた……なんとまあ鈍感なことであった〉と、姫君たちは、ただおろおろと恥じ交わしている。

この一部始終を、薫は透垣の陰ですっかり見ていた。

見れば、どうやらこの挨拶を取り次ぐ女房なども、まだたいそう若くて不慣れな人のように見える。薫は、〈なにごとも、時と場合によって臨機応変にせねばな……〉と思って、幸いにまだ霧が立ち籠《こ》めていて姿が露《あら》わには見えないのを良いことに、透垣を開け、あの姫君たちのいた御簾《みす》の前に歩み出ると、庭上《ていしょう》に、つっと跪《ひざまず》いた。

山里暮らしで垢《あか》抜けない若い女房どもは、これにどう応対したらよいものかも、咄嗟《とっさ》には思いつかず、座布団を差し出す手つきもぎこちない。

「かかる御簾の外では、なにやら落ち着かぬことでございます。思いつきばかりの浅はかな心だけでは、とうていかくお訪ね申すこともなりがたいほどの、険しい山路《やまじ》を踏み分けて参上いたしましたものを……このおあしらいは、いかがなものでございましょう。とはいえ、こうして露に濡れての山路の旅（たび）を、度（たび）重ねてまいりましたならば、いかになんでも、わが思いのほどをお分かりいただけようかと、それだけをお頼み申しております」

など、薫は真面目くさった調子で言い入れる。

大君が自ら応《こた》える

これに対して、若い女房たちは、当意即妙に口のきける者とてもなく、ただ茫然《ぼうぜん》自失、ひたすらに恥ずかしがっておろおろしている様子は、とても見ていられないので、姫君は、奥のほうで寝ている年配の女房を起こしてこさせようと人をやったが、これまた、なかなか出てこない。このまま取り次ぎの者も出ず、返事もせずにいたのでは、なにやらもったいぶっているように思われてしまうかもしれぬ……それも困る、と姫君は、意を決して自ら応《こた》えることにした。

「さように仰せ下さいましても、なにぶん、かような山住まいの身には、なにを思い知ることもできぬありさまにて……さても、訳知り顔に、なにをどう申し上げたものでございましょう」

と、いかにも嗜《たしな》み深く貴《あて》やかな声で、奥へ退《しりぞ》きながら消え入るように大君は答える。

「なにもかもよく分かっていながら、わたくしの辛い嘆きなど、見て見ぬふりをなさる……それも恋路の習いとは重々承知いたしておりますが、御身さまが、あまりにも空々《そらぞら》しいことを仰せになるのは、なんとしても口惜しいことに存じます。そもそも、これほど世にも珍しいまでの、万事を行ない澄ました清浄無垢《しょうじょうむく》のお住まいに、しかも、聖のような父宮に従ってお過ごしの方のお心のうちは、どんなことも涼しげに悟り澄ましておられることとご推量申しております。されば、忍ぶに忍びきれぬわたくしの心が深いか浅いか、おのずからご諒察《りょうさつ》くださってこそ、そのように悟りを開かれた甲斐《かい》もございましょう。どうか、世間にありがちな、色好みめいたことだというふうには、くれぐれも誤解してくださいますな。いえ、さように色めいたことを、仮に唆《そその》し勧める人があったとしても、わたくしは断じて耳を貸すような男ではございませぬ……そのように強く決心しておりますものを。このことは、いずれ自然とお聞き合わせになってご得心くださることもございましょう。もとより、一人つくねんとして過ごしておりますわたくしの、四方山《よもやま》の物語など、良き話し相手としてお聞きいただけるお方と、そんなふうにお頼り申し上げておりますし、またこのように世間離れして物思いがちにお過ごしになっておられましょう日々の、お心

くだされば……ほかに用もなき身、ただいかにも心細うて、四六時中、ぼんやりと物思い
のお慰み相手ばかりに……それも、姫君さまのほうから、どうしているかとお声をおかけくださるくらいに、まずはお親しくさせていただけましたら、わたくしとして、どれほど願いの叶う思いがいたしましょう……」

など、訳の分かったような分からないようなことを、男が、くどくどと言うので、大君としては、気恥ずかしくもあり、またなんと答えようもないことでもあり……困っているところへ、奥から老女房《おいにょうぼう》が出てきたのを幸い、その者に答えを任せることにした。

老女、しゃしゃり出で来る

老女は、どうもこうも言いようのないほどしゃしゃり出てきて、

「まあまあ、恐れ多いこと。さようなところに御座《おまし》を……なんともはや、見るに見かねるような御無礼を申し上げました。……これこれ、誰か、すぐに御簾のうちへ、ご案内申し上げよ……。いえもう、この若い者どもは、ものの弁《わきま》えがございませぬでのう……」

などなど、ずけずけと言う声が、いかにも年よりくさく、これには、姫君がたも、なにやらその場にいたたまれぬ思いがする。

「どういうお考えでございましょうか、わかりませせぬけれど、まるで世の中にお住まいになっておられる人の数にも入らぬような、浮き世離れした宮の御有様《おんありさま》でございましてね、折々はお訪ねくださってもよさそうな方々ですら、こんなところでございますから、わざわざお人並みにお心にかけてお見舞いくださることも、次第次第に、お見かけしなくなってまいりますようでございます。にもかかわらず、こう頻《し》く頻《し》くとお出ましくださいますご奇特千万《きどくせんばん》なるお心のほどは、物の数でもないわたくしごとき者にさえ、なんと申し上げようもないくらいありがたく存ぜられますことにて……姫君がたの、まだお若いお心のうちにも、それは重々ご存じながら、はっきりと口に出しては申し上げがたいところもおありなのでございましょう」

と、まあなんの遠慮もなく、物馴れた口調で言い募るのも、小面憎《こづらにく》い感じがするものの、その風体《ふうてい》物腰などは、しかるべき品《しな》の人と見え、またその声つきもどこか上品なところを感じさせる。そこで薫は、

「なにやら取りつく島もなく心細い思いを致しておりましたところ、これはまたうれしいお出ましの気配にて……。そこもとのように、何事につけ、酸いも甘いも嚙《か》み分けたお方の頼もしさは、また格別というもの……」

と、そんなことを言いながら、物に寄り掛かっている。その姿を、几帳《きちよう》の側《そば》から見てみれば、折しも曙《あけぼの》のころ、ほのぼのと明るんできた空気のなか、辛うじて物の色なども見分けられるようになって、〈……なるほどずいぶんとお窶《やつ》しになって……〉と見える狩衣《かりぎぬ》姿が、しとどに濡れ湿《しめ》って……その湿りを帯びた薫の体から、いよいよただならず、この世のものとも思われぬ……もしや極楽浄土の芳香かとも思われるほど、不可思議なまでの薫りが、あたりに充《み》ち満ちてくるのであった。

この老女房は、唐突に声を上げて泣いた。

「あまり差し出た振舞いは、お咎めを受けようかと存じまして、今までずっと堪《こら》えておりましたが、その昔の哀しいいできごとの一部始終を、いつかなにかの機会を得てお話し申し上げたい……せめてその片端《かたはし》をちらりとなりとも、知っていただきたいと、もう何年ものあいだ、お念仏の折ごとに、併《あわ》せて祈願いたしてまいりましたご利益《りやく》でしょうか、今日という今日、かくも嬉しい機会を得まして……いえ、まだお話しも申し上げぬうちから、こんなに溢《あふ》れ出る涙に目もくれ、よう申し上げぬことでございますけれど……」

老女は、わななきわななき述懐する。その様子はまことに痛哀《つうあい》極まりない様子に見える。

〈おおかた、年をとった人は涙もろくなると、かねて見聞きはするけれど、これほどにひどく泣きじゃくるとは……〉と、薫は不審に思った。

「どうなすった。こちらに、こうして参上することは、もうずいぶん度重《たびかさ》なっているが、そなたのように、世の哀れを熟知しておられる人もなかったゆえ、あの露と涙がちの道のほどを、ただ独り濡れそぼって往来しておりました。こうしてお話しすることができて、ちょうどよい機会ゆえ、どうか心ゆくまで、洗いざらいすっかりお話しなさるがよろしかろう」

老女弁、重大な秘密を独り語りす

薫がそう勧めるのに応えて、老女は堰《せき》を切ったように語り始めた。

「こうしてお話し申し上げる機会など、めったとあるものではございますまい。また、たといございましょうとも、儚《はかな》きものは人の命、一夜《ひとよ》の間《ま》も先の知れぬ命など、頼みにすべきことでもございませぬゆえ……。それではただ、こんな年寄が世にはあったものだと、お見知りおき願わしゅう存じまして……。あれは、御母君《おんははぎみ》三の宮さまが、三条の御殿におわしました時分、そこに侍《はべ》っておりました小《こ》侍従《じじゅう》と申します女房も、もう亡くなってしまいましたことを、ちらりと耳にいたしましたが……、その昔、睦まじく存じておりました朋輩衆《ほうばいしゅ》の人々も、ずいぶん多く亡くなってしまいました、こんな……老いの世の末に、わたくしは、はるばると遠方の田舎から、縁を頼ってあちこちしながら、都まで参り上《のぼ》りまして……この五年《いつとせ》六年《むとせ》がほどは、こちらのお邸にこうしてお仕えしております……。

さて、ご存じではございますまいか……。ちかごろ藤大納言《とうだいなごん》（按察使《あぜち》の大納言）と申し上げるお方には、兄君に当たります方で、右衛門《うえもん》の督《かみ》でいらした時分にお隠れになりましたお方（柏木）……もしやなにかのついでなどに、そのお方のお身の上のこととして、人伝てにでもお聞き及びになったこともおありかもしれませぬ。……そのお方が、亡くなられたのは、なんだかつい昨日のことのように感じられますけれど、その時の悲しさも、まだ、……この袖に涙の乾く間もなく残っておりますような心地がいたします……それが、こうして、こんなにもご立派にご成人遊ばした若君さまの……御齢《おんよわい》のほども、なんだか夢のように思えますこと……。かの権大納言（柏木）の御乳母《めのと》としてお仕えしておりましたのは、わたくしの母でございます。それがゆえに、わたくしも乳母子《めのとご》として、かの君に朝夕にお親しくお仕え申し上げ、すっかり馴れ親しんで暮らしておりました……、いえ、もとより人の数にも入らぬほどの身ながら、かの君はだれにも打明けず、ただもう思いあまるご苦悩のことをば、折々、このわたくしにだけ、いささか漏らし聞かせてくださったものでございます。それが、いよいよ今はの際におなりあそばしました、ご重病の末期《まつご》に、わたくしを枕辺《まくらべ》にお呼びになりましてね、すこしばかり仰せ置きくださったことがございました……。そこで、ぜひお耳に入れておくべき仔細《しさい》が……一つございますが……ここまで申し上げましたにつきましては、その先をすべてお聞きになりたいと思し召すお気持ちが……もし、ございますならば、いずれ折を見て、ゆっくりと終わりまで申し上げることにいたしましょう。今は、若い女房たちも、なにやら、この年寄の長話を、聞くに堪《た》えぬことを、差し出がましく……と、目引き袖引きしておりますようで……それもまず、道理でございましょうほどに……」

と言いさして、その先は、ふと口を噤《つぐ》んでしまった。

なんと不可思議な、まるで夢物語か、巫女《みこ》づれの者が神懸かりになって問わず語りでもするような老女の独白だなと、世にも珍しいことに薫は思う。が、その話の仔細とやらは、心底《しんそこ》知りたいと、ずっと長いこと思い続けてきたことの筋を、この者が述懐しかけたのであってみれば、〈どうしてもその先を聞きたい〉と思ったけれど、〈いやいや、なるほどこの者の言うとおり、若い女房たちの目も煩《うるさ》いことだし、いかになんでも、かかる昔話にかかずらって、いきなり一夜をここで明かし果てたりなどするのは、あまりに無作法なことだな……〉とて、さすがに薫は遠慮せざるを得ない。

「ただいまのお話は……これこれとはっきり思い当たるというわけでもないのですが、ただ、いにしえのことと聞きするにつけても、しみじみと心に応えるものがございます。それでは、かならずこの残りをお聞かせください。……おお、霧が晴れてゆきますと、かように体裁の悪い窶《やつ》し姿をば、姫君がたに、面目《めんぼく》なくも見咎められましょうほどに……正直申しますなら、ここで帰らねばならぬのは無念でございますけれど……」

と言いざま、薫は、席を立った。

その時、八の宮の籠っている寺の、夜明けを知らせる鐘の声が、かすかに聞こえてきた。

霧はなお、たいそう深く立ちこめている。

薫、大君と歌を詠み交わす

ああ、あの鐘は……と宮を思いやる薫の心には、深い霧ばかりか、「思ひやる心ばかりはさはらじを何隔《へだ》つらむ峰の白雲（遠く思いやる私の気持ちばかりは、邪魔立てすることもできなかろうに、いったいなんだと思って、あの峰の白雲は私たちを隔てているのであろう）」と詠じた古歌の心ではないが、七重八重に立ち重なる峰の雲までもが、自分と宮とを隔てているように思われて、しみじみと胸に応える。それでもなお薫は、〈さても、あの姫君たちのお心の内では、どんな思いでおられるのだろう〉と、胸痛む思いもし、また〈あのように寂れ果てたお暮らしのなかでは、さぞ物思いを尽くしておられることでもあろう……されば、姫君がたが、あんなふうにひどく引っ込み思案にしておられるのも、さて、道理かもしれぬな〉という気もする。

「あさぼらけ家路《いへぢ》も見えず尋ね来《こ》し
槙《まき》の尾山《をやま》は霧こめてけり

ほのぼのと明けてゆくなか、この霧では、これより帰って行く家路も見えませぬ。
また、はるばると踏み分けてやってまいりました槇の尾の山も、すっかり霧に閉じられております

まことに、心細いことでございます」

と、薫は、こんな歌を詠じて、また立ち返り、名残惜しげに佇んでいる。その姿は、都《みやこ》人《びと》でこうした公達《きんだち》を見慣れている人でさえ、やはり抜群に素晴らしいと思うものを、ましてや、かかる山家にあって、都人などめったと見ることもない人々は、世にも稀な美しさだと感嘆せずにはいられまい。

若い女房たちには、すぐに返歌をさし出すこともなりがたく思えて、みな黙っている。そこで、やはりまた大君が、ひどくはにかみながら、自身で詠み返した。

雲のゐる峰のかけ路《ぢ》を秋霧《あきぎり》の
いとど隔つるころにもあるかな

いつだって雲のかかっておりますあの高い峰の険阻《けんそ》な道を、しかも更にこうして秋霧がすっかり覆い隔てているこの頃……父宮との間もこうして隔てられておりますことにて……

こんな歌を詠み、小さくため息をついている大君の気配は、薫の心に深く響くものがある。父宮のいない今、どうぞもうお帰りくださいませと、この歌によって姫は促したのであったろうけれど……。

山奥の寂しく荒れた邸に、ろくに応対もできぬ若い女房たち、いずれも心を揺り動かすような風情などどこにもない所で、なるほど、これではさぞ姫君の物思いもただならぬことであろうなと、このまま看過《かんか》しがたく、姫に同情を寄せるところは多いけれど、だからといって、このままここに留まるわけにもまいるまい……と、薫がぐずぐずしているうちに、はやしらじらと夜が明けてきた。かくては、いかにも丸見えの恥ずかしさを感じて、

「なまじっか中途半端にお声をお聞かせいただいたばかりに、物思いばかり多く残ってしまいました。この残りは、いま少しお近づきになりましてから、お恨み申すべきことのようでございます。そうは申しながら、もし今日のように、わたくしに対して世間並みの色好み男同然の待遇をなさるようでしたら、それは心外も心外、なんとものの道理をご分別なきことかと、それこそ恨めしく存じましょうぞ」

と、恨みごとなど言いつつ、薫は、宿直人がしつらえた西面《にしおもて》まで出てきて、そこにてまた物思いに耽っている。

「おお、網代のあたりがずいぶんと人騒がしい様子でござるな」

「されど、氷魚《ひお》（鮎《あゆ》の稚魚）なども寄りつかぬのでござろうかな。なにやら皆興ざめな様子じゃが……」

と、お供の人々が、網代のあたりで見てきたことを言いあっている。

薫は、川のほうへ目を放った。

すると、みすぼらしい舟に柴《しば》など刈って積んでいる人やら、氷魚を漁《すなど》る人やら、いずれも、どうということもないような生業《なりわい》のために、あくせくと行き交《こ》うている。

〈あれらの者どもは、危なげな水の上に命を浮かべているようだ……いや、思えば誰もみな同じことではあるまいか。明日をも知れぬ危うい命ということこそ、無常の世の実相にほかなるまいぞ……自分だけは、あんな吹けば飛ぶような危うさのない、玉楼金殿《ぎょくろうきんでん》に安閑《あんかん》たる身だと、そんなふうに思っていてよい世の中であろうか……〉と、薫は、それからそれへ考え続ける。

それから、硯《すずり》を取り寄せて、姫君のかたへ文を遣わした。

「橋姫の心をくみて高瀬さす

棹《さを》のしづくに袖ぞ濡れぬる

宇治の橋守（はしもり）の姫でもございますまいが、この愛（は）しき姫君がたのご心中の思いはいかばかりかと思うにつけましても、その川の浅瀬を渡る舟の、棹のしずくさながら垂れる涙に、わが袖も濡れてしまいました

きっと物思いにくれておられることでございましょう……」

と、こんなふうに書いて、かの宿直人に持たせてやった。

やがて、宿直人は、たいそう寒そうに、鳥肌の立ったような顔つきをして、返事を持って戻ってきた。

こうした場合、その返事の文に用いる紙に焚《た》きしめる香《こう》など、いいかげんなものであっては恥ずかしいような相手ではあったが、さりとて、あまり待たせるのも曲《きょく》のない話、まずは直ちに返事をすることこそ、こういう折には大切なことと覚悟して、大君は、

「さしかへる宇治の川をさ朝夕の
しづくや袖を朽《く》たし果つらむ

棹さしては行き帰りする宇治の川守は、朝夕の
棹のしずくが袖を濡らして、
すっかり朽ち果てさせてしまっていることでございましょう
……わたくしも、そのように涙で袖を朽たしております

涙の川に、わが身までもが浮いているようで……」

と、こんなことを、いかにも趣《おもむき》豊かに書きつけた。

これを見て、薫は、〈うーむ、冗談でなく、ほんとうに感じの良い姫君でおいでだな〉

と、この大君にぐっと心をつかまれてしまった。

が、その時、車を取りに行っていた者どもが戻ってきて、

「お車を、引いてまいりましてございます」

と、口々に帰るべきことを促すので、薫は、かの宿直人だけを、そっと召し寄せて、

「よいか、宮がお戻りになるころに、かならずまた参るからな」

と耳打ちする。そうして、すっかり霧に濡れてしまった衣はその場で脱いで、みなこの宿直人の肩に被《かず》け与える。その上で、今しがた京から持ってこさせた直衣《のうし》に、すっかり着替えた。

帰る道々、薫の心中には、あの老女房が語ったことが、どうも心にひっかかって思い出されてくる。また、思っていたよりははるかに美しくて、しかも風雅な嗜《たしな》みも感じられた二人の姫君の様子も、彷彿《ほうふつ》と胸裏《きょうり》に浮かんでくる。

〈ああ、こんなことでは、やはり思いが残って、どうにも厭離《おんり》しがたい世の中だ……〉

と、心弱くも思い知る薫なのであった。

そこで薫は、すぐに手紙を書き送る。ただし、うちつけに恋文めいた行きかたでなくて、わざと殺風景な白紙の、しかも厚くてバサバサしたような紙を用いてさりげない風情を装いつつ、しかしながら、用筆は充分に吟味して、墨継ぎの風情も豊かに染《そ》め染めと書いたのだった。

「初めてお目にかかりますのに、あまり無遠慮な振舞いもいかがなものかと、不本意ながら差し控え申しましたるほどに、お打明けできぬことのみ多かったこと、まことに辛いことでございました。その節、いささか申し上げおきましたとおり、どうか、これよりはお心の隔てなく、御簾《みす》の御前《おまえ》に参りますことも、お心安くお許しくださいますように。宮さまが、山籠りを終えられて、お帰りあそばされます日数《ひかず》も、承りおきましたことにて、その頃にまたかならず参上つかまつり、あの夜の、晴れがたき霧に閉ざされたわたくしの心の迷いも、やがて晴らしまいらせたく」

などなど、生一本《きいっぽん》な書き振りで綴ってある。

これを、左近《さこん》の将監《ぞう》なる人を使者に立てて、

「よいか、あの老いた女房を尋ね出して、この手紙を託すのだぞ」

と申し付ける。あの宿直人が、寒くて鳥肌を立ててうろうろしていた様子などを思い出し、いかにも気の毒に思って、大きな檜《ひのき》の曲物《まげもの》のような器に、ご馳走をたくさんに詰めて持たせる。

翌日、八の宮への見舞いを山の寺へ贈る

またその翌日。薫は、宮の参籠《さんろう》している山の寺にも、見舞いの品々を奉《たてまつ》る。ついては、〈山籠りの僧どもも、このごろの嵐に際会しては、さぞ心細く苦しい思いをしているであろう……そうして、宮がああして参籠なさっているについては、きっと僧どもにお布施《ふせ》をお遣わしになるであろう〉と思いやって、絹《きぬ》や綿《わた》などをたっぷり用意させる。

折しも、宮が参籠行《ぎょう》を終えて下山する朝であったから、共に山に籠っていた僧どものた

めに、綿、絹、袈裟《けさ》、衣など、すべて一揃《そろ》いずつほど用意して、ともかくそこにいる限りの高徳の僧どもに布施したのであった。

さてまた、例の宿直人は、薫が脱ぎ捨てて与えた狩衣を着たのはいいけれど、あまりにも艶麗《えんれい》な風情満点の衣にて、しかもえも言われぬ白い綾織《あやおり》の下着の、着馴れてしんなりとしたのまでそのまま着込んだものだから、衣に染み込んだ喩《たと》えようもない芳香がぷんぷんと匂い立ち、しかしながら、殺風景なる肉体のほうは、どう変えようもないゆえ、いかにもいかにも似つかわしからぬことになった。その怪しいまでの袖の香をば、会う人ごとに咎め立てされては、この男、まことに肩身の狭い思いをしているのであった。こんなことでは、思うように行動もできず、不自由でしかたないゆえ、薄気味悪いほどに人を驚かせる匂いを、一刻も早く無くしてしまいたいものだと思うけれど、なんとしても持て余すほどの、薫の移り香とあって、容易に濯《すす》ぎ捨てることもできぬのは、あまりといえばあんまりなことであった。

さて、薫は、大君のお返事が、どこもひねこびたところなく、おっとりとしているのを、いかにも見どころがある、と思って見た。

宇治では、このような手紙が薫中将から送られてきたことを、女房たちが父宮にも報告のうえ、お目にかけた。宮はこれをざっと見て、

「なに、構うものか。こういう文をよこしたとて、それを敢《あえ》て懸想文めいた扱いをしたりしては、却って不都合であろうぞ。あの中将は、世間並みの若い人とは格別のお人柄のようだから、そこを見込んで、私のほうから、わが亡きあとは万端《ばんたん》頼むぞと、ちらりとひとこと言っておいたのだ。だから、それを心に留《と》めて、こんな文をよこしたのであろう」

などと話して聞かせる。

そうして、宮は、姫君たちに返事を勧めたばかりでなく、自身また筆を執って薫への返状をしたためた。そこには、参籠中に、薫からさまざまの見舞い品が届けられて、その夥《おびただ》しかったことは、山の岩屋ではとても使い切れないほどたくさんであった、というようなことが書いてあった。これを読んで、薫は、また宇治の宮の許《もと》へ参上したいと思った。

薫、匂宮に宇治の垣間見のことを語る

ついては、〈そういえば、あの三の宮（匂宮《におうのみや》）は、あんなふうに奥まった山里に人知れず隠れている女が、逢えば逢うほどに良い女だった、などということがあったらいいのになあ、と言っていたっけな……。ここはひとつ、せいぜいあの宇治の姫君のことでも話して聞かせて羨ましがらせてやったら、さぞその気になって心を騒がせることであろうな、面白い、面白い……〉と薫は思いついて、とくに仕事などの無い、のどかな夕暮れに匂宮のところへ訪ねていった。

例によっての世間話をあれこれとお喋《しゃべ》りするついでに、宇治の宮のことに言及して、あの垣間見《かいまみ》してのけた暁の有様などを、微に入り細をうがって話して聞かせると、案の定、匂宮は、たいそう興味を持った。

〈しめしめ、思ったとおりだ……〉と、薫は、その様子を見て、さらにいっそう宮の心が動くように、気を引くようなことをつぎつぎに語り続けた。

「で、その姫君から来たお返事だが、どうして持ってきて見せてくれなかったのかね。私

なら、そこはご披露しただろうものを……」

匂宮は、そんなことを言って恨む。

「さようでございますねえ……。そうおっしゃる宮こそ、さぞあちこちからたくさんに面白げな文が到来するのを御覧になっておられるでしょうけれど、いっこうに見せていただけませぬほどになあ。……あの宇治の里の姫君がたともなれば、私のような、いかにもぱっとしない者が手許に引きとって、それっきりにしてよい方々とも思いませぬゆえ、もちろん、叶うものなら宮のご覧にも入れたいと存じてはおりますよ。……しかし、あのような山奥まで、どうやってお尋ね寄りなさいますか。もっと軽々しい身分の者でございましたら、好きごとをしたければ、相手には事欠くまいと存じますが……。とかく世の中には、こうひっそりと秘密裡にいろいろとあるらしゅうございますぞ……。まず、それなりに見どころありげな風情の女で、なにか物思いに沈んでいるような人が、人目を憚《はばか》ってそっと隠れている住み処《か》などが、たとえばいずこかの山里ですとかね……目立たぬ所に、もしかしたらございますように思えますが……。いえ、今申し上げた宇治の姫君がたは……、さぞ世間離れのした行者《ぎょうじゃ》みたようなね、風流っ気など皆無の人たちであろうかと、じつはずっと以前から侮《あなど》って想像しておりました。それゆえ、かねて噂にちらりとは聞いておりましたが、まあ気にも留めずにおりましたので……。なにぶん、わたくしは霧にかすんだ月影のもとで、ちらりと見ただけなので、よくよく見たらがっかりだったなどということがあっては困りますが、仮にさようなことがもしもないとしたら……、それはもう、完璧《かんぺき》といわずしてなんでありましょう。その人柄といい、物腰といい、あれこそはまず理想的な姫君の部類……と、このように愚考いたしますところで……」

など、薫は、いかにも宮の気を引くように耳に入れる。

こんなことで、しまいに匂宮はすっかり本気になって、いまいましい思いに駆られ、

〈うーむ、そこらの女には心惹かれたりせぬこの男が、ここまで深く思いを寄せているとあっては……これは並々ならぬことにちがいないぞ〉とて、その宇治の姫君に、なんとしても逢ってみたいという思いは限りもなく燃えあがる。

「それではね、今後とも、いっそう心を入れて様子を探ってくだされよ」

宮はそう言って、薫の探索を促しながら、内心には、〈あーあ、こんな親王《みこ》なんて身分に生まれついてしまったことの不自由さよ、なにをするにも窮屈でいかんな……〉と厭《いと》わしいまでにもどかしく思っている様子。

薫はおかしくてしかたがない。

「いや、さようなことは、まったくつまらぬことではございますまいか。わたくしなどは、しばしの間《ま》もかかる濁世《じょくせ》に思いを残さぬようにしようと、そのように存じます仔細のある身の上でございますれば、かりそめの恋慕沙汰も憚られること……万が一にも、かような女人に思いを寄せて、我とわが心を抑えかねるようなことが出来《しゅったい》いたしなどすれば、はなはだ願いに違《たが》うことがございましょうほどに……」

と、そんなふうに宮の好色心に水をかける。

「はっは、なんとこれはまた大仰《おおぎょう》な……。例によって例のごとく、修行者めいた仰山《ぎょうさん》な言葉を並べるものだ。先々《さきざき》どこまでそんな行ない澄ましたことを言っていられるか、ぜひ見てみたいものだな」

宮は声を立てて笑った。

こんなやりとりをしながら、薫の心のなかでは、あの老女房が、ちらりと口にした筋のことが想起されている。かねて気にかかっていたことゆえ、思わずはっと胸を衝《つ》かれもし、心のなかに深く感じるところもあって、美しいと見、また感じが良いと聞くあの大君のことも、当面は、たいして深く心にかかるということもないのであった。

十月、薫、再び宇治に赴く

十月《かんなづき》になって、五日《いつか》六日《むいか》というあたりの頃に、薫は宇治へまた出向いていった。

「今の季節は、ぜひあの宇治川の網代《あじろ》をご覧くださいませ」

供人は、そんなことを勧める。けれども、薫は、もとよりそんなことには興味がない。

「なんだって、網代に氷魚（ひお）が寄るのを見に行くというわけか……つまらぬ、しょせんは我らとて、ヒオ虫（蜉蝣《かげろう》）のように儚い命だというに、そんなところに寄りついてなにが面白かろう」

こんなことを言って、薫は、網代見物などは省いて、例によってごくお忍びで、またあの宇治の山荘へ出かけていく。いかにも軽輩めかした網代車《あじろぐるま》に乗り、目の細かな固織《かたおり》の無《む》紋《もん》の絹の直衣《のうし》と指貫《さしぬき》という目立たぬ装束をわざわざ縫わせて、ことさらに身を窶《やつ》している。

八の宮は、薫の入来《じゅらい》を喜んで待ち受け、所柄《ところがら》の品々を以ての饗応など、薫が喜びそうな用意をしてあった。

日が暮れると、灯火《とうか》を近くに持ってこさせて、以前途中まで読んでいた経文の意味深いところなどを読み進めようというので、またあの山の阿闍梨を招いては、ひとつひとつ事をわけて解釈させる。かくて、ふと微睡《まどろ》むこともせずに打ち込んでいると、折しも川風は荒々しく吹きすさび、木の葉がさささささっと散り交《か》う音、水の響きなど、風情も行き過ぎて、なにやらぞっと心細く感じるほどの所の有様であった。

やがて、もう明け方も近くなったかなと思う時分になると、あのいつぞやの白々明けに姫君たちの合奏を聞いたことなどが自然と思い出されて、そこから、琴《きん》の琴《こと》の音色の素晴らしいことに言及するきっかけを見いだした。

「そういえば、先日参上いたしました折に、ひどい霧にすっかり惑わされ、なかなか帰ることができずにおりました曙《あけぼの》に、たいそう賞翫《しょうがん》すべき楽《がく》の音《ね》を、ほんの一声ばかり拝聴いたしましたが、なまじわずかばかり耳にいたしましたために、却ってもっと聞かせていただきたいと、いかにも飽き足らぬ思いに駆られましてございます」

薫は、そんなことを宮に語りかけた。宮は、

「いや、俗世の華やいだ色も香もすっかり思い捨ててしまってからというもの、昔聞き覚

えた楽のことなども、もうまったく忘れてしまったことでな……」

と、言いながら、それでも女房を呼んで、愛蔵の琴《きん》を持ってこさせる。

「さてさて、こんな楽器も、かような身には、すっかり似合わぬものに成り果てましたな。……では、もし先導してくれる楽音があれば、それにつけて辛うじて思い出しても弾けましょうかな」

宮はそう言うと、琵琶も持ってこさせ、客人《まろうと》の薫に、弾くよう勧めるのであった。

薫は琵琶を手に取ると、調子を合わせた。そして、

「先日ちらりと拝聴いたしましたものと同じ楽器とはとうてい存ぜられませぬことでございます。あんなに素晴らしい音で弾いておられたのを、きっと楽器のせいだろうと思うておりましたが、どうしてどうして、あれは弾く方の技倆が素晴らしかったのでした……いや、以《もっ》ての外《ほか》の勘違いでございました」

と、謙遜しながら、薫は、なにやらおずおずとした調子で琵琶を掻《か》き立てた。

「なんと、口さがないことを……。そのようにお耳に留まるほどの演奏など、いったいどこから、こんな山家まで伝承するいわれがありましょうや。あるはずもないことを……過《か》褒《ほう》なるお言葉です」

などと言いながら、宮は、くだんの琴《きん》を掻き鳴らす。その音《おと》はまことにしみじみとした響きで、ぞくりと心に沁みるようであった。宮の弾奏のすばらしさもさることながら、またいっぽうでそれは、「琴《こと》の音《ね》に峰の松風通ふらしいづれのをより調べそめけむ（琴の音に峰の松風が通ってきて響きあっているようだが、さて、あの峰のどの尾根（おね）から吹いてくる風が、この琴の緒（お）を鳴らし初《そ》めるのであろう）」と古歌にあるごとく、所柄の峰の松風が蕭《しょう》条《じょう》たる響きを添えていたからかもしれぬ。宮は、いかにもたどたどしげに、忘れてしまったふうを装いながら、興深い曲をただ一つ弾いただけで、手を止めてしまった。

「この邸うちで、いつ習ったものとも知れず、折々にちらちらと聞こえる箏《そう》の琴《こと》の音《ね》ばかりは、なかなか出来るなと聞くことも、ないではないけれど、いずれそうそう心を留《と》めて聞くこともなきままに、もうずいぶん久しい時間が経ってしまったな……。あれは、うちの者たちが、おのおの掻き鳴らしているようだが、まず川波の音ばかりが拍子を打ち合わせているのであろう。されば、もちろんのこと、しかるべき折にものの役に立つような拍子など、とうてい身についてもおりますまいと思うておりますがな……」

宮は、そんなことを言いながら、

「ひとつ掻き鳴らしてお聞かせなさい」

と、姫君たちに演奏を所望するが、〈まさか人に聞かれているとは思いも寄らず、好き勝手に弾き遊《すさ》んでいたところを、お聞きになっておられたらしいと思うだけだって、恥ずかしさに堪えぬものを、これ以上はとてもみっともなくて……〉と思うゆえ、二人ともひどく尻込みして、弾くことは諾《うべな》わない。

宮は、たびたび姫君たちに促すけれど、ああでもないこうでもないと口実を設けては、弾かずじまいになってしまうようであった。薫にしてみれば、それは残念無念なることに思われる。

こんなことがあると、とかく訳の分からない世間離れした姫と思われて過ごしている娘たちの不束《ふつつか》さが、こう思いもかけぬほどであったことを、父宮はたいそう恥ずかしく思うている。

「あのような娘どもを持っていることを、誰にも知られまいと思って、ひそかに育ててきたけれど、今こうして、今日か明日かとわが身の残り少ない現実に直面すると、やはりこれから先まだ末長いあの者たちは、私の亡きあと、零落《れいらく》してどこへ彷徨《さまよ》っていくのかと、そんなことを思うにつけて、そのことだけが、ああ、まことに、世を捨てようとするときの手かせ足かせとなっているのだ……」

宮は、そんな内心の煩悶《はんもん》を薫に語り、薫は、胸痛む思いで宮を見ていた。

「夫というような、しっかりした後見役として頼もしい形ではございませずとも、どうかわたくしのことは、疎遠な存在とお思いくださらぬように願わしゅう存じます。しばらくの間《あいだ》でも、宮さまより生き長らえまして、この命のございます限りは、一言でも口に出してこのように申し上げましたお約束を、決して違《たが》えることはいたしますまじく存じております」

薫が、そう言うと、宮は、

「まことに、嬉しいことだね」

と、思いを口にする。

薫、弁が委細を物語るのを聞く

こんなことがあって、その暁がた、宮が後夜《ごや》の勤行に専念している間に、薫は、あの老女を召し出して会った。この者は、父宮が、姫君の世話係として仕えさせている弁《べん》の君という女房であった。年も六十に少し足りないくらいであったが、都人らしい品格を持し、嗜《たしな》み深い態度物腰でものを言う。そうして、亡き権大納言の君（柏木）が、明け暮れ懊悩《おうのう》煩悶《はんもん》して、病床に就き、ついには世を去ってしまった、そのそもそもの事の起こりから一部始終物語っては、泣くこと限りもなかった。

なるほど、こんな話は、他人の身の上のこととして聞いてだに、哀切《あいせつ》きわまりない事だけれど、かかる昔の出来事を……まして薫にとっては、もうずっと長い間、〈ほんとうのところはどういうことだったのだろうか〉と知りたく思っていたことであったし、〈そもそもの始まりはどういういきさつだったのだろうか、そこが知りたくて、仏にも「このことを明らかにお教えください」と念じてきた功験《しるし》でもあろうかな、こんな、夢のように心に沁みる昔語りを、思いもかけない折に耳にすることができたのは……〉と思うと、なんとしても涙を止《と》めることができないのであった。

「そういうことを聞くにつけても、現《げん》にこうして、その時分のいきさつを知っている人が今も残っていたのだからね、こんな世にも珍しい、また恥ずかしくも思う一件を、そなたと同じように言い伝えている人が、他にもあるのではないか。私自身、今まで長《なが》の年月《としつき》、このことはついに聞くこともなかったけれど……」

薫は、わが出生の秘密が世に漏れ出ることを恐れる。が、

「いえ、このことは、小侍従《こじじゅう》と、この弁と以外には、決して他に知る人はございますまい。わたくしは、一言だって、他の人にこのことを話したことなどございませぬ。もとより、このように吹けば飛ぶような、物の数にも入らぬ身の上でございますが、夜も昼も、片時も離れずあの亡き君にお仕えしておりましたゆえ、自然自然に、なにがどうしてこうなったのかということも、お察しすることが出来たような次第でございます。さるほどに、わが君が、心一つに思い余って苦悩なさるような折々に、小侍従とわたくしと、ただ二人だけを仲立ちとして、たまさか女君さまとの間にご消息を通わせることもございました。……これ以上のつまびらかなことは、申すだにお労《いたわ》しいことでございますほどに、かれこれ申し上げますまい。……ただ、君が今はの際《きわ》におなりなって、いささかご遺言あそばしましたことがございましたけれど……わたくしごとき分際《ぶんざい》の者には、承りましてもどうしてよいものとも分かりませず、鬱々《うつうつ》とした思いのままに過ごしてまいりました。……そうして、かように重大な事柄を、どのようにして、あなたさまのお耳に入れることができようかと、もとよりおぼつかぬ念誦《ねんじゅ》のついでにも、思い思いいたしておりましたが

……、まことに、願えば叶うとやら、仏は真実この世におわしますのでございますね……と、つくづく思い知ったことでございます。……じつは、お目にかけたいものもございます。これは、大納言さま（柏木）が、お亡くなりになって、もうこんなものを持っていても何の意味があろう、いっそ焼き捨ててしまおうか……わたくしごとき、もはや今日明日をも知れぬ儚い身の上にて、万一これを残して死にでもいたしましたなら、大事の秘密が、そこらに散り落ちて人目に触れることにもなりはせぬかと、ひたすら不安な思いをいたしておりましたが、幸いに、中将さまが、このお邸のあたりに、時々お立ち寄りくださるのをちらちらとお見かけするようになりましてからは、少し頼もしい思いも萌《きざ》し、もしやもしや、お話し申し上げるのに良い折もと、一心に念じるほどの力も湧いてまいりまして……。思えば、これこそは、前世からの因縁でございましょう」

弁は、泣く泣く、事細かに、薫の出生前後のことも、よく思い出し思い出しして、語り聞かせた。

「大納言さまがお亡くなりになった騒ぎに、わたくしの母でございました人は、すぐに病《やまい》の床につき、ほどなく他界いたしましたので、残されたわたくしは、それはもう悲しみに伏し沈むばかり、藤色の喪服も重ね重ねの有様にて、ただもう悲しい悲しい、とそればかり……、そこへ以前より、身分の卑しい男が、わたくしに懸想をしかけてまいっておりましたのが、心の弱っておりましたのにつけ込んで、まんまと甘言を弄《ろう》しなどしつつ、西国《さいこく》の果てのほうまで連れ去ってまいりましたので、それからというものは、おしなべて京のことは、なにもかも消息知れずとなりまして、……ところが、その男も、彼《か》の地で死にましてから、十年あまりの後に、まるで別世界へでも参る心地で、上京してまいりましたのでございます。その折、こちらの宮さまのところは、わたくしの父方の繋がりがございましてね、女《め》の童《わらわ》というようなことで、昔から折々にお仕えしてまいったようなご縁もございましたので、……いえ、今はもう宮中の交わりなど以《もっ》ての外《ほか》の分際《ぶんざい》でございますけれど……その昔は、冷泉院の女御さま(弘徽殿女御、柏木の妹)の御ことなどは、亡き君からよくお話を聞かせていただいておりましたことですし……こんな場合は、参上してお縋《すが》りしてもよかったのでございますけれど、唐突にそんなことを致しますのも、なんだかきまりの悪い気がいたしましてね、とうとう、そちらへは顔出しもできず、結句、かかる深山《みやま》隠れの朽ち木同然の身に落ちぶれ果てておりますのでございます。……小侍従でございますか。はあ、さていつのほどに亡くなったのでございましょうか。そのように噂に聞きましてございますが……。あの時分、若盛りと見ておりましたような人もみな亡くなり、すっかり数も少なくなってしまいました、かかる老いらくの世に、たくさんの人に先立たれたこの命を、悲しいことに存じながら、それでもなお便々《べんべん》と世に生き残っておりますようなことにて……」

弁の、こんな長物語《ながものがたり》を聞いているうちに、やがてまた、すっかり夜が明けてしまった。

薫、柏木の形見の文を弁から受け取る

「よしよし、わかった。それでは、この昔物語は、まだまだ終わりそうもないから、また人の耳のない心安いところで、あれこれと話すことにしよう。その小侍従という人のことは、かすかに覚えているところでは、そうだな、私が五つか六つ、おおかたそんな時分であったろうか……にわかに胸を病んで亡くなった、とそのように聞いたことがある。ああ、よかった。そなたのお蔭で、実の父のことも知ることができた。もし、この対面がなかったとしたら、この先も父を知らぬまま、父母の恩に孝養《きょうよう》を尽くすことも得ずして、重い罪を負うたまま死んでしまうところであった」

薫が、そんなことを言うと、弁は、小さく固く巻き付けた何枚かの反故紙《ほうぐ》の、それももうすっかり黴《かび》臭くなっているのを、袋に縫い込んであるものを取り出して差し出す。

「この文どもは、どうぞ、お手前にてご処分願わしゅう存じます。これは、亡き君が『私はもう生きていられるような気がしなくなってしまった』と仰せになり、このお手紙を取り集めて、わたくしに賜ったものでございます。いずれ小侍従に再会した折にでも、ぜひ女三の宮さまにお手渡ししていただこうと存じておりましたのですが、なにぶんそれなりに、西国へなど下ってしまいましたことにて、果たせぬまま別れてしまいましたこと、わたくしの気持ちといたしましたら、まことに飽き足らぬ、また悲しいことに存じておりますす」

弁の長話は尽きないが、薫は、さりげない様子で、この文反故《ふみほうぐ》を取り隠してしまった。こういう老女は、とかく問わず語りとやらいうような按配で、世の奇談として、このことなども口に出す可能性がある、と薫は不安を覚えぬでもなかったが、あれほど返す返すも他言はせぬ由を誓ったのであるから、それは信じてもいいかなと、またあれこれ心中に懊悩するのであった。

それから薫は、ご飯、おこわなどをしたためた。

昨日は、公用のない休日であったから、こうして宇治の山奥までやって来たのだけれど、明けての今日は、内裏の物忌みも明けることであろうから、お上へも挨拶に参らなくてはならぬ、また冷泉院の御所では女一の宮がご病気とやら、かならずやそのお見舞いにも出なくてはならぬ、かれこれ暇のない忙しい日々が始まろうとしている。

薫は、これらの多忙な日程を過ごしてから、また山の紅葉が散らぬうちに、再び参上したいという旨を、八の宮に言上する。

「そうか。このようにしばしばお立ち寄りくださる、そのご光臨の光に、かかる山蔭《やまかげ》の闇もすこし明るくなったような心地がしますぞ」

と宮は、薫に礼を述べる。

帰京後、薫は柏木の遺書を読む

京に帰り着いて、まず、あの文の袋を見てみると、唐渡り《からわた》の浮線綾《ふせんりよう》（文様を織り出した綾《あや》絹《ぎぬ》）を縫って、上《うえ》に「上《じよう》」という文字が書かれている。これは女三の宮に「上る《たてまつ》」という心であったろう。細い組紐《くみひも》で口のところを結び、その結び目に封緘《ふうかん》の意味で柏木の名前が草体に崩じて書きつけてあった。

これを見て、薫は、その封を切るのさえ恐ろしい気がした。開いてみると、なかには、色とりどりの紙に、たまさかに通わせた三の宮からの返事の状が五つ六つ入っている。その他には、柏木の手跡の文が一通……病はすっかり重くなって、もはや命の限りに近づいたが、ふたたびちらりとも文を差し上げることが難しくなった、さても逢いたいと思う気持ちは募りに募り、聞けばもはや出家して尼姿に変わっておいでの由、などなど、悲しいことをあれこれと書き連ねてある。しかも、陸奥紙《みちのくにがみ》のバサバサしたの五、六枚に、粒々《つぶつぶ》とした放《はな》ち書きの文字を、奇妙な鳥の足跡のような姿に書いて、

目のまへにこの世をそむく君よりも
よそにわかるる魂《たま》ぞ悲しき

目の当《ま》たりに世をお捨てになる君よりも、
逢うことも成らず他所《よそ》ながらこの世に別れていくわが魂のほうが悲しいのですよ

とて、「声をだに聞かで別るる魂《たま》よりもなき床《とこ》に寝む君ぞ悲しき（あなたの声を聞くこともなく、こうして死に別れていく私の魂よりも、やがてあなたが旅からお帰りになって、私のいない床に寝るだろう、その時のあなたのほうがよほど悲しいでしょう）」という古歌を下心に含んでの惜別の歌を書きつけてある。

さらに、その紙の端に、

「おめでたきこととして聞きました、若君のことも、わたくしなどが案じ申すことは、これといってございませぬが、

命あらばそれとも見まし人知れず
岩根《いはね》にとめし松の生《お》ひ末《すゑ》

もしこの先も命があったなら、ああ、あれは我が子だなと見ようものを。人知れずかの岩根に残した若松の、その育ちゆく先を……」

と、ここまで書きさしたように、筆跡もひどく乱れて、さらに、

「小侍従の君に」

と、上書きがしてあった。

文は、紙魚《しみ》という虫の住み処となって、古びて黴臭くなってはいたが、それでも筆の跡ははっきりと残り、たった今書いたのと少しも違《たが》わぬような文言のあれこれが、詳細に明確に残っているのを見るにつけても、〈ああ、なるほど、これは万一にも落ち散って人目に触れたら一大事であったな〉と薫は納得する。まことに、かかる文の存在は、柏木にとっても三の宮にとっても、つくづく気掛かりな、そしていたわしいことであった。

この文を目にして、薫は、〈こんなことが、さてもさても、世にまたとあろうか〉と、独り胸中に煩悶《はんもん》して、内裏へ参上しようと思っていたことも、結局、出立《しゅったつ》し得ぬままになった。

母三の宮の御前《おまえ》に参上すると、宮は、まことに天下泰平に、若々しく屈託のない様子で、お経を読んでいたが、薫の姿を認めて、読経などという女らしからぬふるまいを恥じらいながら、さっと経典をとり隠した。

〈ああ、この母君には、あの秘か事《みそかごと》を知ってしまったということを、なにとて気取《けど》られ申そうぞ……〉などと、なにもかも心の奥に籠《こ》めて、薫は、独りあれこれと懊悩しているのであった。

椎本
しいがもと

薫二十三歳から、二十四歳の夏まで

匂宮、初瀬に詣でて、帰途に宇治の夕霧右大臣の別邸に中宿りす

二月《きさらぎ》二十日のころ、匂兵部卿《におうひょうぶきょう》の宮は、初瀬《はつせ》の里、長谷寺《はせでら》へ詣《もう》でた。

もうずいぶん古くに立てた願《がん》について、お礼参りに初瀬詣でをしたいと考えてはいたのだが、なかなか実行を思い立つこともなく、何年も経《た》ってしまっていた。それが此度《こたび》にわかに参詣《さんけい》を思い立ったというのは、薫から聞いた八の宮の姫君への勃然《ぼつぜん》たる興味のため、宇治のあたりに中宿《なかやど》りをしてみたいと、おもにそういう思いに促されてのことであったに違いない。

「忘らるる身を宇治橋の中絶《なかた》えて人も通はぬ年ぞ経《へ》にける（恋しい人に忘れられた我が身の憂〔う〕きこと……あの宇治橋〔うぢばし〕が落ちて人の行き交いがなくなってしまったように、ふっつりと通ってくる人もなくて、もう長い年月が経った）」と、恨めしい思いの里として歌いなした人もあった、かの里の名なのに、宮はそんなことにはお構いなく、ただもう睦まじい思いに駆られているという、その理由《わけ》など、思えば埒《らち》もないことであった。

さすがに宮のご参詣とあって、上達部《かんだちめ》も大勢随行する。ましてや殿上人《てんじょうびと》の供人の夥《おびただ》しか

ったことなどは改めて言うまでもないくらい、いや、むしろ京に残った人のほうが少なくなってしまったほどに、大勢を引き連れてのお参りであった。

六条院の大殿《おとど》故光源氏から相続して、夕霧の右大臣が領している宇治の別邸は、川の向こう岸にたいそう広々と造りなして、また趣向を凝らした第宅《ていたく》であるが、此度《こたび》はそこに宮の中宿りの用意をさせた。

夕霧自身は随行することはなかったが、宮の帰途を待ち受けて、この別邸まで迎えに出るつもりではあった。しかしながら、なにやらにわかの物忌《ものい》みで、重々謹慎して過ごすようにと占った陰陽師《おんみょうじ》の申し条《じょう》に従って、この出迎えには行かれなくなったという由、丁重に詫《わ》び言を申し送った。

これに匂宮は、当初いささか白けた思いを抱いたが、しかし、宰相《さいしょう》の中将薫が、ちょうど良い按配《あんばい》に今日の出迎えに馳《は》せ参じたことゆえ、宮にとっては、そのほうが却って気楽でいいし、薫ならば、例の八の宮の姫君あたりの消息も伝え知り、またあわよくば仲立ちなどもしてもらえるだろうと思うにつけて、むしろご満悦のていであった。

夕霧の右大臣となると、どうも気安い気持ちでは会えないし、なんだかものものしく取っつきにくい人物として、宮はやや苦手に思っている。そうして、夕霧の子息たちは、右《う》大弁《だいべん》、侍従《じじゅう》の宰相、権中将《ごんのちゅうじょう》、頭《とう》の少将、蔵人《くろうど》の兵衛佐《ひょうえのすけ》など、こぞって宮に随行している。

匂宮は、今上陛下《きんじょうへいか》も母后明石中宮《ぼこうあかしのちゅうぐう》も、格別に思いをかけている宮なのであってみれば、やがては皇位にも即《つ》かれようかと思うゆえ、公家社会一般の信望も厚きこと限りなく、ましてや、外戚《がいせき》に当たる六条院の源氏一族の人々は、夕霧はじめ子息たちも、皆私《ひそ》かに我が主君というようなつもりで、心をこめて仕えているのであった。

宇治の山荘という所柄《ところがら》にあわせて、室内の装飾調度などいかにも風情《ふぜい》豊かにしつらえ、碁《ご》、双六《すごろく》、弾棊《たぎ》（盤上で石を弾《はじ》く遊戯）の盤などを取り出して、おのおの心の赴くままに日がな一日《いちにち》遊び暮らした。

しかし、宮は、慣れぬ遠出の旅ゆえ、すっかり疲れたのか、体調の不良を訴え……いや、下心には、この宇治でゆっくりとしたいという思いも深かったゆえ、いささか休息を取りつつ、その夕暮れ時分には、琵琶《びわ》・琴《こと》などの楽器を持ってこさせて、管弦の遊びに時を過ごす。

さて、宇治は、前述の通りの世間離れした所で、宇治川の水音も相和《あいわ》し引き立てて、楽《がく》の音《ね》はいちだんと澄んで聞こえる気がする。

されば、あの修行僧のような八の宮の山荘は、そことは宇治川を隔てた対岸、それも舟に棹《さお》さして易々《やすやす》と渡れるほどの目の前であったから、風の紛れに聞こえてくる楽の音を八の宮は耳にして、ふっと昔のことを追懐している。

「おお、笛を、たいそう面白く吹き澄ましている……。あれはいったい、誰が吹くのであろう。その昔、六条院の源氏が吹く笛の音を聞いた時は、じつに面白く、また、なにかこう、ぐっと心を魅惑するような音色《ねいろ》で吹いておいでであった。それにくらべて、この笛は、冴《さ》え冴《ざ》えと澄み切って、しかし、どこか格式ばった気配が添うている……うーむ、致《ち》仕大臣《じのおとど》（柏木の父）のご一族の吹かれる笛の音《ね》に似通って聞こえるが……」

など、宮はひとりごちている。

「ああ、なにもかも遥かな昔になってしまった。こんな管弦の遊びなどもせず、生きている甲斐もないような有様で過ごしてきた年月《としつき》が……もはや、ずいぶん積もりに積もってしまったことのふがいなさよな」

こんなことを独り嘆くあいだにも、その心中には、二人の姫君たちが、このままにしておくのはいかにももったいないほどに美しいことを思い、決してかかる山懐《やまふところ》に籠居《ろうきょ》させてはおくまいぞ、と思い続ける。

〈あの、宰相の君（薫）は、こうして折々顔を見せるけれど、同じことならば、わが姫たちの婿として近々と見たい人物だ……しかしな、あの君をば、さように婿がねになど、思ってはいけない方のように思われるというもの……。されば、かほどの君をさえ諦《あきら》めようというに……ましてや、そのほかの、今ふうの浅はかな男どもを、なんとして婿にすべきものか……〉と、宮は、悶々《もんもん》と思い乱れる。

かくて宇治川を挟んで、こなた八の宮の邸では、宮がひとりなすところなく物思いに打ち沈み、春の短夜《みじかよ》すらいつまでも明けぬような思いで、まんじりともせずにいるのに対して、あなた夕霧の別荘のほうでは、匂宮一行の、なにくれと面白い遊楽《ゆうがく》に過ごしている旅寝の宿りは、酔いに紛れて、あっという間に夜が明けてしまう心地でいる。されば、このまま飽き足らぬ思いで帰京せねばならぬことを、匂宮は心残りに思う。

翌《あく》る日、八の宮と匂宮の歌の贈答

見はるかせば、空はいずこも遠く霞《かす》みわたっている。

「桜咲く桜の山の桜花散る桜あれば咲く桜あり（桜の咲いているあの桜の山の桜の花よ……も

う散る桜もあれば、今を盛りと咲いている桜もあることよ……）」と、昔の歌にそう歌ってある通り、花盛りの宇治山は、散る桜、咲き初《そ》める桜、いろとりどりに近く遠く見渡される。さてまた、目前の宇治川に沿うたあたりに目をやれば、「稲筵《いなむしろ》川添ひ柳水《やなぎみづ》ゆけば起《お》き伏《ふ》しすれどその根《ね》絶《た》えせず（稲筵のように青々とした川、その川に沿って立つ柳は、水流によって靡《なび》いたり起きたりを繰り返すけれど、その根は決して絶えることはない）」と古歌に歌われたような、川沿いの柳が、水の行くままに起きたり臥《ふ》し靡《なび》いたり、その動く水影なども、ひとかたならず趣《おもむき》がある。日ごろ京の邸にのみ住んで、こういう景色を見慣れていない匂宮などは、ましてこんな風情は賞翫《しょうがん》すべく見捨てがたいものだと思う。薫宰相は、ほど近い宇治の邸まで来ているせっかくの機会を逃さず、対岸の八の宮の邸をお訪ねしたいと思うけれど、〈いや、しかし、これほど多くの人の目があるなかで、その人目を避《よ》けて、たった一人小舟を漕《こ》ぎ出して、対岸の宮のところへ向かうというのも、身分がら軽率の誹《そし》りを免れまいか……〉と思うにつけて、やはりふんぎりがつかずにいるところに、あちらからお手紙が届けられる。

山風に霞《かすみ》吹きとく声はあれど

へだてて見ゆるをちの白波

山から吹いてくる風に、この立ち籠めている霞を吹き分けてくる笛の音が聞こえてくるけれど、その間を隔てているように見える彼方《かなた》の白波よ

八の宮の文《ふみ》には、こんな恋歌のような詠草を草仮名にて、たいそう趣深く書きなしてある。

目ざとくこれを見つけた匂宮は、〈この文はかねて思いをかけているあたりから来たのであろう〉と見当をつけ、興味津々、

「よし、このお返事は、私がすることにしよう」

と言って、返歌を書いた。

をちこちの汀《みぎは》に波はへだつとも
なほ吹きかよへ宇治の川風

そちらの岸、こちらの汀《みぎわ》と、二人の間を波が隔てておりましょうとも、それでも波など飛び越えて、宇治の川風よ、私の便りを通わせておくれ

薫、匂宮の返状の使者として八宮邸に渡る

薫は、宮の返事を持って、八の宮の山荘に参上する。

管弦の遊びに熱心な公達を誘って、川を渡ってゆくその間、『酣酔楽《かんすいらく》』をしきりと奏でつつ行った。八の宮邸は、水に臨む廊《ろう》に、川から上陸できるように、水面まで造り下ろした階段などあって、それなりにたいそう風情豊かに造作した趣味の良い邸なので、人々みな心して船から降りる。

同じ宇治の山荘でも、こちらの邸は、夕霧の別邸とはまったく異風で、ぐっと山里めいた網代《あじろ》の屛風《びょうぶ》などの調度、それも格別質素な風情に作った、見どころのあるしつらいであったが、しかもまた特に心を込めて拭《ぬぐ》い清めなどして、それはそれは塵《ちり》一つないほどに整えられてあった。

そのうえ、この宮家に昔から伝存《でんそん》してきた、音色も並びない弦楽器の数々を、わざとらしく用意したという風情でなく、さりげなく揃えてある。これには、薫たちも大喜びで、我も我もとばかり、次々と弾き遊《すさ》び、元来高声《たかごえ》に歌うべき催馬楽《さいばら》『桜人《さくらびと》』を、ぐっと低く

壱越調《いちこつじょう》に調子を変えて、歌い興ずる。

　ここの主《あるじ》、八の宮は、かねて聞こえた琴《きん》の琴《こと》の名手ゆえ、ぜひこの機会に一つ拝聴したいものだと、そこにいる誰もが思ったけれど、宮は、敢《あえ》て箏《そう》の琴《こと》を弾いて聞かせる。それも、さして気合いを込めてというふうでもない、さりげない調子で、興の向くままに時々合奏に加わるのであった。この宮の奥床しい弾奏の音《おと》は、もとより聞き馴《な》れていないせいでもあろうか、その場に居合わせた若い公達は、皆々たいそう深く心に沁《し》み入る思いで聴いている。

　宮かたでは、この所柄《ところがら》に相応《ふさわ》しい饗応の品々を、とりどりの風情も豊かに用意してある。しかも、よそながら想像していたところとは相違して、なにやら皇孫《こうそん》かというような風情の、人品卑しからぬ君が多く集《つど》うて、薫一行の応接に当たる。なかには、これも皇統に連なる無官の王族で、しかし四位《しい》に叙せられている、かなり年配の君なども顔を見せている。おそらく、こうした皇統にゆかりのある人々は、日ごろは世捨て人のような八の宮からは遠ざかっていながら、しかし、もしこういうような晴れ晴れしい賓客のある折には、何かと手不足なことであろうと宮をお気の毒に思っていたのでもあろうか、なにやら縁《えん》のある人々はことごとく馳せ参じたとでもいう按配であった。勢い、薫一行をもてなす酒杯にお酌などする人も、まことに清雅なる風情で、いかにも宮家らしく古風な典雅さを以て、由緒ありげなもてなしをしている。

薫に従って来た客人たちのなかには、かくもてなされながら、例の八の宮家の姫君たちが、この邸のどこかに住んでいるであろう有様を思いやって、すっかりそちらに気を取られている人もあるに違いあるまい。

匂宮、対岸の邸の姫君に文を贈る

一方、対岸の邸に取り残された匂宮は、ましてや心の動くことはひとかたでない。なにぶん、もとより軽々《けいけい》には動けない身の上を、かねて窮屈で仕方ないと思っているものだから、せめてこういう旅《たび》の折くらい、少しは思う通りにしたいと、いよいよ恋慕の気持ちを忍びきれなくなって、折しも美しく咲いた桜の枝を一本《ひともと》折らせて、お供として随従している殿上童《てんじょうわらわ》の、面差《おもざ》しも美しい者を使者に立てて、姫君あてに文を送った。

「山桜にほふあたりに尋ね来て

同じかざしを折《を》りてけるかな

この山桜の咲き匂う宇治のあたりへ尋ね来て、同じ血縁（かざし）を引く姫君がたに、こうして同じ挿頭（かざし）を手折《たお》ってお目にかけます

『野をむつましみ』……」

などと文面にはあったのでもあろうか。さては「春の野に菫《すみれ》摘みにと来《こ》し我ぞ野をなつかしみ一夜《ひとよ》寝にける（春の野に菫を摘みに、と思ってやってきた私だが、この野の美しさに心惹かれて、ついこの夜一夜を、ここに寝てしまったことだ）」と歌った古歌を引きごとにしながら、今こうして同じ野に来て、血縁（かざし）ゆえの親しみ深さに、すぐ近い宿に一夜宿っております、とあまり色めかぬように自重しながら、下心の思いを仄《ほの》めかしなどしたのかもしれぬ。

さて、こんな意味深長な文を送られて、困ったのは姫君たちのほうであった。とてもとてもお返事など易々とはできそうもないし……と、姫君たちは、どう書いたものか、考えあぐねている。

すると、側《そば》に侍《はべ》っていた老女房どもが、口々に諭《さと》し唆《そそのか》す。

「姫さま、こういう折のお返事は、変に趣向を凝らして書こうなどとして、時間が経ってしまいますのは、いかがなものでございましょう……」

「さようでございます。そのようにぐずぐずと遅《おそ》なわりますのは、却ってよろしからぬことと決まっておりますからね」

そこで、こういうことには気の利く妹の中君《なかのきみ》に、返事を書かせようということになった。

「かざし折る花のたよりに山がつの
垣根を過ぎぬ春の旅人

同じ血縁（かざし）とやら、なにやら仰せですが、そのじつは、挿頭（かざし）の花を手折《たお》ろうというおつもりで、こんな山家《やまが》の垣根のあたりを行きずりに通り過ぎられただけでございましょう、春の旅のお方

お言葉ながら、なにもこのあたりの野を分けてと、特に目がけておいでになったのではよもやございますまい」

こんな文を、たいそう美しく、いかにも巧みな筆遣いで書いてある。

なるほど、このありさまを見れば、匂宮の願いどおり、さしも宇治の川風も両岸を分け隔てせぬ風情で吹き通い、それにつれて楽《がく》の音《ね》のあれこれも面白く聞こえてくる。

そこへ、内裏の帝の命を受けて、柏木の弟、藤大納言《とうだいなごん》（按察使《あぜち》の大納言）が、匂宮を迎えにやってきた。いよいよ帰京せねばならぬ。随従の人々は挙《こぞ》って参集し、わいわいがやがやと先を争うように帰京してゆく。若い公達は、しかし、まだ後ろ髪を引かれる思いで、振り返り振り返りしつつ帰っていった。匂宮は、〈いずれまた、しかるべき折を得て、来ることにしようぞ〉と思っている。

折しも花盛りで、遠く近く四方《よも》に霞みわたる景色は、まことに見どころの多いことであったから、漢詩《からうた》や和歌や、とりまぜて歌どもは多く詠まれたけれど、煩《わずら》わしさにいちいち聞き置きなどもしなかった。

匂宮と中君の折々の文の通い

かかる物騒がしいなりゆきに、かの姫君とは、思うように文を通わせることもできずじまいになってしまったことを、匂宮は、なんとしても飽き足らぬ思いでいる。そこで、特に薫が仲立ちをしなくとも、しかるべき使いを送って手紙は絶えず書き送るようになったことであった。

これには、八の宮も、

「やはりね、お返事はしなくてはいけませんよ。ただ、宮のお手紙については、とりたてて恋文めいたものとしては、扱わぬことにしたがよかろうな。恋文と見て、なまじ返事を書かずに置いたりすると、かえってあちらでは物思いの種となろうから……。なにぶんにも、あの宮は、たいそう色好みの親王《みこ》として聞こえた方だ、どこのお家《いえ》にしろ、しかじかの姫ありと聞けば、まずはそのままには捨て置けぬというお心の、お遊びに相違あるまいぞ」

と、そんなふうに諭して、わざと通り一遍の返事を書くようにと、姫君たちに勧める。そういう折々は、やはり中君が筆を執るのであった。大君《おおいぎみ》は、こういうたぐいのことには、戯《たわむ》れにも筆を染めず、一線を画してもてなす思慮深い心がけなのである。

大君は二十五、中君は二十三

どの季節もつねに心細い八の宮家の暮らしぶりではあるけれど、とりわけて、春の日永《ひなが》の所在なさとなると、ひとしお過ごしがたくて、宮はただただぼんやりと物思いに耽《ふけ》っている。成熟した姫君たちの容姿顔立ちなど、ますます美しさもまさって、どこといって非の打ち所なき美貌《びぼう》であることも、かえって宮の苦悩の種となっている。

〈……それにしても、もしこれで、姫たちの縹緻《きりよう》が、仮に十人並み程度でもあったなら、このまま、かかる山里に朽ち果てさせたとしても、別にもったいないとか惜しいとか思うことも、それほどではなかっただろうけれどな……しかし実際には、あの美しさだ……〉

など、明け暮れに懊悩《おうのう》する父宮であった。

とはいえ、姉大君は二十五歳、妹中君とてもう二十三歳とずいぶん良い歳になっている。

しかも、今年、八の宮は大厄《たいやく》で、重く慎《つつし》んで過ごさなければならない年に当たっているのであった。そのため、なにやら頼りない思いに駆られて、宮は、常よりもいっそう弛《たゆ》むことなく勤行《ごんぎょう》に励んでいる。もとより、現世《げんせい》に執着《しゅうじゃく》する心もない宮であってみれば、ただもう後《のち》の世の安楽往生ばかりを願っているのだから、地獄の苦熱を逃《のが》れ、このまま極楽の涼しい道へ赴くはずのところなのだが、ただこの姫君たちへの愛執《あいしゅう》の念に絆《ほだ》されているのは、まことにいたわしいことであった。されば、その道心《どうしん》はどこまでも堅固《けんご》であったが、そうは言っても臨終の際には、この姫君たちを世に見捨てて逝《い》かなくてはならないと思うと、きっとその道心も乱れてしまうにちがいないと、側仕えの人々も推察している。

そんな状態だから、仮に宮の思う通りにはなかなかならないとしても、〈まずそこその人物で、しかし、婿として人聞きが悪くない程度の、貴族社会の人々にひとまず認めてもらえそうな身分の人が出てこないものかな……そういう男が仮に現われて、誠心誠意後ろ楯として世話をしたい、など言って思いをかけてくれるなら、そういうときは、うるさいことは言わず婿として黙認することにしたいものだが〉と宮は内心に思っている。〈そんなふうにして、一人一人暮らしの立っていくような拠《よ》り所《どころ》ができたなら……その男になにもかも委《ゆだ》ねてしまって、自分としては心安らぐのだが……実際には、そんなにまで深い心で姫たちに思いを寄せてくる人もありはせぬ。稀々《まれまれ》には、なにやらあやしげな縁をたどって、色好みらしいことを言い寄ってくる男もいるが、そんなのは、いずれ若輩者がほんの遊び心で、どこぞへ参詣するついでの中宿りやら、道中の気慰みとでもいうようなことで、妙に気を引くようなことを言ってくるばかりだ。それでいて、そういう連中は、こんな侘《わび》しく零落した暮らしぶりなどを想像して、どこか侮《あなど》った態度であれこれするのは、まったく不愉快千万だ〉など、宮は思うゆえ、そんなのに対しては、一切無視黙殺して、なおざりの返事だって書かせはしないのであった。

そういうなかで、かの匂宮だけは、なんとかして、この姫君たちを我が物にせずはやまじという思いが深い。これは、そうあるべき前世からの因縁があったのかもしれぬ。

秋、薫は中納言に昇進

宰相の中将薫は、その秋、中納言に補《ふ》せられた。それにつけても、男としての風采《ふうさい》はいよいよ立派に美しくなりまさる。

しかるに、お役目がら多事多端の度を加えるにつれて、薫の心中の悩みはますます深まる一方であった。

〈……じっさい、私という人間は、誰なのであろう。どういう事情で、この世にこうして生を享《う》けたのであろう……いままで長いこと、それればかりを不審に思って過ごしてきたけれど、ことの真実が解った今となっては、そんな自分よりもはるかに心を痛めて、苦しみのうちに世を去られた実の父上……その遠い昔の日々は、とうてい私の苦しみと同日の談ではなかったに違いない〉と、そんなふうに思うにつけても、なんとかして、煩悩《ぼんのう》の苦悶の内に死んだ父の罪障《ざいしょう》が軽くなるように、せいぜい勤行に励みたいと、そう思い切る薫であった。

それにつけては、出生の秘密をなにもかも教えてくれた、あの老女房、弁《べん》の君を、ありがたい恩人だと思うことにして、周囲にはあまり目立たぬように、なにかにのことに事寄せつつ、親切に面倒をみてやっている。

薫、七月に八の宮を訪ねて話を聞く

あの匂宮を迎えに赴いて以来、宇治には久しく足を運んでいないので、薫はある日、思い立って八の宮を訪ねることにした。

もう七月《ふみづき》のころになっていた。

都の町中《まちなか》では、まだはっきりと秋が訪れてきたという気配も感じられないが、さすがに「松虫の初声《はつこゑ》さそふ秋風は音羽山《おとはやま》より吹きそめにけり（松虫――今の鈴虫――の初声を誘う秋風は、あの音羽山のほうから吹き初めたことだな）」と昔の人も歌に詠じたとおり、音羽山近いあたりは、風の音もたいそう冷ややかに感じられ、槙《まき》の尾《お》の山辺《やまべ》では、わずかに木々の葉も秋の色に染まりつつある。この宇治の山里あたりの季節の移ろいを眺めながら、薫は、風情を賞歎し、また珍しいものと眺めつつ来てみると、寂しい日々を送っている八の宮は、まして、いつもよりも待ちかねて喜び迎えてくれる。そうして、この度は、またなにやら老い先の短い心細い思いなどを、あれこれと口に上《のぼ》せて嘆くのであった。

「私が亡くなってしまったら、その後《のち》は、この姫君たちを、なにかの事のついでで結構だから、折々訪ねてやってはくれまいか。どうか、せめていつも気にかけおく者の数のうちに考えおいていただきたいのだ」

と、薫がその気になってくれるように、本心のほどを打明ける。

すると薫は、真剣な面持ちで宮に思いを陳《の》べた。

「以前にも、御意のほどは、一言ながら承《うけたまわ》っておりますうえは、疎《おろそ》かにお思い申し上げることなど、断じていたしませぬ。わたくしも、この現世《げんせい》に執着《しゅうじゃく》を残すようなことはすまいと、なにもかも省き捨てて質素に暮らしております身の上でございますから、仰せはさることながら、何ごとにつけても、大して頼もしいというわけにもまいりませんで……さて、前途と申しても、なんとも心細いことではございますが、たとい、世を捨てての細々とした暮らしでございましょうとも、なんとかかつがつにこの世に生きております限りは、決して心変わりなどせぬ、わたくしの真心のほどを、どうかご覧になっておいていただきたいと思うばかりでございます」

この薫の言葉を聞いて、宮は、さすがに嬉しいと思うのであった。

八の宮の昔物語

沈々《しんしん》と更けわたった頃、雲の晴れ間から皓々《こうこう》たる月が顔を覗かせて、はや西の山に沈みつつあるような心地がする。それを見ては、もはや我が身も西に傾いてしまったように観じるゆえ、八の宮は、心を込めてしめやかに念仏など唱えつつ、昔懐かしい話を、ぽつぽつと語り出《い》でる。

「このごろ、世の中というものは、どんなふうになってしまったのであろうかな。かつては宮中などにおいて、こんな秋の良夜は、きっとお上《かみ》の御前《ごぜん》で管弦の御遊《おおんあそ》びがあって、そういう折には、さまざまな人々が伺候《しこう》したものだが、さるなかにも、楽の名人上手として定評のあった人々ばかりが、それぞれ得意の楽器や歌で拍子を合わせて演奏した……。だが、そういう正式のものものしい演奏よりも、斯道《しどう》に一廉《ひとかど》あるという評判の女御や更衣などの女たちが、それぞれ自分の局々《つぼねつぼね》でな……いや、あの者たちは、内心にはそれぞれ寵《ちょう》を争っての挑みあう気持ちをもっていながら、表面上は、そんなことをおくびにもださず取り繕って仲良さそうにしているように見えたが、そういう女たちが、こんな夜更け……あたりは寝静まって人の気配もなくしんみりとした時分に、なにやら孤閨《こけい》を怨《えん》ずるような風情で琴《こと》など掻《か》き鳴らしたりするのが、なにかの紛れにちらりちらりと聞こえてくるというような……つまり、そんな調べのほうに、却って聞き所あるものが多かったものだ。……まず、音楽などなにごとにつけても、女は、しょせん遊び相手と思っておくのがよいという程度のたわいもないものだけれど、そうは言っても、とかく男の心を惑わせる種ともなるものだ。だからこそ、仏の教えにも、女は罪障《ざいしょう》深きものと仰せなのであろうかな。『人の親の心は闇にあらねども子を思ふ道にまどひぬるかな』と古人の歌にもある、その子ゆえの心の闇に惑う親心、ということを例にとって考えてみても、男の子は、それほど親の心を乱すというようなこともなかろう……が、女の子の身の行く末というものは、なんといっても運命《さだめ》というものに左右される。その結果として、なんの甲斐《かい》もないようなつまらぬ男に縁付くことがあるかもしれぬが、それはもうしょうがないと諦めなくてはいけないところだ……いや、それでもそう簡単に諦めもつかぬままに、なにやかやと心を苦しめてくれる、それが娘というもの……」

など、宮は、まるで一般論のような口調で姫君たちのことを言う。いや、そういうふうに考えるのも、宮の立場からすれば当然であるかもしれぬ。……と、薫は宮の心中をいたわしく忖度《そんたく》するのであった。

「なにもかも、すでに申し上げましたとおり、まったく俗世を思い捨てた心でおりませいでございましょうか、男女《おとこおんな》のことにつきましては、わたくし自身として、なんともかんとも、深くは諒察《りょうさつ》できぬところなのでございますが……ほんとうに、音楽などは、かりそめのことながら、しかしやはり美しい楽《がく》の音《ね》を愛《め》でる心ばかりは、なんとしても捨てがたいところがございます。あの堅物《かたぶつ》で修行一点張りの迦葉尊者《かしようそんじや》でさえ、音楽の神、緊那羅《きんなら》が瑠璃《るり》の琴《こと》を奏でた折には、たまらず立って舞ったと、仏典にもございましたね」

薫は、こんなことを言いながら、やはり、あの去年の秋に、ほんの一ふしだけ聞いて飽き足らぬ思いでいる姫君の琴《こと》の音《ね》を、いま一度なんとしても拝聴したいと所望してみる。

宮は、〈それほどに申すなら、これが姫たちと、この君との疎《うと》からぬおつきあいの端緒《たんしょ》となるやもしれぬ〉と思うのであろうか、みずから立って姫君たちの御座所《おましどころ》に入っていくと、ぜひ弾いてお聞かせするように、しきりと勧めるのであった。

すると、姉姫であろうか、妹姫であろうか、箏《そう》の琴をば、ほんのちらりとだけ掻き鳴らして、すぐに止《や》めてしまった。

人の気配はますます絶えて、しんみりとした空の様子、そしてこの所柄《ところがら》の風情……薫はこんな折に、さりげなく弾きすさぶ姫の楽の音が、それはそれで、心に沁《し》み入って面白く思う。が、なぜもっと二人で合奏などして聞かせてはくれぬのだろうとも思うのだが、なにさま、こんな唐突な形で父に勧められたとて、いつものように打ち解けて合奏するなど、どうでもできることではあるまい。

「まず、とにもかくにも、こんなふうに楽を鳴（な）らして、姫たちとの間を馴（な）らしてやったわけだから、あとは、春秋《しゅんじゅう》に富む若い者どうしの成り行きにまかせることにしようか」

などと言って、宮は、仏の御前《おまえ》の間《ま》に入ってゆく。

「われなくて草の庵《いほり》は荒れぬとも
　このひとことはかれじとぞ思ふ
　私がいなくなって、この草の庵は荒れ果て、草は枯（か）れてしまったとしても、『姫の行く末を頼む』という一言（ひとこと）は、この姫の一琴（ひとこと）の調べをご縁として、どうか離（か）れずにいてほしいと思う
　こんなふうにして対面するのも、此度《こたび》が最後だろうと、なんとも知れず心細い思いに堪《た》えかねて、頑迷な愚痴ばかり長々と申しましたな」
　宮は、そんなことを漏らしながら、声を上げて泣いた。
　薫は、せめて、
「いかならむ世にかかれせむ長き世の
　契《ちぎ》りむすべる草の庵は
　いったいいつの世に、草が枯（か）れ、わたくしがここから離（か）れるなどということが

ございましょうか。これから末長き未来までのお約束を結んだ草の庵でございますれば……相撲《すまい》の節会《せちえ》など、内裏でのご用繁多な時期が過ぎましたら、また参上いたしましょう」

とて、せいぜい慰めの言葉をかけるのであった。

薫、弁の君を呼び出し姫君たちとも語り合う

宮が持仏堂《じぶつどう》に入ってしまうと、薫は、こちらの部屋へ、あの問わず語りに昔のことを話してくれた老女弁の君を呼び出して、聞き残したところの多い昔語りをさせる。

もはや西に傾いた月の光が、隈々《くまぐま》まで射し入って、簾《すだれ》の向こうに透いて見える老女の姿はありありと見え、姫君たちもどうやら奥のほうにいるのが分かる。

薫は、世間にありがちの色めいた風情ではなく、心深くしんみりとした物語をおっとりした口調で申し入れるという調子なので、姫君たちも心安んじて相応の返事などをする。

〈この姫君たちには、三の宮（匂宮）がたいそう興味津々でおわすことだがな……〉と、薫は心中に思い起こしながら、〈我と我が心ながら、やはり普通の男たちとは格別という

もの、あれほどに八の宮ご自身のほうから、姫とのご縁をお許しになっているというに、そうすぐにどうこうしようとも思わない……。といって、姫君がたに無関心というのでもない。結婚のことだって話にならぬというようには、さすがに思いもせぬ。されば、こんなふうにして、なにかにと四方山《よもやま》のお話などを交わしながら、四季折々の花や紅葉などにつけて、感ずるところ、また風情ある由などをやりとりするのには、この姫君たちは、それなりに悪くない方々だからなあ……これでもし前世からの因縁が掛け違っていたりして、他の男のものになってしまわれるのは、やはり口惜しいには相違ないな〉など、すっかりもう我が物としたような心地がするのであった。

こうして、まだあたりは真っ暗な暁の時分に、薫は帰っていった。

その道々にも、あの八の宮が、老い先も短く、心細く思っているらしい様子を、とつおいつ思い出しては、〈ともかく、ここ当分の、忙しい時期をやり過ごしたら、また参上しよう〉と薫は思っている。

匂兵部卿の宮も、この秋ごろにでも、また宇治まで紅葉見物に行くことにしようかと、しかるべき機会をあれこれ思い巡らしている。そうして、その間《かん》も、文《ふみ》ばかりは絶えず贈りつづけている。

女、つまり中君は、あの匂宮がそうそう真面目に考えているだろうとも思っていないので、その文に対しては、あまり深くも考えることなく、面倒がらずにさらさらと返事など書いて送っている。まずそんなふうにして、宮と中君とは折々手紙のやりとりをしているのであった。

八の宮の、姫君たちへの遺誡

秋が深まってゆくままに、八の宮は、もはや命のほどもたいそう心細く感じるようになって、また例のとおり、阿闍梨《あじゃり》の山寺へ籠《こも》って、静かなところで念仏三昧《ざんまい》の暮らしをしようと思い、姫君たちにも、行く末のことを戒《いまし》め聞かせる。

「現世《うつしよ》というものは、無常なものじゃ。そなたたちとも、永《なが》の別れということは、どうしたって逃《のが》れることができぬものと見ゆる。さりながら、たとい死別したとしても、その後《のち》に心を慰むるなにごとかがあるならば、悲しさもやがては薄皮を剝《は》ぐように癒《い》ゆるであろう。……さて、そこでじゃ。私のほかには、そなたたちの後ろ楯として頼む人もないままに、このように心細げな様子の二人を後《あと》に残して逝《ゆ》くことは、なんとしても辛《つら》い。といって、たかがそればかりのことが障碍《しょうがい》となって、往生《おうじょう》の素懐《そかい》を遂げることがかなわなければ、結句《けっく》、無明《むみょう》の長夜《じょうや》に永劫彷徨《えいごうさまよ》うという苦《く》を受《う》けなくてはならぬ。それは、なんとしても無益《むやく》なことじゃ。しかるに、こうしてそなたたちを育《はぐく》みまいらせている間《あいだ》とても、俗世には執着《しゅうじゃく》せぬよう思い切ってきたほどなれば、これから死して後のことなど、なんのかのと申すべきでもあるまいが……いや、これは私一人だけのことでない、そなたたちの亡き母君にとっても不面目《ふめんぼく》となるような軽々しい考えで行動してはなるまいぞ。よほどしっかりした人との御縁でもなければ、簡単に人の口車に乗って、うかうかとこの山里から浮かれ出るようなことをするでないぞ。そなたたちは、ただただ、このように、そこらの人たちとはよほど格別の運命に生まれついた身の上なのだと思い定めて、この邸で命を終えようと、きっぱりそう思い切るがよい。ひとたびそのように決心してしまえば、案外とさしたることもなく過ぎてゆく年月なのだからね。男の私だって、そのように、この山里で過ごしてきた。まして女は、こんなふうに俗塵《ぞくじん》を去って引き籠り、はなはだ厭《いと》わしげな非難をば、世間の者たちから受けぬようにして生きていくのが、望ましいことなのじゃ」

こんなふうに宮は懇々《こんこん》と諭《さと》し教えた。

これから先、身の振り方がどのようになっていくのか、などということまでは、とうてい考えも及ばず、ただただ、〈これで、父宮に先立たれたりしたら、その先どうしたらいいものか、とてもこの世に片時だって生き長らえられるとも思えない……〉と思っているばかりであったのに、いきなりこのような心細い口調で将来のことを教訓されても、姫君たちとしては、なんとも言いようのないほどに困惑せざるを得ぬ。

この八の宮という人は、心のなかでは、すっかり俗世のことも姫君たちのことも思い捨てていたようであったけれど、それでも二人の姫を、明け暮れ側近く住み馴れさせてこれまで過ごしてきた。それが、今にわかに別れようとは……決して冷淡な心でそうするのではないとしても、なるほど姫君たちが怨《うら》めしく思うのも当然な八の宮の態度であった。

八の宮、年かさの女房たちに訓誡

いよいよ明日には、山寺へ入ってしまおうとするその日、宮は、いつになく山荘のあちらこちらを巡っては眺め、佇《たたず》んではまた見巡るなどして、つくづくと考え込んでいる。たいそう質素な、いわばかりそめの宿りのようなこの家で、かつがつに過ごしてきた暮らしぶりであったものを、〈ああ、自分が死んでの後《のち》に、どんなふうにしてあの若い姫たちが、きっぱりと世の交わりを絶って、ここに籠って過ごすことができるだろうか……〉と思って、宮は涙ぐみながら、低く経などを誦《ず》している。その姿は、いかにも汚れなく清らかそうに見える。

やがて宮は、年かさの女房どもを呼び出して、

「くれぐれも気がかりのないように、しっかりと姫君たちにお仕え申せよ。なにごとも、元来が、気楽な軽輩《けいはい》で、なにをしたところで世間に噂など立てられる心配のないような分際の者ならば、代々《よよ》を重ねるに従って次第に落ちぶれてゆくというようなことも、まあ、ありがちなことゆえ、さまで目立つということもあるまい。しかし、当家のような高貴の家ともなれば、仮に世の人はなんとも思わないとしても、落ちぶれた惨めな姿でふらふらとしているようなことになれば、せっかくこのような家に生まれあわせた宿縁に対しても面目なき仕儀となって、厭《いと》わしく不体裁《ぶていさい》なことも多々起こってこよう。寂然《じゃくねん》と心細い暮らしをするのは、宮家として別に珍しいことでもない。それでも、生まれついた家の格式や、先祖代々の仕置きのままに生きていくということこそ、人聞きもよろしく、また当人たちの心持ちとしても、万《ばん》間違いのないところだと思われる。しかるに、裕福ないっぱし

しの暮らしなどしたいと思っても、いかんせん思う通りにならぬ巡り合わせともなれば、しょせん叶わぬこと。いたずらに軽々しい振舞いをして、姫君たちに、くだらぬ身分の男の手引きなど、断じてしてはなるまいぞ、よいな」

と、くれぐれも釘を刺すのであった。

八の宮、山寺へ参る

まだ暁の闇のうちに、宮は山寺へ出立《しゅったつ》しようとする。

その間際《まぎわ》にも、また姫君たちの部屋へ渡ってきて、

「これより私は居なくなるが、あまり心細く思って悲観などするのでないぞ。せめて気持ちだけは、つとめて明るく持ってな……そうだお琴《こと》など弾いて気を紛らすがよい。なにごとも、思うとおりにはゆかぬのがこの世の習いなのだから、そんな世の中のことを、あれこれ思い詰めてはならぬぞ」

などよくよく諭し聞かせながら、後ろを振り返り振り返りして、立ち出でてゆく。

二人の姫君は、ますます心細く物思いに沈み続けてはいるが、寝ても覚めても仲良く語

りあっている。

「二人いっしょでよかった。もしどちらか一人がいなかったら、どうやって毎日暮らしてゆけましょう」

「今も、これから先も、どうなってゆくのか分からない……そんな世の中に、もしわたくしたち、別れ別れになるようなことがあったら……」

そんなことを言い言いして、泣きみ笑いみ、遊ぶについても、真面目な仕事をするにも、いつだって同じ心を持って、お互いに慰めあいながら、かろうじて日々を過ごしている。

念仏三昧《ざんまい》の行《ぎょう》も、今日果てるはずだからと、宮のお帰りを今か今かと皆が待っていた、その夕暮れのことだった。

山寺から使者が至った。

「今朝ほどより、体調すぐれず、今日は帰ることができぬ。風邪かというので、あれこれ手を尽くして看病してくれようとしているところだ。さるほどに、いつもよりもましてそなたたちと対面したくてならぬ」

宮からの伝言は、そういうことであった。

姫君たちは、胸の潰《つぶ》れる思いがして、〈さてはどんなご病状かしら……〉と思い嘆き、せめては父宮が寒くないように、衣《ころも》に綿を厚く入れて急ぎ仕立てさせ、それを届けさせせなどする。けれども、二日、三日と経っても、なお宮は山から下りてこない。

「ご病状はいかに、いかに」

と、ひっきりなしに使いを立てて様子を窺《うかが》うけれど、

「いや、とりたててびっくりするほど悪いというわけではない。ただ、なんとなく苦しいのだ。少しでも気分が良くなったら、すぐに我慢して下山しようほどに……」

など、文ではなくて、口頭での伝言を使者がもたらした。

阿闍梨は、ひしと枕頭《ちんとう》に控えてひたすら看病するやら念ずるやらしていた。

「まず、ちょっとしたご病気かと拝見いたしますが、あるいはこれがもうお命の限りでおわしますやもしれませぬ。姫君たちの御ことは、なんのご案じ嘆かれるに及びましょうぞ。人にはみな前世からの因縁というものがそれぞれにございます。さればくよくよとご案じになられるのもしょせんは無益《むやく》なること、どうかご執心を離れませ」

と、阿闍梨は、ここでいよいよ世俗の妄執《もうしゆう》を思い離れるべきことを、よくよく諭し知ら

せなどしつつ、

「かくなる上は、もはや、この山をお降りになりませぬように」

と、この寺にて安心して往生の時を迎えるように、宮を諌《いさ》めるのであった。

八月二十日の頃、八の宮薨去《こうきょ》

八月《はづき》二十日の頃であった。

秋もこの時節ともなれば、空の色などもいっそう物悲しいものだけれど、まして姫君たちは、朝に夕に霧の晴れる間もない空の景色さながらに、心の憂愁も晴れやらず、ただただ父宮の重病に心を痛めて考え込んでばかりいる。

有明の月が、夜深く、きらびやかに差し昇ってくると、宇治川の川面《かわも》にも、きらきらと反射してさやかに澄み渡って見える。

姫君たちは、川を望むかたの蔀戸《しとみど》を引き上げさせて、ぼんやりと外を眺めている。

鐘の声が、遠くから幽《かす》かに響いてきて、〈そろそろ、夜も明ける……〉と聞いていた……その時であった。

山寺から使いの人々がやって来て、

「この夜半《やはん》のほどに、宮さまには、ご薨去《こうきょ》遊ばされました」

と、泣く泣く申す。

姫君たちの心中には、〈父宮は、どうしておられるだろうか〉と、絶えず案じてはいたけれど、いざこうして亡くなったということをいきなり聞けば、茫然《ぼうぜん》として前後のことも覚えぬ心地となり、これほどの悲しみに際会すると、却って涙もどこかへ失《う》せてしまうのだろうか、ただただ突っ伏して、気を失ったように臥《ふ》しているばかりであった。

父との死別というような非常痛哀《つうあい》のことも、目《ま》の当たりに、しかとその臨終を看取《みと》るというのが、当たり前の姿であるのに、このたびは、山寺での突然の薨去で、どんな最期だったかも見届けられなかったとあっては、姫君たちがひたすらに思い嘆くというのも、まず道理であった。

少しの間《あいだ》だって、父宮に先立たれて生き長らえられるものとも思わずに、いままで過ごしてきた姫君たちの心ざまなのであったから、なんとしても父の跡《あと》を慕《した》って死んでしまいたいと泣き沈むけれど、こればかりは定命《じょうみょう》というものがあるゆえ、何の甲斐もないことであった。

阿闍梨は、もうずっと以前から、宮が自分の亡き跡のことは頼むと約束しておいたことゆえ、葬儀から、その後七日ごとの仏事、四十九日満中陰《まんちゆういん》の法要まで、すべてを、きちんと営んだ。

姫君たちは、

「もうすっかり亡き人となってしまわれたことでしょうけれど……」

「でも、せめて亡骸《なきがら》のお姿やお顔だけでも、今いちど拝見させていただきとうございます」

と懇願するけれども、阿闍梨は首を縦に振らない。

「今さら、なんとしてさようなことをなさるに及びましょうぞ。宮さまには、日ごろより、絆《ほだ》しともなるべき姫君がたには、もはや二度《にど》とふたたび相《あい》まみえなさいますな、とお諌め申しておりましたことにて、亡くなられた今となっては、まして、宮さまのみならず、姫君がたのほうでも、互いに恩愛《おんあい》の執着《しゆうじやく》につながれることのなきように、しっかりとお心づかいをなさるようにせねばなりませぬ」

阿闍梨は、ただこのように姫君たちを諌める。そうして、さらに、宮が病を発してから山を降りたいと希望したのに対して、敢てそれを止めたということなど、最期を迎えるまでの様子を姫君たちに話して聞かせたが、そんなことを聞くにつけても、阿闍梨の、情を捨てて道理にのみ凝り固まった仏道一点張りの心を、憎らしくも感じ、ひどいとも思うのであった。たしかに、宮自身、出家入道したいという本懐は、昔から深く持っていたが、後事《こうじ》を託すべき人もない状態の二人の姫君のことはどうしても見捨てがたいと、その思いに絆《ほだ》されて、生きている限りは明け暮れ手許《てもと》を放さずに養育する、それが、こんな頼りない暮らしのなによりの慰めだったのだ。さればこそ、どんなに出家の志深くとも、結局は、俗世を見捨て難くして、荏苒《じんぜん》と年月《としつき》を送ってきたのであったが……。しかし、もとより命には限りがあって、死出《しで》の旅路《たびじ》ばかりは、先立つ人の心配も、跡を慕う人の悲しみも、なにもかも思うとおりにはならぬことであった。

　薫中納言は、このことを聞いて、へなへなと力の抜ける思いがし、また口惜しくも思って、〈せめて、今一度、ゆるゆると心を許してお話し申し上げたいことが、まだまだたくさんあったのに……〉という心持ちがした。そうして、延《ひ》いてはまた、つぎつぎと世を去っていった人たちのことを思い寄せ、世の無常なありさまばかりが、自然と心に去来して、薫は激しくせき上げて泣いた。

そう言えば、最後に対面した折、宮が「こんなふうにして対面するのも、此度《こたび》が最後だろう」などと打明けて、二度とは会えぬ覚悟であったことに、薫は思い当たった。

〈そうであった。宮は、常々のお心がけとして、朝元気だった人が夕べまで生きていると は限らないという、この世の儚《はかな》さを人一倍思っておられたな……されば、そんな哲理も朝夕に聞きなれて、まさかその一大事が昨日今日にもやって来るとは、ついぞ思わなかった。「つひにゆく道とはかねて聞きしかどきのふけふとは思はざりしを（ついには誰もが赴《おもむ》かなくてはならぬ死出《しで》の道だと、予《かね》て聞き知ってはいたけれど、それが昨日今日とさし迫ったことだったとは、ついぞ思わなかったものを）」と古歌にあるとおりだ。ああ、なんと迂闊《うかつ》なことであったろうか〉と、返す返すも飽き足らず悲しく思った。

そこで、薫は、阿闍梨のもとへのねぎらいも、また姫君たちへのお悔やみも、心濃《こころこま》やかに書き送る。

しかし、こんなふうに弔問の文を送ってきたのは薫ただ一人で、ほかには誰からもなんの音沙汰《おとさた》もないような寂しい姫君たちの境涯《きょうがい》であってみれば、悲しみに茫然として前後の弁《わきま》えもない状態の姫君たちの心々にも、さすがに、この何年かのあいだ、薫の心遣いが身に沁みて思いやり深く見えたことなどを、今さらながらに思い知ったのであった。

薫は薫で、

〈当たり前の親子であっても、死別ということに直面すれば、これ以上の悲しみはないように思い焦がれて、皆々、哀痛の情《じょう》にくれ惑うものと見ゆるが、ましてや、あの姫君たちは、母君もすでになく、いままた父宮に別れては、悲しみの慰めようもないようなお身の上だ……はてさて、どんなお気持ちでお過ごしであろう〉と、遠く姫君たちの心中を忖度《そんたく》して は、死後七日ごとの法要など、しなくてはならないことどもを、よくよく案じ計らって、阿闍梨にも充分な布施をするのであった。

また、宇治の山荘のほうへも、もちろん充分な心配りはするのであったが、ただ、露骨に姫君に贈るのではなくて、敢て人目に立たぬように、例の弁の君など老女連中に贈るという体裁《ていさい》で、誦経《ずきょう》などをさせる僧侶へのお布施の品々まで、懇篤《こんとく》に手当てして届けるのが、薫のよく行き届いた心がけなのであった。

姫君たちにとっては、永遠に明けぬ無明《むみょう》の長夜《じょうや》を彷徨《さまよ》うような心持ちながら、それでも、時は移って九月《ながづき》になった。

野や山の気配はしんみりと寂しさを募らせて、ますます袖に涙の時雨《しぐれ》を催すばかり、ややもすれば先を争って落ちる木の葉の音も、また宇治川の瀬音も、滂沱《ぼうだ》と流れ落ちる涙の滝も、なにもかもが渾然《こんぜん》一体となって、姫君たちは、悲しみのただ中にくれ惑うている。

〈さて困りました。こんなご様子では……もとより定まったご寿命とは申せ、しばしの間《あいだ》も持ちこたえることがおできになるかどうか……〉と、側近く仕えている女房たちは、いかにも心細い思いがして、せめては、心を尽くして姫君がたを慰めつつ、皆心は惑うばかりであった。

こちらの山荘にも、忌み籠りをして念仏する僧が仕えていて、生前の居室には宮の持仏《じぶつ》をその形見として拝しつつ、また、折々に参向してはご用を弁じていた人々のなかにも、忌み籠りに参じた者どももあって、みな悲愁の裡《うち》に勤行一途《ごんぎょういちず》の日々を過ごしている。

匂兵部卿の宮からも、たびたびお見舞いの文が届けられる。が、姫君たちは、そのような手紙への返事など、ついぞ書こうという気持ちにもならなかった。

あまりにもなしのつぶてなので、匂宮は気掛かりでならぬ。

〈あの薫中納言には、まさかこんな冷淡なあしらいでもあるまいに、私のことを、さてはなんとも思ってはくれていないようだな〉と、宮は恨めしく思う。

かねて宮は、紅葉の盛りにでもなったら、友どち誘い合わせて、漢詩《からうた》の吟行にでも宇治あたりへ出向こうかと思っていたのだったが、こうして八の宮の薨去という事情に鑑《かんが》みれば、このあたりを物見遊山に逍遥《しょうよう》するのは、いかにも不都合な時節であったから、やむなくこれを思いとどまった。匂宮にとっては、残念無念というところであった。

忌《いみ》果てて、匂宮と大君、文の贈答

やがて、忌中の三十日が明け、九月《ながづき》も二十日過ぎとなった。

〈いかに悲しいといっても、おのずから限りというものがあろう。そろそろ姫君の涙にも乾く隙《ひま》などある頃合いであろう〉と思って、匂宮は、綿々と長い手紙を書き贈った。

時雨《しぐれ》がちの、夕方のことであった。

「牡《を》鹿《しか》鳴く秋の山里いかならむ
小《こ》萩《はぎ》が露のかかる夕暮

牡鹿も妻を恋うて鳴く秋の山里は、寂しさもまたいかばかりでありましょうや。
小さな萩に置いた露がこぼれ懸かる、かかる夕暮れには……
小萩のような姫さまの涙の露もかかるころかと……

ただ今の時雨模様の空の気配を……そして私の涙がちの心を、いっこうに思いも知らぬ顔でおられるのは、あまりにも情《なさけ》ないことでございます。こうして枯れ枯れとなってゆく野辺の景色も、格別に寂しく心に沁みる季節柄ではございませぬか」

などなど、いかにも返事をよこせと言わぬばかりに書いてある。

大君は、これを一読して、さすがに黙殺もできかねた。

「いままで、なるほどここに書かれてあるように、あまりにも情知らずのように、たびたびのお手紙に返事も差し上げずにいましたからね。こうなれば、やはりお返事をお書きなさい」

など、大君は、例によって中君に勧めて返事を書かせようとする。

しかし、中君は、そうそう素直に、姉君の勧めには応《こた》えかねる思いがする。

〈こうして今日まで生き長らえて、父上ご存命の頃と同じように、硯《すずり》など近くに引き寄せて見るようなことがあるとも思っただろうか……しばしも生きてはいられないと思ったのに、情なくもうかうかと過ぎてきた日数よ……〉と思うにつけても、また、ありし昔、父宮が自分に返事など書かせたことを思い出して、にわかに涙が溢《あふ》れ、なにもかも見えなくなってしまうような心地がするので、ぐいと硯を向こうへ押しやりながら、

「やっぱり、わたくしには、書けませぬ。辛うじてこんなふうに起きていられるようになっていますけれど、ああ、やっぱりどんなに悲しくとも、それにも限りがあって、だんだん薄れてきてしまったと自覚すると、そんな自分が疎ましくて辛くて……」

中君は、そう言い言い、いじらしい風情でしおしおと泣き崩れている。それは見ているだけでも胸が痛むことであった。

この文を京から持参した匂宮の使者は、宵を少し過ぎた時分に宇治の山荘に到着したのであった。

「こんな夜分になっては、なんとしてお帰りになれましょうや。どうぞ今宵は、こなたにお泊まりください」

大君は、そのように取り次ぎの女房に伝えさせたが、使者は、

「いや、そういうわけにもまいりませぬ。これからすぐに立ち戻り帰参いたしませんと

……」

と急ぐので、大君は、さすがにこの使者が気の毒に思われて、皆が悲しみに惑うているなかで、自分独りがしっかりと落ち着いているというわけでもなかったのだが、ただ、妹君が返事をとうてい書けそうにもないのを、見るに見かねて、

涙のみ霧《き》りふたがれる山里は
籬《まがき》に鹿ぞ諸声《もろごゑ》になく

涙、涙の、霧に隔てられてしまっておりますこの山里では、籬に寄る鹿も、わたくしどもも、みな声を合わせて鳴いて……泣いていることでございます

と、こんなふうに返し歌ばかりを書いた。それも、薄墨に染めた喪中めいた紙に、夜の闇のなかで書いたために墨のつき具合もろくにわからず、したがって特に筆跡に心を用いることもなく、さらさらと筆に任せて書いてから、上包みの紙にざっとくるんで差し出したのだった。

文の使いは、木幡山《こはたやま》のあたりも、雨の降る夜道はたいそう恐ろしげであったが、もとよりそんなことに怖《お》じ気《け》づくことのない屈強《くつきよう》の者を選んでよこしたのであろうか、薄気味悪

く笹繁《しげ》る山路《やまみち》ゆえ、昔の人は「笹の隈檜《くまひ》の隈川に駒とめてしばし水かへ影をだに見む（あの笹の陰の、檜の隈川のあたりに駒を停めてしばし水を飲ませてやってください。その間《あいだ》に、せめてあなたの後ろ姿なりとも見ていたいから）」などと呑気《のんき》に歌ったけれど、駒を引き停める間《ま》もあらばこそ、鞭《むち》を当てに当てて足を速め、ほんの片時のあいだに匂宮の邸に帰参したのであった。

返状を持参した使者が、宮の御前《おまえ》に控えるのを見れば、ひどく雨に濡《ぬ》れている。これをねぎらって、手厚い褒美《ほうび》が与えられる。

さてその返状を披《ひら》き見ると、どうも、先日来《せんじつらい》見慣れている手とは違う筆跡で、もう少し大人びた風情があり、〈どこか趣の感じられる書き振り、さてな、これはどちらが姉姫、どちらが妹姫なのであろうな〉と、宮は文をつい置きもせずに眺め入っていて、いっこうに寝所にも入らない。

「きょうは、お手紙を待って、遅くまで起きていらっしゃるし……」

「来たら来たで、こんどはいつまでもああしてご覧になっている」

「ええ、ええ、どれほどご執心《しゅうしん》遊ばしておられるのやら」

などなど、側仕えの女房たちは、目引き袖引き囁《ささや》きあっては、憎らしがっている。つまりこの女房どもは、文のせいで、いつまでも御前を下がることができず、眠くてしょうがないから、不機嫌なのであろう。

翌朝、まだ朝霧が深い時分、匂宮は早々《そうそう》に起きて、姫への文をまた書き送る。

「朝霧に友まどはせる鹿の音を
　おほかたにやはあはれとも聞く

深い朝霧に紛れて友と離れ離れになってしまった鹿の悲しい鳴き声を……父君に別れて泣かれる姫君の泣き声を、世間一般の人々がただ秋の哀れとして聞くような、軽い思いで聞きましょうか……とんでもない

お手紙には、『諸声になく』との仰せでございますが、わたくしとて悲泣《ひきゅう》しておりますことは誰にも劣るまじく……」

匂宮の手紙には、「声立ててなきぞしぬべき秋霧に友まどはせる鹿にはあらねど（私は声を立てて泣いてしまいそうです。あの秋の霧に友とはぐれてしまった鹿の鳴いている様《さま》でもありませぬが）」という古歌を本歌どりして、そんな歌が書いてあった。

これを披《ひら》き見た大君は、ちと眉《まゆ》を顰《ひそ》める。

〈こんなお手紙に、あまり情ありげに反応するのも、あとが煩わしいというもの……。今までずっと、父宮お一人のご庇護《ひご》の下《もと》に身を隠していることを頼みとして、なにごとも気を許して過ごしてきたけれど……、これから先、心ならずも生き長らえているうちに、思いもかけぬ間違いが、万が一にも出来《しゅったい》するとしたら……生前、わたくしたちのことばかり心配して、いつもお心づかいくださっていたように見えた、亡き父宮の御魂《みたま》にまでも、延《ひ》いては疵《きず》をつけまいらせることになってしまうのではなかろうか……〉と大君は思慮を巡らす。そうして、とかく男に対しては、気恥ずかしい、恐ろしい、とばかり思っているゆえ、返事はついに書かなかった。

だからといって、大君が匂宮をそこらの男と同じように見て軽視していたわけではもちろんない。それどころか、宮が、何気なく走り書きした文の筆遣いや、またそこに添えられた歌の言葉なども、風情に富んで巧まぬ雅致《がち》が横溢《おういつ》している有様を……いままでさほど多くの男文を見知っているわけではなかったけれど……さすがに〈こういうのは、ほんとにすばらしいお手紙らしく見える〉とは思っていた。が、それほどに高雅で風情ゆたかな手紙をよこす人に対して返事など書いてつきあうというのも、〈さてさて、もとより自分たちは、こんなつまらぬ身の有様なのだから、そんなことしたって何の甲斐があろう……

それよりは、ただただ、こんな山住みの修行者めいた暮らしぶりで生きていこう〉と思う。

薫、宮の忌みの果てに、宇治に通い来る

いっぽう、薫中納言からの手紙に対しては、そもそもが匂宮とは事変わり、たいそう真面目らしい態度で書き送ってくることゆえ、姫君のほうからも、さまで疎略な調子でもなく、真摯《しんし》に返事をするなりして、かれこれ文《ふみ》を通わせている。

三十日の忌みが果てて後、薫はみずから宇治へ通ってきた。喪中とあって、姫君たちは、邸の東廂《ひがしびさし》の一段低くなったあたりに謹慎して過ごしていたが、薫は、そのあたりをめがけて立ち寄ると、例の老女弁の君を呼び出した。姫君たちは、父を喪《うしな》って栄《は》えなき喪服に窶《やつ》しながら、心の闇にくれ惑うていたが、その近々《ちかぢか》としたあたりに、たいそうまばゆいばかりのきらびやかな出で立ちで、薫が入ってきたものだから、それはもうなんとしてもばつの悪い思いがして、とてもまともに返事などできはしない。

「そのように疎々《うとうと》しいおもてなしでなく、昔、父宮がそう仰せおきなさいましたように、わたくしを気の置けない後ろ楯とお思いくださってこそ、こうしてお話を承《うけたまわ》る甲斐もあるというものでございましょう。風流ずくの好き事めいた振舞いなど、わたくしはいっこうに不慣《ふな》れでございますから、どうぞお心安《こころやす》だてに願います。このようにいちいち人を介しての応対では、だいいちお話しも弾まぬことでございます」

こう申し入れる薫に、大君が答える。

「あきれたことに、今まで生き長らえておりますようではございますが、その実は、どうしても醒《さ》ましようのない夢のうちに、ただおろおろと立ち迷っている……そんなことでございます。かかる者が、謹慎すべき喪中の身でありながら、うかうかと明るい空の光を拝見するようなことも、いかがなものかと憚《はばか》られますほどに、その端近《はしぢか》いところへ出て身動きすることもままなりませぬ」

薫は、また申し入れる。

「さような仰有《おつしや》りようは、あまりといえば、限りもなく深いお心のほど……。さりながら、たとい月日の光をご覧になるとしても、畢竟《ひつきよう》、お心がけ次第、忌みごとも忘れて晴れ晴れしくお振舞いになるようなことでもあらば、それはたしかに罪にも当たりましょう。

しかし、お慎《つつし》みもそこまでなさいますと、わたくしとしては、どうしたらよいものかも分からず、まことに気鬱《きぶせ》なことでございます。また、悶々としておられるお心の端々《はしばし》なりとも、わたくしにお話しくだされば、なんとかお力にもなりお慰めも申し上げたく……」

こう語りかける薫の口吻《こうふん》を聞けば、なるほどまことにたぐいもなげな姫君たちの哀痛を、なんとかして慰めようとしている薫の思いやりが、しみじみと伝わってくる。されば、この君のお気持ちが決して浅いはずはないことなど、女房どもは、こもごも申して、姫君たちを諌める。

大君自身としても、ああは言ったものの、しだいに心も鎮まってくると、もともとが分別豊かな人柄ゆえ、たといそれが亡き父との誼《よし》みによるものであったとしても、はるばると草深い野を分けて、かかる辺鄙《へんぴ》の里まで通って来てくれる薫の思いやりなども、やはりきちんと諒察《りようさつ》しているのであろう……すこし膝行《しつこう》して端近いところまで寄って来た気配があった。

薫は、間《あいだ》に人を介さずに、直接、大君に語りかけた。

「父宮さまに先立たれて、どんなにか悲しくお思いか、お察しいたします。また、父宮さまは生前、くれぐれも姫君がたのことをたのむと、このわたくしに仰せ下さって、しかとお約束いたしたことで……」

などなど、薫は情《なさけ》も濃《こま》やかに、親しみ深い口調で言い言いし、男だからとてひどく乱暴な気配などこれっぽっちも見えぬ人柄ゆえ、大君としては、すこしも気味悪いとも思わぬし、そわそわした気分にもならぬ。

しかしながら、特に親しくもない殿方に、こんなふうに直接声を聞かせたりすることや、文《ふみ》のやりとりを通じて、なにやかやと頼りにするような風情もあったこの日ごろを、つくづくと考え直してみると、それもやはり辛く、憚られる気もするのであった。

ただそれでも、一言ちらりと答えなどする大君の様子が、なるほど悲しみのあまりぼんやりとしてしまっているような感じなので、薫は、〈ああ、なんとおいたわしい〉と聞いたことであった。

服喪のため、鈍色《にびいろ》の垂絹《たれぎぬ》を懸けた几帳の向こうに、ほんのりと透いて見える姫君の影もたいそう痛々しい。ましてや、日ごろはどんなふうに過ごしているのだろうかと、その悲しい日常を推量してみると、かつてあの垣間見《かいまみ》した明けがたの薄明《はくめい》のなかに仄見《ほのみ》えた美しい姿なども彷彿と思い出されてくる。

色かはる浅茅《あさぢ》を見ても墨染《すみぞめ》に
やつるる袖を思ひこそやれ

こうして秋ともなれば、庭の浅い草にも露がおりて色を変えております。
そんなことを見るにつけても、
墨染に窶《やつ》しておられる姫君の袖もまた、涙の露に色を変えておられるのであろうと、
思いやることでございます

薫は、こんな歌を、まるで独り言のように低吟する。

「色かはる袖をば露の宿りにて
わが身ぞさらに置き所なき

こうして墨染に色を変えた袖をば、わが涙の露の置く宿りとしてございますが、
そのわが身一つは、まったく置きどころもございません

『はつるる糸は』……」

と、そこまで言いさして、姫はもうそれ以上はどうにも堪えがたい様子で、泣き泣き奥

へ入り隠れてしまった。

「藤衣《ふぢごろも》はつるる糸はわび人の涙の玉の緒《を》とぞなりける（藤色の喪服もほつれてきてしまったけれど、そのほつれた糸は、こうして泣いて悲観している私の、涙の玉を貫《ぬ》く緒となってしまったことだ）」という古歌を仄めかして、姫は、涙に朽ちた袖のありさまを嘆いたのでもあったろうか……。

薫、再び弁と語らう

隠れようとする大君を引き留めたりしてよい折でもないので、薫は、ただただ飽き足らぬ思いに囚《とら》われながら、哀しみを嚙《か》みしめる。

そこへ、例の老女弁の君が、大君とはまるで大違いの身代りとして出てきて、昔のこと、また今のこと、あれもこれも取り集めて悲しいことばかり物語る。

この老女は、世にも珍しい、また驚きあきれるような事実を、さまざま実見してきた人であったから、薫は、こんなに見る影もなく零落した人だと突っ放す気にもなれず、たいそう親身に語り合うのであった。

「私がまだ幼かった頃のこと、故六条院に先立たれて、ひどく悲しいものはこの世であったよなと、つくづく思い知ったことであった。されば、しだいに成長して齢《よわい》を重ねてゆくにつれて、官爵《かんしゃく》にも位階《いかい》にも、また世の中の栄《は》えばえしさなどということにも、なんの思い入れもなくなってしまった。ただ、こういうひっそりとしたお住まいなどが、あの八の宮のお心にいかにも適《かな》っておわしたものを……こんなにも儚く世を去られてしまっては、いよいよ徹底して、この世はかりそめのものだと思い知る心が湧《わ》き起こってきた……とはいえ、こうして胸の痛むようなお暮らしぶりで跡に残された姫君がたのことを思うと……いや、それが私の出家を引き留める絆《ほだ》しとなっていて……などと申し上げるのは、いささか色好みめいて聞こえるかもしれぬが、決してさようなつもりはないのだ。ただただ、とにもかくにも生き長らえて、父宮とお約束したことを違えることなく、お話を申し上げもし、また承りたくも思っている、それだけのこと。……それにつけても、あの思いもかけなかった昔の物語を、そなたから聞かされてのちは、ますますこの俗世を厭離《おんり》する思いが募り、かかるつまらぬ世に生きていた跡を残したいとも思わぬようになった……」

と、薫は、むせび泣きながら語りかける。弁のほうは、ましてひどく泣き崩れて、ろくろく返事もできぬほどであった。今こうして目《ま》の当たりにする薫の風貌が、ただもうあの柏木の再来かと思うくらいそっくりで、長い間つい忘れていた柏木生前のあれこれをまで、今の悲しみの上に重ね重ね思い出して、もはやまともに話し続けることもできぬくらいに、弁は泣き呆《ほう》けているのであった。

この弁の君という人は、もともと、あの柏木の大納言の乳母子《めのとご》であって、宇治の姫君とも血縁につながっている一人であった。というのは、この姫君たちの母君の母、つまりは母方の祖母に当たる人の弟で、左中弁《さちゅうべん》の時に亡くなった人があったが、その人の娘がすなわちこの人で、さればこそ弁の君と呼ばれていたのである。柏木亡きあと、つまらぬ男に騙《だま》されて遠い西国《さいこく》をうろうろしていたが、やがて母君も亡くなって後、都に舞い戻っては来たけれど、致仕《ちじ》の太政大臣家とはすっかり縁が薄くなり、この八の宮のほうへ引き取られて、お側に置いて召し使われていたという次第であった。

その人柄は、さまで高貴なというのでもなく、いささか宮仕えずれしているところがあったけれど、分別浅からぬ者と宮も思うゆえに、姫君たちのお世話役に任じたというわけであった。

昔の主《あるじ》の亡き柏木のことは……ここ何年と、朝に夕に身近なところでお世話をしてきて、いっさい心の隔てや隠し事などもなく思っている姫君たちにも、ただの一言だって打明ける機会もなく、胸の内に秘《ひそ》かに隠してきたのであった。

ところが、薫は、内心ひそかにこう思った。

〈とかくこういう老い人は、聞かれもせぬのにあれこれ語り出す癖《へき》がある。そういうのは珍しいことでないから、わざとあちこちに軽々しく言い触れたりはしなかったとしても、あの、こちらが恥ずかしくなるほど心美しい姫君がたは、とっくに聞き知っておられることであろうな、おそらく……〉

……と、こんなふうに推量すると、薫は、いい、あの秘密が癪《しゃく》に障りもするし、また困ったなとも思う。そうして、そんなことが自然と〈……かくなる上は、どうしても他人のもとへはやれぬぞ、この姫君たちは〉と思い寄る端緒《いとぐち》ともなったに違いない。

宮も亡き今、姫君たちしか住んでいないこの宇治の山荘に宿るというのも、なにやらはしたなく思えて、薫は帰ろうとしたが、……その時また、あの最後に面会した折に「こんなふうにして対面するのも、此度《こたび》が最後だろう」と呟《つぶや》いた宮の言葉が彷彿と思い出された。

〈あの時……なんだってまた、まさかそんなことはあるまい、まだまだこれから先も大丈夫に違いないと勝手に思い込んで……お目にかかれずじまいとなってしまったんだろう。秋も同じ秋、ついこないだのことだし……あの最後にお目にかかった時と今と、そうそう日数を隔てているわけでもないのに、もはやどこへ逝ってしまわれたかも分からない……なんとあっけないことであろうか〉と薫は思う。

見れば、この山荘には、格別世間人並みのしつらいもなく、ごくごく質素な暮らしぶりであったようだけれど、それでも、見たところいかにも清廉《せいれん》そうに片づいていて、内外とも風雅なたたずまいに造作してあった、そんな住まいにも、今は、忌みに籠っていた高僧たちがかれこれ出入りしてばたばたしている。清爽だった部屋も、仏事のため各所に仕切りなどを立ててあるし、宮が平生《へいぜい》念仏や誦経に用いていた仏具などは生前に変わらぬものの、

「ご仏像は、みな山寺のほうへお移し申すことに致しましょう」

などと僧どもが申しているのを聞くにつけても、薫の心中には、〈さても、こんな僧《そうぎょう》形の人影などもすっかり姿を消してしまったとき、この寂しい邸に留《とど》まって、がらんとしたところで、姫君たちは、どんなお気持ちで過ごされるだろう〉などと推し量られて、ただ

ただ胸痛く思い続けるのであった。

「すっかり暗くなりましてございます」

供人は、そう言って帰京を促す。

まだまだ果てぬ物思いを打ち切って、出で立ったその刹那《せつな》、空高く雁《かり》が鳴いて渡ってきた。

秋霧のはれぬ雲居《くもゐ》にいとどしく
この世をかりと言ひ知らすらむ

秋霧の晴れぬあの空を渡ってきた雁（かり）、わたくしの心も悲愁《ひしゅう》晴れやらぬというに、ああしてなお無情にも「この世は仮（かり）のものぞ」と念を押すように、カリカリと鳴いて渡るようだ

薫は、こんな歌を口ずさむ。

匂宮の恋慕と姫君たちの心細さ

さてさて、匂宮に対面する時、薫はまずもって、この宇治の姫君たちのことを話題に上《のぼ》せる。

〈なんのかのと申しても、父宮の亡くなられた今は、ぐっと近づきやすくなった〉と思うゆえ、宮は、熱心に文を贈りなどするのであった。けれども、なんでもないような返事だって書きにくいし、とかくに気のおける人だと、姫君たちのほうでは思っている。

「あの宮は、世間ではたいそう色好みの殿方だと評判になっているし……」

「それに、こうしてお手紙など下さるというのも、色めかしいことをお考えになってのことと見えるけれど、こちらは、こんなふうにすっかり引き籠って草深いところから、慣れぬ手つきでお返事など差し出したところで、どんなにか物馴れず時代遅れなものに思われるでしょう」

などと、ひたすら姫君たちは屈託している。

「こんな日々だけれど、思いの外に死にもせず明かし暮らして、あっという間に過ぎてゆくのは、月日というもの……。こんなにもあっけなく世を去られた父上の御身を、あの『つひにゆく道とはかねて聞きしかどきのふけふとは思はざりしを』という昔の歌ではないけれど、まさかこんなに儚《はかな》いお命だとは思いもかけなかった。ただ世間の人々が『定めなき世』などと言い習わしている程度のことなら、明け暮れに聞いたり見たりはしていたけれど……。またかの古歌に『末の露本の雫《しづく》や世の中の後れ先立つためしなるらむ（葉末の露が先に落ち、やがてまた本の雫が滴《したた》って葉末から落ちる、そのように順序よく命を終えていくのが世の中の順逆の例《ためし》でもあろうが、先後《せんご》はあれ、いずれ儚《はかな》い露滴《つゆしずく》のようなもの、それが命なのだ）』と詠《なが》めてあるように、父君もわたくしたちも、いずれが先立ち、また後に残るにもせよ、死別の後は、そうそう長いこと生き長らえなどもすまいと、なんとなく思うていたものだった……」

「今あらためて、過ぎてきた日々を思い返してみると、もとより先々になんの頼もしいこともなさそうな暮らしぶりだったけれど、それでも、こんなお別れがいつ来るとも思わずに、呑気《のんき》に物思いばかりして暮らしてきた……。なんだか気味の悪いことだとか、誰かに気を兼ねたりとか、そんなこともなくて安閑と過ごしてきたのに、今は、風が荒らかに吹いたといっては脅《おび》え、ふだん見かけたこともないような人が、連れ立って案内を乞《こ》う声を上げるのを聞けば、どっきりと胸の潰《つぶ》れる思いがして、なんだか恐ろしくて、なにもかも悲観的に思えるようにもなって、もうとても我慢がならないこと……」

と、姉妹は交々《こもごも》語り合いながら、涙で袖の乾く間《ま》もなく過ごしているうちに、早《はや》その年も暮れてしまった。

年の暮れ、寂しい山荘に訪れる人々

雪や霰《あられ》が降りしきる頃には、どこでもこんなふうに荒々しい風の音がするものだけれど、姫君たちは、父の庇護《ひご》を離れた今という今、はじめて出家の決意を以て深い山にでも住み初《そ》めた心地がしている。

女房たちのなかには、

「ああ、年が変わろうとしていますよ。思えば心細く悲しいことばかりの日々でしたものね。でもやがて新しい希望も生まれ出《い》でる春を期待して待つことにいたしましょう」

と、気丈に言う者もある。

けれども、姫君たちは、〈そんなこと言ったって、実際には難しいもの……〉と思って聞いている。

阿闍梨の住む向かいの山寺にも、折々の念仏修行のために八の宮が参籠《さんろう》されたればこそ、縁ある人々が行き通いもしたけれど、もうすっかり人の行き来も絶えた。また阿闍梨のほうからも、ただ、「ご機嫌はいかがか」という程度の形ばかりの挨拶が、稀々《まれまれ》に寄せられるのが関の山で、今は、なんの用あって、ちらりとでも姫君のもとへ顔を見せることがあろう。

されば、もはやますます人の気配も絶え果て、それが当然のことだと思いはしても、姫君たちにとっては、なんとしても悲しいことに違いなかった。

かつて父宮存命のころには、なんとも思わなかった賤《いや》しい山人《やまびと》たちも、亡くなっての後は、ごく稀に顔見せに参るのを、なんだか珍しい思いで姫君たちは見る。この山人どものなかには、季節がらのこととて、薪《たきぎ》や木《こ》の実《み》を拾って届けにくる者もあった。

阿闍梨の山室《やまむろ》のほうからは、炭などのものを贈ってくる。その時、

「今まで、年々《としどし》の習いとなっておりました、このご奉仕も、宮亡き今となっては、もうこ

れきりにさせていただきますが、まことに心寂しいことにて……」

などと言上《ごんじょう》してきた。それにつけては、毎年必ず、冬籠りの折の寒い山風を防ぐよすがにもとて綿入れの衣などを阿闍梨かたへ遣わすのが例になっていたことを、姫君たちは思い出して、今年も使いの者に持たせて帰した。

使いの僧やお供の童《わらわ》などが、山へ登っていく姿も、見えつ隠れつして小さくなってゆく。それを、たいそう雪も深いというに、姫君たちは、泣く泣く端近《はしぢか》に立ち出でて見送った。

「御髪《みぐし》などおろされて、お坊様のようになられたとしたって、そのお姿で今も山寺に生きていてくださったなら、こんなふうにして、あちらから通って来る人も、きっと絶えずあったに違いないものをね」

「ええ、そしたら……どれほど悲しく心細くたって、父上にお目にかかることが絶えてしまうこともなかったでしょうに」

などなど、姫君たちは、語り合う。

大君は、中君に向かって、こう歌いかけた。

君なくて岩のかけ道絶えしより
松の雪をもなにとかは見る

父君が亡くなられて、あの岩だらけの険しい山路を行き通う人も絶えてしまいました。もう今となっては、どんなに待（ま）つとも甲斐のないこと、そしたらあの松（まつ）の雪を、そなたはなんと見ますか

中君の返歌。

奥山の松葉に積る雪とだに
消えにし人を思はましかば

あの奥山の松葉に積もる雪は、消えてもまたやがて見ることができましょう。だから、せめてあの松葉の雪とでも、消えてしまった父上を思うことができたらよかったのに……

まことに姫君たちにとって羨ましいことに、雪は、消えてもまた、こうして降り積もるのであったが……。

薫は、〈なにぶん新年は公私多忙で、ちょっと思い立ってお訪ねする、というわけにもまいるまい〉と思って、年の明ける前に宇治の山荘を訪れた。

雪もみっしりと降り積もっているゆえ、ふつうの身分の人だって宇治の山荘へなどやって来ない日々にあって、薫が並々ならず立派な風采《ふうさい》で、気軽に訪ねてきてくれたその気配《きくば》りは、いかにも心浅からぬものに思われた。そこで、いつもよりは念を入れて、御座《おまし》などよくよく調《ととの》えさせる。家中《かちゅう》の皆は、服喪中で黒塗りの火鉢を用いているけれど、薫には、そんな色ではない火鉢がどこかの物陰にしまってあったのを取り出して、汚《よご》れを掻き払いなどするにつけても、かつては、薫の入来《じゅらい》と聞けば決まってこういう道具を出して歓待するように、故宮は待ち遠しい様子で用意させたものだった……などということを、女房たちも交々《こもごも》語り合う。

取り次ぎの女房を介さず、薫と直接に対面するようなことを、大君は、やはり気恥ずかしいばかりに思うけれど、しかし、〈中納言さまは、今までの自分の対応を、いかにも思いやりのないやりかたのように思い込んでおられるらしいから、この際しかたあるまい……〉と考えて、今回は思い切って直接に言葉を交わすことにした。といって、特に打ち解けて語り合うのではないけれど、以前よりは少しだけ口数も多く、大君は受け答える。

その様子は、いかにも感じがよくて、対話する薫の方が恥ずかしくなるような感じすらするのであった。

〈ああ、ほんとうに感じの良い方だ。とてもこれきりのご縁では済まぬような気がする〉と、いつしかそう思っている自分に気づくと、〈いやいや、まったく……自分ながら、心などというものは、たちまちに変わってしまうことよ……でも、やはりこういうふうに好きになってしまうというのは、そうなるべき宿縁があったのであろうなあ〉と、薫は思っている。

薫、真面目ぶって匂宮の心を代弁する

「じつは、あの匂宮が、どうも理不尽にわたくしをお恨みになっているということがございます……。父宮さまから、姫君がたのことをくれぐれもよろしくたのむと、しみじみとしたご遺言をいただいておりますことを……いやどうも記憶がはっきりしませぬが……もしかしたら、なにかの折にふと口を滑らせてしまったことがあったのかもしれませぬし、あるいはまた、例の、よく気の回るかたですから、なにかとご推量になっているのかもし

れませぬが……まずそれはともかくとして、このわたくしめに、『なんとかして姫君がたへ執《と》り成《な》してくれと頼んでいるのに、いつまで経ってもつれないお返事ばかりだというのは、おまえの取り次ぎかたがまずいのではないか』と、まずそんなふうにたびたび恨みごとを仰せになる。……そんなのは、わたくしにしてみれば、とんだ言いがかりだとは存じますけれどね。……そもそもしかし、かの『海士《あま》の住む里のしるべにあらなくにうらみむとのみ人の言ふらむ（海士どもの住んでいる里の案内者でもあるまいに、浦見〔うらみ〕ん、浦見ん……恨〔うらみ〕んとばかり、どうしてあの人は言うのであろう）』と歌うてございます『里のしるべ（宇治への案内者）』と見込んで私にそう仰せになるのですから、にべもなく案内を拒むわけにもまいらぬというわけで……。なぜ姫君はそのように冷淡なおあしらいをなさいますのでしょうかなあ。たしかに、あの宮は、色好みでは隠れもない人だと、世間では評判しておりますようですが、その実、心の底は、それこそ量りがたい深さをお持ちだ。しかし、社交辞令のように言葉をかけた女たちで、軽々しくもたちまち靡《なび》いてしまうような手合《てあい》のことを、宮は、うんざりするような気持ちで軽侮しておられるのではないか……などと仄聞《そくぶん》することもございます。……が、しかし、仮にどんなことがあるにせよ、なにごともあるがままに受け入れて、心に角《かど》を立てるようなことなく、おっとりとした人こそ、女としては望ましいこと。万事はただ世間一般のありように任せ、あんなこと、こんなこと、いろいろ問題があったとしても、それはまず大目に見ておいて、仮に女として気に入らぬことが出来したとしても、それは『しかたない、しょせんはこれも前世からの因縁だから』というように思っておく……それが、結局のところ、却って末長く睦《むつ》まじく暮らすための良いお手本になるということもありましょう。……ところが、そういう按配にはまいらずして、夫婦のなかがぐじゃぐじゃになり始めると、『神奈備《かむなび》の三室《みむろ》の岸やくづるらむ龍田《たつた》の川の水の濁れる（あの神奈備の里の三室の川岸が崩れでもしたのであろうか、龍田の川の水がこんなに濁っている）』ではございませんが、三室の岸が崩れて龍田川の水が濁るように、夫婦の仲が崩れて女も名誉を失墜《しっつい》し、果ては、ふがいないことに、跡形もなく縁が切れてしまうというようなことも、世間には、ままあるようでございます。されば、今申すごとく、深いお心にて、思い込んだら命がけというようなお方らしく拝見いたしております匂宮ゆえ、一旦そのお気持ちに適《かな》い、なんだかんだと事を荒立てて逆らうようなことのない女に対しては、軽々しくお心変わりをなさるようなことは、決してお見せにはなるまいとお見受けいたします。あの匂宮という方については、かねてわたくしはよく存じ上げておりまして……ふつうの人の知る由もないことも、さまざま知っておりますほどに……もし、もしもですね、似合わしいご縁だから、どうにかしたいと思い寄られるようであれば、間《あいだ》に立ってのお取り持ちなどは、それはもう、わたくしの真心の限りを尽くして働かせていただくつもりでございます。されば、京と宇治との間の道をば、行ったり来たり、おそらくはずいぶん脚の痛むことでございましょう」

などなど、それはもう真剣そのものの口調で、薫は言い続ける。

こんなことをくどきかけられた大君は、頭から自分自身とは関係のない話だと思い込んでいるから、ただただ妹の中君への縁談だと考えて、〈なんとか親代わりらしいお答えをしなくては……〉と、とつおいつ思案を巡らすけれど、さてさて、どう返答したらいいものか、見当もつかぬ。

「さて、どう答えよというのでございましょうか。承《うけたまわ》りますれば、なにやらずいぶんと懸想《けそう》がかったお話の筋にて、わたくしなどには、却って申し上げるべき言葉もみつかりませぬので……」

大君は、ふふふっと笑って、そんなことをおっとりと言う。その様子もまた魅力たっぷりに聞こえる。

「いやいや、これはかならずしもご自身のこととしてお聞きくださるにも及ばぬことと存じます。とりあえず、この深い雪を踏み分けてわざわざ参上いたしましたわたくしの思いのほどを、姉君として、よろしくご賢察くださるだけでも、まずはよしといたしましょう。いや、もしかすると、かの宮のお心を寄せておられるのは、もうおひとかたの姫君でもございましょうか……そんなふうにも拝見いたしております。あ、まてよ、……あれは、たしか妹姫のことだと、ちらりと漏らされたことがあったような……しかし、さてさて、それもほんとうはどちらのことであったか、宮ならぬ身には計りかねますことでございます。……で、宮へのお返事などは、お二人のどちらがお書きになるのでございましょうか」

と、薫はそんなことを尋ねる。

こう言われてはじめて、大君は、自分も埒外《らちがい》にあったのでないことに気づいた。〈よくぞ、冗談にでも、宮への返事など書かなくてよかった。……いずれ大したことは書きもしないけれど、でも、薫君がこんなことを仰せになるのを聞けば、仮にも返事など書いていたら……、あちこちへ恋文など書くような女だと思われたかもしれず、恥ずかしさに胸の潰れる思いがしていたことであろう〉と、そんなふうに思って、この薫の問いかけにもとても答えることができぬ。そこで大君は、

雪ふかき山のかけはし君ならで
またふみかよふ跡を見ぬかな

雪深い山の懸け橋には、あなた以外に踏通（ふみかよ）う跡を見ませんね……

この雪深い山里へあなた以外の文通（ふみかよ）うのなどは、わたくしは見ませんもの

と、こんな歌を書きつけて、御簾《みす》の外へ差し出した。

「わざわざそんなご弁解をなさるところが、却って、本当かなと疑わしく思われるというもので……」

と、薫は軽く恨むように言うと、これに歌を返した。

「つららとぢ駒《こま》ふみしだく山川を
しるべしがてらまづやわたらむ

氷で閉じられた道を、馬で踏みしだいてはるばる通《かよ》って来る山川ですから、
宮をご案内するついでに、わたくしがまず試みに渡ってみることにいたしましょうか

そうあってこそ、わたくしがここに『影さへ見ゆる』甲斐もあるというもの、わが心の

浅からぬこと、かくのごとしでございます」
古い歌に「浅香山影さへ見ゆる山の井の浅くは人を思ふものかは（あの浅香山の、影までも映って見える山の清水は浅いけれど、そんなに浅い心であなたを思うものですか）」と歌うてあるのを引き事にして、薫は、自分の大君に対する深い恋慕を仄《ほの》めかし、また、宮より先に契りを結びたいという気持ちゆえにこそ、こんなところまで苦難を凌《しの》いで顔を出しにやってきたのだと口説《くど》き寄るのであった。

　大君は、しまった、と思う。ちょっと弁解がてらに歌など差し出したら、こんな色めいた返事をよこされてしまって、心外でもあり、不愉快でもあり、これにさらに答えようという気にもならなかった。けれども薫のほうでは、

〈ほほぉ、この大君は、凜《りん》としてたいそうよそよそしいというような感じには見えぬけれど、といって、今どきの若い女たちのように、妙に艶然《えんぜん》たる対応でもなく、まず無難な、そして穏健な性格の姫なのであろうと推量されるお人ざまのようだな。……とかく女は、こうあってほしいものだ〉と、思うていたところと少しも違《たが》わぬ心地がするのであった。

　しかし、大君は、薫があれこれのことにかこつけて言い寄ってみても、まったく知らん顔をして受け流してばかりいるので、薫も、しまいになんだかきまりが悪くなって、照れ

隠しに、八の宮存生《ぞんじょう》時分のことなど、あれこれ真面目くさって物語りなどするのであった。

薫、帰京に際してあれこれと差配する

「これですっかり暮れてしまいますと、雪もますますひどくなりましょうほどに」

そういって、供の者どもが、咳払いなどしつつ薫の帰京を促すので、さすがにそれでは帰るとしようということになって、

「それにしても、こうぐるっと拝見いたしますと、いかにも胸の痛むようなお住まいの物悲しさでございますな。されば、都の内ながらまったく山里のように静かなところにて、人もあまり出入りいたしませぬ邸がございますが、よろしければ、そちらへお移りになることをお考えになりませせぬか。もしそうなれば、どれほど嬉しいことでございましょうか」

薫は、こんなことを口に上《のぼ》せる。遠回しながら、京の本邸のほうへお迎えしたいというのでもあろう。それを小耳に挟んで、〈そうなったらなんて素敵だろうか〉と思って、に

やにやとする女房たちがいるのを、中君は、〈なんてみっともないこと……そんなこと、どうしてできるものですか〉と苦々《にがにが》しく見聞きしているのであった。

菓子や木の実などを、由緒ありげな器に盛って出し、またお供の衆にも、肴《さかな》などを体裁よく取り合わせて、土器《かわらけ》に酒を運ばせなどする。

例の、薫から褒美にもらった狩衣《かりぎぬ》の芳香芬々《ほうこうふんぷん》たるに閉口した宿直《とのい》の男は、世に言う「鬘《かずら》髭《ひげ》」とかいう顔一面の大髭面《おおひげづら》で、いかにも殺風景な面構えであるが、あんなのがこの姫君たちのお守り役とは、なんとも頼りない奴よと思って、薫は呼び出した。

「どうじゃ。宮が亡くなられてからというもの、さぞ心細いことであろうが」

など問うてみる。宿直人は、顔をくしゃくしゃにして、心細げに泣く。

「世の中に、もとよりお頼みする方もございませぬ身の上にて、ただ亡き宮さまばかりのお蔭を蒙《こうむ》りまして、はや三十何年かを過ごしてまいりましたれば、今は、ますます、野や山にさすらってまいりましょうとも、さて、どんな木陰を頼りにしたらよいのでございましょうや」

こう愚痴をこぼして泣く男の姿は、またひどくみっともない。

八の宮の御座所《おましどころ》であった部屋を開《あ》けさせてみると、塵《ちり》がひどく積もって、そんな中にただ仏像ばかりは供花《くげ》の荘厳《しょうごん》も昔のままながら、宮が勤行をされていたとおぼしき方形《ほうぎょう》の床《とこ》などは、もはや運び去られて、すっかり片づけてある。

薫は、いつぞや、もし自分が出家の本懐を遂げた時には、とて宮に約束したことなどを、ふと思い出した。

立ち寄らむ蔭《かげ》とたのみし椎《しひ》が本《もと》
むなしき床《とこ》になりにけるかな

往生の本懐を遂げるためにまずお頼みしようと思っていた椎の木の枝蔭
……在俗の聖《ひじり》の修行の跡も、今はなにもない空しい床になってしまったな

こんな歌を口ずさむ薫の胸中には、「優婆塞《うばそく》が行ふ山の椎が本あなそばそばし床《とこ》にしあらねば（優婆塞、すなわち在俗の聖が修行をする山の椎の木の根元は、ああごつごつして居心地が悪いぞ、平らな床ではないので）」という古い歌の心が去来している。

薫は、ぼんやりと柱に寄り掛かっている。

若い女房どもは、それを物陰から覗いては、口々にその男ぶりを誉《ほ》めそやす。

すっかり日が暮れてしまった。

じつは、薫の従者が、おそらくこのまま殿はこちらに泊まるのであろうと独り合点して、ほど近いあたりに領している荘園の者どものところへ、秣《まぐさ》を取りに使いをやっていたのだが、そんなことは薫自身全然知らなかった。ところが、ちょうどその日が暮れたころに、荘園に仕えている田舎びた人々が、どやどやと連れ立ってやってきた。みな秣を運んできている。

〈なんだこれは。やれやれ、ひそかに微行《びこう》してまいったに、格好のつかぬことになった……〉と薫は思ったが、しかたないので、例の老女、弁の君を訪ねてきたのだということにごまかした。そうして、

「つねづね、変わりなくこちらのお邸のご用を承るようにせよ」

と申し付けてから、やっと山荘を出ていった。

新年、山の阿闍梨から若菜などを贈り来る

年があらたまった。

新春とあって、空の気配もうららかに、川の汀《みぎわ》の氷も解けてきた。それを見ると、姫君たちは、まさかこんなふうに氷の解ける春になるまで生き長らえているなんてこと、あり得ないと思ったに……と、不思議の感に打たれて、また改めて悲しみにくれるのであった。

山の阿闍梨のほうからは、

「雪の消えたところにて摘《つ》み穫《え》てございます」

とて、沢の芹《せり》や蕨《わらび》などを贈ってきた。これをお精進の膳に供すると、

「こうした山里では、こんな草木が折々に彩りを添えて……」

「それも季節の移りゆくのがはっきりと分かって、たのしいことね」

など、女房どもは口々に喜んでいる。それを聞いて、姫君たちは、〈こんなこと、なんの面白いことがあるものですか〉と、苦々しい思いで聞き流している。

君が折《を》る峰の蕨と見ましかば
知られやせまし春のしるしも

もしこれが、父宮さまが折ってくださった峰の蕨だと思って見たならば、
ああ春のしるしが、と知って嬉しく思えるのだろうに……

大君は、そんなふうに詠じる。

雪深き汀の小芹《こぜり》誰《た》がために
摘みかはやさむ親なしにして

この雪深い汀の小芹を、いったい誰のために摘んでもてはやすのでしょうか。
私たちは、親なしの子ゆえに、そんな孝行をすることもできません

これは中君。

春が来た、草を摘んだ、などなど何につけても、姫君たちは、とりとめなくこんな歌などと詠み語らいつつ、明けぬ暮れぬと日々を過ごしている。

薫中納言からも、匂宮からも、季節季節の折々を外さず文が到来する。が、いずれも煩

わしく、大した内容でもないことばかり多いようだから、例によって、書き漏らしたようである。

匂宮、昨年の花の頃の宇治を想い出して歌を贈答す

花盛りの頃になった。

匂宮は、ちょうど一年前の花盛りの頃に、「山桜にほふあたりに尋ね来て同じかざしを折りてけるかな」という歌を詠じて桜を折って贈ったことを思い出している。すると、その節宇治へ同行した公達なども、

「あの、いかにも風情豊かだった親王《みこ》（八の宮）のお住まいを、いずれまたと思いながら、とうとうそれきりになってしまいましたなあ」

などと、総じてこの世は無常なることを口々に嘆くのであったが、それを聞いている宮のほうは、ただただ、〈宇治か……ああ、あの姫君に会いたいものだ〉と、心はそこへ飛んでいってしまうのであった。

つてに見し宿の桜をこの春は
霞へだてず折りてかざさむ
去年は、ただ行きがかりに見たそなたの家の桜を、この春は、
霞を隔ててよそながら見るのでなくて、私が折ってかざしたいものだ

匂宮は、こんな傍若無人なことを歌に詠んでよこした。これを受け取った中君は、〈まあ、こんなこと……もってのほかだわ〉と思ったけれど、たまたまその時暇《ひま》を持て余しているところだったので、〈お手紙として見れば、きれいにお書きになっている……せめてそのうわべの美しさだけは、無にしないようにしておきましょう〉と思って、

いづくとか尋ねて折らむ墨染《すみぞめ》に
霞《かす》みこめたる宿の桜を
折りてかざさむ……とやら仰せですけれど、それはいったいどこだと思ってお尋ねになって
折られるのでしょう。この墨染の服喪の色の霞のたちこめている家の桜なのに

と、こんなにべもない歌を返した。

またもや、かように突っ放したような気配ばかり見えるので、宮は、ほんとうに心中に辛い辛いと思いつづけるのであった。

かくて宮は胸一つに思い余って、ただ薫を、ああでもないこうでもないと責め立てて、どうしてちゃんと取り次いでくれないのかと恨みわたる。薫のほうでは、内心おかしくてしょうがないという思いながら、宮に向かっては、我こそは姫君がたの後見人だという顔をして、適当にあしらっている。そうして、どうかして宮の移り気な心ざまが露顕するような折々は、

「どうしてどうして、そのように浮気なお心がけでは、姫君にはとても……」

などと、もっともらしく諫言《かんげん》したりもする。すると、宮も、それは心に応えるとみえて、

「いや、この人こそ、と思える女をまだ見つけてないからだよ。この人だと確信できる妻を得たら、浮気なんかしやしないさ」

と、せいぜい弁解に努めるのであった。

それでいて、夕霧の大臣《おとど》の娘六の君のことはいっこうに思いを懸けることがないのを、

父大臣は、やはりどこか恨めしく思っているようであった。

しかし、この君について匂宮は、

「いや、特に興味を引かれるような間柄でもないのに、父大臣がなにかと口うるさく煩わしいからね、なにかちょっとした間違いでも、見咎《みとが》められて小言など言われるのは、まったく面倒至極だ」

などと、陰口を聞きながら、せいぜい抗《あらが》っている。

三条の宮、焼亡《じょうもう》す

その年、薫中納言の本邸三条の宮が火事で焼けてしまった。入道の女三の宮も、やむを得ず六条院に引き移るなど、薫の身辺まことに多端であったのに取り紛れて、宇治の姫君たちのあたりへは久しく訪れもしない。ただ、もともと真面目な薫の心は、また余人とは格別なところがあるゆえ、ごくのんびりと構えて、いずれ大君は自分のものになると、すっかりその気になっている。しかし、肝心の大君の心が自分を受け入れることを容認しないかぎり、色好みぶって無体な振舞いには及ぶまいと自重しつつ、内心には〈どうか、自分が、昔八の宮と一言約束したことを決して忘れてはいない、ということを、しっかりと見届けていただきたいものだが……〉などと思っている。

夏、薫、思い立って宇治を訪れて、又垣間見す

その年は、常よりも暑さがひどくて皆々閉口していた。こんな時は、川辺のあたりはきっと涼しいであろうと思いついて、薫は、俄《にわ》かに思い立って宇治へやってきた。

朝の、まだ涼しい時分に京を発《た》ったところ、生憎《あいにく》なことにかっかと照りつける日差しは目も眩《くら》むほどであった。宇治に着くと、薫はかつて八の宮の御座所《おましどころ》であった西の廂《ひさし》に、例の宿直人を召し出した。

母屋《もや》の西面《にしおもて》が仏間になっていて、その仏の御前《おまえ》に、姫君たちは居たのであったけれど、薫が入来《じゅらい》したとあっては、まさかそう近々としたところにいてはまずいと思って、自分たちの居室へ入っていこうとする。しかし、どんなに気配を殺してと思っても、自然自然に、姫君たちの身じろぎをする衣擦《きぬず》れの音などが、すぐ近くに聞こえるのであった。

薫は、もうどうしても黙過《もっか》するに忍びない思いがして、母屋から西の廂へ通う障子の端

っこのあたり、掛け金を設けたところに、穴が少し開いているのを前々から見ておいたので、その外側に立ててある屏風《びょうぶ》を脇《わき》へ寄せて、そっと穴から覗き見た。

するとすぐ目の前に几帳が立ててある。

〈やや、残念な〉と思って、そのままそっと引き下がろうかと思った刹那《せつな》、一陣の風が南側の簾《すだれ》を高々と吹き上げたようであった。

「おやおや、外から丸見えだこと。その几帳を押し出して目隠しになさい」

などと言っている女房の声がする。

わざわざ邪魔な几帳をどけてくれるなど、まことにばかなことをするものだと思うものの、やはり嬉しがって覗き見ると、背の高いのも低いのも、おしなべて几帳どもはみな母屋南面の簾に寄せてみっしりと立て並べたと見える。そうして、今薫が覗いている障子のところから、まっすぐ東側の母屋へ通っていくところの障子も引き開けてあって、どうやら姫君たちは、その障子口から向こう側の部屋へ移動しつつあるところらしい。

まず姫の一人が仏の御前から立って、南側の通路のところまで出てくる。そうして、簾に添って立て並べたばかりの几帳のところから、外を覗きやり、薫のお供の男たちがうろうろと行き違い、または涼みなどしているのを見ている。濃い鈍色の単衣《ひとえ》に、萱草色《かんぞう》（黄色がかった紅）の服喪用の袴《はかま》を穿《は》いていかにも引き立った色合いに見える。喪服だけに却って異風の華やかさがあるのは、着ている人の華やいだ人柄によるかと観察される。仏前に締める掛け帯はほんの形ばかり、数珠を袖のうちに引き隠すようにして持っている。その姿はすらっとして背が高く、見た目は美しげな人だが、髪は袿《うちき》の丈《たけ》にはすこし足りないくらいの長さかと見え、しかし、その毛先に至るまで一筋の乱れもなく、つやつやと、またふっさりと豊かで、どこかかわいらしげなところがある。横顔を見れば、〈おお、かわいがってやりたいような美しさよな〉と見えて、ほんのりと顔色もよろしく、しかも全体にやわやわとしておっとりとした気配だ。薫は、この姫の姿を見ながら、〈あのいつぞや、子ども時分にちらりと見た女一の宮（明石中宮腹、匂宮の姉）も、今では、きっとこんなふうに美しくおなりなのであろうな〉と、かれこれ自然と思い比べる心になって、大きなため息を吐いた。これは中君の姿であった。

やがて、またもう一人の姫が躙《にじ》り出てくる。

「あの障子ね、なんだか外から覗かれそうな感じがする……」

と、薫の隠れているあたりへぴたりと視線を送ってよこす。その心用意は、決して安易に心を許すまじき様子で、こちらの姫君のほうが、いちだんと嗜《たしな》みのある方のように思われた。

その頭つきも、髪の様子も、さきほどの姫君より一段と貴《あて》やかで飾り気のない美しさが感じられるのであった。

「外側に屏風も立ててございますほどに……」

「そうそうすぐにお覗きになったりはなさいませんでしょう」

など、若い女房どもは、単純な考えでそんなことを言い言いしている。

「万一にも、そんなことがあれば、一大事ですよ」

と、姫君は、いかにも気掛かりらしい様子で、いざりながら向こうの部屋へ去っていく。その様子は、気品高くどこまでも心惹《ひ》かれる感じが添うて見える。

黒っぽい袷一襲《あわせひとかさね》、これは中君と同じような色合いの喪服を着ているのだが、こちらの姫君のほうが、優しく飾り気のない美しさで、しかも、どこか哀しく弱々しいところもあって、薫は胸の痛むような思いで見ている。

しかも髪の毛が、いささかさっぱりとした感じに見えるのは、どうやら心労などのために抜け落ちたのでもあろう。毛先のほうは少し細くなっていて、こういうつやつやした黒髪をば世には「色《いろ》なり」というのであろうか、全体に翡翠《かわせみ》の羽色にも似た素晴らしい色艶《いろつや》で、糸を撚《よ》りかけたように見える。

その手には、紫に染めた紙に書いたお経を持っているのだが、その手つきがまた、さっきの姫よりも一段とほっそりとして、ずいぶんと痩《や》せに痩せているらしい。

先に立っていった姫君も、向こうの部屋との間仕切りの障子のあたりで、つと座って、何ごとであろうか、こちらがわにいる姫君を見やりながら笑っている。ああ、その愛敬《あいきょう》たっぷりのかわいらしさ……。

総角
あげまき

薫二十四歳

訳者からのおことわり

宇治十帖のうち、橋姫と椎本は、その前の匂宮三帖と時代が一部重なっているが、その竹河に、夕霧は右大臣から左大臣に昇格し、同時に薫は中納言になったという記事がある。また椎本の中でも薫の中納言昇任の記述がある。しかるに薫が中納言になって以降も、夕霧は右大臣のままの本と、左大臣とする本とあって、この夕霧の官名記述には諸本間に混乱が認められる。本書では、読者の通読上の便宜を考慮して、総角以降の帖々については、夕霧の官名は左大臣とする本（湖月抄等）に従い、便宜左大臣に統一することとした。

八の宮の一周忌を準備

宇治の川風の響きにも、もう長い年月耳馴《な》れて、当たり前のように思ってきた姫君たちであったが、父八の宮に先立たれて、はや一年も過ぎるころともなれば、なんだか心に染まぬ思いがして、ただ悲しいばかりに聞こえてくる……そんな気持ちのうちに、宮の一周忌の法要の準備にとりかかる。とは申せ、法事として一定のきまりのあることは、みな薫中納言や山寺の阿闍梨《あじゃり》がご用を承《うけたまわ》って万端ぬかりもない。姫君たちは、ただ、法要のときに読経の僧に布施する僧衣の調製やら、経巻《きょうかん》の飾りなど、こまごまとした準備を、側近の女房たちの進言に従って営んでいるが、それも、たいそう頼りなく心細い状態で、薫や阿闍梨などの後ろ見《うしみ》がなかったら、とうてい成就《じょうじゅ》はおぼつかぬものと見えた。

喪の期間も果て、喪服ももう脱ぎ捨てなくてはならなくなったことを、姫君たちは、また哀しく思う。そんな折しも、薫は宇治へ通ってきて、姫君がたの哀痛の思いを懇《ねんご》ろに見舞うのであった。

阿闍梨もここにやってきた。

その時、姫君たちは、仏前の名香《みょうごう》を包み結ぶための五色の糸を、手に手に綜《へ》たり（引き延べたり）などしながら、

『かくても経《へ》ぬる』……こんな情《なさけ》ない状態でも、よくぞ死にもせず命を綜（へ）て（引き延べて）時を経（へ）てきたもの……」

など、しんみりと語り交わしているところであった。「身を憂《う》しと思ふに消えぬものなればかくても経ぬる世にこそありけれ（恋しい人に捨てられた我が身を辛《つら》い辛いとどんなに思っていても、だからといって消えることもない命ゆえ、こんなふうにしてなんとかかんとか過ぎてゆく人生であったことよ）」と詠じた古人《いにしえびと》の歌が、姫君たちの心には我が事のように沁《し》みてくる。

香を結びあげる糸を撚《よ》るための糸掛台《たたり》が、簾《すだれ》の端から、几帳《きちょう》の垂絹《たれぎぬ》の隙間を透かして見えている。これを見て、薫は、〈へぬるとやら、なんのことかと思ったら、なるほどこのことを言うておいでか〉と納得して、当意即妙に朗誦《ろうしょう》して聞かせる。

「……わが涙をば玉に貫《ぬ》かなむ」

昔、中宮温子《おんし》を喪《うしな》って悲しむ伊勢の御《ご》が詠じた悲歌「縒《よ》り合はせて泣くなる声を糸にしてわが涙をば玉に貫かなむ（その皆々の泣くと聞こゆる声をば糸に縒り合わせて、その糸に私の涙を玉と貫《ぬ》きたいもの……）」の下の句を朗誦して、我が心も同じ悲愁に満ちているのだよ

と、同情を寄せる心であった。

これには〈なるほど、昔、伊勢の御もこんなお気持ちだったのでしょう〉と、御簾《みす》の内の姫君たちはぐっと心に応《こた》えて聞いたが、といってそのことを訳知り顔にしゃしゃり出て返答するのもはしたないという思いがして、とみに答えることもせぬ。

〈……そう言えば、「糸に縒《よ》るものとはなしに別れ路《ぢ》の心細くも思ほゆるかな（糸に縒るものでもないのに、こんな別れ路の心は、糸のように心細く思えることだな）」と、むかし紀貫之が旅路の別れの心細さを詠じたことがあったけれど……ああ、それにつけても、ほんとうにいにしえ人の歌は人の心を陳《の》べるよすがであったことね〉と大君《おおいぎみ》は思い合わせている。

薫、一周忌の願文をめぐって大君と対話

薫は、宮の一周忌の願文《がんもん》を撰《つく》っている。ついては、宮の積善《しやくぜん》はしかじかゆえ、その極楽往生のために、なにがしの経典をくれがしの仏《ほとけ》に供養《くよう》じ奉《たてまつ》るなどなど、硯《すずり》を前にして、こまごまと所願《しよがん》の趣旨を書き綴《つづ》るついでに、薫は、一首の歌を書きつける。

あげまきに長き契《ちぎ》りをむすびこめ
おなじ所によりもあはなむ

総角《あげまき》結びの形のなかに、末長きご縁を結び込めて、その糸が縒（よ）り合（あ）っているように、二人同じところに寄（よ）り合（あ）っていたいものですね

こんな歌を簾の内の姫君に見せると、姫のほうでは、かかる歌句を読めば直ちに、あの催馬楽『総角』の、

総角や　とうとう
尋《ひろ》ばかりや　とうとう
離《さか》りて寝たれども
転《まろ》びあひけり　とうとう
か寄りあひけり　とうとう

総角に髪を結った少年よ　ドンドン
一尋《ひとひろ》ばかりよ　ドンドン

間《ま》を開《あ》けて寝たけれど
両方から転び合ってしまって　ドンドン
ひしと寄ってしまったよ　ドンドン

などという色めいた文句が思い寄せられて、〈また、こんな嫌らしいことを〉と煩《わずら》わしく思う。それでも、大君は、返歌だけは返しておくことにした。

ぬきもあへずもろき涙の玉の緒《を》に
長き契りをいかがむすばむ

貫くこともできないほど脆《もろ》くなってしまっている涙の玉の緒……もういつ絶えてしまうとも分からぬ私の命でございますもの、どうして長い契りなど結ぶことができましょう

これを見て薫は、〈やれやれ、古歌にも「片糸をこなたかなたに縒りかけてあはずは何を玉の緒にせむ（一本一本の糸をばこちらからあちらへと縒りかけて合わせるものだけれど……でも、あなたに逢わずにいたなら、私は、なにを頼りにして命をつなぎ止めることができようか）」と歌うてあるに……〉と、うらめしげな表情で考えこんでいる。

こんなふうに、大君は自分自身のことになると、なにがなし話を逸《そ》らしてしまって相手になってくれないので、薫は、胸中の思いをそうそうすっきりと口に出すこともならず、しかたなく匂宮のことに話頭《わとう》を転じて、真面目くさった口調でこう切り出した。

「ほんとうはそれほどお心の留《と》まるはずもないことであっても、まずこんな方面にかけては、すこしばかり熱心すぎるご性分の宮ゆえ、ああして思いを打明けられたからには、なんとしても成就《じょうじゅ》せずんばやまじとばかり、ずいぶん負けん気を出しておられるのかと愚考いたしまして……ついては、あれやこれやと、よくよく宮のご本心などを探索しおいたところでございます。その結果、どう考えてみても、あのご執心《しゅうしん》はほんものと見えますほどに、後々《のちのち》なんらご案じになるような点はないかと拝見いたしますものを、どうして姫君は、こんなにも一途《いちず》に心を隔てられるのでございましょうか。男と女のことどもについて、あながちまったくご分別なされぬようにもお見受けいたしませぬに、ますます知らん顔ばかりされる。こんなことでは、……よろしいですか、わたくしはあなたさまに心から信頼を寄せて、宮のことも真面目にお話し申し上げてまいりましたに、その真心も無にされたようで、ほんとうに恨めしゅうございますぞ。いったいぜんたい、どのようにお考えになっておられるのか、はっきりと承《うけたまわ》りたいものでございますが……」

薫は大真面目な顔をして言い募る。すると、大君、

「いえ、中納言さまの御真心《おんまごころ》を背《そむ》くまいと存じますればこそ、わたくしは、こんなふうに人交《ひとま》ぜもいたしませずお話し申し上げております。こんなことは、世間の人から見れば、まことに奇妙なことと噂に立つほどの仕方ですのに……なのに、そのことをお分かりくださいませぬとは、日頃は思慮深いお心の内にいささか浅いところが混じっておられるような心地すらいたします。なるほど仰せのとおり、こんな山里の住まいなどしておりましたら、もし風情を解するほどの人ならば、なにくれとなく物思いの限りを尽くすことでございましょうけれど、わたくしごときは、なにごとにも気の利かぬ育ちにて……ましてや、いま仰せになられたような筋のお話は、父宮が生前に『もしこういうことがあったら、こうせよ、ああいうことがあったら、ああせよ』などと行く末の始末をよくよく言い置かれたなかにも、さらさら仰せがありませんでした。されば、今までどおりにこういう暮らしかたを続けて、仮にも夫を持つというようなことは思いもかけるなよと、そうお考えであったのだなと、今に思い合わせております。そのため、なにを仰せくださいましても、そのことばかりは、なんとお返事の申し上げようもないのでございます……けれど……ただ、いまだ年も若く、こんな山里暮らしをさせては気の毒に思えます妹姫の身を、このま

ま朽ち木のような形で終わらせてしまわぬように、心中密かに、なんとかしてやりたいとは思っておりますのですが……さてさて、いったいどんな宿縁となっておりますことやら」

と、大きなため息が聞こえて、大君は千々《ちぢ》に心乱れているらしい様子、それはまことに痛々しい感じがするのであった。

〈……なるほど、どんなにはきはきと大人ぶってみせたところで、しょせんは姉の身、なんとして親のようにきちんきちんと物事を決めることができよう……まあ、妹君のことで懊悩《おうのう》するというのもむべなるかなというものだ〉と薫は思う。そこで、またもや、例の弁という老女を呼び出してあれこれと語り合うのであった。

薫、弁を召し出して語る

「そもそも私がこちらへ上がるようになったのは、ただ後世《ごせ》を願うという仏道欣求《ごんぐ》の気持ちから発したことで、以後もずっとそんなつもりであったのだけれど、ただ、八の宮が老い先を心細くお思いになられたらしいご晩年の頃に、この姫君がたのことどもを、私の思う通りでよいから、どうか後《うし》ろ見《み》してほしいと、そんなふうにお頼みになられたことがあったのでな……ところが父宮のお考えおきなされたところとは大違いで、お二人のお心がけときたら、私の言うことなどさらさらお聞き入れがなくて……いやまったく、弱ったことだが、なにを申し上げても強情を張られるばかりだ……さては、宮は私にはあんなことを仰せおきくださりながら、内心はまた別のお考えでもあったのではなかろうかと、こちらは疑心暗鬼というような按配《あんばい》さ。そなたはお側《そば》に仕えていたのだから、自然と聞き及んでいるところもあろう……が、こちらはまったく妙な性分で、世の中に妻だとかなんとか、そんなことに執着するという心などなかったものを、いや、よほどなにか前世からの因縁でもあるのであろうかな、こんなにまで馴れ馴れしくお付き合いすることになってしまった。ただ、こうして頻《しき》りと通ってくると、世間の人々もなにかと噂するようなことにもなっているやに見えるけれど、どうせなら、亡き八の宮のご遺志にも添い、また私と姫君のこともそうそう抹香臭いことばかり言わずと、世の常の男女《おとこおんな》の仲らいよろしく、ぐっと打ち解けて通《かよ》ってみたい、などと思いつくわけなのだ。そんなのは、姫君には似合わぬ仕方だとしても、そういう前例は決して無いというわけでもあるまい」

薫は、なおも語り続ける。

「あの匂宮のことだってそうだ。私がここまで真面目に申し上げているというのに、それならば按ずるには及ぶまいと思って、打ち解けて下さる様子もさらに見えぬのは、もしや内々《うちうち》に、やはり別の方のほうへお目が向いているとか、そういうことでもありはせぬのか、どうじゃどうじゃ」

と、いかにも思いつめたような表情で薫は弁を責め続ける。

これがそこらにいくらもいるような、心がけの悪い女房だったら、こんなふうに男君からの求愛があったならば、面憎《つらにく》い差し出口《でぐち》などもかれこれ言い交ぜて、うまいことその場を取り繕いなどしがちなものだが、弁という老女は、まったくそういうことをしない。心の内には、どちらもいかにも似合いの縁組だと思いはするものの、こう言い返す。

「姫君がたは、もとよりこのように世の人とは違ったお人柄ゆえでございましょうか、なんともかんとも、世間一般のごとくには、あれこれ結婚のことなどをお思い寄せになっておられる様子はございませぬ。こうしてここにお仕えしております女房どもも、宮様ご存命の時分にすら、いっこうに頼もしげな木陰に身を寄せるという按配でもございませなんだことにて、我が身大事と思うておる者は、だれもかれもそれぞれの思いに任せてお暇《いとま》を頂戴して、散り散りとなってしまいました。それはもう、昔から長くお仕えしておりました者とて、ほとんどお見捨てまいらせて去っていった、こんなお邸ですもの……まして、宮さま亡き今となっては、ほんの束の間《つかのま》とても、こんなところには留まり難いとやら愚痴のみこぼしまして……、あまつさえ、とんでもないことを姫君がたに吹き込むような始末。ええ、それはもう……『宮さまご在世の時分には、宮家としての格式もあり、身分違いのご縁組みなどはもってのほかなどと、昔ふうにやかましく仰せでございましたゆえ、ご縁組みなど滞ったとしてもそれはやむを得ませぬけれど、今はもう、こんな頼るあてもないようなお身の上にて……たとえどんなお話であろうとも、求めてくださる方に靡《なび》こうことを、あながち悪く申すような人は、却って人情の機微を弁《わきま》えぬしかた、まるでお話にもなにもなりはしませぬ……いったいどのような人が、このような境涯にあって一生を全うされるというのでございましょう。松の葉を食べて修行に励む山伏ずれですら、生身《なまみ》の人間として命の惜しさに、仏の教えも、それぞれ自分の流儀を立てて都合よく勤めるとかや申します』などなど、いやはやまことに良からぬことを、姫君がたに申し上げましてね……それがために、お若い姫君がたのお心がかき乱されるようなことも多くあるように拝見いたしますが……だからといって、姫君がたはお心を曲げようともなさいませぬ。大君さまは、妹君になにとぞして人並みのお幸せを、とお思いになっておられるようでございます。そうして、かかる山深いところまで、わざわざお尋ねくださる中納言さまのご親切は、もう長い年月いつも拝見し馴れておいでゆえ、すっかりお気を許していらっしゃいまして、今では、あれこれこまごまとしたことまでご相談申し上げているようでございますね。……それゆえ、中君《なかのきみ》さまのことは、仮に中納言さまが結婚相手として所望してくださるなら、ぜひそうしたいと、大君さまは考えておいでの様子でございます。いえ、あの匂宮さまからも、いろいろとお手紙など頂戴いたしますようですが、それはさらさら真面目なお気持ちからではなかろうから……とそんなふうに仰せのようでございまして」

弁がこう言うのを聞いて、

「そうであったか。私はな、亡き宮さまの心に沁みる一言をご遺言として深く記銘し、もとより露のように儚《はかな》い現世《うつしよ》ながら、とにもかくにも命ある限りはこちらへ通わせていただいて、姫君がたのお世話を仕《つかまつ》ろうという所存なのだから、二人の姫君のいずれの御方とご縁を結ぼうとも、それは同じことだと思っている。さるなかにも、大君がそこまで私のことを高く買っていてくださると聞けば、それはたいそう嬉しいことだけれど、ただ、正直を申せば、心惹《ひ》かれるお方については、かほどに厭離《おんり》すべき俗世ながら、どうしても思い離れることができそうもないほどの強い気持ちなのだ。されば、ここでさようなことを聞いたからとて、すぐに心を変改《へんがい》して中君に……というわけにはいかぬぞ。いや、これは世にありがちな色好みめいた話ではない。ただ、こんなふうに直接対面することもかなわぬまま、御簾《みす》越しにお話しするようなことでは、言いたいこともなかなか言うことができぬ。そんなことでなくて、二人差し向かいで、なんだかんだと無常の浮世の物語をな、ともかく腹蔵《ふくぞう》なく語りあいたい。が、いまはこうして慎《つつ》ましやかにして、お心の内などはなかなか打明けてもくださらぬ。……私はな、兄弟など睦《むつ》まじく語り合える間柄の者もなくて、いかにも物足りない思いでいるのだが、こうして俗世に暮らしていると、さまざま思うことがあって、哀しかったり、可笑《おか》しかったり、また愁《うれ》わしかったり、時どきに心は揺れ動く。けれども、そんな心のさまを、誰に打明けることもできず、ただこの胸一つに籠《こ》めて我慢してすごしているのだ。そんな身の上ゆえ、やはりどうしたものかと思案に暮れることがある。だからこそ、かの大君さまには、なんとしても疎《うと》からぬお付き合いを願いたいと、さように頼りにさせていただいているわけなのだ。后《きさい》の宮《みや》（明石中宮）は、いかに姉だとは申せ、そうそう馴れ馴れしく、今申したような、折々のとりとめない思いを、そのままくどくどとお耳に入れるというわけにもいかぬ。三条の宮（女三の宮）は、親と思い申すのもどうかと思うほどの若々しさだが、なにさま親子ともなれば、それなりの分別というものがあるから、兄弟のように気安く馴れ睦《むつ》みあうというわけにもまいるまい。そのほかの女は、誰も彼もすべてひどく疎遠で近寄りがたく、恐ろしくさえ感ずるほどだから……こちらから願い下げでな……結果的にほんとうに寄る辺《べ》もなく心細い身の上なのだ。懸想沙汰《けそうざた》のようなことは、仮にまったくかりそめの戯れだとしても、とてもとても気恥ずかしくて身に添わぬ心地がする。だから、そんなことはどうもきまりが悪い。……ましてや、心中に思いを込めた筋のことは、口に出して言うことも難しいからなあ……恨めしくも思い、鬱々《うつうつ》として苦しんでもいるのに、その気配をご覧いただくことすら叶わぬ……まったく、我ながら限りなく気の利かぬことよな。……匂宮のことだって、真面目な気持ちではないだろうと、姫君がお思いだとしても、決して悪いようにはせぬだろうと見込んで、ここはひとつ私に任せてみてはくれぬか」

などと言い言い薫はそこに座っている。

この宮家がかほど心細い有様であるところへ、薫ほどの人がここまで言ってくれるとあっては、いかにも望ましいこと、その立派な男ぶりを見るにつけても、老女の心には、切実に、なんとかして大君をこの薫中納言に……とは思うのだが、しかし、薫といい大君といい、いずれもこちらが気後れするばかりに立派な様子をしているので、さすがに心に思ったとおりをずけずけと言うこともできぬ。

薫、宇治に宿り、大君に接近

そうこうするうちに、今宵はこちらに泊まって、姫君を相手になにかとゆっくり語りあいたいという思いが募り、薫は、ぐずぐずしながら夜になるのを待った。その間《かん》、人を介してやりとりをしていると、薫の言葉には、そうはっきりと口に出すのでもないのだが、ただなにやら恋の恨みを漏らすような口吻《こうふん》が見え、それもだんだんとくどくなってゆくので、大君も取り次ぎの女房も、すっかり困《こう》じ果てている。こんな調子では、いかに求められようと、大君がみずから出て人を介さずに相手をするというのも、ますます辛いことになる。とはいえ、この薫中納言という人は、こんな懸想がかったことをひとまず除外して、世間一般のことで見るかぎりは、まことに珍しいほど篤実な人柄なのであってみれば、そうそう無下にもあしらいがたい……大君は、しかたなく自分がじかに応対することにした。

母屋《もや》の西面《にしおもて》には故宮《こみや》のご持仏《じぶつ》が安置されているが、大君はその仏間まで出てくると、薫の控えている西廂《にしびさし》との間の戸障子を開けさせた。室内に明々《あかあか》と掻《か》き上げられた灯火《とうか》は、荘厳な仏の姿をくっきりと見せているけれど、薫と姫の間には、なお簾《すだれ》と屏風《びょうぶ》が隔てているから姫の姿は外からは見えぬ。そうして、廂のほうにも灯明《とうみょう》が持ち出されてきた。

「気分がすぐれませず、だらしなく無礼《ぶれい》な格好をしておりますほどに、こんなにあらわに照らされましては……」

薫は、そんなことを言って灯明を押しとどめると、やおら横になった。

そこへ、木の実やお菓子やらが、いかにも有り合わせを盛り寄せたとでもいうような風《ふ》情《ぜい》で運ばれてくる。薫の供人どもにまで、いかにもなにか由緒ありげな酒肴《しゅこう》が振舞われた。その供人どもは、わざわざ東面《ひがしおもて》の向こうにある渡殿《わたどの》のあたりに集まっている関係で、仏間のあたりは人気《ひとけ》もなく、しんみりとした調子で二人が語り合っている。もちろん大君は、そうそう簡単に心を許すはずもない。それでも、大君の様子は、いかにも親しみ深く愛敬《あいきょう》も見えてかわいい風情でなにかものを言う、そこがまた、たいそう薫の心に沁《し》みて、胸が締めつけられるようであったが……男心などはまことにたわいもないものであった。

薫、母屋にすべり入る

〈しかし……こんな埒《らち》もないような衝立《ついたて》のたぐいを障壁のように思って、どうしたものかと思案ばかりしている、我が心の悠長ぶりといったら……あまりにも愚かしいことよな〉と、内心に思い思いしているのだが、それでも薫は、表面上は平気らしい顔をして、世間一般のどうということもないような話を、しみじみとした口調で、あるいは面白可笑しく、自在な語り口で話題も豊富に姫に話して聞かせる。

御簾《みす》の内では、大君が、近侍《きんじ》の女房たちに「どうか側《そば》を離れずにいておくれ」と命じてあったにもかかわらず、女房たちのほうでは、そうそう他人行儀のままでなく、あわよくば妹背《いもせ》の語らいまで進んでほしいとでも思っているようで、それほどひしと見守るという気もない。だんだんと退いていって、しまいに皆部屋の隅に寄り集まって横になってしまう。

仏前のお灯明とて、初めは明るく灯《とも》っていたけれど、灯芯《とうしん》を掻き上げる人もないままに、徐々に暗くなってしまった。

大君は、こんな状況を気鬱《きぶせ》に思って、小声で女房たちを呼んでみるけれど、誰も起きてくる気配はない。

しかたなく、

「あの、どうもわたくしは気分が悪くなってしまいましたので、すこし休ませていただきたく存じます。しばしの後、暁のほどにでもまた、お話し申し上げたく……」

などと言いざま、そっと奥へ引き入ろうとする様子が見えた。

すると……、

「山路を踏み分けてはるばると参りました者としては、わたくしの方がもっともっと苦しい心地がいたしますが、こうしてお話しをさせていただくことで、こよなく慰められております。それなのに、さっさとうち捨てて奥へ入ってしまわれたら、まことに心細いことでございましょう……」

と言いざま、薫は、二人の間を辛うじて隔てていた屏風を、そろそろっと押し開けて御簾の中に押し入った。

大君は、もうなんとしても気味悪く思って、急ぎ奥へ逃げ入ろうとしたが、半身だけ滑り込ませたところで、薫の手に引き留《とど》められた。

いまいましくやりきれぬ気持ちで、大君は毅然《きぜん》として言葉を投げつける。

「さきほど、『腹蔵《ふくぞう》なく語りあいたい』などと仰せのようでしたが、それは、こういう無《む》体《たい》なことをなさりたいということでございましたか。まことに納得いたしかねるなされようでございますが……」

こんなふうに、咎《とが》めだてる様子が、薫の目には、ますます色めいて感じられるので、

「いえ、その『腹蔵なく語りあいたい』という、わたくしの真心を、いっこうにご分別くださらぬゆえ、こうしてお教えしようというわけですぞ。『納得できぬしかた』などと仰せになるのは、はてさて、わたくしがどんなことをするとお気を回しておられるのでしょうかな。よろしい、仏の御前《おまえ》にて、しかと誓言《せいごん》をお立て申しましょう……やれやれ、なんですかその態度は……。そんなに怖がらぬように願います。もとより姫さまのお心を傷つけまいと思うところからすべては始まっているのですから……ここまで来て、なにもせずにいるなど、世の中の男たちには想像もつくまじきことかと思いますが、さよう、わたくしは世にも珍しい馬鹿真面目な者として過ごしてまいったようなことでございますからして……」

とて陳弁《ちんべん》に努める。

もはやお灯明の火も細くて、すっかりあたりは暗くなってしまっている。その薄暗く奥ゆかしい光のなかに、黒髪がはらはらと顔のあたりに振りかかっているのを、そっと掻きやりながら、薫は、大君の面差しを目にした。するとその様子は、まさに思っていたとおり、それはもう匂《にお》うがごとく申し分のない美しさであった。

〈いかになんでも、こんなに心細く呆《あき》れたお住まいだからなあ……。もし誰ぞ色好みの男が知ったら、通って来るのになんの障《さわ》りもあるまい。私以外の男が、ここへ姫を尋ね求めて来るようなことが出来《しゅったい》したら……さて、そのままなにもせずにおくだろうか……まさかなあ。万一にも、そんなことがあったら、どんなに口惜《くちお》しいことであろうぞ。今まで、ここへ通いながら、いかにもぐずぐずとした心がけであった……いや、あぶないあぶない〉

と、薫は、いままでのはっきりしない己《おのれ》の態度をいたく反省する。

さりながら、今目《ま》の当たりに見る大君は、言いようもなく辛いと思ってひたすら泣いている。その様子は、いかにも痛々しくて、すぐには手も出しかねる。

〈しかたない。こんな調子じゃなくて、やがて自然と心の解けるときもあるであろうから、その時を待つか〉と、薫は思い続けた。そうして、このまま無分別にことを進めるのもあまりにいたわしい思いがして、宥《なだ》めたり賺《すか》したり、せいぜい大君の気を取ることに手を尽くすのであった。

「まさか、こんなことをなさるお心のほどを思いよりもせず、どうしてまた、かくにまで心を許して馴れ馴れしくしてまいりましたのか、我と我が心の怪しまれるほどでございます。こんな不吉な喪服の袖の色まで、あらわにご覧になってしまいになる、その思いやりの浅さに……わたくし自身のふがいなさもつくづく思い知らされて、なにもかも心の慰む手だてとてもなく……」

大君は、そんなふうに恨みごとを言い、なんの心用意もないままに、こんな窶《やつ》れ果てた墨染め姿を、暗い火影《ほかげ》に見露《みあら》わされたことのばつの悪さに、悲観的な思いも募るばかり、ただおろおろとしている。

「なんとそれほどにまで、わたくしをお厭《いと》いになるのは、なにか仔細《しさい》のあることかしらと、なにやら恥ずかしさに、もはや申し上げる言葉とてもございませぬ。そのお袖の色を口実としてわたくしを遠ざけられる……そのことも、まず道理と申せばそのとおりながら、もうここ何年とご覧になりつけているはずの、わたくしの志を斟酌《しんしゃく》してくださるなら、たかだか喪服のことなどを憚《はばか》って遠ざけられるにも及ばぬはず、まるで昨日今日逢《あ》い初《そ》めた人と同じようにお思いになるのはいかがなものでしょうか。それは、中途半端な、せずもがなのご分別と申すもの」

薫は、こんなふうに説き起こして、あの楽《がく》の音《ね》などを聞いた有明《ありあけ》の月影の夜の垣間見《かいまみ》に始まって、なんだかんだと事を重ねるごとに、思慕《しぼ》の情《じょう》が次第に募って我慢できなくなってゆくまでの一部始終を、くどくどと訴えかける。

〈そのようなところを、垣間見ておられたのか、なんと恥ずかしい〉と、大君は、これを聞くにも疎ましさは募るばかり、〈そのような嫌らしい下心をお持ちになりながら、知らん顔して真面目ぶっていらしたとは……〉と、聞きながら不愉快にもなり、また恥じ入ることも多かった。

薫は、つい傍らに置かれていた丈の低い几帳を、仏との間に差し立てて、形ばかりの添《そ》い臥《ぶ》しをした。

すると、仏前の名香《みょうごう》は、たいそう香ばしく薫り、またお供えの閼伽水《あかみず》に浮かべた樒《しきみ》の葉からも爽《さわ》やかな匂いがぷんぷんとしてくる。その香りを聞くにつけても、もとより薫は仏への信仰が人一倍篤《あつ》い心がけゆえ、なにやら、仏に見透かされているようで気が咎める。

〈こうして墨染めの衣を着ている今の時期、折も折なるに、心中焦がれて我慢しきれなくなったように、軽々しい行ないに出ては……思い初《そ》めた時分の気持ちにも反することだろうからな……まずいまずい……こんな服喪の期間がすっかり明けたころにもなれば、この姫のお心にも、いかになんでも少しは寛容なところが出てくるかもしれぬ……〉などなど、せいぜい気を長くもって事に処すべきことを自らに言い聞かせるのであった。

折しも秋の夜、こんなところにあらずとも、秋はおのずからよろずの哀れが多いものだが、まして、ここは宇治の山里、峰の嵐も籬《まがき》にすだく虫の音《ね》も、いかにもほそぼそと聞こえてくる。

薫は、せめて世の無常なることを話題にしてあれこれ物語りなどしては、姫も時々ぽつりぽつりと返事をする、その様も、またたいそう見所が多くて感じがよい。

さきほど、大君がいくら呼んでも起きてこなかった、あの寝穢《いぎたな》い女房たちは、もはや薫と姫君はそういうことになったに違いないと見当を付けて、みなすっかり奥へ引っ込んでしまった。

大君の心に、亡き父宮が生前、くれぐれも女は軽々しく身を男に委《ゆだ》ねてはならぬと言い置いたことなどが思い出されて、

〈ああ、まことに、生き長らえていると、思いもかけず、こんなあってはならないようなことにも出遭《あ》わなくてはならないのか……〉と、心はただもう悲しいばかりで、古《いにしえ》の漢詩《からうた》に「辺風《へんふう》吹き断《た》つ秋の心《こころ》の緒《を》、隴水《ろうすい》流れ添《そ》ふ夜《よる》の涙《なんだ》の行《かう》（辺土《へんど》の風は秋の心の緒も断ち切るばかりに吹き荒れ、黒郷の隴水を越えてゆく夜には、その川水の音に涙の流れる音も添うかと思うばかり）」と詠じてあるごとく、宇治川の水音に、みずからの涙の流れる音までも添うて聞こえるほどの思いがするのであった。

双方不本意な後朝《きぬぎぬ》の別れ

そのままなにごともなく、いつしか明け方になっていた。

薫の供人たちは、起きて咳払いなどしつつ、主人に出立《しゅったつ》を促し始める。馬などの嘶《いなな》く声もして、旅に宿った翌朝のことを家来どもが語っていたのなども思い出され、これも古き漢詩《からうた》に「晨《あした》の鶏《とり》再び鳴いて残月《ざんげつい》没り、征馬《せいば》連《しきり》に嘶《いば》えて行人《かうじんい》出づ（朝を告げる二番鶏が鳴いて残っていた月も没し、旅の馬がしきりにいなないて旅人は宿を出てゆく）」とあったのも思い合わされて、薫は、一風情《ひとふぜい》を感じる。

折しも光の射してきた方向の障子を押し開けると、朝空のしみじみとした様子を二人並んで眺める。

女もすこし端近《はしぢか》のほうへ膝行《しっこう》して出てくる。すると、すぐ目の先に軒が迫っているので、その軒の忍草《しのぶぐさ》の露までが、朝日に映えてきらきらと見え始める。

男も女も、互いにたいそう優婉《ゆうえん》な姿や顔立ちなどを見交わしている。

「特になにかするというのでもなくて、ただね、こんなふうに月だ花だといっては、心を同じくして風流に遊び、また儚いこの世のありさまなども、しみじみと語り合って過ごしたいと思うばかりだ」

薫が、そんなことをいかにも親しみ深い様子で語りかけると、大君も、次第に恐ろしさも慰められて、

「はい。こんなふうにきまりの悪い思いをすることなしに、物を隔ててお話し申し上げるのであったなら、却って心の隔ては少しもなかったことでございましょう」

と、そんなふうに答える。

明るくなってゆくにつれて、うち群れた鳥どもが飛び立ちなどする羽風《はかぜ》の音が近々と聞こえてくる。

夜の果ての朝《あした》の鐘が、山寺のほうから幽《かす》かに響いてくる。

「さ、せめて今のうちに……お帰りになるのを人に見られては見苦しゅうございますものを……」

薫の帰りを促す大君は、まことに堪えがたく恥ずかしいことに思っている。

「そう仰せになっても、いかにもなにかあったかのような顔をして、朝露を分けて帰っていくというわけにもまいるまい。また、仮にそんなところを見たなら、女房たちだってなんと想像することであろう。ここは、あたりまえの夫婦のように、さりげない様子でいるのがよかろうな。ただ、世間の男女《おとこおんな》の関係とは全然違う行きかただけれど、これから先も、いつもこんなふうに色めいたことは抜きの親身な間柄でいてほしいのだ。だから、なにかご案じになるような怪しい了見は決してないものとお考えおきくだされよ。ああ、これほどまでに心底御身《しんそこおんみ》を思うている我が心のほども、せめて『かわいそうな者よ』とだけでもお分かりいただけないとは、なんと張り合いのないこと」

薫は、こんなことをくどくどと言いながら、帰ってゆく素振りすら見せぬ。

大君は、なんとまた呆れたこと、見苦しい限りだとも思って、

「今後は、お気持ちのほどもよく分かりますから、お望みのとおりにもいたしましょう。

けれども、今朝ばかりは、どうかどうか、わたくしの申し上げておりますとおり、お帰りくださいませ」

と懇願しながら、これはもう為《な》す術《すべ》もないと困惑している。薫は、

「ああ、辛いな。暁の別れだ……そんなことは、『まだ知らぬ』ことゆえ、なるほど道にも『まどふもの』であろうなあ……」

「まだ知らぬ暁《あかつきお》起きの別れには道さへまどふものにぞありける（まだ経験したことのなかった暁に起きての別れには、どう帰ったらよいのか道にまで迷ってしまうものだな）」という古歌の心をほのめかしながら、薫はため息ばかり吐《つ》いている。

鶏も、さてどこで鳴くのであろう、かすかに遠くで鳴く声が届いてくる。この声に、薫は、京へ帰らなくてはならないことを思い出して、歌を詠じた。

山里のあはれ知らるる声々に

とりあつめたるあさぼらけかな

山里の哀れさが身に沁みるさまざまの物音、群鳥《むらどり》の声、山寺の鐘、そして鶏鳴《けいめい》と、その鳴く鳥（とり）ではないけれど、物思いの種を取（と）りあつめた明け方よな

女君の返し。

鳥の音《ね》も聞こえぬ山と思ひしを
世の憂きことはたづね来にけり

鳥の声すら聞こえぬほどの奥山だと思っておりましたのに、
人の世の辛いことばかりはこんなところまでも訪ねてくるのですね

大君は、「いかならむ巖《いはほ》のなかに住まばかは世の憂きことの聞こえ来ざらむ（どれほどの岩山の中に住んだなら、世の中の辛い苦しいことが聞こえて来ないことだろうか）」と歌った古歌を引きごとにしてこんなふうに歌い返すのであった。

薫は、おとなしく大君を奥の間との隔ての障子《そうじ》口《ぐち》まで送ると、自分は、きのう入ってきた戸口から出て西廂で横になってはみたけれど、悶々《もんもん》としてつゆ微睡《まどろ》むこともできぬ。「夜もすがらなづさはりぬる妹《いも》が袖名残《なごり》恋しく思ほゆるかな（夜通し馴染《なじ》んで過ごした愛しい女の袖が、こうして朝になっても恋しく思えてならぬ）」と嘆いた古人のように、ただもう、夜通し一緒にいた大君の袖の名残の香につけても、恋しさは募るばかりで、〈ああ、ああ、もし以前からこんなに恋しく思っていたなら、幾月もあんなふうに悠長に構えていられたはずもなかったろうに……〉と思うと、京へ帰らなくてはとは思うものの、それすらも面倒くさくなってしまうほどであった。

大君、中君を自分の身代りにと思う

いっぽう、大君は、こんなことになって女房たちがどう思うだろうかと想像すると、とても恥ずかしい気がする。それで、すぐには横になることもせずに物思いに打ち沈んでいる。〈……こうして頼るべき父親もなくて世過ぎをすることだけだって辛くてしかたないのに、あの側仕《そばづか》えの女房たちだって、無理無体に結婚しろとか、なんだかんだと良からぬことばかり、次から次へと言い出すようだし……これでは、望んでもいない男と無理に逢うことになるとか、そんなことだってあるかもしれない〉と思い巡らすにつけても、〈……あの中納言の君の人柄や容姿など、疎ましいということもなさそうだし、亡き父宮も、もしあの君にその気持ちがあるなら、娶《めあわ》せてもよいと、折々に仰せになっていたようだし……でも、私自身は、やっぱり生涯独身で過ごすことにしよう。それより、私よりは容姿もまだ女盛《おんなざか》りで、このままにしておくのはもったいない中君を、世間並みに結婚させて見ることができたら、そのほうがきっと嬉しいに違いない。あの中納言の君だって、自分自身のことと思ったら嫌だけれど、妹宮の身の上のこととして見るなら、その時は、心の及ぶ限りに後ろ見をすることにしよう……それで、私自身のことは……親たちも亡き今となっては、誰が世話などしてくれるものだろうか。もっとも、中納言の君が、もしそこらにいくらもいる程度の男であったなら、こんなふうにずっと親しく見馴れてきた年月《としつき》に免じて、まあそこそこ受け入れたっていいけれど、実際のあの君は、こちらが恥ずかしいくらい立派な様子で、それだけに却って私としてはなんだか逢うのが憚られる……だからもう私自身は、最後まで独身を通して死ぬことにしよう〉などなど、それからそれへと思い続けて、啾啾《しゅうしゅう》と声を漏らして泣き明かす。そんな調子だから、朝になってもひどく具合が悪くなってしまって、中君の臥している奥の間に入って、その傍らに添い寝をするのであった。

中君、姉宮の移り香をいぶかしむ

中君は、いつになく側仕えの女房どもがひそひそと囁《ささや》き交わしているのを耳にして、

〈なんだか怪しいな〉と思いながら寝たところ、やがて姉の大君が傍らに来てくれたので、嬉しくて、姉君にそっと衣をかけてあげると、あたりに充《み》ち満ちるほどの薫香《くんこう》の移り香が、紛れるところもなく、あの薫の君のそれであった。今、その強い香りは、姉宮の体を包むようにして、自分のところまで燻《くゆ》りかかってくるような心持ちがする。中君は、あの宿直人《とのいびと》が薫の衣を拝領して、あまりにも強く薫る匂いに閉口していたことも思い合わせる。そして、さてはほんとうに、この夜通し、薫が姉宮を抱きしめていたのだ……そのことを女房たちがひそひそやっていたのだと合点すると、思い屈《くっ》している姉宮がかわいそうで、かわいそうで、とても眠りを成さない。そこで、中君は、寝たふりをして、黙ったまままんじりともせぬ。

薫のほうは、またあの老女弁の君を呼び出して、自分が立ち去ったあとのことを事細かに相談しおいて、帰るについての大君への挨拶に、なにやらもっともらしいことを言い授けてから帰っていった。

大君は、以前、薫が詠んでよこした「あげまきに長き契りをむすびこめおなじ所によりもあはなむ（総角結びの形のなかに、末長きご縁を結び込めて、その糸を縒り合わせるように、二人同じところに寄り合いたいものですね）」という歌を、まったくの戯れにとりなして返答していたことなど、〈妹宮はきっと、催馬楽『総角』の「尋《ひろ》ばかりや……離《さか》りて寝たれども転《まろ》びあひけり（一尋《ひとひろ》ほども離れて寝たけれど、両方から転《まろ》びあってひしと寄ってしまったぞ）」みたいに、ほんの尋ばかり隔てただけで私が中納言の君と対面して共寝でもしたように思っているにちがいない〉と想像して、ただひたすら恥ずかしい思いに苛《さいな》まれる。そこで、大君は、気分がすぐれないと言い、具合悪そうにしてその日は暮らした。

これを見て、側仕えの女房たちは、

「故宮さまの、一周忌の御法事まで、もう日数も残り少なになりましたに……」

「さようでございますよ。こういう時に、しっかりと頼りになって、些細《ささい》なことまでもきちんとしてくださる方など、他にはどなたもおいでになりませんのにねえ」

「まことに、折悪しきご病気でございますこと」

などなど、口々に大君を責め立てる。

中君は、名香《みょうごう》の器に下げる組糸を総角の形に結び果てて、

「さあ、この上、ここに付ける飾りの枝など、どうしたらよいものか見当もつきませぬほどに、困りました」

と、やはり頼りになる姉宮に強いて頼み込む。姉宮は、しかたなく、辺りが暗くなって

面差しなどはっきりと見えなくなる時分にそろりと起きて、妹宮とともに糸結びなどするのであった。

薫の中納言から手紙が齎《もたら》されたが、

「今朝からずっと気分が悪くて……」

と申し立てて、自ら筆を執ることはせず、女房に代筆させて返事を送る。

「この期《ご》に及んで、なんとまあ見苦しい……」

「あまりに幼くていらっしゃいますこと」

と、もう薫と大君の間には男女《おとこおんな》の契りがあったと信じ込んでいる女房たちは、そんなことをぶつぶつと呟《つぶや》き交わすのであった。

八の宮の一周忌果て、喪も明ける

無事一周忌の法要も終わり、服喪の期間も果てた。喪服から平服へと衣を替えるにつけても、父宮に先立たれたら、片時だって生き長らえることなどできないと思い込んでいたのに、過ぎてみればこうして、なんということもなく経《た》ってしまった月日だと思うと、なにもかも思うとおりにはならない身の上の辛さを思って、姫君たちは泣き沈む。その二人の様子は、見るだに胸が痛むことであった。

ここ幾月も黒い喪服ばかり着なれていた姿を、今はそれでもなお全くの平服ともせず、薄鈍色《うすにびいろ》の衣に着替えたが、するといかにも生身の女らしい魅力が横溢《おういつ》し、なかでも中君はまことに女盛り、それもどこかかわいらしさのあるところは、姉君よりも勝《まさ》って見える。御髪《みぐし》なども、洗髪の後《のち》、梳《す》き整えさせてみると、その美しさは、この世の憂さ辛さを忘れるかというほどの素晴らしさ、されば、その容貌を見るにつけても、姉君は、〈これなら、中納言の君が、近くに寄ってご覧になったからとて、見劣りがするというような思いはなさるまい〉と、人知れず確信して、頼もしくも嬉しくも感じる。そうして、今は、自分以外にはこの妹姫の世話を頼む人もないことゆえ、自分が親になったつもりで、せいぜい心を込めてその世話に腐心するのであった。

八月末、薫、思う所あって、またも宇治へ

あの気まずい一夜を過ごした時に、藤色の喪服すがたを見られたことを恥ずかしがって

いた姫も、九月《ながづき》にもなれば、その喪服も改められるだろうと薫は思うけれど、八月《はづき》も末近くになると、いよいよ九月までは待ち切れない思いに駆られてくる。正月《むつき》、五月《さつき》、九月は男女が初めての逢瀬《おうせ》を遂げることを忌む習いゆえ、それを口実に、また拒絶されるかもしれないと危惧《きぐ》する思いもある。かれこれ、どうにも落ち着いていられなくなって、薫は、八月の末にまた宇治へ通ってきた。

最前のときのようにお話を申し上げたいという旨、また来意を告げてみたが、大君のほうでは、気分もすぐれず、またあのように馴れ馴れしくされるのも煩わしく思うゆえ、なにやかやと口実を設けて、対面しようとはしない。これにはさすがに、薫も、

「慮外《りよがい》なまでに冷淡なお心ですね。お側の人々もなんと思い申すことでしょうか」

と、わざわざ筆を執って文に書いて伝えさせる。

すぐに大君から返事が来る。見ると、

「今日を限りに喪服を脱ぎ捨てましたほどに、その悲しさにて心も惑い、却って服喪中よりも思い沈んでおりますれば、とてもお話しなども申し上げ難く……」

などと書いてある。

これには、恨めしく悲観的な心になって、例の老女、弁の君を呼び出して、なにやかやと語り合ったことであった。もとより、このように世離れした心細い山住みを慰めるよすがとして、ただこの薫中納言を頼りにするほかはなかった女房たちにとって、予《かね》ての願いどおりに、姫君がこの方の北の方となって、都のうちの当たり前の住み処《すか》に移りなどしてくれるのを、なによりめでたいことと皆で語らっていた。それゆえ、ここはひとつなんとかして薫君をお入れしようと、女房一同で申し合わせていたのであった。

大君のほうは、女房たちのかかる画策を深くも察知してはいなかったけれど、ただ薫が、あの弁をば、取り分けて一人前らしく重用し手なずけている様子をみれば、〈……あの者がすっかり籠絡《ろうらく》されてけしからぬ手引きなどする恐れがあるかもしれぬ……昔物語を読んでみても、姫君が自分の一存を以て、あんなことやらこんなことやら引き起こすなんてことがあるだろうか、いや、実際にはみな女房どもが手引きをして、なるようになったとある。されば、女房どもの心ほど気を許してはならぬものもあるまい〉と、そこに思いが至る。そうして、〈この上さらに中納言の君がお恨みを深くされるようなら、中君を押し出すことにしよう。あの中納言の君という方は、ずっと見劣りするような女《ひと》に対してでも、いったん見初めた後は、そうそう酷薄《こくはく》にあしらうというようなこともなさそうなご性格に見える。ましてや、中君は、ちらりとでも目にしたなら、あの美しさだもの、さぞ満足されることであろう。だからといって、これで言葉に出してそのことを申したとて、はいそうですかと受け取る人などあるまい。中君では自分の本意にそぐわないとか言って肯《うけが》う様子もないように見えるのは、一つには、私の心中を推量しての深慮に違いない。これで人に勧められて簡単に心を変えるようでは、いやらしく軽薄な男だ……と思われたら困るとか、そんなふうに憚《はばか》っておいでなのであろう〉と大君は思い巡らす。けれども、中君の縁組みを進めるについて、本人になんの様子も知らせずにおくというのでは、罪作りというものだと、身につまされて妹姫をいたわしく思う。そこで、なにやかやと中君に話をもちかける。

「昔、父宮のご教訓には、こんな心細い暮らしぶりで独り身のまま終わろうとも、中途半端に人の物笑いになるような男と縁を結ぶなど、軽々しい心を起こすことのないようにせよ、と仰せ置きなされたけれど……。あのご生前の時分には、わたくしたちが父君の足手まといとなって、ご勤行のお志をかき乱しなどした罪だけでも、たいそうひどいことだったものを、もういよいよ今生《こんじょう》の別れという時に、『簡単に人の口車に乗ってうかうかとこの山里から浮かれ出るようなことをするでないぞ……この邸で命を終えようと、きっぱりそう思い切るがよい』とおっしゃっておられた……あのお心に背くまいとばかり、わたくしは思っているので、こんな暮らしが別に心細いともなんとも思わない。だけれど、この女房たちは、そんなふうに考えているわたくしを、訳の解らない強情っぱりと思って憎らしがっているらしい……ほんとに困ってしまいます。でもね、なるほど、あの者たちが申すとおり、そなたまでがわたくしと同じように寂しい人生を送られるとなったら、それこそ明けても暮れても、一日また一日と、そなたの御《おん》ことばかりが気にかかってね、もったいなくて、痛ましくて、かわいそうで……とばかり思って過ごさなくてはなりませんよ。そうだからね、せめてそなただけでも、人並みに相応《ふさわ》しい方の北の方になってください。そうあってこそ、わたくしのような心細い身の上の者の面目《めんもく》も立ち、今までの愁《うれ》わしい心も慰められるというものですよ。わたくしはね、そなたにはそんな立派なご縁をと思っていますほどにね……」

こんなことを姉姫が言うのを聞けば、中君は、〈いったいぜんたい、なにをお考えになっているのやら……〉と、つくづく心外な気持ちになる。

「父宮さまは、お姉さまお一方だけを、そのまま独り身で通せと仰せになったのでございますか。もとより、しっかりとしていないわたくしのことをこそ、父宮さまは、いつだって、なになにつけ、かにかにつけて、ご案じになっておられるように拝見しておりましたけれど……。心細い暮らしの慰めには、こんなふうに朝夕いつもごいっしょに過ごすことよりほかに、どんな方法がございましょうか」

中君は、なにがなし恨めしく思っているようであったから、それもまったくそのとおりと、妹姫が不憫《ふびん》に思われて、

「でもね、あの近侍の者の誰それが、わたくしのことを、ひどくひねくれた人間のように陰口をきき、ほんとにそう思っているらしいのを知るにつけて、わたくしも思いあぐね心惑いするばかり……」

と、そこまで言いさして、大君はふと口を噤《つぐ》んでしまった。

薫、宇治の邸に居続ける

やがて日が暮れるころになっても、客人《まろうど》の薫は帰らずに居続けている。そのことを、大君は、たいそう面倒なことになったと思う。

そこへ弁がやってきて、薫からの伝言をかれこれ取り次ぎ、こんなあしらいでは薫君が恨めしく思うのも当然だというようなことを、くどくどと申すので、大君はいちいち答えることもせず、大きなため息を吐いた。

〈では、私は自分の身をどのように扱ったらいいのだろう。……もし父君でも母君でも、どちらかお一方《ひとかた》でもご存命でいてくださったら、だれにどう縁付くにしても、本来その任に当たるべき方にお世話をしていただいて、結局前世からの縁次第で定まるもの、『いなせともいひ放たれず憂きものは身を心ともせぬ世なりけり（否《いな》とも応《おう》ともはっきり言い切ることができぬままに、ただ辛い思いがするものは、我が身ながら思うとおりにならぬ男女の仲らいというものであったな）』と昔の人も歌ったとおり、結局、世のためしに従って親の言いつけどおりに縁を結んでいれば、たといそれが不仲に終わったとしても、物笑いの種にならずにすむのだし……。でも、両親はすでにこの世にはおられない。いるのは、もう年を取った女房たちばかり、それぞれみな自分こそはと賢《かしこ》だてをしながら、すっかりその気になって、あの中納言の君などを、いかにも私に似つかわしい方と押しつけがましく勧めてやまぬけれど、なんの、そんなご縁がどうして頼みになるものですか。ろくろく一人前とも言えないような身分の女房ずれの浅知恵で、そんなことを一方的に言い募っているだけなのだから〉と、そのように大君は判断しているので、女房どもがまるで袖を引き動かさんばかり、強引に勧めるのも、ただもう鬱陶《うっとう》しいやら疎ましいやらで、いっさい動ずることはない。

また、いつも心を同じくしてなにごとも語り合っている中君は、こういう妹背《いもせ》の事柄については、今少しねんねでおっとりとしているから、姉君の嘆かれることが、じっさいにどういう意味を持っているのか、よくは分かっていない。それゆえ、大君は、〈我ながら納得のできかねる私の身の上よ〉と、しみじみ孤独感を感じながら、ぽつんと奥のほうを向いている。

それを見て女房たちは、

「ささ、どうぞ、そのような薄墨の衣はお脱ぎあそばして、常《つね》のお色のものにお召し替えなさいませ」

と、しきりに促しにかかる。〈この者たちは、こんなことを言って、私にあの君との結婚をさせようという心がけと見える……〉と思うと、大君は、ただもう呆れ果て、茫然《ぼうぜん》としながら、そんなことになったら、どうやって男の侵入を防ぐことができようか、こんな狭苦しい、わけもない住まいゆえ、どうあらがっても甲斐《かい》のないこと、昔の歌に「世の中いっを憂しといひてもいづこにか身をば隠さむ山梨の花（世の中がどんなに辛いといっても、いったいどうやってその世から身を隠そうか、隠れ住む山とてなしの山梨の花のような私は）」と歌うてあるとおり、もはや大君には、窮地から逃れる方策とてもありはしないのであった。

といって、じつは、薫のほうでは、こんなふうに露骨な介入を女房たちにさせて無理にも逢おうなどというつもりはなく、むしろ、誰に知られることもないまま、ひそかに逢瀬を遂げて、いつからそういうわりない仲になったのかを、誰にも知られないように運びたいと、初めから思っていたことであった。そこで、

「よいか。もし姫君のお心が解けぬのであれば、私はこれから先いつもいつも、ただ心静かにお話しをするだけで過ごしたいと思うぞ」

と思い、そのように言明もする。

それなのに、この老女弁は、自分勝手にあれこれの老女房どもと語らって、ひそひそ話しているつもりらしいけれど、耳が遠いので大声で談合している。いかに良かれと思ってそんなことを言っているにしても、思慮が浅い上に、老耄《ろうもう》して心が偏屈になっているのであろうか、姫君がお気の毒というほかはない。

大君と弁の君の対話

大君は、ほとほと案じ煩って、折しも参上した弁に、釘《くぎ》を刺した。

「ここ何年と、あの中納言の君こそは、世間一般の殿方とは違って、ほんとうに真っすぐなご好意を寄せてくださっている、とばかり父宮が常々仰せになっておられたのを耳に聞きとどめておりました。それゆえ、父宮亡き今となっては、なにもかも一切をお頼りするようになって、ついついどうかと思うほどに気を許して過ごしておりましたけれど、それが、思っていたのとは違って、なにやら懸想めいたお心も混じってきて、お恨みのようなことを仰せになるのは、道理に外れたことと思います。いえ、わたくしとて、世間なみに妹背の縁《えにし》を得てすごしたいと思うような身の上ならば、それはもう、こうしたお話だって、どうしてそうそうお断わりなど申しましょう。けれどもね、昔から、わたくしは結婚だのなんだのというようなことは、もうすっかり思い離れた心でおりますから、求婚などされるのは、ただ辛いばかりです。中納言さまが好きだ嫌いだなどということで、申すのではありませんよ。結婚など、わたくしは初めから望まないのです。ですが、妹の中君のほうは、せっかく美しいのに、このまま山里に埋もれて盛りを過ぎてしまうのは、ほんとうに口惜しいこと……。そう思うと、まことに、こんな住まいなど、ただ中君にどなたか通っていただくには、あまりに手狭で不都合なように思いますからね。もしそなたが心底《しんそこ》亡き父宮を追慕してくださるおつもりなら、どうか、妹もわたくしも、同じことと思うようにしてくださいね。それで……姉妹とて体こそ二つに分かれておりますけれど、なかの心は通い合うておりますから、わたくしの気持ちはみな妹に預けましょうほどに、一心同体、わたくしもごいっしょに、かの君をお世話するような心持ちがいたしましょう。いいですね、どうかこんなふうに思っていることを、中納言さまへ、よしなにご披露なされよ」

大君は、いかにも恥ずかしそうにしながら、なおかくあってほしいという願いの筋を諄々《じゅんじゅん》と諭《さと》し聞かせるので、弁もさすがに、たいそういたわしいことと思うのであった。

「きっとそういうことであろうと、前々から、ご様子を拝見して推量いたしておりましたので、中納言さまにも、そこはよくよく申し上げております。けれど、中納言さまは、いつだって、『そう軽々しく思いを変えることなどできぬ』と、こう仰せで、また、かたがた『兵部卿の宮さまの中君さまへの恋のお恨みも、いよいよ深くなりまさるご様子ゆえ、中君はそちらへよくよくお世話をしようじゃないか』と、そんなふうに仰せなのでございますよ。そのことも、まことに願ったり叶ったりの結構なことでございます。ご両親さまが揃ってご在世で、とくに熱心にお心を尽くしてお世話をあそばされましょうとも、こんなにも、滅多とないようなご良縁が揃って叶うというようなことは、なかなかございませぬ。こう申しては恐れ多きことながら、このように頼りもないご日常を拝見しておりますに、この先、さてどうなってしまわれることかと、わたくしどもは、もう心配で心配で、ただただ悲しいばかりに思い申しておりますものを……かの男君がたの後々《のちのち》のお心向きまでは図りがたいことでございますけれど、ともあれ、あれほどの殿方に望まれますなど、二人の姫君さまいずれも、まことに結構なるご運勢にお生まれだと、なにはともあれそのように存じ上げております。独身で果てよという、亡き父宮さまのご遺言に背くまいとお思いになっておられること、それはそれとして道理でございますけれど……なに、それは姫君がたに相応《ふさわ》しい、しかるべきご身分のお相手がおられぬかもしれぬとお考えであったゆえに、万一にも、姫君がたにはまるで釣り合わぬ分際の縁組みなどが出来《しゅったい》しはせぬかと、そうご心配あそばして、それはいけないぞとご教戒《きょうかい》なされたことのように拝見いたしております。『もし、あの中納言の殿が、姫のいずれかを貰《もら》ってくれようというおつもりをお持ちなら、姉妹のいずれかの行く先は安心だと見ておくことができるから、どれほど嬉しいことだろう』と、亡き宮さまも、折々に仰せでございましたものを……。もっとも、どんな身分のお方であっても、思いをかけてくれた殿方に先立たれた人は、高きも賤《いや》しきも、思ってもみなかったようなところへ落ちぶれ、流離《さすら》ってゆくようなことも、いくらもあるようでございますけれど、そんなことも、浮世の習いと見えますから、いちいちそれを言い謗《そし》る人もございますまい。……まして、こたびのご縁組みのごとき、ことさらに誂《あつら》えて作りたいほどご立派なお人柄のうえに、かてて加えて、一心に深く思いを込めて世にたぐいもないほどにおっしゃってくださるものを、そのように無下《むげ》にお断わりになられては……さて、それで、かねての宿願どおりに、出家のご本懐を遂げられましたとしても、といって、仙人でもあるまいし、雲霞《くもかすみ》のかなたにお住まいにもなられますまいに……」

などなど、あれやこれやとくだくだしく申し続けるので、大君は、まったく憎らしく不愉快なことに思って、そのまま突っ伏してしまった。

中君も、この姉君の様子を、あまりにも気の毒なことと思って、いつものように二人揃って東面《ひがしおもて》の寝所へ入ってしまった。

しかしながら、大君は、いつどんなことが起こるか気が気でない。さてさて、あの老女どもは、なにをするつもりであろう……そういう不安に駆られはするけれど、だといって、ことさらしく、奥深く引き籠《こも》って身を隠す物陰すらないような狭い住まいなので、いざとなったら、すぐ逃げ退《の》く心づもりをして、ふんわりとやさしげな風情のある衣を中君の体に引き着せ、まだ暑さの残る時分であったこともあり、催馬楽『総角』の文句とは反対に「転《まろ》び退《の》いて」臥したのであった。

薫、弁の報告を聞いて決心する

弁は、大君が語ったところを客人《まろうど》の薫に伝達する。これを聞いて、薫は思った。

〈どういうわけでまた、あの姫はこんなにも妹背《いもせ》のことを厭《いと》い果てているのであろう。まるで修行僧のようであった父宮のお側で、世の無常ということを思い知ってしまったからだろうか〉

そこまで思い合わせると、なにやらたいそう自分自身の心と通うものがあるような気がしてきて、かならずしも賢《さか》しらぶった嫌な女だという感じもしない。

「ということは、今は、几帳などを隔てての対面もなさらないというふうに思われるようになったのであろうな。分かった、それでは、今宵だけは、かの姫のお寝《やす》みになっておられるあたりへ、秘《ひそ》かに手引きをいたせ」

薫は、ついにこんなことを命じた。弁は、心得て、ほかの女房どもを早く寝静まらせるなどして、同心する女房だけを語らって事を構える。

宵を少し過ぎるころ……。

風が、音も荒々しく吹いて、頼りない拵《こしら》えの蔀戸《しとみど》などは、ぎしぎしと音を軋《きし》ませている。その音に紛れてひそやかに忍び入るならば、その振舞いを姫君たちも聞き付けることはあるまい、と弁は思って、そっと薫を導き入れる。

〈同じお部屋にお二方ともお寝みになっているのが、ちょっと気掛かりではあるけれど……といって、いつもそうやっていっしょにお寝みになるものを、今宵ばかりは別々になさいませとも申しがたいこと、中納言の君は、お二方のお姿なども、しかとご覧になっておられるはず……まさか取り違えることもあるまい〉と、弁はかなり甘く考えていた。

しかしながら、大君は、ちらりと微睡《まどろ》むこともならず目を醒《さ》ましていた。なにかが忍び入ってくる物音を、大君はすぐに聞き付けて、音を立てぬように、そろりと起き出した。そうして、いち早く、物陰に身を隠してしまった。

中君は何心もなくすやすやと寝入っている。大君は、妹がかわいそうで、どうしたものかと、胸のつぶれる思い……なんとかして中君もここにいっしょに隠れるようにしたいと思うけれど、いまさら、寝床のほうへのこのこ戻っていくこともならぬ。

ただもうわなわなと打ち震えながら様子を見ていると、灯火《ともしび》が頼りなく明滅する薄暗い光のなかを、薫が、下着の袿《うちき》だけになった姿で、たいそう物馴れた様子で、几帳の垂絹をさっと引き上げて入っていった。これを見ては、ただもう中君がかわいそうで、いったい事を知ったらどんな気持ちがすることだろう、と思いながら、なおじっと隠れている。その背後には粗末な土壁《つちかべ》、前を遮るものは屏風ばかり、そんなむさくるしいところに座って、大君は懊悩している。

〈いつぞや、これから先こうしたらどうか、というふうに話しただけだって、中君はあんなに嫌だと思うておいでであったに、まして、こんなことが突然に降って湧《わ》いたことを、どれほど慮外千万《りよがいせんばん》なことと思って、わたくしをお疎みになるだろう……〉と、胸の張り裂けるような思いがする。それにつけても、〈……それもこれもすべて、しかるべき後ろ楯となる親のいないままに、濁世《じよくせ》に生き長らえているわたくしたちの身の上の悲しさ……〉と、懊悩し続ける。すると、かつて父宮が、今日を限りと言って山寺に登っていった夕べの姿や声を、まるでたった今のことのように思い出して、尽きせず恋しくまた悲しく思うのであった。

薫、人違いに気付く

中納言は、姫がただ一人で臥しているのを見て、〈ははあ、そのつもりでいてくれたのかな〉と嬉しくなって、心も躍る思いがしたけれど、いざ近づいてみると、次第に、そこに寝ているのが別人だということが分かってきた。そうして、〈こちらの君は、姉君よりももう少しかわいらしく、いじらしいような風情においては勝っているのではないかな〉、と思われる。

事を知った中君が、驚き呆れて茫然としている様子を見て、薫は悟った。

〈……なんだ、この姫はなにも承知していないのか〉

そういうことになれば、この姫が不憫でもあり、また翻《ひるがえ》っては、隠れてしまっている大君の心根の冷淡さが、かえすがえすも辛く憎らしく思えるので、〈さてさて、この姫は他の男のものになるのだからと割り切って思い放す気にもなれぬけれど、といって、やはり自分の願いと掛け違ってしまったことは口惜しいし、また、ここでもしこの人に手を付ければ、あの姉君は、私のことをすぐに心変わりする軽々しい男と思うかもしれぬし……それもまずい、されば、今宵のことは、穏便にやり過ごしておこう。それで、もし前世からの契りがあるのならば、もしかしたらこちらの姫と夫婦になるかもしれないが、それはそのときのこと。いずれ血を分けた姉妹なのだから、そういう結果になったとて、まったく別人に心を移したということにもなるまいか……〉などなど、せいぜい心を鎮めて、薫は、また例によっての、優しく親しみ深い態度で、手荒なことはなにもせず、ただ静かに語りあうばかりの一夜を明かしたのであった。

老女どもは、今宵はまんまとしおおせたと思っていたが、それにつけては、

「中君は、さて……どこにおいでなのやら」

「どうも妙でございますね」

など口々に訝《いぶか》しがっている。

「いずれ、どこかにお隠れにでもなっておられますでしょう」

と言う者もある。

あるいはまた、それとは関係なく、あの目に見るだけでも皺《しわ》ののびるような心地のするほどに、すばらしく美しくて、いつも見ていたいほどの薫の美男ぶりを誉《ほ》めちぎりつつ、

「あれほどの君に対して、なんじゃとてまた、こうも疎々《うとうと》しいご応対ばかり申し上げなさるのであろうぞ、あの姫さまは。おおかた、これは何ぞ、世の人が言うておるような、恐ろしい憑《つ》き神《がみ》でも乗り移りなすっているのではあるまいかの」

など、すっかり歯の抜けた口をもぐもぐさせながら、なんの愛敬もなく言いそやす老女もいる。

また、

「まあ、なんと禍々《まがまが》しいことを。なんとして、そのようなあやかしの物などがお憑き申すことかの。ただ、かかるところで人気《ひとけ》を離れてお育ちになったようでございますから、妹背の道などということについては、しっくりとお執《と》り成《な》しなさる母君のようなお方もおら

れぬほどに、なにやらきまりの悪いこととばかりお思いになるのでございましょう。まず、今に、殿方とも自然に逢い馴れなさるようになれば、いずれはご好意をお寄せになるようにもなりましょう……」

と、したり顔で、こんなことを言う老女もある。そうかと思うと、

「ああ、一日も早く打ち解けていただいて、思うままなるお暮らしをしていただきたいものじゃ」

など言い言い眠ってしまって、聞くに堪えない鼾《いびき》などをかく者もある。

さて、薫のほうは、どうであったか。

「長しとも思ひぞ果てぬ昔より逢ふ人からの秋の夜なれば（一概に秋は夜長だ、とも決めがたい。昔から、その夜に逢う人次第で、長くも短くも感じられる秋の夜なのだから）」と古人の歌にあるけれど、今その逢いたい人と逢うたわけでもないので、よほど秋の夜長を感じるかと思いの外、案外とすぐに夜が明けたという感じがした。姉君と妹君と、いずれ勝《まさ》り劣《おと》りも分別しがたいほど、清らかに美しい中君の風姿を目の当《ま》たりにすれば、それはもう平気ではおられない男心だけれど、ただし今回は、自分でこれ以上は手出しをしないと決めた

のだから、そこは我慢に我慢をしている。いわば、自縄自縛《じじょうじばく》になって、飽き足りない思いをしているのであったが、

「そなただけは、どうかわたくしと同じように、思い合うてくれよ。あの心底情《しんそこなさけ》ないまでに冷淡な姉君のなされようを、決して見習ってくださいますな」

など、薫は、昔の歌に「若狭《わかさ》なる後瀬《のちせ》の山の後も逢はむわが思ふ人に今日ならずとも（若狭の国にあるあの後瀬の山ではないけれど、後にはきっと逢瀬をな、我が思う人に。たとい今日逢う事ができなくとも）」と詠じてある、後瀬すなわち後の逢瀬を、せいぜい約束して部屋から立ち去ってゆく。

この一夜は我ながら不可思議なる夢のように思えるけれど、それでもなお、あの冷淡な大君の心のほどを、今ひとたび見届けたいものと、そう我が心に言い聞かせて思いを鎮めながら、今夜もまた、いつもの、廂のところまで出て横になった。

やがて夜が明けて、それぞれの物思い

薫が出て行くのと入れ替わるように、弁がやってきた。

「まったくおかしなこと……いったい中の宮はどちらにおいでございましょうか」

その声を、中君は、床の中で聞くにつけても、ただもう恥ずかしいばかり、思いもかけないことが起こって、茫然としながら、なにがどうなってこういうことが……と思いつつ臥している。そうして、はたと思い当たったのは、昨日、姉宮が薫との縁組みを勧めていたことであった。その結果がこれか……中君は、姉宮をひどい人だと恨めしく思った。

やがて、夜通し泣き通した大君は、まるで蟋蟀《こおろぎ》が夜明けの光とともに壁から這《は》い出てくるように、物陰から姿を現わした。こんなことになって、妹がどんなに辛く思っているだろうと、その痛々しさを推量するほどに、互いになにも言うことができぬまま、ひた泣きに泣いている。

〈妹までが、なんの秘めるところもなく見露《みあら》わされてしまって、情ないことになった……これからも、決してこの女房たちに気を許してはならない境涯《きょうがい》なのだ……〉と、大君は、ひたすら懊悩を尽くしている。

弁、薫の思いを聞く

弁は、西廂《にしびさし》の薫の御座《おまし》のところへやってくると、昨夜の、呆《あき》れ果てるばかりの大君の強情さを薫から聞かされて、〈いかになんでも、思慮深いにもほどがあろうに、なんとまあかわいげのないこと〉と、薫がお気の毒でならず、呆《ほう》けたように座り込んでいた。

「今までの姫君のつれなさは、まだいくらか先の希望があるような心地がして、そればかりをよすがに、なにかと自らを慰めていたのですが、今宵のお仕打ちは……ほんとうに恥ずかしいばかりで、いっそ身投げでもしてしまいたいくらいです。が……思えば、父宮さまは、姫君がたをこの世に捨て置くに忍びないと思し召しながら、跡に残して身まかられあそばした、そのお心持ちのお辛さを拝察申し上げればこそ、わたくしはまた、一筋に思い詰めて身を捨てるということもできませぬ。よろしい、お二方に対しては、いっさい懸《け》想《そう》めいた気持ちは持ち申しますまい。いずれこういうひどいお仕打ちに遭《お》うた、わたくしの情《なさけ》なさも、胸の痛みも、それぞれに忘れ申すようなことは決してございますまい。あの兵部卿の宮などがぬけぬけと文など贈られているようですけれど、ま、同じことなら身分の高い男のほうへと思って、わたくしなどとは筋の違うお方をお望みなのであろうと、今度という今度は、すっかり見当がつきました。いやはや、それも、いかにもごもっともなるお気持ちと思えば、わたくしなどはとても気が臆《おく》して、のこのことまた参上して、お側の方々にお目通りを願うなどということすらいまいましいことで……。どうか、こんな愚かしいわたくしのことは、どなたにもお漏らしくださるなよ」

薫は、まるで捨てぜりふのように、こんな恨みごとを言い募ってから、いつになく蒼惶《そうこう》と邸を出ていった。

「やれやれ、こんなことになっては、どなたのためにもお気の毒にて」

と老女たちは、ひそひそと囁《ささや》きあっている。

薫と大君、文を贈答

大君も、〈これはいったいどうしたことなのでしょう……こんなことになって、もし万一にも、中納言の君が妹に対して疎《おろそ》かな気持ちをお持ちだったりしたら……〉と、胸の潰《つぶ》れる思いに心は痛む。それにつけても、なにもかも我が心とは掛け違った女房どもの賢《さか》しらだてを憎いと思う。

かくて、とざまこうざまに懊悩している大君のもとへ、後朝《きぬぎぬ》の文《ふみ》らしい手紙が届けられた。それを、大君は、例にもなく嬉しいと感じたのだから、なにやら不可思議な心の動きであった。

その文は、秋の季節も知らぬ顔に、青々とした枝の、片方だけはたいそう濃く紅葉《もみじ》している、そういう枝に付けてある。

おなじ枝《え》をわきて染めける山姫《やまびめ》に
いづれか深き色と問はばや

同じ枝なのに、こうして色を分けて染めた山の女神に、青いところと紅葉しているところと、どちらが深い色かと尋ねてみたいものです……
紅葉しているほうが濃いにきまっているじゃありませんか

こんな歌をよこした薫の心は、誰がなんと言おうと、自分が好きなのは初めから大君のほうに決まり切ったこと、というのであったろう。

今朝ほど帰りしなに、あれほどきつい言葉で恨みつらみを投げ掛けていった様子のわりには、いまこの文は、言葉数も少なく、表現も控え目で、しかもまるで通常の手紙のように包み文にしてある。〈……さては、昨夜のことは、なんとなくそれなりに済ませてしまおうというおつもりらしい〉と大君は見て、それにつけてもなんだか妙に胸騒ぎがするのであった。

すぐ側では、女房どもが、

「さ、お返事を」

とうるさく言うので、この状況のなかで、わざわざ中君に「お返事をなさい」と身代りを促すのも、まるで逢瀬を遂げての後朝めいて厭《いや》な感じがするし、といって、自分で書くのも書きにくいしと、大君は、思い乱れる。

そうして、やっとこう書いた。

山姫の染むる心はわかねども
うつろふかたや深きなるらむ

山姫がどんなつもりで紅葉を染めたか存じませぬが、
色の変わったほうに深く心を移しているのでしょう……

わたくしではなくて、お心を変えて妹のほうに思いをかけていらっしゃるのでしょう

その筆跡は、とくに凝《こ》った書き振りというのではない。さらりと書き流したという風情である。が、それも薫には、良い手だと感じられたところを見ると、やはりこの大君のことを恨みぬくなどということはできまじく思われる。

薫、物思いの末に匂宮に面会

〈ははぁ、あの姉姫は、姉妹体は二つに分かれていても心は一つ、などと申して、しきりと妹に縁をゆずる素振りが見えたけれど、私がどうしても承知しないので、悲観的になってこんなことを仕組んだのであろうな。が、その甲斐もなく、私がかくも妹姫に冷淡にしているのも、なんだか大君にはお気の毒にも思えるし、あまりこんなことばかりしていては、人情のない人間だと思われてしまって、いよいよ当初からの思いが叶わなくなるかもしれぬ。あれこれと仲立ちをして、言葉を伝えなどしてくれているらしく見えるあの老女なども、これほど拒絶されているのになお口説《くど》きかかるなど、なんと軽々しい男だと思っ

ているだろうし、ともかく、あの大君にすっかり惚《ほ》れ込んでしまったということ自体が悔やまれる。もともと、こんな無意味な世の中などすっぱりと思い捨ててしまおうと思っていたのに、それがこんな手弱女《たわやめ》の惑《まど》いに心折《こころお》れて本懐《ほんかい》を果たさずにしまったことよと、自分でも恥ずかしいし、他人の手前もみっともないと、つくづく思い知られる。……ましてや、そこらへんの色好み連中の真似をして、「堀江漕《こ》ぐ棚なし小舟《をぶね》漕ぎかへりおなじ人にや恋ひわたりなむ〈難波の堀割りを漕いでいく棚板なしの小舟が、もとのところへかえりゆくように、また思いかえり思いかえりして同じ人に恋いわたるのでありましょうや〉」というあの古歌よろしく、同じあたりをうろうろと漕ぎ回ろうというのも、なんともはや物笑いの棚無し小舟めいたことであろう〉などなど、夜もすがら思い巡らしつつ一夜を明かして、まだ有明月の残っている空の景色も趣深い時刻に、薫は匂兵部卿の宮の住まいへやってきた。

三条の宮が火事で焼けてしまって後、薫は、六条院へ引き移っていたので、同じ六条院内ということもあって、匂宮のところには常々顔を出している。そのことを、宮も望むところだと思って、至極満足の体《てい》であった。

宮方《かた》では、余計な雑事に紛れることのない、まことに理想的な住まいの有様で、御前《おまえ》の植込みなども、他の所とは格別、同じ花の姿も、木や草の枝ぶりも、殊に素晴らしく見え、遣水《やりみず》に住（す）んでいる月影の澄（す）んで見える光まで、まるで絵に描いたような美しさ……その素晴らしい曹司《ぞうし》に、宮は、薫が想像したとおり、月を愛《め》でてまだ起きていた。

風に付いて吹いてくる匂いが、はっきりそれとわかるほど香ばしく薫ってくるので、宮は、ふと薫が来たことを悟って、くつろぎ姿であった上に直衣《のうし》を着けて、服装の乱れのないようによくよく整えて出てきた。

その時、薫はまだ階《きざはし》を昇り切らず、途中につと控えている。宮は「どうぞ、お上がりなさい」とも言わず、そのまま勾欄《こうらん》に寄りかかって、世の中の四方《よも》山話《やまばなし》を語り交わしている。そのなかに、あの宇治あたりの姫君たちのことも、なにかのついでに思い出して、宮は、そなたの仲立ちが至らぬからだ、とやらなんとやら恨みわたるのも、薫には閉口であった。〈そんなことを言われても、しかたあるまい。私自身の気持ちだって、こうしていっこうに叶えられないのだもの〉と思いつつ、またいっぽうでは、〈いっそ宮のご希望どおりに中君とご縁が結ばれればよいものを〉と思うようになっているわけがあるので、いつになく真剣に、どういう策をもってしたらよいかなど伝授するのであった。

明け方の薄明《はくめい》の時分で、生憎《あいにく》また霧も立ちこめて、空の気配も冷え冷えとしているところへ、月は霧に隔てられて、木《こ》の下陰《したかげ》も暗く清艶《せいえん》な気配がある。

宮は、あの宇治の山里の、寂然《じやくねん》とした有様を思い出すのであろうか、

「できるだけ近々《きんきん》に、かならず連れていってくれよ」

と、頼み込むのを、薫は、なおも煩《わずら》わしいような素振《そぶ》りをするので、宮は、

女郎花《をみなへし》咲けるおほ野をふせぎつつ
心せばくやしめを結ふらむ

あの女郎花の咲いている広い野原に……あの姫君たちのおられるところに……誰も入れまいとして、そなたは欲張りにも禁《し》め縄《なわ》など結うのであろう

と、かような戯《ざ》れ歌《うた》を詠んだ。

薫はただちに反論する。

「霧ふかきあしたの原の女郎花《をみなへし》
心を寄せて見る人ぞ見る

こんなふうに霧の深く立ちこめる朝《あした》の原の女郎花は、
真剣に心を寄せて見る人だけが見るものなのですよ

そうそういい加減なお気持ちでは、とてもとても……」

などからかっては、宮を悔しがらせる。宮は、しまいに、

「えい、うるさい、うるさい」

と本気で腹を立ててしまうのであった。

この年ごろ、宮は、いつもこんなふうに宇治の姫君をなんとかせよと言うけれど、さてその中君という姫はどんな人なのか、薫は心もとなく思っているところがあった。しかし、夜さり目《ま》の当たりにしたところでは、宮が逢ってみたら思っていたほどではなかったというようなこともあるまいし、人柄のほうも、親しくなったらがっかり、というようなことがありはせぬかと心配していたものだったが、実際には、いずれも不十分な点はなさそうだと確信が持てた。されば、ああして大君が妹宮を自分の身代りに薫に縁づけたいと思っている企てに、背くようなことになるというのも、いかにも思いやりに欠ける仕打ち

のようだけれど、さりとてまた、そうそう都合よく思いを変えることもなりがたく思えるので、こうなれば、中君のほうは宮に譲って、宮にも喜ばれ、中君のほうも傷つけずに済む、と一石二鳥の方策を下心に企てている。こんなことを、むろん宮は知らない。それで、あんな歌を詠んで、自分のことを欲張りだなどと解釈しているのも、薫には、可笑しくてしかたない。けれども、そんなことはおくびにも出さず、

「また例の、軽々しい浮気心をお出しになって、あちらの姫君に物思いをさせるのも、なんだか胸の痛むことで……」

など、自分が姫の親にでもなったような口ぶりで、薫は、宮を諌《いさ》める。

「よしよし、まあ見ていてごらん。これほどに心惹かれることなんて、いまだかつてなかったことだからね」

など、宮はたいそう真剣な面持ちで言うので、薫はまた、

「あの姫君たちの心中《しんちゅう》には、では宮さまに靡《なび》こうかというような様子は、まるで見えませぬ。されば、これはなかなか難しいご用を承るわけにて……」

と、薫はもったいぶって、宇治へ通う場合の注意点など、ことこまかに伝授するのであった。

薫、彼岸の果てに匂宮を宇治に案内す

八月《はづき》二十六日。

彼岸もこの日まで、とかく彼岸の入りと果ての両日は、なにか事を構えるのに宜《よろ》しい日とされ、しかも吉日であったので、薫は人知れず気を利かせて、たいそうお忍びで宇治まで匂宮を案内していった。こんなことを、明石の后宮《きさいのみや》(明石中宮)などがお聞きになったら、もともと后宮という方は、この種の忍び歩きなどをきつく戒められていることゆえ、まことに面倒なことになる。しかし、なにぶん宮のたっての希望とあっては、せいぜい目立たぬように取り計らうことにしたが、それはいかにも無理やりなることであった。

以前のように、舟で宮の邸へ渡っていくというのもいかにも大げさなので、大掛かりにしかるべき中宿りを借りるなどということもせず、ただその辺りにごく近いところの、薫の差配している荘園の管理人の家に、秘かに、宮を車から下ろしておいて、まず薫一人が下ごしらえに宇治の宮邸へ出向いていった。それは、別段見咎《みとが》める人とてもなかったが、ただ宿直《とのい》の者ばかりは少しばかりそこらをうろついて警固に当たっているので、そういう

者どもにも様子を悟られまいという用心のためであったろう。

すると、例によって、

「中納言さま、ご入来《じゅらい》」

と慌てて出迎える。

姫君たちは、この様子をば、いい加減煩《わずら》わしいことに聞いていたが、ただ大君は、先夜のやりとりのなかで、「うつろふかたや深きなるらむ……わたくしではなくて、お心を変えて妹のほうに思いをかけていらっしゃるのでしょう」と、匂わせておいたので、おそらく薫は妹のところへ通ってきたのであろうと思っている。

いっぽう、中君のほうでは、こないだの薫の態度から見れば、どうやら思いを懸けているのは自分のほうではないらしいと見ているので、こうしてまた通ってこられたとて按ずるには及ばないと思っている。けれども、あんな心屈《くつ》するようなことがあった後《のち》は、以前のままに姉宮を信用する気にもなれず、どこか警戒するようになっている。

こんなわけで、なんだかんだと、取り次ぎの女房を介しての挨拶が通《かよ》わされるばかりで、いっこうに事が動きそうもないので、〈これはさて、どうなることであろう〉と、女房たちもやきもきしている。

薫、やがて匂宮を姫君方のもとへ手引きす

その間《かん》に、宮を馬に乗せて、夜陰に紛れつつ八の宮邸まで忍んできてもらった。薫は、弁を呼び出すと、

「じつは、わたくしからこちらの大君に、ただ一言申し上げなくてはならぬことがあるのだが、先夜も、姫君にはよほどわたくしをお厭《いと》いのご様子であったゆえ、どうも気が臆《おく》してな……。だが、ただただ内に籠《こ》めて黙ってばかりもいられないから、その後《あと》で、いま暫《しば》し夜の更けるのを待って、こないだのように中君のところへ手引きしてはくれぬか」

など、腹を割って相談を持ちかける。弁は、〈いずれの姫君にご縁組みされようと、同じこと〉と思いながら、大君のもとへ参った。

かくかくしかじかにて、と弁は大君に言上《ごんじょう》する。これを聞いて、大君は、〈そうか、よかった……中納言さまは中君に思いを移してくださった……〉と嬉しく思って、すっと落ち着いた気持ちになった。そこで、先夜薫が忍び入ってきた中君の方の障子口には鎖《さ》を鎖

さずにおき、そことはまったく別の方面へ薫を案内させて、こちらは厳しく錠を鎖した障子越しに応対することにした。

「一言《ひとこと》申し上げなくてはなりませんが、こんなふうに障子越しでは、他の人に聞こえるような大声を出さなくてはなりません。それはいくらなんでも不都合と申すもの。どうか少しだけ、この障子をお開けください。まったく鬱陶《うっとう》しい」

薫はこんなことを言いやる。しかし、

「このままでも、充分聞こえましょうほどに」

と、大君は開けようとはせぬ。

〈一言言いたいって、なんだろう。今は中君に心を移そうとして、わたくしになんの挨拶もなしではまずいと思ってなにか言いたいのだろうか。そんなこと……でもまあ、いいか。今宵初めて対面するというのでもあるまいし……憎らしく返答を拒んだりしては却って夜も更けてしまうし、ともかくさっさと答えて、あちらへ行って貰わなくては……〉など、大君は思って、障子のすぐ側《そば》まで出てきた。

人がすぐそこへ寄ってきた気配がする……薫は、障子の合わせ目に手を差し入れて、大君の袖をつかまえ、ぐっと引き寄せる。そうして身動きならない大君に向かって、ひどく恨みごとを言い連ねた。

〈なんとまあ、厭《いや》なことをする……しまった、なんだってまたこんなことを承諾したんだろう〉とて、大君は、後悔もし、不愉快でしかたないけれど、〈こうなれば、なんとかして、言い賺《すか》して、あちらへ行ってもらわなくては〉と思い、中君と自分とは一心同体のようなものだから、別の人のところへ行くなどと思わないで、などと言い言い、なんとかして妹のほうへ行ってほしいということを、それとなく頼みわたるその心遣いなど、まことにいじらしいばかりであった。

匂宮はまんまと中君に逢う

さて、匂宮のほうは、薫がよく教えておいたとおり、先夜薫が忍び入った戸口に身を寄せて、パチリと扇を鳴らすと、申し合わせていた弁が出てきて中へ導き入れた。

〈おお、ずいぶんと手慣れた道しるべよな、ふふふ、これまでもさぞ中納言をかの姫のもとへ案内したのでもあろう〉と可笑しく思いながら、中へ入った。が、そんなことは、大君は知る由もないゆえ、あちらの戸口のほうで、なんとかして薫を言い宥《なだ》めて中君のほうへ入れてしまいたいと思っている。そんな大君の様子を観察しながら、薫は、可笑しくもあり、気の毒にも思い、〈……このままなにも言わずにことが済んだなら、内々《ないない》にもほんとうのところを教えてくれなかったということを大君に恨まれるに違いない。そうなったときに、どうも申し開きもしにくいぞ〉と思うゆえ、こう打ちあけた。

「いや、じつは兵部卿の宮が、わたくしの跡を追うておいでになりましてね、まさか否《いな》とも申し難くて、ここまでお連れしました。今ごろは、なんの物音も立てずに、あちらの君のほうへ紛れ入りなさったことでしょう。どうやら、こちらの利口《りこう》ぶった風情の老女が、宮に頼まれて導き申し上げたのでもありましょうか……。されば、このわたくしめは、こちらでも疎まれ、あちらでは他の男に取られて、まったく宙ぶらりんの物笑いとなることでございましょう」

これはまた、まったく思いもかけぬことを聞いて、大君は、目もくらむほどの嫌悪感に襲われる。

「こんなに、あれこれと、見たことも聞いたこともないようなことをなさるお心がけも知らずに、どうしようもない思慮の無さをお目にかけてしまいました……その油断ぶりを、さぞ馬鹿にして侮っておいでなのでしょうね」

大君は、なんともかんとも言いようのない思いに打ちひしがれている。

薫は、懸命に訴える。

「もうこうなっては、なにを申し上げても甲斐のないこと、この謝罪は、かえすがえす申し上げたとて、なお足りぬことなれば、どうぞ抓《つね》るなり捻《ひね》るなり、ご勝手になされませ。そなたさまは、もとより宮様というようなご身分の方にお心を寄せられるものと見えますものを……ああ、前世からの宿縁らしく思えたようなことなど、まるで思うとおりにはならぬものでございましたな。されば、兵部卿の宮のご執心あそばされておいでなのは、あちらの姫君でございましたほどに、わたくしなどはもとより蚊帳《かや》の外、中君さまもお気の毒なことと存じますが、我が身のほうこそ、どこへも行き所のないことにて、なんとまあ情ないことでございましょう。ですから、ここはもはや、どうにもならぬものと覚悟して強情もいい加減になさいませ。こんなふうに、いかに障子に固く錠を鎖《さ》したところで、先夜のこともございますほどに、お邸うちの誰一人としてわたくしたちの仲らいが、なにもなかったなどと推量する人もおりますまい。また、わたくしに案内役をつとめよと誘ってくれた宮のお心のうちにも、やわかこんな次第で、わたくしが胸も塞《ふさ》がったまま空しい一夜を明かしていようなどとは、お思い寄りもなさいませんでしょう」

こんなことを言い募《つの》りながら、薫は、障子を引き破ってしまいそうな勢いでがたがたと揺すり立てた。

大君は、こんなことは言いようもないほど不愉快だけれど、なんとか宥《なだ》め賺《すか》してみるよりしかたあるまいと、心を落ち着かせる。

「その前世からの宿縁とやら仰せのことは、目にも見えぬことでございますから、どうにもこうにもわたくしには心得がたいことでございます。ただ、『知らぬ涙』の悲しさに目も霧に塞がれる思いでございます……」

姫君は、「行く先を知らぬ涙の悲しきはただ目の前に落つるなりけり（これより旅立って行く先はどうなるか分からない。その悲しみに涙がただ目の前にぽたぽたと落ちるばかりだ）」という古歌を引きあいにして、これから先、自分の人生はどうなるとも知れぬ悲しみに真っ暗闇になっている心持ちを嘆くのであった。そうしてまた、

「このなされようは、そもいったいわたくしどもを、どうなさろうというおつもりかと、まるで悪夢でも見るように茫然としておりますのに……もし此度《こたび》の一部始終を、後の世の話の種にでもしようという人があるとしたら、きっと昔物語などに、あざとくも愚かしい

話に脚色して描き出したような、そういう笑い話の手本ともなることでございましょうね。ここまで謀《たばか》り構えられた中納言さまのお心のほども、どんなつもりでこんな馬鹿らしいことを考えたのだろうかと、宮さまはご推量あそばすことでしょう。どうぞ、もうこれ以上、こんな恐ろしいほどに辛いことを、あれこれ取り集めて、わたくしどもを苦しめないでくださいませ。もうわたくしの命も絶えてしまいそうですけれど、思いがけずまた生き長らえることができましたなら、少し気持ちが収まってもまいりましょうほどに、そうしたらまたお話を承りましょう。今は、もうひどく気持ちも悪くてぼうっとするばかり、たいそう苦しゅうございます……ここで少し休ませていただきたく、どうか、その手をお離しくださいませ」

と、悲観のあまり消え入りそうな様子になる。それでも、きちんと理を立てて説得に努めようとする大君の態度に接すると、薫は、気恥ずかしささえ覚え、また、なんとか支えてあげたいというような思いも抱く。

「ねえ君……そなたのお心に従うことは、誰にも負けないわたくしなればこそ、ここまで愚直に馬鹿な役回りに甘んじているのですよ。それなのに、いま伺えば、わたくしを言いようもなく憎らしく疎ましい人間だとどこまでもお考えのようだ……されば、もう申し上げるべき言葉もありませぬ。わたくしとて、こんなことでは、もうこの世に生きていることもできぬような思いがいたします」

　そう嘆いてから、また、

「よろしい、それでは、この隔てを置いたままでもお話し申しましょう。ですから、どうかどうか、わたくしを、無下に切り捨てるようなことをなさらないでください」

　と言いざま、大君の袖を摑《つか》んでいた手を放した。

　大君は、そっと奥の方へ這《は》い入ってゆくようであったが、それでも、すっかり姿を隠すほど奥までは入り果てない。その気配が、薫には、また心に沁みた。

「ああ、たったこればかりのご気配を慰めにして、せめて一夜を明かすことにいたしましょう。これ以上のことは、決して決して……」

　薫は、そんなことを言い、それからは、うとうとと微睡《まどろ》むこともせず、折から、水かさの増さって轟々《ごうごう》と響いてくる宇治川の水音《みずおと》に目も冴《さ》え冴《ざ》えとして、また吹き来る夜半《よわ》の嵐にも目を醒まされて、「あしひきの山鳥の尾のしだり尾のながながし夜をひとりかも寝む（あのあしひきの山の、その山鳥の尾の、しだれた尾が、長い長いように、俺はこの長い長い夜を、山鳥のように独りで寝ようよ）」という古歌に歌われた山鳥のように、独り寝の侘《わ》びしさを感じながら、長い夜を持て余しているのであった。

またもや、明けてゆく気配に、山寺の鐘声《しょうせい》などが聞こえてくる。どうやら首尾よく一夜を過ごしたらしい匂宮は、いつまでも寝穢《いぎたな》く寝ていて、いっこうに起きてくる様子もない。薫は、憎らしく思って、近くで咳払いなどしてみるというのも、なにやら納得いたしかねる振舞《ふるま》いであった。

それからまた、薫は、大君に歌を詠みかけた。

「しるべせしわれやかへりてまどふべき

心もゆかぬ明けぐれの道

案内をしてきた私が、反対に道に迷ってしまう、そんなことがあるだろうか。
心も満たされぬまま帰ってゆく、この夜明けの薄暗がりの道で

こんな愚かしい前例が、いったいこの世にあったためしがあるでしょうか」

薫が「明けぐれの空にぞ我はまどひぬる思ふ心のゆかぬまにまに（こうして明け方の薄明の空に私は惑うてしまった、思っていた人への恋心も充たされぬままに……）」という古歌の心を

ほのめかしながら、こんな歌を詠みかけると、大君は、聞こえるか聞こえないかくらいの声で、歌を返す。

かたがたにくらす心を思ひやれ
人やりならぬ道にまどはば

妹は妹、わたくしはわたくしと、それぞれ悲しみにくれる心々《こころごころ》を思いやってください。

そんなふうに、ご自分の身から出た錆《さび》でお悩みになっているひまに……


聞けば、大君の気持ちは、少しも解けていない。薫は、たいそう飽き足らぬ思いに駆られて、

「なんとしてまた……ひどくお心を隔てられているようでございますから、ほんとうに堪えがたい思いで……」

などなど、またあれこれ恨みわたっているうち、やがて、ほのぼのと夜が明けてゆく時分に、やっと宮が昨夜忍び入った戸口から出てくる気配がある。宮が、たいそうやんわりと振舞うにつれて通って来る袖の薫物《たきもの》の香りなど、色めいた折の心用意であろう、えもいわれぬほど濃く焚《た》きしめていると見える。その香りを聞いた老女どもは、どうもなんだか

妙な具合だと納得しがたい思いに惑うたけれど、そうはいっても、〈中納言さまほどのお方が、そうそう悪いようにことを運ぶお心があるとも思えぬし……〉と、我と我が心に言い聞かせるのであった。

薫と匂宮、共に帰京

まだすっかり夜が明け切らぬうちにと、薫と匂宮は、急ぎ帰ってゆく。

その帰るさの道々も、往路とはことかわり、なにやらはるばると遠い感じがして、これから先も、遠い宇治までは、そうそう気安く来《き》通《かよ》うことなどできそうもないことが、今早くも辛《つら》く思われるくらいだから、もう「若草の新手枕《にひたまくら》を纏《ま》きそめて夜をや隔てむ憎からなくに（若草の新たに萌《も》え出る、ではないが、新たに愛《いと》しい女の手枕で初めて寝てみると、ああ、これからたった一夜だって離れて寝ることができようか、憎くもないのに）」と嘆じた昔人と同じ心に思い悩んでいるように見えた。

かくて、まだ人々が騒がしく起きてくる前、早朝に二人は六条院に帰り着いた。中門廊《ちゅうもんろう》に車を寄せて降りる。その車たるや、異様な女車《おんなぐるま》の拵《こしら》えにして、こっそりと門を入ってく

る折しも、二人とも、つい笑いがこぼれて、

「いやあ、ずいぶんご精励なる宮仕えのお心のほどと、さように存じます」

と薫は戯れかかる。そうして、せっかく案内したのに、自分はなにも良いことがなかった馬鹿らしさについては、あまりにもくやしいので、愚痴を聞かせることもしない。

宮は、帰着早々、後朝の文を書き贈った。宇治の山里のほうでは、姉も妹も、とても現実にあったこととも思えず、ひたすら懊悩していた。

中君は、〈姉君は、最初からあれこれと画策しておられたのに、すこしもそんな素振りをお見せにならなかった……〉と姉を疑い、ただもう疎ましくひどいことと思っているから、目を合わせることもせずそっぽを向いている。

姉君は姉君で、匂宮のことは知らなかったということを、きっぱりと明弁《めいべん》することもなりがたく、自分にも一端の責任を感じて、妹君が自分を恨むのもしかたないと胸を痛めている。

また女房たちも、

「いったい、どういうことだったのでございますか」

などと、姫君たちの顔色を窺《うかが》ってみるけれど、肝心の大君までが、なにやら物思いのあまり呆《ほう》けたようになってしまっているので、皆々〈どうも納得できぬことよ〉と思いあっている。

届けられた宮からの後朝の文も、大君は、みずからくつろげて中君に見せようとするのだが、中君はいっこうに起き上がることもできぬ。文を持参した宮からの使者は、

「あまりにお時間がかかり過ぎます」

と困り果てている。文にはこうあった。

世のつねに思ひやすらむ露ふかき
道の笹原《ささはら》わけて来つるも

世の中にありふれた志だとお思いになっているのでしょうか。
あのような露深い道の笹原をわけてはるばると通って来たものを

いかにも書き慣れた墨付きの具合などが、格別に艶《えん》なる風情なのも、ただ当たり前のお便りとして見ていた頃には感心していたものだが、こういうことになったところで見ると、もしや中君がこの先、こんな色めいた人に捨てられなどしはせぬかと気掛かりに思わ

れて、こんどばかりは、自分が賢《かしこ》ぶって返事を代筆するなどということも気が引ける。そこで、ともかく誠意をつくして、こういう場合の返事の書きようを、事細かに言い聞かせて中君本人に書かせる。

使者への褒美には、紫苑色《しおんいろ》の襲《かさね》（表蘇芳《すおう》、裏萌黄《もえぎ》）の細長一襲《ひとかさね》に、三重《みえ》に色を重ねた袴《はかま》を添えて賜る。かかる女装束を肩にかけて頂戴するのも迷惑そうな顔色なので、目立たぬように包ませて、使者の供人に持たせてやった。使者は、ものものしく改まっての御使というのでもなく、いつもこういう場合に差し遣わされる殿上童《てんじょうわらわ》であった。

このように目に立つものを持ち帰ってきた童を見て、匂宮は、昨夜の通いは忍び忍びのことで、邸の者たちにも知られぬようにと気を付けていたので、それをこんなものをよこしたのは、昨夜賢《さか》しらしく手引きなどした老女のしわざに違いないと、厭《いと》わしい気持ちになった。

匂宮、新婚の例によって第二夜も宇治へ

その夜も、道案内の薫を誘ってみたけれど、

「今宵は、冷泉院に、どうでも参候《さんこう》せねばならぬことがございまして」

と言って随行しない。宮は、〈やれやれ、またいつもの悪い癖で、何かといっては女になど興味がなさそうな素振りをするやつだ〉と、面憎《つらにく》く思うのであった。

宇治のほうでは、昨夜、宮が中君と契ったということになれば、これより三日は通い続けられるはず……。〈さあ、どうしましょう。まさかこんなことになるとは思ってもいなかったからとて、これから先のことを、まさか疎かにもできまいし〉と大君は思い、もはや我《が》を折って、部屋のしつらいなど、なにかと足らぬことばかりの山家《やまが》住まいではあるけれど、それでもそれなりに、きちんとした風情で宮を待ち設けることにした。

やがて、はるばるとした道中を急いで、宮がやってきてくれたことを、大君は嬉しく思った。それも、思えば納得できかねるようなことであったけれど。

しかし、中君ご本人は、まだ我を忘れたようにぼんやりして、ただ姉君らの手で装《よそお》い立てられるのを、されるがままになっている。しかし、その濃き紅《くれない》の御衣《おんぞ》の袖が、涙でひどく濡れているのを見ては、さしも気丈な大君もついほろりと涙を落とす。

「わたくしはね、もうこんな世の中に、長くも生きてはいられぬものと思うておりますから、明け暮れに、なにかと物思いをするついでにも、ただただそなたのお身の上のことばかりに胸を痛めておりました。そうしたら、この女房たちが、そなたのためには良いご縁だということを、それはもう聞き苦しいまでに言い聞かせるようでしたからね、こういう年功を積んだ人たちの心には、なんと申しても世間の道理というものが分別《ふんべつ》されているであろうと、そう思い……、だから、なんの力にもなれぬわたくしなどの胸一つに我を立てて、そなたをこのまま独り身のままで放っておくわけにもいくまい、とそんなふうに思うようになった仔細があったのですけれど、今日のただ今、こんなふうに、思ってもみなかった恥ずかしいことどもに心を乱して悩むことになろうとは、さらさら思いもかけぬことでした。これこそは、まことに、世の人がよく口にする『前世からの因縁逃《のが》れがたい契り』と申すことかもしれませぬ。でも、ああ心が痛みます。そなたのほうも、いま少しお気持ちが落ち着かれたころに……わたくしだってなにも知らぬままにこういう仕儀になった、というその仔細をお話ししましょう。でもね、どうかわたくしのことを、憎いと思い込まずにいてくださいね。あらぬ人を憎んで、そなたが罪を蒙《こうむ》るようなことになっては大変」

大君は、妹君の髪を撫《な》で繕《つくろ》いながら、こんなことを言い聞かせた。中君は、返事もしないけれど、それでも〈姉君がこんなにまで誠意を尽くしておっしゃるのだから、なるほど、わたくしの行く末を気にかけてくださって、決して悪《あ》しかれと思ってなさることではないに違いない……でも、宮とご縁を結んだとしても、この先捨てられて物笑いになるようなことが起こりでもして、また姉君にお世話を焼かせたりなどしたら、それはほんとうに辛いこと〉などなど、あれこれと悩んでいるのであった。

さて、昨夜は、なんの心用意もなくああいうことになって、ただ驚き呆れていたばかりの中君の様子だけでも、格別に心惹かれたのだったが、まして今宵は、すこしばかり常の女めいて物柔らかな気配を見せているのは、匂宮の心のうちに、愛《いと》しさも一段とまさる。されば、そうそう簡単に通って来るわけにもいかぬ山道の遠さも、宮は胸の痛むほどに思い、愛情が決して浅いものではないという様子で、しんみりと語らいながら、先々のことも頼りにしてよいということを約束してみせる。が、中君は、それが嬉しいともなんともよくは分からない。

この上なく大事に傅《ふ》育《いく》された高家《こうけ》の姫君であっても、少し貴族社会の人々に近く接しもし、親や兄弟などに接して、男というものの行動の有様を見慣れている人ならば、こういう場合の恥ずかしさや恐ろしさといっても、まずそこそこにやり過ごせるのであろうけれど、この中君は、家中《かちゅう》に姫君が人目にたたぬようにしっかりとお守《まも》りするお付きの人々こそおらぬものの、もとよりこんな山奥の住まいゆえ、人の気配から遠く引き籠って過ごしている。となれば、その心中には、昨夜のような男女《おとこおんな》の間《あいだ》の出来事は、まったく思いもかけぬこと、ただ恥ずかしく気後れがして、〈なにもかも都の方々とは違って、わけの分からない田舎びたところばかりに違いない〉と思い込んでいるほどに、ちょっとした応対でも、うまく口にすることができぬまま、ただ引っ込み思案ばかりしている。とはいえ、そんな中でも、この妹君のほうが、よろずに気が利いて才覚に富むという方面の魅力は姉君よりもまさっているのであった。

三日目の夜、薫の心遣い

さて、そのまた翌日。

「こういうご縁結びの折は、三日目に当たる夜に、餅《もち》を差し上げる習いでございますよ」と女房たちが教えるゆえ、〈なるほど、特別にそういう祝いをする習いなのか〉と大君は納得して、自分の手前で三日夜《みかよ》の餅を調製させようにも、どうやって作るものか、おぼつかぬことばかり。かつまた、自分が中君にとっての親代わりとなって、婚儀の一切を差配しようと思うのだが、それも老女房どもがどんなふうに見るだろうかと憚られて、おろおろと赤面《せきめん》しながら困惑しているさまは、たいそう魅力的であった。いわゆる「姉《ねえ》さん気質《かたぎ》」とでも言うものであろうか、全体おっとりとして気品高いのだけれど、それでいて、人に対しては親切に情深く接するという人柄であった。

そこへ薫の中納言から手紙が届いた。

「昨夜は参ろうと存じましたが、せっかくご奉公に心砕いても、なんの甲斐もないように見えます仲らいなることを思い、お恨み申しております。三日目の今宵は、なにかと雑用など承ろうとも存じましたが、先夜、あの宿直所《とのいどころ》でのきまり悪く気分もすぐれませぬ一夜から引き続いて、今もますます具合悪く、ぐずぐずといたしております」

そんな文言が、バサバサと真っ白な陸奥紙《みちのくにがみ》に、まるで事務書類のように行を揃えて書かれてある。その文に添えては、心細《こま》やかに衣に縫ったりはしていないのだが、今宵の儀礼のための晴れ着の料《りょう》として、色とりどりの生地を巻いたまま、衣箱《ころもばこ》にいくつもいくつも入れて、あの弁のもとへ「人々のお召し料として」と書いて贈ってきた。これを見れば、おそらくは母三の宮の手許《てもと》にあった生地などを、有り合わせ次第に詰め合わせてきたものとおぼしく、そうそう数多くは取り集めることができなかったのであろうか、色を染めていない絹綾《きぬあや》などを、下に隠し入れて、ただ、姫君がたのお召し料と見える装束《しょうぞく》二組、これだけはたいそう美しくきっちりと仕立ててあるのを入れてある。その単衣《ひとえ》の袖に、いかにも古風な仕方ながら、

小夜衣《さよごろも》着て馴《な》れきとは言はずとも
かことばかりはかけずしもあらじ

夜の衣をば、二人で掛けて寝馴れた仲だ、などとは申しますまいが、
それでも、ひとこと恨み言くらいは掛けさせていただきますよ

と、脅し文句のような歌が付けてあった。

こちらの姉もあちらの妹も、なにもかも露骨に見られてしまって、ただ恥ずかしいばかりの思いで、大君はこの文を見た。さて、なんと返事をしたらいいだろうと、思い煩っているうちに、贈り物を持参したお使いの主立った者どもは、逃げるようにして帰ってしま

った。馳走《ちそう》やら褒美やら姫君に面倒をかけぬよう、品物を置いたらすぐに立ち戻れと、主人の薫に命じられていたのであろう。そこで、大君は、僅かに残っていた卑しい下僕《げぼく》を引き留めて、返事を持たせせた。

隔てなき心ばかりは通ふとも
馴れし袖とはかけじとぞおもふ

なんの隔てもなく心ばかりは通わせていただきますが、でも、二人で同じ衣の袖を掛け馴れた仲などとは仰せにならないでくださいね

ともかく慌ただしい思いで書かなくてはならないし、それでなくとも思い悩んで心乱れていた折節でもあり、そのせいで、返歌はまったくなんの曲《きょく》もない詠みぶりではあったが、そんな歌でも、待ちかねて読んだ薫は、〈おお、思われたまま素直な詠みぶりの良いお歌だ〉と、ただ感銘ふかく味わったことであった。

母中宮の諫めにもかかわらず匂宮三日目も宇治へ

匂宮は、その夜、内裏に参上していたが、生憎《あいにく》なかなか退出することが難しそうな様子なので、人知れずそわそわと、心も上の空になって、宇治の姫のことばかり思ってはため息を吐いている。これを見ては、母君明石中宮が、

「今もなお、こんなふうに独り身でいらして、世の中には、色好みだというお噂が次第に流布してまいりますのは、やはりほんとうによろしくありませんよ。どんなことについても、ご自分の趣味嗜好を第一に立てるようなおつもりでおられてはなりませぬ。お上も、ずいぶんご心配あそばして、なにかと仰せになっておられますほどに……」

とて、宮中に参ることも少なく、ひたすら二条院に、また時には六条院に住まいして、風流本位の生活を送っている匂宮を窘《たしな》める。

母にまでそんな叱責《しっせき》を蒙っては、ますます退出は難しくなり、たいそう苦しく思って、御前《ごぜん》を下がると宿直所《とのいどころ》に出てきて、今宵は御用繁多《はんた》のため、どうしても宇治へは行けないという由を文《ふみ》に書いて送り、その後《のち》もひどく憂鬱そうに物思いにくれている。

ちょうどそういう時に、中納言の君薫がやってきた。

薫中納言は宇治の姫君たちに心を寄せている者だと思うと、匂宮はいつにも増して嬉しく思う。

「なあ、どうしたものだろうか。三日目の夜なのだから、ぜひ行きたいのだけれど、もうこんなに真っ暗になってしまったようで……さっきからおろおろしている状態なのだ」

と、匂宮はため息を吐《つ》きながら思いを打ちあける。

薫は、ここでひとつ宮の本心をしかと見届けてやろうと思って、

「はて、参内なさるのも、何日ぶりでおわしますか。それなのに、今宵宿直《とのい》をなさいませんで急いでご退出などされるにおいては、中宮さまも、さぞよろしからぬこととお思いになりますでしょう。いや、さきほど、台盤所《だいばんどころ》のほうで、女房どもが喋々《ちょうちょう》しておりますのを耳にいたしましたが、このわたくしめが、宮をあらぬところへご案内するなどということに出精《しゅっせい》いたしましたのがけしからぬとて、とんだご勘気《かんき》を頂戴するかもしれませぬ、と聞いて、じつはひそかに青くなりました」

など、わざと困らせるようなことを言う。すると、

「まったく、中宮さまは、聞くに堪えぬことをあれこれ邪推あそばして、叱責なさるのだ。おおかた、側近の女房どもが、あることないこと告げ口するのであろう。世に咎められるほどの浮気心など、この私が、いったいどこでどう発揮するというのだろう。ただこの親王などという窮屈な身分が問題だね。こんなのはなまじっか無いほうがいいというものだ」

などなど、匂宮は、その身の高貴なることをよほど厭《いと》わしく思っているようであった。

薫は、さすがにちょっと気の毒に思って、

「これで宇治行きを思いとどまられたとしても、お叱りを頂戴するのは、同じことでございましょう。今宵のお咎めはわたくしめがお引き受けすることに致しまして、我が身を空しくしてご奉公仕《つかまつ》りましょうほどに。さてさて、遅くなりました。……では、『木幡《こはた》の山に馬』というのはどうでございましょうか」

昔の歌に「山科《やましな》の木幡の山を馬はあれど徒歩《かち》ゆわが来《こ》し汝《な》を思ひかねて（山科の木幡の山を通ってな、馬はあったけれど、はるばる歩いて来たよ、目立たぬように……そなたのことを思いあぐねてな）」と歌っているのを仄《ほの》めかして、まさか歩いてもいかれないけれど、車で行ったのでは目立ち過ぎるから、馬で急ぎ通われてはいかがかと、薫は提案する。その上で、もう一言付け加えた。

「馬……で行かれましても、それはそれで、お身分から軽々しいお振舞いとの噂は防ぎきれぬかもしれませぬが……」

なにしろ時間はどんどん経って、もう日は暮れに暮れて、夜も更けようとしているのだ。宮は、矢も楯《たて》もたまらず、薫の提案どおり馬で行くことにした。その出立《しゅったつ》の間際に、

「今宵は、なまじっかにお供は仕りますまい。後の始末は、このわたくしがお引き受けいたしますほどに」

と、薫は胸を叩《たた》き、そのまま内裏に留まった。

薫が中宮のもとへ参候《さんこう》してみると、やはり中宮はご機嫌斜めであった。

「宮は出かけなさったようですね。呆れるばかり困ったお振舞いだこと。こんな行状を人はなんと思い申しましょう。お上《かみ》も、お聞き遊ばされて、わたくしがきちんと躾《しつ》けないからだ、頼み甲斐のないことだ、と思し召してお叱りを頂戴してしまうのは、やるせないことですよ」

中宮は、そうこぼされる。中宮腹の御子たちは何人もあって、いずれもみな立派に成人

していたけれど、ご本人は、四十三歳の今も、ますます若々しく魅力的な気配がまさってきているように感じられる。

〈女一の宮も、きっとこのように魅力的でおわすのであろう……いずれかの折に、このような何かを隔ててでもよいから、せめてお声だけでも聞かせていただきたいものだ〉と、薫は胸を焦がす。

〈思えば、色好みなる男が、あってはならないようなけしからぬことを思い立つというのも、畢竟《ひっきょう》ずるに、女一の宮と私のような縁の近い間柄で、なおかつさほど気を置かずに出入りすることができて、しかも思うとおりの逢瀬を遂げることができぬような場合……であるに違いない。それが、我が心のように馬鹿正直で偏屈なことなど、この世にまたとあろうか……。あんなふうに一夜の閨《ねや》を共にしながら、いっこうに何もせずに、お話しだけして帰ってくるとはな……。とはいえ、やはり最初から惹かれてしまった姫君のことは、どうしたって思い切ることなどできはしない〉など、また大君のことを思い続けている。

中宮にお仕えしている女房たちは一人残らず、その容貌《ようぼう》といい性格といい、いずれ見劣りするような者もないのだが、薫は、それらの女たちに対して、決して決して心を乱すまいという心がけで、たいそう生真面目に接している。

女房どものなかには、ことさらに薫の目に立とうとして振舞う者もある。この中宮の側《そば》近くは、誰もが気後《きおく》れするほどに、みなとても落ち着いて過ごしている所柄ゆえ、表面上は、みなそれらしくしとやかにしているけれど、実際には、心中のありようは人それぞれの世の中であってみれば、色めいた興味の満々たる本心が自然と外に漏れ出てくるというような女もある。そういう女たちのありようを、薫は、〈女も人によりさまざまで、それが女の面白いところでもあり、かわいいところでもあるな〉と、行住坐臥《ぎょうじゅうざが》に心の工夫を巡らして、ただ世の無常を観じては心を鎮《しず》めているのであった。

さて、宇治のほうでは、中納言の薫が、三日夜《みかよ》の婚儀について、ばかにものものしい書状などよこしたにもかかわらず、肝心の匂宮は、夜の更けるまでいっこうに姿を見せず、みなやきもきしているところへ、宮中でのご用繁多につき行かれなくなったという旨の手紙が届けられた。

〈ああ、やはり……〉

と大君が胸の潰れる思いに茫然としていると、意外にも夜中近い時間に、荒々しい山風と勢いを競うように馬を飛ばして宮がやってきた。この上なく清雅《せいが》で汚れない装いに身を包み、素晴らしい香の匂いとともに姿を現わしたのを見ては、大君も、どうして疎かに思うことなどできようか。

また中君自身も、三日目とあっていささか心を許して、宮の思いのほどを諒知《りょうち》するところがあるのであろう。その中君の姿は、たいそう魅力的で、今ぞ女盛りとも言うべく、しかも重々粧《じゅうじゅうめか》し立てているさまは、まして無双《むそう》の美しさと宮の目には映る。今まで、あれほど美姫佳人《びきかじん》を多く見尽《みつ》くしてきた宮の目にも、決して見劣りすることなく、その容貌をはじめとして、親しくなって間近に見れば見るほどさまざまに魅力がまさって見えるので、山里の老女どもは、してやったりとばかり、いよいよ小憎らしげな口つきをしてにんまりと笑みを浮かべる。そして、口々に、

「これほどの、山里にはもったいないほどのご縹緻《きりょう》でおわすのですもの」

「ええ、その通り。これでいい加減な身分の殿方を婿殿としてお世話申すようなことになってでもいたら、どれほど口惜しいことでございましたでしょう」

「まことに願ってもないご縁組みぞ」

などなど言い言いしては、いっぽうの大君が理解を絶して頑《かたく》なに薫を拒絶し続けている、その心ざまをば、口をひんまげて誹《そし》りあうのであった。

大君の煩悶

その老女どもの姿たるや、もうすっかり盛りを過ぎた醜い容貌のところへ、派手派手しく華やいだ色とりどりの、まるで似合いもせぬ装束をせっせと縫い立てて、なんとも身に付いていない様子に粧《めか》しこんでいる。

今宵は宮が中君の閨《ねや》にいるため、いつもとは事変わり老女房どもとおなじ部屋に臥している大君は、その誰を見ても、これならまずよかろうと思える者は一人もないのが、自然に目に入ってきて、やがて自らの姿に思いを致す。

〈私も、もうそろそろ盛りを過ぎてしまった身……鏡を見れば、こんなにげっそりと痩せに痩せてゆく……この老女たちだって、ああして着飾っているのは、はたして自分を醜いと思っているのだろうか……そんなことはないのだろうな。でも、あの髪も抜け落ちた頼りない後ろ姿など見ぬふりをして、ただただ前髪を頬《ほお》のあたりへ引きかけてごまかし、紅《べに》なんかつけて、ずいぶん厚化粧をしてその気になって振舞《ふるま》っているように見える……我が身をよく見れば、まだあれほどひどくはない……目も鼻もふつうだという気がするのは、でも、自惚《うぬぼ》れというものかもしれない〉と、大君は心にかかって、ぼんやりと庭のほうを見ながら臥している。

〈……こんなみっともない姿で、恥ずかしくなるほど立派な中納言さまのような方に逢うなどは、どう考えてもいたたまれぬこと、しかも、あともう一、二年もすれば、もっともっと衰えてゆくに違いない……こんなに頼りないような我が身の有様なのだから〉と、もうすっかり痩せ細って弱々しく、若さの失《う》せた哀れな手を目の前に差し出して見つめながら、この先、薫との間はどんなふうになっていくのだろうと煩悶《はんもん》し続ける。

匂宮と中君、苦しみながら次第に惹かれあう

匂宮は、今宵ここに来るということについて、母中宮の許しを得ることの不可能に近かったことを思い出すと、今後とも、そうそう気安く宇治へ通って来ることは叶うまいと、胸のつまるような思いに襲われる。そこで、今その腕のなかにある中君に、母大宮が厳しく戒められたことなどを縷々《るる》語り聞かせる。そして、

「そんなわけだから、どんなに恋しくても、来られない日々もあろうけれど、どうしたの

だろうか、などと心配しないでおくれ。よいか、かりそめにもそなたを疎かに思うのだったら、どうしてこんな山奥まで通って来るはずがあろう。ただただ、もしこうして無理にでも来なかったら、そなたは、おそらくわが心のうちをあれこれ疑って悩乱《のうらん》するにきまっている、それを思うと胸が痛むゆえに、こうしてもう我が身などどうなってもいいとまで思って、やって来たのだ。しかしな、常にこうやってうまく脱出して来られるとは限るまいぞ。だから、こんな辺鄙《へんぴ》なところでなくて、すぐに逢えるような、ごく近いところに相応の用意をして引き移っていただきたいのだ」

と、こんなことを、しみじみとした口調で説ききかせたけれど、中君は、〈三日目にして、もうお通いに途絶えのあることを仰《おお》せられる。やはり、噂に聞いたとおり、浮気なお心がはっきりしているのではないかしら〉と、心に懐疑の念が湧く。そうなれば、いつ捨てられるとも知れない我が身の寄る辺《よるべ》なさを思うて、なにもかも嘆きの種となるような思いに悶々《もんもん》としている。

夜が明けてゆく。宮は、妻戸を押し開けて、中君をひしとかき抱きながら、端近《はしぢか》のところまで誘《いざな》い出《いだ》してみると、折しも空はほうと霧《き》りわたって、その景色は所柄の興趣もひとしおまさって見える。あの、柴《しば》を積んだ舟が宇治川を行き来するあとに立つ白波、そんなのを見ても、宮は、目に珍しい山里の住まいの様《さま》だなと、風雅に感じやすい心には、それもまた一興と思って見るのであった。

やがて、山の端《は》の光がしだいに射してくると、女君の姿形がまことに美しく見えて、〈どこまでも大切に傅《かしず》かれて育ったあの一の宮もまた、きっとこのくらいの美しさにおわすであろうかな……がしかし、それも身贔屓《みびいき》というか、我が血縁ゆえにたいそう気高い美しさを感じるのにちがいあるまい。さてさて、もっと顔立ちの細かなところまで、どこか手近な邸などに迎え取って、親しくゆっくりと見てみたい〉と、宮は、今中途半端に見たことで却って恋しさが募るのを覚える。

川音は轟々《ごうごう》として優しげもなく、宇治橋もたいそう古びて見渡されるなど、霧の晴れてゆくにつれて、いよいよ荒涼と見えてくる岸のあたりの景色に、宮は、

「こんな所に、どうやって長い年月《としつき》を過ごしなされたのか」

と呟《つぶや》きながら、ふと涙ぐむ。その呟きも、中君は、なんだかとても恥ずかしい思いで聞いた。

男の姿形は、限りなくすっきりと清爽な美しさ……、そんな人が、現世《げんせ》ばかりか、来世《らいせ》までも変わらぬ契《ちぎ》りを、などと約束するので、まさかこんな契りを結ぶなど思いもかけぬことだとは思いながら、〈でも、考えてみれば、なまじっかに見馴《な》れた中納言の君の、こちらが恥ずかしく思えるような気の置ける人柄よりは良かったかもしれない〉と中君は思う。

〈……あの中納言の君のお目当ては、私ではなくって姉君だったから、あの夜だって、あんなに澄ましこんで、なんだか取りつく島もなくて気詰まりだった……でも、こちらの君は、よそながら想像していた分には、お身分がら中納言の君よりもずっと遠いお方と思っていたから、ほんの一行ばかり書いてくださったお手紙に、お返事を書くことだって気が引けたものを……それが、こうなってみれば、今はしばらくお通いが途絶えたら心細いなと、思うようになってしまったなんて、我ながらほんとに嘆かわしいこと……〉と、中君は、今という今、思い知るのであった。

後朝《きぬぎぬ》の別れ

宮の供人たちが、大声で咳《せき》払いなどして帰京を促し申すので、宮は、京に帰り着く時分に、あまり日が高くてばつの悪い思いをせぬようにと、たいそう心慌ただしく、これから心ならずも来られない日があるかもしれぬけれど、それは心ならずもそうせざるを得ないのだよと、言葉を尽くして言い慰める。

宮の歌。

　中絶えむものならなくに橋姫の
　かたしく袖や夜半《よは》に濡らさむ

私たちの仲が絶えるなどということは決してない。けれども、宇治の橋姫のようなそなたは、さぞ一人で寝る袖を、夜半に涙で濡らすことであろうな

「さむしろに衣かたしき今宵《こよひ》もや我を待つらむ宇治の橋姫（狭苦しい筵《むしろ》に一人の衣を敷いて今宵も私を待っているだろうか、あの宇治の橋姫は）」という古歌の心に倣《なら》って、宮はこう別れ

の歌を詠じたが、それでもやはり立ち去りがたくて、立ち返ってはまたぐずぐずしているのであった。

中君の返歌。

絶えせじのわがたのみにや宇治橋の
はるけきなかを待ちわたるべき

仲の絶えることなどあって欲しくないとわたくしが頼りにしている、そのためだけにあなたはお出でになるのですか……そして、あの長々とした宇治橋のように長く長く逢えない日々を、わたくしはひたすら待ちわびていなくてはならないのでしょうか

ただそんな歌を返したばかりで、あとは何も言えぬまま、悲しげに萎《しお》れ返っている女君の様子を、宮はまた尽きせず愛《いと》しく思うのであった。

とりわけて若い姫君の心に沁《し》みるばかり、世にたぐいもなかろうほどに美しい宮の朝帰りの姿を見送って、その発《た》って行った跡に留《とど》まっている残り香なども人知れず愛しく感じているとは、さてさて、隅に置けない中君の心のほどよ……。

今朝は、もう時刻も遅くなってすっかりなにもかも見えるほどに明るくなっているの

で、女房たちは、いそいそと宮の姿を覗《のぞ》き見る。

「あの中納言殿は、親しみがあって、でもこちらが気恥ずかしくなるほどの気品もおありねえ……だけど、こちらの宮様は、今一際《いまひときわ》ご高貴のお身分がらか、思いなし格別なお美しさのように見えるわ」

など、誉めちぎる。

匂宮が帰京して後、大君や薫の思うこと

宮は、京へ帰る道すがら、あの痛々しいばかりに別れを悲しんでいた中君の様子を思い出すと、たまらずそのままもう一度宇治へ戻りたくなって、それはもう傍目《はため》に見苦しいまでに恋慕の情《じょう》を募らせるけれど、なにぶん世間の噂を気にかけてこっそりと帰ったくらいであったから、さて一旦帰京の後は、そうそうたやすく抜け出《いで》て宇治へ通うこともなりがたい。

しかし、手紙ばかりは、毎日毎日、それも日に何度も、押し返し繰り返し綴《つづ》って送りやる。〈これほどのご執心なれば、もしかしたらいいかげんな気持ちではないのかもしれな

い……〉と大君は思うけれど、とは申せ、やはりいつお出でになるとも覚束《おぼつか》ない日々が重なるにつれて、妹に、こういう気の尽きるような辛い目を見せることはすまいと思っていたものを、やはり結果的に、そうなってしまったのは、我が身のことよりもずっと胸が痛むことと、思い嘆く。けれども、そんなことを面《おもて》に顕《あら》わしては、妹君がいよいよ物思いに沈んでしまうだろうからと思いやって、無理して平気なふうを装っている。そうして、それにつけてもせめて自分だけは、かかるたぐいの苦悩を加えるようなことをすまいと、ますます薫との仲を絶ち切る決心を堅《かた》くするのであった。

中納言の薫君も、〈宇治のほうでは、宮のお通いを、さぞ待ち遠しく思っておいでであろうな〉と思いやって、それは挙げて仲立ちをした自分の責めに帰すべきものと、気の毒に思うゆえ、宮に対しては、つねに宇治行きのことを督励申しつつ、絶えずその動静を探ってみていると、それはもうひどく中君に思い焦がれている様子が見えるので、〈ああ、よしよし、これなら大丈夫であろう〉と、なんだか安心な思いがするのであった。

九月、寂しい秋の野山を分けて、薫と匂宮、宇治に通う

九月《ながづき》十日の頃とあって、野山の景色も寂しげに想像されるところへ、ざっと時雨《しぐれ》が降るかと見えて一天《いってん》かき曇り、空の群雲《むらくも》も恐ろしいばかりの夕暮れ、宮は、どうにも心落ち着かず、恋しさのみ募って、出かけようか、どうしようかと、我が心一つを持て余している。

そこへ、〈こんな日は、そろそろ煮詰まっている頃であろう〉と、宮の心を推量して、薫がやってきた。そして、

「ふるの山里いかならむ……」

と宮の胸に響くようなことを歌って聞かせる。古歌に「初時雨《はつしぐれ》ふるの山里いかならむ住む人さへや袖の濡るらむ（初時雨が降〔ふ〕る、あの布留〔ふる〕の山里ではどうしていることだろう……あそこでは住む人までが、涙と時雨に袖を濡らしているのであろうな）」と歌うてあるのを仄めかして、薫は、「時雨降る、あの山里では、どうしておられるでしょうなあ」と宮の心を引いてみたのである。

宮は、渡りに舟とばかり喜んで、一緒に行こうと薫を誘って、また例のごとく、一つ車に同乗して宇治へ赴いた。

秋深い野山を分け入ってゆくほどに、宮は、自分だってこんなに野山を行けばなにかと思うことがあるのだから、ましてや、あの寂しい山里で、中君はどんなに辛い物思いをしているだろうと、ますます深く推し量られる。

その道中も、宮は、ただただこの君との逢瀬以来の胸の苦しさを、しんみりと薫に打ち明けなどする。折しも黄昏時《たそがれどき》で、さなきだに心寂《うらさび》しい時分であるのに、さらに雨までが冷ややかに音立てて降ってくる、その秋の果ての景色のぞっとするような風情に、雨と涙に濡れた袖が一段と高く匂い立ち、その交々《こもごも》の香りは、この世のものとは思われぬくらいに優艶を極める。しかも、かくも香り高い公達が二人うち連れて来たとあっては、心無き山《やま》家《が》の者どもさえ、心惑いせずにはいられなかったことであろう。

宇治の山荘の女房どもは、宮のご入来《じゅらい》のないのを、日ごろぶつぶつと文句を言っていたことなどすっかり忘れて、今はにっこにこと笑顔を浮かべ、二人の君の御座《おまし》をせいぜい調《ととの》えなどする。

京のしかるべきお家やら御殿やらに上がるとか言って、この山荘から散り散りに出ていった若い女房たちが戻ってきていた。ある者は、老女なにがしの娘だといい、またあるものは姪《めい》のような者だとやら、ともかく火が消えたようだった宇治の山荘にも、今は二、三人の若い人々を尋ね出して出仕させてある。八の宮亡きあと、寂しい暮らしぶりの姫君たちを侮《あなど》って出ていった思慮の浅い者たちは、いま思いもかけないような素晴らしい賓客がたが通って来ていることに、びっくり仰天している。

大君も、かかる時雨のなか、はるばると宮がご入来になったことを、嬉しく思っているのだが、見れば、あの世話やきの中納言がひっついて来ていることを、恥ずかしくも思うし、またいい加減煩《わずら》わしいことにも思うけれど、ただし、中納言のほうはせっかちに事をなそうともせず、心がけもゆったりとして思慮深くもあるほどに、〈まことに、あちらの宮様は、こんなにのんびりとはしておられなかった……問答無用で妹の閨《ねや》に……〉と二人の賓客を思い比べつつ、〈そういう意味では、中納言の君は、世にもめずらしい殿方でいらっしゃること〉と、つくづく思い知られるのであった。

大君、障子を隔てて薫に応対

匂宮のほうは、かかる山里で京のようにはいかないけれど、それでも精いっぱいにおもてなしして、今はもう婿殿として御簾の内まで迎え入れる。しかし、もういっぽうの薫は、主人《あるじ》の側の人間としてそれなりに心安いもてなしとは申しながら、簾中《れんちゅう》には入れてもらえない。それでいまだに客人《きゃくじん》扱いをして廂《ひさし》の間に仮の御座《おまし》を設け、そちらに放って置かれるので、薫は、〈やれやれ、なんという手厳しい〉と思っている。だから、つい恨みごとを言いなどすると、やはりいささか気の毒にも思えるゆえ、大君は、障子を隔てて応対するのであった。

「なんと、これでは『たはぶれにくく』というものだね。いったいいつまでこんな扱いをなさるのやら……」

薫は、「ありぬやとこころみがてらあひ見ねばたはぶれにくきまでぞ恋しき（逢わずにいても生きていられるだろうかと、試みがてらの気持ちで、逢い見ずにいたら、そんな冗談など言っていられないくらい、恋しくてしかたがないぞ）」という古歌を仄《ほの》めかして、自分の恋心が、もう居ても立ってもいられないばかりに募っているのに……ということを、たいそう恨みわたるのであった。

大君は、さしも山住みの世慣れぬ姫としても、やっと男と女の世の情理が分かってきたけれど、ただ妹の身に起こったことを思うにつけても、しょせん男というものは移り気で、もうたちまちに通いが途絶えがちになっていることに、たいそう心を痛めている。されば、結婚などはどうしたって心憂《こころう》いものだと思い定めて、ますます一途に、〈なんとしても、あんな風に打ち解けた関係にはなるまい……今は親切で良い方だと思っている中納言の君とて、これでもっと深い関係になったら、きっと裏切られて辛いと嘆くようになるに決まっている。そうしたら、こちらだってあの君を見下げるようなことになるだろうから、いっそこのままの淡々《あわあわ》とした関係でいて、どちらも今の気持ちを失わずにいたいもの……〉と思う心遣いを、またいっそう深くするのであった。

そこで薫が、宮はその後どのようにお通いか、ということを聞いてみると、大君は、そうはっきりとではないが、お通いが途絶えがちであることを仄めかしては、やはりそういうことであったかと薫に思ってもらえるように、話をもっていく。これを聞いて薫は、大君に同情しながらも、やはり仲立ちをした身として、宮は決して移り気で来ないのではなくて、それはもうとても熱心に思っているのだが、立場上なかなか来られないのだという言い訳をするやら、その後もずっと宮の動静を観察していることを話すやら、せいぜい大君の心を安んじようと努める。

大君は、この日、いつもよりはずっとかわいげのある様子で語らって、

「やはり、こんなふうに物思いに沈むことが加わってまいりますほどに、今しばらく気持ちが落ち着きましてから、なにかとお話しさせていただきますね」

と言う。

その声の調子などは、憎げもなく、また、そうよそよそしく他人行儀ということもないのだが、障子の錠《じょう》はしっかりと鎖《さ》してあるし、それを力ずくで破って入るなどということは、大君にとって、辛くひどい振舞いにちがいないと薫は思うゆえ、〈こんなふうにされるについては、きっと大君にもなにかお考えがあるのであろう……いずれ、自分を疎外して他の男に軽率に靡《なび》くというようなことは、よもやあるまい〉と、のどかな心構えの君は、それでも、必死に心を鎮《しず》めて自重《じちょう》している。

「こんなことでは、ただただもどかしいばかり……かように、物を隔てての会話など、すこしも胸の晴れない心地がするものを……。されば、いつぞの一夜のように、なんの隔て

もなく、差し向かいで語らい申しましょうぞ」

　薫は、切々と責め立てる。

「この頃《ごろ》は、もうすっかり窶《やつ》れてしまって、自分の顔を鏡で見るだけでも恥ずかしいほどでございますから、こんな顔をご覧になっては、きっと疎ましくお思いになるにちがいありませぬ。いっそそうなったほうがいいのかもしれませぬが、でもやはりそれはそれで辛くてしかたがございませぬのは、さて我が心ながらいったいどうしたことでございましょうかしら……」

　そう言いながら、大君がかすかに笑う気配が感じられて、薫にはそれが、なんだか不可思議なまでに慕わしく思われる。

「その、嬉しくなるようなお心に……振り回されていたら、さてさて、わたくしはこれから先、どうなってしまうのでしょうか……」

　薫は、正直にそんなことを言いながら、しきりとため息を吐く。

　そうして、またも妹背が遠く隔たった峰に別れて寝るという山鳥のような心地のうちにとうとう夜が明けた。

匂宮と薫、それぞれに姫君たちの処遇を思い煩う

宮は、まさか薫がそのような中途半端な立場に置かれているとも思わず、

「中納言は、この邸の主人の側の人間になって、今ごろはさぞ自宅にいるようなのんびりした気分で過ごしているだろうな、まことに羨ましいことよ」

など言う。これを聞いて中君は、〈それはいったいなんのことであろう〉と、いかにも納得がゆかぬ。

飽き足りない思いは、ただ中君ばかりでない。宮もまた、無理算段をしてやっと通ってきたと思うと、すぐに帰らなくてはならないのが、なんとしても辛くて、ひどく心を苦しめている。

そんな宮の本心を推知《すいち》することもなきゆえ、姫君たちは、またこの先どうなってしまうのだろう……もしや物笑いの種になるような形で捨てられてしまうのではなかろうかと、思い嘆いている。まことに気も尽き果てるような苦しいことばかり、と見える。

とはいえ、宮の提案するような、中君を按配よく隠しておくような家など、京にはどう

考えてもないのであった。

また、六条の院には、今は左大臣となっている夕霧がその一画を占めて自邸とし、匂宮の北の方に自分のところの六の君はどうかと考えているにもかかわらず、宮にはいっこうにその気がないのを、いい加減恨めしく思っているようであった。そのため、宮の行状をば、好色沙汰の振舞いだと容赦なく謗《そし》っては、内裏のお上《かみ》や中宮あたりにもしきりと訴えているようであったから、ますます中君のような世に知られない姫を連れてきて北の方に据えるなどということは、憚り多くてとても実現は覚束《おぼつか》ぬ。

これが、宮家の姫などでなくて、もっと並々に思っている身分の女であったなら、たとえば中宮などに宮仕えさせておくなどの方便もあって、かえって心安い。しかし、八の宮家の中君ともなると、そのような並々の女とは思わないし、仮にこれで将来御代《みよ》替《が》わりがあって、父帝《ちちみかど》や母后《ははきさき》のかねて思し召し置かれる通り自分が立太子《りったいし》などする時がきたら、その時は、あの中君を正式の后にでもしてやりたい、などとも思っているのだが、ただ今は、さように華やかにと、心中ひそかに思っていることが障りとなって、具体的にどうするという方法もなくて宮は苦悩しているのであった。

薫のほうは、去年焼失した三条の本邸の再建が成ったら、そこへしかるべき夫人の格で大君を移し据えようと思う。

〈まことに、臣下の身分は気楽なものだ。宮などは、これほどまでに胸を苦しめて中君に恋着《れんちゃく》しておられるのに、お立場上どうしたって、びくびくと人目をお忍びになる……そのために、どちらも思い悩むばかりのように見える。それは私としても心苦しいことだから、ここはひとつ思い切って、お忍びでの宇治通いのことを、中宮などのお耳にも入れておくことにしよう。そうすれば、一時的には問題になってお気の毒ではあるけれど、姫たちのためには悪いことではあるまい。いつだって、ああいうふうにおちおち夜明かしもせずに帰らなくてはならないのは、お二人とも辛《つら》そうな状況よなあ。せめて自分ができる限り懇《ねんご》ろにお世話を申し上げたいものだ〉などと思って、この二人の間柄については、あえて隠し立てもせぬことにした。

さて、十月《かんなづき》の更衣《ころもがえ》が近づいてくると、〈宇治では、いったい誰がお世話をしてはかばかしく済ませることができるだろうか……〉などと薫は思って、ここは一肌脱ぐべく、帳台《ちょうだい》の垂絹《たれぎぬ》、壁代《かべしろ》（壁代わりの布の仕切り）等々、折しも三条の宮の造立《ぞうりゅう》も済んだら、そちらへ

引き移るための準備として用意しておかせたものを、

「差し当たって入用《いりよう》の事情がございますことにて……」

とごく内密に母三の宮にお願いして申し受け、これをそっくり宇治のほうへ献上したのであった。そのほかに、さまざまの女房たちの装束については、乳母《めのと》などにも相談しつつ、わざわざ新しく仕立てさせたりもした。

匂宮、宇治へ紅葉狩に赴く

十月《かんなづき》の初めのころ、

「宇治川の網代《あじろ》での氷魚《ひお》漁《りよう》も面白い時分でございましょう」

と宮に宇治行きを勧めつつ、ついでに盛りの紅葉《もみじ》も見物しに行くべく話を決めた。

こたびの宇治行きは、親しい側仕《そばづか》えの家来衆《けらいしゅう》と、殿上人のなかでも宮と親しい人だけを選んで、ごくお忍びでと宮は思ったけれど、なにぶん世の中が窮屈に感じるほどの宮の威勢ゆえ、自然自然にそんなお忍びではすまなくなり、話はどんどん大げさなことになって、ついには左大臣の子息宰相の中将までやってきた。上達部のなかでは、ただ薫ばかりがお供を仕《つかまつ》ったが、それ以下の随行者は数多く付き従ってゆくのだった。

さてそこで、宇治の邸のほうへは、

「宮には、必ずやそちらのお邸に中宿りをなさるでしょうから、しかるべくご用意を願います。去年の春も、花見にとて御地《おんち》のほうへ訪ね参った誰それが、今回もかかる良い機会に事寄せて、時雨《しぐれ》の雨宿りに取り紛れ、お邸内《やしきうち》を伺い見るようなこともあるやもしれませぬから、そのおつもりでいらしてください」

などなど、事細かに前知らせをしておいた。

宇治のほうでは、御簾《みす》を掛け替えるやら、ここかしこ掃き清めるやら、庭の岩陰に積もっている紅葉《もみじ》の朽葉《くちば》を掻きのけるやら、遣水《やりみず》の水草《みくさ》を払わせるやら、大わらわで用意をする。また、都人《みやこびと》の趣味に適《かな》うような木の実、お菓子、酒や肴《さかな》などとともに、調理などに当たる手伝いの者どもも薫のほうで送り込む。

〈こうなにもかも中納言の君のご差配に任せては、もうすっかり手の内を見られるようで、奥ゆかしさもなにもないけれど、ほかに手だてもないし……つまりは、これも前世からの因縁あってのことにちがいない〉と大君は、ひとまずこれでよしと思って、心用意をするのであった。

匂宮の船逍遥《ふなしようよう》

やがて宮一行が舟でやってきて、上《のぼ》り下《くだ》りしながら、面白く楽の音を響かせているのが聞こえてくる。木《こ》の間《ま》からはちらちらと舟の様子も見えるとあって、若い女房どもは、川を向いた側の廂の際《きわ》まで立ち出でて見物する。舟中《しゆうちゆう》のどなたが匂宮なのかまではははっきりと見分けることはできぬけれど、ただ、屋根に紅葉を葺《ふ》いた御座船《ござぶね》の飾りが、まるで錦《にしき》かと思われ、音色《ねいろ》も色々に吹き立てる笛の音が、さまざま風に乗せて聞こえてくるのは、耳騒がしいまでに感じられる。

この宮に、貴族社会の人々がつき従って丁重に仕えるさまが、お忍びの道のほどさえ、別して荘厳な美しさに満ちているのを見れば、宇治の女房たちは、いっそ七夕《たなばた》の逢瀬のように稀々《まれまれ》でもいいから、こんな輝かしい彦星《ひこぼし》の光を待ち迎えることにしたいと、もうお通《かよ》いの間遠《まどお》なるを恨んだことなど、どこかに忘れてしまっているかのようであった。

かかる逍遥《しょうよう》の一興《いっきょう》として、漢詩《からうた》を作らせようという用意に、文章博士《もんじようはかせ》なども随行させている。そこで、たそがれの時分になると、舟を夕霧の別荘の船着きにさし寄せて、そこで音楽を奏で、詩を作り興ずる。

また、紅葉の色濃き薄き、さまざまに冠に挿頭《かざ》し、舟の楽である『海仙楽《かいせんらく》』という曲を演奏させて、誰もが心ゆくまで楽しんでいる様子であるのに、肝心の匂宮ばかりは怏々《おうおう》として楽しまぬ面持《おもも》ち、まさに古歌に「いかなればあふみの海のかかりてふ人をみるめの絶えて生《お》ひねば（いったいどういうわけで、近江〔あふみ〕の海琵琶湖をば逢〔あ〕ふ身〔み〕の海と称《とな》えるのであろう。海松布〔みるめ〕など絶えて生えたことがないから、あの恋しい人を見〔み〕る目〔め〕などありはしないのに）」と歌っている心が身に沁みるような思いがしているのであった。

それにつけても、あの遠き対岸の姫君の恨みのほどは、「七夕の天《あま》の戸《と》わたる今宵さへ遠方人《をちかたびと》のつれなかるらむ（七夕の彦星が天の川を渡って織り姫に逢うという今宵にもまた、遠方から来るあの人はきっと冷淡なことであろう）」という古歌も思い合わされて、〈……やはり、向こう岸の姫はきっと、自分を遠方から来る薄情な男とでも思って、恨んでいるのであろうな〉と、宮はどんな遊興も上《うわ》の空《そら》、ただただ思いに沈んでいる。

そんな宮をよそに、随行の人々は、博士が時宜《じぎ》に適《かな》った詩題《しだい》を出すのを受けて、みな詩を朗誦《ろうしょう》し合って楽しんでいる。

場の空気があまりに浮き立っているので、この騒ぎの少し収まる頃合いに、宮には対岸へお出ましいただこうと薫は思って、そのように宮と語らっているところへ、内裏から、明石中宮の命を受けて、宰相の中将の兄、衛門《えもん》の督《かみ》が、またものものしい随身《ずいじん》どもを引き連れ、儼乎《げんこ》たる佇《たたず》まいを以てやってきた。宮の、こうした忍びあるきなど、どんなに密々《みつみつ》裡《り》にしようとしたとて、自然に漏れ出でて皆の知るところとなる。かくて、宮ほどの人がかかるけしからぬ忍びあるきをするということは、のちのちの悪しき前例にもなるべきこと、しかるべき重々しい臣下を数多く引き連れもせずに、にわかに宇治などへ出向いたということを、中宮は耳にされて驚き呆れ、衛門の督がその中宮の命を受けて、多数の殿上人共々ここにやって来たので、いかにもばつのわるいことになってしまった。

さすがに、宮も薫もこれは困ったと思って、遊楽《ゆうがく》の興《きょう》など消えてしまった。しかし、お供の連中は、宮のかかる苦悩も知らず、酔い痴《し》れてその夜は楽や詩に興じ明かした。

むろん宮は、今日はここに宿って……と思っていたのに、さらにまた、宮《みや》の大夫《だいぶ》（中宮《ちゅうぐう》職《しき》の長官）を筆頭に、あれこれの殿上人などを、数多く宮のお迎えに差し遣わされたので、まさか無視もできぬ。宮は、姫のことを思うと気もそぞろになり、残念にも思って、このまま帰ろうなどとはとても思えない。

そこで中君に宛てて文を贈った。

さすがに蒼惶《そうこう》の間《かん》のこととて、懸想文《けそうぶみ》らしく色めいた文面にも書かず、ひたすら真面目な調子で、思いのほどをこまごまと書き連ねたけれど、人目も多く慌ただしい時であろうと気を利かせて、中君のほうからは返事もない。

そうしてただ、〈もともと物の数でもないような身の上では、宮のような素晴らしい方々と交際するというようなこと自体、甲斐《かい》のないことであった〉ということを、ますます身に沁みて知るばかり、〈いや、遠く隔たったところで過ごしている間《あいだ》は、お見えくださらぬこともしかたないし……いつかそのうちにはまたお出でくださることも……と自分に言い聞かせて我慢することもできる。でも、今ついその目と鼻の先まで鳴り物入りでお出ましになっているのに、まったく知らん顔で平然とお帰りになってしまうなんて、それはひどい……悔しい〉と、姫君の心は千々《ちぢ》に乱れる。

しかし、宮は宮で、なおさら鬱々としてやるせなく思うこと限りもない。そんな宮に同情してであろうか、こたびは氷魚《ひお》も網代《あじろ》に寄ってきて豊漁と見える。その氷魚をば、折しも色とりどりに紅葉している木《こ》の葉《は》の上に配して供するのを、下々《しもじも》の者どもはたいそう風情あることのように思っているなど、人みなそれぞれに、気晴らしとなる遊覧に打ち興じているが、宮一人はそれどころではなく、胸はぐっと屈託して、「大空は恋しき人のかたみかはもの思ふごとにながめらるらむ（大空は、恋しい人の形見だともいうのだろうか……物を思うたびについつい空を眺〔なが〕めて、詠嘆〔なが〕めてしまうから）」とある古歌のとおり、物思いにくれて、ただ空を見上げている。するとこの古い山荘の庭の梢《こずえ》は、たいそう格別の風情で、常緑樹《ときわぎ》に這いまつわっている蔦《つた》の紅葉《もみじ》なども、いかにも深い恋慕の心を見せているかのごとく思われて、それを遠目に見てさえ宮の心は索漠《さくばく》としてくるのであった。

薫にしても、中途半端に逢瀬の下準備などして、姫君をその気にさせた分、〈しまった、とんだ憂《うれ》うべき事態になった〉と困惑している。

宇治を去るに当たっての宮一行の歌の唱和

去年の春、初瀬《はつせ》詣《もう》でに際してこちらへお供してきた左大臣家の子息たちなどは、その節の花盛りの色を思い出して、当時はまだ八の宮もご在世であったが、今こうして父宮に先立たれて憂哀《ゆうあい》のうちに過ごしているだろう姫君たちの心細さを、こもごもに語り合っている。その公達のなかには、匂宮がこうして忍び忍びに宇治へ通っていることをちらりと聞き知っている人もあるだろう。けれども、実際のところを知らぬ人も混じっていて、そういう人々は総論的にああだこうだと言いあっている。かかる姫君の噂などは、こんな山奥に隠れていても、自然と漏れ聞こえてくるものゆえ、

「なんでもたいそう美しいとやら聞いたが……」

「それに、箏《そう》の琴《こと》の上手《じょうず》だとか」

「そうそう、故宮《こみや》が明け暮れ熱心に稽古《けいこ》させたそうだからね」

などなど、口々に言い募る。

宰相の中将の歌。

いつぞやも花のさかりにひとめ見し
木《こ》のもとさへや秋はさびしき

いつぞや、あの花の盛りに一目見た宮の子（こ）は、父に先立たれた今、

この木（こ）の下《もと》にあっても秋はさぞ寂しくお過ごしであろうかな……

この歌は、薫をこの宮家の側の人間だと見做《みな》して言いかけてきたのだから、薫はどうでもさりげなく応《こた》えなくてはならぬ。

桜こそおもひ知らすれ咲きにほふ
花も紅葉《もみぢ》も常ならぬ世を

いやいや、桜というものこそが、つくづくと思い知らせてくれます、ああして色鮮やかに咲き誇っていた花も、また今見る桜紅葉も、いずれたちまち散り移《うつ》ろうもの、世の中はすべて無常なものだということを……

衛門《えもん》の督《かみ》の歌。

いづこより秋はゆきけむ山里の
紅葉のかげは過ぎ憂きものを

いったいどこから秋は過ぎていったものでしょうか、私たちがこの山里の紅葉の木陰を通り過ぎがたく思っているというのに……

宮の大夫《だいぶ》の歌。

見し人もなき山里の岩かきに

心ながくも這へる葛《くず》かな

かつてここでお目にかかった人も、もう亡くなってしまった、この山里の岩の垣根に、
いつまでも心を変えることなく這いかかっている葛よな

この大夫という人は、一行のなかでもいささか老い痴《し》れているため、歌いながらおろおろと泣くのであった。思うに、亡き八の宮がまだ若かった時分のことなどを思い出すのであろうか。

匂宮も一首。

秋はててさびしさまさる木《こ》のもとを

吹きなすぐしそ峰の松風

もう秋も果てて木々の紅葉も移ろい果て、寂しさのみまさるこの木陰……の姫のもとを……
あまり荒く吹き立ててくれるなよ、峰の松風よ

こんな歌を詠じながら、宮は、中君を思うて、ひどく涙ぐんでいる。これを見て、事情を曲がりなりにも知っている人は、〈ああ、やはり深く思っておられるのだな。それなのに、せっかく今日ここまで来ていながら、逢瀬の好機をみすみす見過ごしにされるとは、なんと心の痛むことであろう〉と同情するけれど、いかになんでも、こう仰々しくお供を引き連れていては、とても姫のところへ立ち寄ることなどできはしない。

かくて、作った漢詩《からうた》の面白い所々を朗唱しながら、また大和歌《やまと》もなにかにの景物に寄せて多く詠んだことであったが、かかる酔いの紛れになせるわざとあっては、どうしたって上乗《じょうじょう》の作などあろうはずもない。それゆえ、ここにほんの一部を書きつけただけでも、はや見苦しい感じがすると申すもの……。

一方、宇治の姫君たちは……

さて、宇治の宮のほうでは、宮の一行が空しく通り過ぎていってしまう気配を、次第次第に遠ざかっていく前駆《さきが》けの者の声に聞きながら、皆ただならぬ思いに駆られている。おさおさ怠りなく準備をし、またすっかりそのつもりになっていた女房たちも、この現実をまことに口惜しいことと思っている。
　ましてや、大君は、悶々として、
〈ああ、やはりあの「いで人は言《こと》のみぞよき月草《つきぐさ》の移し心は色ことにして（ええい、人は口先ばかり良いことを言って、あの色を移す月草ではないけれど、移り気の内心はまるで表面に言うことと違っているのに）」と古歌にも歌われた月草（ツユクサ）の色のように移り気な宮のお心であった。……女房どもが話しているのを、ちらりと耳にしたところでは、とかく男というものは、平気で嘘を吐《つ》くそうだし、まるで思ってもいない人を、さもさも思っているかのように言うことが多いとか……、この物の数にも入らぬような女たちが昔語りに述懐していたが……。たしかにその手のつまらぬ分際の男のなかには、そんなふうにけしからぬ心がけの者もいるであろう……でも、何ごとも、まったく筋の違う高貴の生まれのお方ともなれば、外聞や、世間の噂などを憚《はばか》ることもあって、下々《しもじも》の者のようには好き勝手なことは出来ぬはずと思っていたに……でも現実には、そうとばかりも言えないことであったな。あの宮については、浮気性のお方と亡き父宮も噂に聞かれて……だから、こんなふうに婿にするとかいうようなことまでは、思いもかけずにおわしたものを。それを、あの宮が、不思議なまでに深く深く思うているような文を送ってこられて、ついには思いもかけず、妹の閨に通ってこられるようなことになって……それにつけても、考えの甘かった我が身の情なさばかりが募ってゆくやるせなさよ……。こんなふうに、親しむほどに見劣りのする宮のお心を、だいたいあの中納言も、いったいどうお考えになっているのか……。もとよりこの山荘には、とくにその思いを憚らなくてはならないような立派な女房など、一人もいないけれど、でも、皆々がおのおのどう思うだろうかと考えると、なんともはや、物笑いの種になるような、愚かしいことをしてしまった……〉と、思い乱れる。そのため、大君は次第に気分が悪くなって、ついにはすっかり体調を崩してしまった。

中君ご本人は、あのたまさかに対面した折に、宮が、「限りなく深い愛情を信じて自分を頼りにしてよい」と約束なさったことゆえ、いかになんでもまるで心変わりしてしまうようなことはあるまいと信じたい……だから、逢瀬が絶え絶えになろうとも、きっと止《や》むを得ない事情がおありなのであろうと、我《われ》と我《わ》が心に言い聞かせるようなところもある。とは申せ、こう通いが長く絶えてしまっていると、気が揉《も》めることがないでもない。なのに、こんななまじっか近くまで来て、そのまま通り過ぎていってしまうなど、それはひどい、口惜しい、と思えて、ずんと胸に応える。

その思いを抑えきれぬ様子なのを見て〈ああ、これがこんな山住まいでなくて、宮家の姫として人並みに傅《かしず》いて、身分に相応《ふさわ》しい住まいであったなら、やわかこんな人をばかにしたようなお扱いもなさるまいに……〉など、姉君は、ますます妹の身をば、かわいそうにと思うのであった。

〈妹だけのことではない。私だって、このまま便々《べんべん》と世に生き長らえていたら、中納言の君との間に、おなじような憂《う》れわしい目を見なくてはならないに決まっている。あの中納言の君は、ああ言いこう言いして、しきりと言い寄られるけれど、それは畢竟《ひっきょう》、私の心を試みようとしているのであろう。私の胸一つに、なんとかして距離を置いてお付き合いしようと思っても、それを言い宥《なだ》めるにも限度があろう。邸に仕えている女房のなかには、中君がああいうことになっても、性懲《しょうこ》りもなくまた、こんな縁組みのことばかり、なんとかして手引きをしよう、などと思っている者もいるような様子が見えるから、結局、どんなにいやだと思っても、最後にはあんな目に遭わされるようなことになるのであろう。これこそは、重ね重ねに、亡き父宮が、そういうことに注意して生きていけと、ご遺戒《ゆいかい》なさったことに相違ない。父宮は、きっとこんなこともあるだろうと思し召して、そうお諫めくだきったのであろう……つまり、そういう嘆かわしい運命に生まれついた私たちだからこそ、父にも母にも先立たれ、姉も妹も似たようなものだと、世間の物笑いになるようなことを重ねてしまう結果となる。こんなことで、草葉《くさば》の陰の父君母君をまで悩ませ申し上げることになってしまうとしたら、ほんとうにひどいこと……。だから、せめて私だけでも、ああいう男女《おとこおんな》のことに思い沈むことなく、罪などの深くならぬうちに、なんとかして死んでしまいたいものだが……〉と物思いに沈んでいる。そのため、気分もひどく悪くて、食事などまったく食べようとしない。そうして、このまま死んでしまって、その跡はこうもあろうか、ああもあろうかと、明け暮れ思い続けていると、なにもかも心細く感じられて、妹君の姿を見るたびに、ただただ胸は痛み、〈……この上もし、私が妹を後に残して死んでしまったら、妹はどんなに絶望的に救いのない思いに打ちひしがれることであろう……あの、こんなところに埋《う》もれさせてはもったいないほどの美しい姿を、朝に夕に見ることを楽しみとして、どうやって一人前の人となれるように世話をしようか、と思って力を尽くすことこそ、私の胸に秘めた向後《きょうこう》の生き甲斐ともしようと思っていたに……あの宮が、いかに限りなく高貴なお方だからとて、これほどまでに物笑いの種にされて……そんな目にあった女が、この先、公家社会に立ち交《ま》じって、当たり前の交際をして過ごすなど、そんなことはめったとあるものでなし、ほんとに辛いことばかりであろう……〉と大君は懊悩し続ける。すると、〈ああ、まったくなんの価値もないこの身よ、この世には、いささかも心を慰める楽しみのないままに、私の一生など、うかうかと終わってしまいそうな……〉と、ますます心細く思うのであった。

匂宮、父帝の勘気を蒙り内裏住みを命じられる

匂宮は、帰京後またすぐに、例のとおりお忍びで宇治へ出《い》で立とうとしたが、あの夕霧の長男の衛門の督が、内裏にあって、

「かかるお忍びのお通いのために、宇治の山里へのご逍遥《しょうよう》などをにわかに思い立たれるようでございますな。いずれご身分に相応しからぬ軽々しいお振舞いとて、世人《よひと》も陰ではなにかと誹《そし》り申しておるようでございます」

などと漏らしたため、中宮もこれを聞いて嘆き、帝もいよいよご勘気《かんき》ただならず、

「そもそも、日ごろからわがまま勝手なる里住まいがよろしくないのだ」

と仰せあって、厳格なる詮議が種々行なわれ、結句、宮は内裏にずっと留《とど》め置かれるこ

とになった。そうして、左大臣夕霧の六の君について、かねて宮は縁組み不承知であったにもかかわらず、問答無用で輿《こし》入れの儀あるべく、皆決定されてしまう。

このことを聞いて薫は、いまさらながら、どうしたものかと思い惑う。

〈もとより私自身があまりにも風変わりなのであろうな。……いや、もしかすると、あの中君は私と宿縁があったのかもしれぬ……八の宮のご在世中に、あれほど姫君たちの行く末を案じておられたご様子も、心に沁みて忘れ難く、その姫君たちのご様子やお人柄なども、それはもうこのままなんの良いこともないままに衰頽《すいたい》なさるとあっては、ほんとうに惜しいと思われるほどだったから、その惜しい気持ちのあまりに、ひとつ人並みのお幸せを摑《つか》んでいただこうと、自分でも不思議なまでにお世話をせずにはいられなかった。そうしたら、宮のほうでも思いがけずご執心《しゅうしん》で、なんとかせよと責め立てなすったばかりに、もともと私は姉君のほうに思いをかけていたにもかかわらず、その姉君ご自身が無理に妹君に譲ろうなどということを画策されたりした……それもまた、けしからず思って、こんなふうに一切を取り計らったのだが……思えばいまいましい限りだな。どうせのことなら、二人とも我が物にして面倒を見てさしあげるのだったに。そうしていれば、誰も咎め立てなどする人はなかったものをな……〉と、取り返しのつかぬことであったが、まことに愚かしいことをしたものだと、胸中秘かに思いは乱れる。

匂宮は、ましてや、中君のことが心にかからぬ折とてもなく、ただ恋しい、心配だ、と思い続けている。

しかし、母中宮は、

「もしあなたのお気に召した人があるのなら、わたくしのところに女房として仕えさせて、当たり前に穏便に情《なさけ》をかけてやるようになされませ。これより先、お上《かみ》にはあなたを特別のものとしてお考え申しておられるのですから、なにか軽々しいことをなさっていると人の噂になっているように見えるのも、たいそう口惜しいことですよ」

と、明け暮れに宮を戒めるのであった。

匂宮、姉女一の宮のもとを訪ねる

時雨がずいぶん降って、静かなある日、同腹の姉、女一の宮のもとへ、匂宮が訪ねてみると、御前《おまえ》には女房なども多くは侍《はべ》っておらず、あたりは静かで、一の宮は物語絵などを見ているところであった。匂宮は、すぐに母屋《もや》へ上がって、ただ几帳だけを隔てて、なにかと物語をする。一の宮は、限りなく貴《あて》やかで気品高い感じではあるものの、やんわりとした女性的な魅力も豊かに感じられる、その様子を匂宮はもう長いこと無二無双《むにむそう》の君と思い崇《あが》めて、この宮と美しさにおいて肩を並べることのできる人など、世にあるだろうかと思ってみる。

さるほどに、冷泉院が弘徽殿女御腹に儲《もう》けられた女一の宮（院の女一の宮）、あの姫宮だけは、院のご寵愛《ちょうあい》の深きこと、また深窓でのご生活も心憎いばかりだと評判になっているけれど、といって匂宮から思いを打ちあけるすべもなく、ただ恋しく思い続けているばかりだった。またあの宇治の山里の中君は、守ってやりたいような愛らしさも見え、貴《あて》やかなところは、院の一の宮におさおさ劣るものではあるまい、などと、まず真っ先に宇治の姫を思い出すにつけても、ますます恋しいばかり、せめての心遣《こころや》りとして、そこにくつろげ散らしてあった数多くの絵を見てみると、女好みの大和絵にて、恋する男の住まいの様子などをこまかに描き込んで、また山里の趣深い家居《いえい》の有様など、それぞれの絵師の心《こころ》ごころに、男と女の恋物語の場面を描いてあるのをみても、ついまた宇治の山里のことが想《そう》起《き》されて身につまされることばかり多い。そんな山里の絵が目に留まったので、匂宮は、姉宮にこの絵を欲しいということを少し話して、内心には、あの宇治の姫のところへ差し上げようと思っているのであった。

また在五中将《ざいご》（在原業平）の『伊勢物語』を描いたものは、男が妹に琴《きん》の琴《こと》を教えている場面であった。そこに、「うら若み寝よげに見ゆる若草を人の結ばむことをしぞ思ふ（うら若くて共寝〔ね〕をしたら良さそうな若草のごとき君だけれど、その草の根〔ね〕を結ぶように、よその男が契りを結ぶのかと思うと残念だ）」と書いてあるが、それを見て、さて匂宮はなにをどう思ったのであろうか、すこし近くまで寄ってきて、

「この絵の昔男も、わたくしたちと同じように同胞《はらから》どうしの間柄では、隔てのない暮らしをし慣れていたのでございますね。それなのに、いまこうしていかにも他人行儀にのみお扱いになるのは、いかがなものでしょう」

と声を押し殺して囁《ささや》いた。

すると、それはどんな絵なのだろうと思って、姉宮が見たそうにするので、匂宮は、するすると絵巻を巻き上げて几帳の下へ、そっと差し入れた。

姉宮が俯《うつむ》いて絵を見る。その時、黒髪がさらさらとこなたへ靡《なび》いてきて、几帳の垂絹の隙間《すきま》からこぼれ出る。その髪のはざまに姉宮の横顔がちらりと見えるだけでも、もっとも

っと見ていたいほどにすばらしくて、もしこれが同腹の姉ではなくて、もう少し縁の遠い人であったならなあ、と思うと、もはや堪え切れず、

若草のね見むものとは思はねど
むすぼほれたるここちこそすれ

あの在五中将の若草の女の、その根(ね)を見るように、寝(ね)てみたいとは思いませんが、でも、わたくしのこころは草の根が引き結ばれているように、恋しさに鬱結（むすぼお）れております

と、姉宮にだけ聞こえる小声で、こんな歌を詠み掛けた。

この時、姉宮近侍《きんじ》の女房たちは、色好みで聞こえた匂宮の目に入るのを恥じ憚《はばか》って、物陰に退《しりぞ》き隠れている。

姉宮は驚いた。

〈まあ、こともあろうに、なんて嫌らしい妙なことを……〉

と思うゆえ、返事などはいっさいしない。そして内心に、〈あの「うら若み」と歌いかけられて、すぐ「初草のなどめづらしき言の葉ぞうらなくものを思ひけるかな（初草を愛

〔め〕づる、ではないけれど、なんでそんなめずらしいことをおっしゃるのでしょう。わたくしはただ何の下心もなく兄妹《はらから》としてお慕い申しておりましたのに)」と返し歌を歌った『伊勢物語』の姫君も、即座にそんなことを言い返すなんて、ちょっと擦《す》れていてかわいげがないようだわ〉と思う。

かつて紫上は、この女一の宮と匂宮の二人をとりわけ愛して、膝下《しつか》で仲良くさせて育てたので、明石中宮腹の宮がたのなかでも、お互いに心の隔てなく思い合っているのであった。しかも、父帝《ちちみかど》も母后《ははきさき》も、世にたぐいなく大事に育てて、仕える女房たちも、出自などにいささかでも足らぬところのある者は、ために、いかにも居づらい思いをしなくてはならなかった。すなわち、内裏では、ことに身分の高貴な出自の娘たちが女房としてお仕えしていることが多かったからである。

そこで、もともと色好みで移り気な匂宮などは、見馴れない新参の女房などがあると、すぐに遊び半分で手を付けたりしてもいるのだが、しかし、あの宇治の姫君のことを忘れることは一日としてない。とは申せ、やはり宇治まで通いゆくことはできぬままに、もう日数がずいぶん経った。

薫、病床の大君を宇治に見舞う

宮のお通いを待ち焦がれている宇治のほうでは、もうほんとうに久しく訪れの絶えてしまっている心地がして、やはりこんなことであったとみえる、と心細い思いで嘆いているところに、薫がやってきた。大君のお加減が悪いらしいと聞いてお見舞いに来たのであった。重篤でどうにもならないというほどの病状ではなかったけれど、大君は、病を口実として薫に対面しようとはしない。

「ご病気とのことに驚いて、この遥かな道のりをやってまいりましたものを……せめて、そこのおやすみになっているお床《とこ》近くまで……」

薫が、あまりに切々と病の身を案じている旨を訴えるので、女房たちは、大君がなんの警戒心もなく臥《ふ》せっていた普段の居間の前の御簾《みす》一枚を隔てた廂の間まで、薫を入れてくれた。

〈こんなひどく見苦しいところへ〉と、大君は嫌がっていたけれど、しかしそうそう無愛想な態度でもなく、頭を起こして、直接に返事などをするのであった。

先だってのことは、宮も決して悪気ではなくて、こちらへ逢いに来たいと思っていたのに、どうしても事情がそれを許さなかったのだと、薫はあの紅葉の逍遥の折の細かな事情をせいぜい語り聞かせる。そして、

「どうか、お心をゆったりとお持ちなされませ。苛立《いらだ》って宮に恨みごとなど申し上げなさいますな」

などと教訓する。すると、大君は、

「妹は、あれこれお恨みを申すというようなこともないようでございます。それにつけても、亡き父宮のご遺戒《ゆいかい》は、こういうことを指して仰《おお》せ置かれたのだなと、妹の身に起きたことを見るにつけて、ただかわいそうでなりませぬ」

と嘆きながら、泣いている気配であった。これには薫もひどく胸を痛めて、自分自身もなんだか顔向けのできない気がした。

「妹背《いもせ》の仲などというものは、どうであれずっと波風もなく過ごしていくのは難しいことでございますが、とかくなにもご存じない姫君がたのお心には、こんなことをひたすら恨めしく思し召すこともございましょう。……ですが、そこを、たってお心を鎮めてくださ

いませ。あの宮に限って、ご案じなさるようなことは決してあるまいと愚考仕《つかまつ》りますほどに……」

など、自分のことは何ひとつ叶わぬというのに、宮の身の上のことまで世話を焼くというのも、思えば妙な按配だな、と薫は思う。

いつも夜になると、大君は昼にもまして辛そうにしているので、こんなに病床近いところに居《い》も馴れぬ人の気配があるというのも、中君がなんだか嫌がっている様子ゆえ、

「やはり、いつもの、あちらの御座《おまし》のほうへ」

と女房たちは薫に勧めるけれど、

「ご病気でいらっしゃるのを、日ごろにも増して気掛かりに思うあまり、何もかもなげうって参っておりますのに……それを、このような隔てを置いたところに放っておかれますのは、なんとしても理不尽に思えます。こういう折のお世話なども、いったい誰がきちんとして差し上げられることでしょうか」

など、老女の弁の君と語らって、御修法《みずほう》のあれこれを始めるべきことを薫は命じた。

〈御修法だなんて、こんな見苦しいところへ僧など招じて……強《し》いても捨ててしまいたいような我が身のために、わざわざそんなことを……〉と、大君は内心に思って聞いている

けれど、その気持ちをあまりあらわに口にするのもいかがかと思うゆえ、それは黙っている。そうして、こんな我が身をさえ、長生きしてほしいと案じてくれる薫の心のほども、なにやら身に沁みるのであった。

明くる朝。

「どうでしょう、少しはご気分もよくなられましたか。せめて、昨日と同じようにということで結構ですから、またお話し申し上げましょう」

薫は、そう申し入れる。すると、

「もう病みついてから長いことになるからでしょうか……今朝はまたひどく苦しゅうございます。それでは、どうぞこちらへ……」

と、大君は御簾の内から外へ声をかけた。

その声を聞いて、薫ははっとする。〈はて、これから先、どうなっておしまいになるのだろうか……〉と、以前よりはなんだか親しみ深い応対を大君が見せたことに、薫は異常な胸騒ぎを覚え、近く寄ってなにくれとなく話しかける。

「もう、とても苦しくて、……なにも申し上げられませぬ。いますこし……気分が治まりましてから……」

大君は、消え入るような声で弱々しげにそう言う。あまりにもかわいそうな様子なので、薫は限りなく胸の痛む思いに駆られて、ため息を吐くばかりであった。

とはいえ、なすところもなくこんなことばかりもしていられないゆえ、姫の病状が気掛かりではあったけれど、京へ帰ることにした。

「やはり、こんな山里のお住まいが、お体に障《さわ》るのでもございましょう。物《もの》の怪《け》などを遠ざけるために、しかるべく場所を変えて祈禱《きとう》などするということを表向きの理由に立てて、もっと良い場所にお移し申し上げましょう」

薫は、そう大君に約束しておいて、山の阿闍梨にも、病気平癒の祈禱を心を込めて執《しゆ》行《ぎよう》するように申し聞かせてから、邸を後にした。

薫の供人、宇治の若い女房に、匂宮と六の君の縁談のことを洩らす

薫君の供人で、いつのまにか、この宇治の邸の若い女房に口説きよって親しくなっていた者があった。その二人が、こっそりと語り合う。

「あの宮（匂宮）は、こなたへのお忍び歩きご制禁となって、内裏にばかりずっと籠っておいでなのだ。それで結局、左大臣家の姫君を、問答無用で北の方に定められたようだよ。なに、その女のほうの家では、年来宮を婿にという願いだったのだから、なんの躊躇するところもなく、もう年内にもご婚儀があるようだね。宮のほうは、まず渋々というところでね、あまりその姫には興味もなく、今は、もっぱら内裏のあたりの女房たちなどを相手に、ただ色好みのことにご熱心《ねっしん》にて、帝や后のご異見にも、いっこうに落ち着かれる様子はないように見える。反対に、うちの殿ときたら、相も変わらず世の男とはまるで違って、あまりにも真面目一点張りでおわすゆえ、却って人には煙たがられているのさ。ところが、こちらのお邸にお渡りの時ばかりは、まず、驚き呆れるばかりの、あの並外れたご執心《しゅうしん》ぶりだと、人も噂申しておるな」

などと女房に語り聞かせる。そうして、女房が、

「あのご家来が、これこれこんなことを言っていたわ」

など、女房仲間に喋っているのを大君は聞いて、たいそう胸の塞《ふさ》がる思いがし、〈ああ、宮と中君とのことも、もうこれっきりなのであろう。そういうご立派なお家柄の北の方にお決めになるまでの、ほんのいい加減なお遊びとして、こうも熱心に言い寄られたのに違

いないけれど、それでもやはり、中納言などの思うところを気にかけて、あのように口先だけは情深いように仰せになっていたのであろうな〉と、そう解釈するにつけて、どうもこうも、宮の冷淡な仕打ちの実体を考えるにも及ばず、ただ妹を辛い目に遭わせたのは自分の不心得の故だったと思うと、ただもう身の置き所もない気分になって、そこにぐったりと臥してしまった。

体ばかりか、心までも弱り果てたこととて、大君は、ますますこの世に長らえていられる気がしない。

また、側に仕えている女房たちは、別に気を使わなくてはならないほどの者はいないけれど、それだにせよ、もし、自分が聞いていると知ったらあの者たちがどんなにばつの悪い思いをするだろうかと思いやって、大君は、その心苦しさに、くだんの女房の噂話など聞かぬふりをして寝ている。

そうしてまた、昼間から寝ている中君の様子を見て、大君は、「垂乳根《たらちね》の親のいさめしうたた寝はもの思ふ時のわざにぞありける（垂乳根の母が戒めたうたた寝は、夜通し物思いに耽《ふけ》っているためにするものであったな）」という古い歌を思い浮かべ、さては妹はやはり夜通し物思いに苦しんでいるのであろうなと推量する。そのうたた寝の様子は、なにやらいじらしいようなかわいらしさで、腕を枕にして寝ているとあって、豊かな黒髪が枕もとにたっぷりと溜《た》まっているさまなど、たぐいないほどにかわいらしい感じがするのを大君は見《み》遣《や》りつつ、亡き父親の諌《いさ》めた言葉も、重ね重ねに思い出されて、悲しくなる。

〈父宮はいったい今どこにおわすのであろう。あれほど一心に修行されていたのだから、まさか罪深い者の落ちる地獄などに沈んでおられることはなかろう。さりとも、どこでもよいから、父宮の魂のおわすところにお迎えください……こんなにも惨めに物思いに苦しんでいる私たちをこの世に放り出して、父上は、夢にすらお姿を見せてくださらない……〉と、そんなふうに大君は悩み続ける。

夕暮れの空の気配は、ほんとうにぞっとするほどに時雨《しぐ》れ模様で、木の下枝《したえだ》の枯れ葉まで吹き払うほどの風の音などもしてくると、たとえようもなく、過ぎた昔のこと、これから先のことなど、おのずから物思いばかり続いて眠りをなさず、大君は脇息《きようそく》に寄り添うて臥している。その肢体は、この上なく貴《あて》やかに見える。病人らしい白い衣に、髪はもう梳《くしけず》ることもなく日数が経ってしまったけれど、縺《もつ》れあうこともなく枕許《まくらもと》にうちやられている。顔色は、日ごろよりすこし青ざめているのが、却って、素《す》のままの美しさを強く感じさせて、几帳のはざまからぼんやりと外を眺めている目許《めもと》や額《ひたい》つきなど、こういう美しい、い、い、い、い、い、い
さをこよなく解する人に見せてやりたい。

やがて、昼寝をしていた中君は、風の音の荒々しいのに目覚めさせられて起き上がった。山吹襲《やまぶきがさね》（表薄朽葉《うすくちば》、裏黄《き》）の表着《うわぎ》、薄紫色の袿《うちき》など、花々とした色合いの衣裳に、寝起きの顔は、ことさらに紅《べに》でも差《さ》したように、たいそう見どころのある華やかな色をして、そこだけ見ればすこしも物思いをしていたようには見えぬ。

「いま、亡き父宮が夢に現われておいでになりました。なんだかとても心配そうなご様子で、ほら、そのあたりにちらりとお出でましになりました……」

と中君は語る。これを聞けば、大君はひどく悲しみが募って、

「お亡くなりになって後《のち》、なんとかして夢にても拝顔したいと思うのに、さらにお目にかかることができませぬ」

と言いながら、二人ともひどく泣き崩れる。

〈この頃、明け暮れに父宮のことを思い出し申し上げているので、ちらりとお姿を現わし

てくださったのであろう。この上は、なんとかして父上のいらっしゃる所に尋ねて参りたい……二人とも罪障《ざいしょう》の多い女の身だから、さてどうだろう……〉と、あの世のことまでも思いやる大君であった。されば、唐土《もろこし》にあったらしい、死者の魂を呼び返すとやらいう反《はん》魂香《ごんこう》の煙を、ほんとうに得たいものだとさえ、大君は思うのであった。

宵の頃、匂宮から文の使い至る

外がすっかり暗くなる時分に、匂宮からの手紙を持って、お使いがやってきた。ちょうど、よろずの物思いに苦悩していたところだから、このお使いの到来には、多少なりとも心を慰められたことであろう。

しかし、今は宮の御方（匂宮の夫人）となった中君は、すぐに見ようともしない。そこで、

「それでもね、やはり素直なお心を以て、おだやかにお返事をなさい。これでこのままわたくしが儚くなってしまったときには、もしかしたら、もっともっとどうしようもないほどひどい仕打ちをしようとする人だって現われるかもしれません。そのことが、わたくし

は心配でなりません。でもね、かりに稀々《まれまれ》にであっても、これほどの宮が、思い出してお通いくださることがあるとなれば、そういうけしからぬ心がけの賤《いや》しい男などは、とても近寄ることができないでしょう……そう思えば、宮のお仕打ちはひどいとは思いながらも、やはりお縋《すが》りしようという気になりますよ」

と、姉宮は諭《さと》した。すると中君は、

「そのように、わたくし一人を置き去りにして、先立たれようなんてお思いになるのこそ、ほんとうにひどいこと……」

と、ますます襟元に顔を隠すようにして泣く。

「いいえ、もとより人には定命《じょうみょう》というものがありますから、父上が亡くなられたら、もう片時《かたとき》も生きてはいられないと思うていたのに、こうして長らえてしまうこともあるのね、と……そう思っていたのですよ。でも、今日まで長らえていたとて、明日はどうかとなれば、それは誰にも分からぬこと、そんな『明日知らぬ世』を嘆くというのは、いったい『誰がため惜しき命』だと思いますか……そなたのためですよ」

そう言って、大君は、古歌に「明日知らぬわが身と思《おも》へど暮れぬ間《ま》の今日《けふ》は人こそ悲しかりけれ（明日をも知れぬわが身だと思っているけれど、それでも日の暮れるまでの今日は、あの亡き人が恋しくてならぬ)」といい、また「岩くぐる山井《やまゐ》の水を掬《むす》びあげて誰がため惜しきいい命とか知る(岩間を潜《くぐ》って迸《ほとばし》る山の湧き水を掬《すく》いあげて、飽かず別れた人を思う……いったい誰のために私が命を惜しいと思っているのか御存知ですか……あなたのためですよ)」というのを引き事にして、中君を諌めつつ、灯明台を持ってこさせて、宮の文を見た。

いつもながら、こまごまと書き連ねたあとに、

「ながむるは同じ雲居《くもゐ》をいかなれば
おぼつかなさを添ふる時雨ぞ

ぼんやりと思いに耽りながら見上げるあの雲のかかる空は、いつもと同じなのに、どうして今日に限っては、そなたが気掛かりで逢いたくて、こうして袖に涙の時雨がかかるのであろうか……

『かく袖ひづる』」

などと書いてあったのでもあろうか。これには、「神無月《かんなづき》いつも時雨は降りしかどかく袖ひづる折はなかりき(神無月はいつも時雨が降ったものだったけれど、こんなふうに袖が濡れるということはなかったものを)」という古歌を思い寄せて、大君は〈どれもみな、聞き飽きた

文句……しょせん口先ばかりのきれいごとに過ぎない……〉と思うにつけても、匂宮への恨めしさは募るいっぽうであった。

しかしながら、あれほど世にたぐいなく美しい容姿顔立ちなのに、さらになんとかして女に好かれようとばかり、色めいて優しく上品なしこなしをするのであってみれば、若い中君が心惹かれてしまうのも、まず道理というものである。それゆえ、宮のお通いが間遠になるにつけても恋しくて、〈あれほど重ね重ねに将来を契ってくださったものを、いかになんでも、このまま終わりになってしまうなんてこと、あるはずはない……〉と希望的に思い直す心が常に湧き起こってくる。

お使いの者が、

「今宵のうちに、お返事を頂戴して帰参いたしませんと……」

とせっつくので、女房どもあれこれと返事を促すほどに、中君は、ただ一言、

あられふる深山《みやま》の里は朝夕《あさゆふ》に

ながむる空もかきくらしつつ

時雨どころか、霰《あられ》がふっておりますこの山奥の里では、朝夕に物思（ながめ）いいつつ

眺（なが）めている空も、
真っ暗に垂れ込めております

と、こちらは「霰降る深山の里のわびしきは来てたはやすく訪《と》ふ人もなし（霰の降っている山奥の里、その辛いところは、そうそうたやすく来通うてくれる人もないことだ）」という古歌を下敷きにして、悲しく待つ女心を訴えたのであった。

匂宮はなお通えず、薫が大君の見舞いに宇治へ

こんなやりとりをしたのは、神無月《かんなづき》の末の頃であった。

〈ああ、さてはあの紅葉見物に暮らした日から、はやくもひと月が隔たってしまったか……〉と宮は、もうじっとしていられない気持ちになる。それで、今宵こそは、今宵こそはと思いながら、しかし、「みなと入りの葦分《あしわ》け小舟《をぶね》障《さは》り多《おほ》みわが思ふ人に逢はぬころかな（あの港に入る水路の葦の間《あいだ》を分けてゆく小舟のように、なにかと障碍《しょうがい》ばかり多くて、とうとう私の思う人に逢わぬことが久しくなってしまったころだな）」という古歌さながら、あれこれ障碍《しょうがい》

になることの多さになかなか通うことともままならず、また悪いことには、この年は、十一月新嘗会《しもつきしんじようえ》の五節《ごせち》の舞が特に早く行なわれる年まわりに当たっていたこともあって、内裏内外は花々とした空気に浮き立ち、ついまた取り紛れて匂宮は、決してわざと間遠《まどお》にしたつもりではなかったけれど、いつしか日数《ひかず》も過ぎ、宇治のほうでは呆れるばかり待ち遠しく思っていた。

その間《かん》、宮はほんのかりそめの相手と閨《ねや》を共にすることはあったが、しかし、心は中君を思わぬ時とてもなかったのだ。

そしてまた、あの夕霧の左大臣家の姫六の君との縁組みのことも、母后は、

「なんといっても、あのような、行く末とも安心して任せられる北の方を後ろ見にお迎えになって、もしその他にも手許に置いておきたい人があるなら、それはまた別に女房などの形で召し寄せておくがよいのですよ。それで、どうか軽々しく出歩いたりはなさいますな」

と訓戒するけれど、宮は、

「いや、その儀は今しばらく……。それについては、ちと思うところのございますゆえ……」

など言を左右にして、なかなか肯《がえ》んじない。これは〈あの恋しい中君を一介《いっかい》の女房として召し使うなど、そんな辛い目に遭わせるわけには決していかない〉と思っているからなのであったが、中君のほうは、そんなことは夢にも知らない。そのために、月日が経つにつれて、いよいよ物思いに悶々とするばかりであった。

　これには、薫も、首を傾げる。

〈さてさて、いささか見損なっていた……思っていたより、案外と軽薄な宮のお心であったかもしれぬ。そうはいっても、いずれはきちんとしてくださるだろう……と思い申していたことが、結果として、なにやら宇治の君には、ひどくお気の毒なことになってしまった〉と、心中に自責の念を覚えもし、不愉快にも思って、宮のところへはめったと顔も出さぬ。そのいっぽうで、宇治の大君のほうへは、どうですか、お加減はいかがでしょうか、などと頻《しき》りにお見舞いの使いを送るのであった。

　十一月《しもつき》になってからは、大君の病状もいくらか良いと聞いていたのだが、ただ、ちょうど公私ともに多事多端のころで、五、六日もお見舞いの使いを差し向けることができずにいたため、〈さて宇治の姫君はどんなお具合であろう〉と、どうしても気にかかって、よんどころない用事が立て込んでいたにもかかわらず、それを放り出して、宇治へ行ってみた。

病が全快するまでは祈り続けよと僧どもに命じておいたのだが、だいぶ軽快したからというので、大君は山の阿闍梨までも帰してしまっていた。そのため、床《とこ》のあたりには人気《ひとけ》も少なく、またあの老女弁が出てきて、姫君の病状を説明する。

「どこそこが痛いなどいうこともございませんで、さまでびっくりするようなご重病というのでもございませぬが、ただ、いかにもお食事を召し上がりませぬ。もともとが、人並みはずれて痩せて弱々しくおわしますに、あの宮さまとのご縁組みのことが出来《しゅったい》いたしましての後《のち》は、ますますご苦悩が甚だしくなられまして、もはやちょっとした果物程度でも、ご覧にもならぬというようなことが積もり積もりましたせいでございましょうか、もうびっくりするばかりにお弱りになりましてね、今では、頼み少《ずく》なご容態でございます。わたくしなどは、まことにいやになるばかり馬齢《ばれい》を重ねてまいりまして、このような辛いことを拝見いたしますので、まずなにはどうあれ、わたくしからお先に逝《ゆ》かせていただきたいと願うばかりでございます」

と、言いも果てず泣き崩れるのも無理からぬところであった。

「じつに遺憾きわまることだ。どうしてこういう状態だと知らせてくれなかったのか。院の御所でも、内裏でも、いまちょうど呆れるほどにご用繁多でな、ここ何日かお見舞いを差し上げることもできぬままに、ただただ案じておったのだ」

薫は、こう叱《しか》りつけてから、いつぞや通された閨近《ねやぢか》い御座《おまし》へ進み入った。

大君の臥せっている枕に近いところに座って言葉をかけるけれど、大君は声も出せぬほどの衰弱ぶりで、とても返事をするどころではない。

「これほどまでにご病気の重《おも》られますまで、誰も誰もそのことを知らせてくれなかったのが、まことに恨めしゅうございます。どんなにわたくしが心を尽くしたとて、なんの甲斐もなかった……」

薫はそんなふうに恨みわたる。そして、あの山の阿闍梨をはじめとして、大方、世に霊《れい》験《げん》ありと評判の僧どもばかりを、たくさん請《しょう》じ寄せる。御修法《みずほう》、読経など、すぐ翌日から始めさせようというので、薫の家来どもは数多く参集しつつ、その位の上下を問わずせっせと立ち働くのを見れば、あれほどの心細さもどこへやら、いかにも頼もしい感じがしてくるのであった。

すっかり日が暮れてしまうと、

「いつもの、あちらのほうへ」

と西廂の御座《おまし》のほうへ案内してお湯漬けなどを差し上げようとするけれど、薫はうんと言わない。

「いや、私はここに居て、お近くでずっと拝見していましょう」

とて、南廂は僧の座となっているので、一段入った母屋の東面《ひがしおもて》の、さらに病床に近い所に屏風などを立てさせて座を占める。

姉宮の病床近くにいた中君は、それは困ると思ったけれど、お側《そば》の女房たちは皆、姉君と薫の仲を、〈やっぱり、ただの間柄ではなかったのだ〉と合点し、ますます打ち解けたもてなしをするのであった。

かくて、初夜《そや》の勤行を開始してより、法華経を絶えず読み続けさせる。それも素晴らしい声の僧侶ばかり十二人で声を合わせて読むのだから、いかにも尊い。

灯火《ともしび》は、薫が座を占める南の間に点《とも》してあって、几帳の内側はほの暗いので、薫はやおら几帳の垂絹《たれぎぬ》を引き上げて、その内側に、少し滑り入る。そして見てみれば、枕頭《ちんとう》には老女ばかり二、三人が侍っている。中君は、すぐに身を隠してしまったので、たいそう人気《ひとけ》が少なく、大君は、いかにも心細げに臥している。

「どうして、せめてお声だけでもお聞かせくださらないのですか」

薫は、大君の手を捉《とら》えて、そう声をかける。

「内心はそう思いましても、口をきくのがたいそう苦しゅうございまして……。何日もお運び下さいませんでしたから、……もうこのままお目にかかることも……できぬままに、お別れしなくてはならぬのかと、それが心残りでございました」

大君は、虫の息で答える。

「ああ、こんなに待ち遠《どお》にあそばされますほどに、久しく参上いたしませぬことで……」

と、薫はしきりにしゃくりあげながら、声を立てて泣き崩れた。

せめて大君の額に手を当ててみると、少し熱がある。

「いったい何の罪で、こんな病気になられたのか。人を嘆かせた者はこうした報いを受けると聞くことながら……」

と、大君の耳に口を当てるようにして、薫がさまざまな言葉を囁《ささや》くと、大君は、煩わしくも思うし、恥ずかしくも感じて、袖で顔を覆った。その様子は、いつにも増して弱々しく、あるかなきか頼りなく臥している。これを見て薫は、〈このまま姫を空しく見送るようなことになったら、ああ、どんな気持ちがするだろう〉と、胸も潰れる思いに駆られる。そうして、ふっと中君のほうへ顔を向けると、

「ここ何日も、姉君をご看病申し上げなさいましたこととて、さぞお疲れでございましょう。せめて今宵だけでも、ゆるゆるとお休みなさいませ。ここに寝ずの番をいたす男がおりますゆえ……」

と、請け負って見せた。中君は、それでも不安は残ったものの、〈こんなことを仰せになるについては、なにか、たっての訳がおありなのであろう〉と推量して、少し奥へ引き退《しりぞ》いた。

薫は、露骨に顔と顔を合わせるということはさすがにしなかったけれど、それでもそっと這い寄りながら、それとなく大君の面差しを見た。

大君は、たいそう苦しくて、面《おもて》を見られるのも憚《はばか》られる気がしたが、〈ああ、でもこんなふうにお目にかかるのは、きっとこうなるべき前世からの契《ちぎ》りがあったのでしょう〉と思って……薫君の、たいそうおっとりと落ち着いて信頼できる心のほどを、不実なもう一人の君（匂宮）と見比べてみる……すると、〈ああ、ありがたいことだった〉と、しみじ

み思い知られるのであった。

〈このまま空しくなってしまった後《のち》に、中納言の君がどんなふうに私を思い出してくださるだろうと思うと、あまり強情にして、まるで思いやりのない女であったと思われたりせぬようにしなくては〉と思い憚るゆえ、そうそう素っ気なく薫の手を押し放つことはせぬ。

薫は、夜もすがら、女房たちを指図《さしず》して、薬湯《やくとう》などを飲ませようとしてみるけれど、大君はつゆばかりも飲む気配がない。

〈ああ、困った。こんなことでは、いったいどうやってお命を引き留《と》めておくことができるか……〉と、薫は、いいようもなく思い沈んでいる。

八の宮、阿闍梨の夢枕に立つ

暁になって、昼夜兼行で読み続ける『法華経』が、夜の僧から朝の僧へと交替するとき、両方の僧が声を重ねて朗々と読経する響きのたいそう尊《たつと》く聞こえるのに、阿闍梨も、夜どおしの読経で、ついうっかり居眠りをしていた目を醒まされ、あわてて陀羅尼《だらに》を読んだ。その声はすっかり老人の嗄《しわが》れ声になっていたけれど、それも、いかにも年来の修行を積んだ感じがして却って頼もしく聞こえる。

阿闍梨は、

「いかがでござりましょうな、今宵のご気分は」

など見舞うついでに、故八の宮のことなどを話し始めて、涙でしきりと鼻をかんでいる。

「はてさて、宮は、どんなところにおわすのでございましょうかな。事情はいろいろながら、結局は焦熱《しようねつ》の地獄を逃れて極楽の涼しいところに生まれ変わっておわすであろう……と思いやり申していたにもかかわらず、つい先日の夢にお立ちになったことがございます……それも、出家ならぬ俗人のままのお姿でな、『私は世の中というものを深く厭《いと》うて思い切っているので、もはやなんの未練もなかったが、ただ、臨終に際して、いささか恩愛《おんあい》の情《じよう》に引かれたことに道心《どうしん》が乱れて、今しばし、願っていたお浄土には参れず、離れたところに隔てられていると思うと、それがほんとうに悔やまれる。されば、どうか我が往生を助けるための供養をせよ』と、そのようにはっきりと仰せであったのじゃが……と申して、直ちにはどんな供養を仕《つかまつ》るべきか、良い思案も浮かびませぬ。そこで、ただ拙僧にできる可能な範囲で、修行を致しおります法師ども五、六人に命じ、然るべく念仏ばかりをお勤めさせたことでございました。その上で、拙僧にはいささか存ずる旨もございましてな、せいぜい『法華経』の常不軽菩薩品《じょうふきょうぼさつぼん》の偈《げ》を唱えての礼拝行道《らいはいぎょうどう》を致させております」

など、阿闍梨は、釈尊《しゃくそん》がまだ成仏する前、菩薩《ぼさつ》であった頃の故事を説く偈《げ》を僧たちに唱え歩かせて、未だ成仏を果たしていないらしい八の宮の供養をしていることを物語ったことであった。

　これには、薫もさめざめと泣く。また大君は、亡き後の世までも父の往生を妨げ申しているらしい我が身の罪障《ざいしょう》のほどを、苦しい息の下にあってもなお、いよいよ絶え入りそうなほどに思い苦しむ。

〈なんとかして、父宮さまの行く末のお決まりにならぬうちに、お側まで参って、同じところに生まれ変わりたい〉と、そんなふうに阿闍梨の話を聞きながら臥しているのであった。

　それ以上はあまり多くを語らぬまま、阿闍梨は席を立った。

　この常不軽《じょうふきょう》の行をする僧たちは、宇治あたりの里々から、はるばる京のほうまでも行じて回ったのであったが、やがて暁の頃に吹き出した嵐に行き泥《なず》んで、阿闍梨の参候《さんこう》している、この八の宮邸まで尋ね参るや、ついには中門《ちゅうもん》のほとりに座り、たいそう尊げな風情で額《ぬか》づき礼拝《らいはい》する。この僧どもが行ずる常不軽品の巻末にある「当得作仏《とうとくさぶつ》（まさに仏となるを得たり）」という文言は、折も折とて、いかにも心に沁《し》みることであった。

客人の薫も、もとより仏道には深く心沁《し》みた人ゆえ、心底《しんそこ》感に堪《た》えぬという思いでこれを聞いていた。

中君は、一旦は奥へ退いたものの、やはり姉君の容態がなんとしても気にかかって、閨《ねや》の奥に立ててある几帳のすぐ後ろあたりまで這い寄って来た気配がある。この物音を聞いて、薫は、すっくと居住まいを正した。

「不軽《ふきょう》の声は……どんな思いでお聞きになられましたか。あれは、内裏などの正儀《せいぎ》には行なわぬ行道《ぎょうどう》ながら、それでもやはり尊い感じがいたしますね」

薫はそう言って、一首の歌を詠んだ。

霜さゆる汀《みぎは》の千鳥《ちどり》うちわびて
鳴く音《ね》かなしきあさぼらけかな

霜がしんと冴えわたっている岸辺の千鳥も、この寒さ寂しさを辛《つら》がって鳴く、
……その声に紛れて不軽僧の唱えごとが悲しく聞こえてくる……白々明《しらじらあ》けの時分でございます
ね

これを薫は、折も折ゆえ、敢て節を付けて歌うのでなく、つぶつぶとした言葉のように詠じ聞かせるのであった。

この都人《みやこびと》らしい声音《こわね》の物言いを聞けば、中君には、つい匂宮のそれが思い寄せられる。これにはなんだか答えにくくて、中君は返歌を作るには作ったものの、自分の代わりに弁をして詠ぜしめた。

あかつきの霜うち払ひ鳴く千鳥
もの思ふ人の心をや知る

暁に、羽についた霜を打ち払うようにして鳴く千鳥は、
こうして物思いにくれる私の心を知っているのでしょうか

弁の嗄《しわが》れ声では、いかにも似つかわしからぬ代役であったが、それでも、まずまず品格

に悖《もと》るということもなく中君の歌を伝えた。

〈ああ、こんな何気《なにげ》ないやりとりをするにつけても、大君だったら、万事控え目ながら、情《なさけ》深く、また返し甲斐のあるようにとりなしてくれるものを……それが、もうこれを限りに今生《こんじよう》のお別れをしてしまったら、どんなに索漠《さくばく》とした気持ちがするだろう……〉と、薫は、心中おろおろと思い惑うている。

〈父宮の、夢に立たれた様子を思い合わせると、このように胸痛むような姫君たちの有様を、天翔《あまかけ》りながら、さてどのようにご覧になっているだろう〉と、薫は推量して、かつて宮が山籠りをしていたお寺にも命じて、また誦経《ずきよう》をさせるのであった。

かにかくに、あちらへもこちらへも、薫は祈りを依頼する使者を送り遣わして、公《おおやけ》にも私《わたくし》にも、しばらくお暇《いとま》をいただきたいという旨を申し出て、神への祈禱《きとう》や祓《はら》えなど、万端至らぬ隈《くま》もなく執《と》り行なわせるけれど、もとよりこれは物《もの》の怪《け》などの祟《たた》っているというような病でもなかったゆえ、何の功験《こうげん》も見えぬ。

大君、出家を願う

もしこれが、大君自身、なんとか元気になりたいと思って仏を念じたりするのであれば、また別であったろうけれど、なにぶんにも、〈こんな病になったのを幸い、なんとしても死んでしまいたい……この中納言の君がまるで夫のような顔をして枕辺《まくらべ》に座っていて、なにもかも隠すところなく見顕《みあら》わされてしまった以上、もうもう、赤の他人に戻るすべもありはしない。……といって、今のところは、こんなふうに疎《おろそ》かでないように見えるお心のほどだって、あてにはならぬ。こう近々《ちかぢか》とした関わりになっては、我も人も、やがてはお互いに見劣りがして見えることであろう……そうなったら、なんとしても心中穏やかならず、また情ないこと。……もし、このまま命長らえて現世に留《とど》まることがあったら、その時は、病気に事寄せて出家し、尼になってしまおう。そうしてはじめて、お互いに長く変わらぬ心を持って、末の末まで見尽くすことができるというものだから……〉と、心中深く深く思い定めて、〈死ぬにしろ生き残るにしろ、なにとぞして、この出家の本懐を遂げたい〉と大君は思う。思うけれど、今ここで、そう賢《さか》しらめいたことまでは、

とうてい口には出せないので、せめて中君に向かって、

「もう、なんだかますます駄目になってきたという感じがします。こういう時は、しかるべきお坊様にお願いして五戒《ごかい》をお授《さず》けいただくと、たいそう功徳《くどく》があって命を延べることができると聞いています。そのように阿闍梨に仰せになって……」

と頼む。これには皆、いよいよ泣き騒いで、

「さような、ご出家など、とんでもないことでございます」

「そうですとも、こんなにも心惑いをされているらしい中納言の殿とて、さようなことをお聞きになったら、どんなにがっかりされることでございましょう」

などなど、こんな時に似つかわしくもないことと思って、阿闍梨はもとより、頼みの綱の薫にも、決して伝えようとしないので、大君は、口惜しく思う。


かくして、薫がひたすら宇治に籠居《ろうきょ》しているので、そのことを聞き伝え聞き伝えした人々のなかには、わざわざ宇治まで見舞いに出向いてくる人もある。また、この様子では、主人中納言の大君への熱情は並々のものではないなと見て、京の本邸に仕える者、あるいは家司《けいし》なども、それぞれの身分に応じて、あれこれ病魔退散の祈りをさせなどしつ

つ、ただただ嘆き申している。

豊明の日、大君はいよいよ危篤

やがて霜月上《しもつきかみ》の辰《たつ》の日。

〈宮中に豊明《とよのあかり》の節会《せちえ》が催されるのは今日であったな〉と薫は遠く京のほうを思いやる。しかし、この宇治の山里では、ひどく風が吹くところへ、あまつさえ雪までも降り添う有様で、あたかも心急《せ》かせるように、天気は荒れ狂っている。

〈都では、まさかこんなひどい天気ではないだろうな……かかる山里へわざわざ来て、こう心細い目にあうのも、いや誰のせいでもないが……、このまま私は、姫君と疎遠なまま終わってしまうのだろうか……そう思うような前世からの因縁は、辛いけれど、しかし、恨むこともできまい。ああ、あんなに親しみ深くけなげなまでのご様子を見せて下さったものを……せめて、ほんのわずかの間でもいいから、元の体に戻して、心中の思いの丈《たけ》をどこまでも語り合いたい……〉と、ひたすら物思いに沈みながら、ぼんやりと外の景色を眺めている。

そのまま、日の光も見ぬままに、その日はすっかり暮れてしまった。

かきくもり日かげも見えぬ奥山に
心をくらすころにもあるかな

こうしてすっかり曇って日の光も見えぬ山奥の里に、
日ばかりか、心も暗くしてしまっているこの日々よ

薫は、こんな歌を独りごちる。

宇治の宮の人々は、ただもう、こうして薫君がここに居てくれるのを唯一の頼みに思っているばかりであった。

またいつものとおり、薫は、大君の床に間近《まぢか》いところに座っていたが、折しも几帳などを、荒い風が吹き動かして、中が見えそうになったので、中君はあわてて奥へ引っ込んでしまった。ついでに、あの見苦しげな老女たちも、恥ずかしがって奥へ隠れてしまったので、薫はこれ幸いと大君の床《とこ》の辺《べ》に進んで、ごく近くまで寄ると、

「ご気分はいかがでございましょうか。わが心中にも思いの限りにご病気の平癒をお祈り

しておりましたが、その甲斐もなく、お声すら聞くことができぬことになりましたゆえ、それはそれはまことに悲観的な思いでおります。わたくしを残して先立たれるようなことがございましたら、どんなにひどく辛いことでございましょう……」

薫は泣く泣くそう訴える。

大君は、もはや意識も朦朧《もうろう》としているのだが、それでも嗜《たしな》み深く、袖で顔をしかと隠している。

「……すこしでも気分が持ち直すことがございましたら、その時は……申し上げたいこともございますけれど、今はただもう絶え入るばかりの、頼りない様子になってまいりますほどに、ああ、口惜しいことで……」

そういって、大君は、たいそう哀しく思っている様子である。これには薫も、滂沱《ぼうだ》の涙を塞《せ》き止めることができず、〈なんと不吉な……こんなに心細く思っているところを悟られぬようにせねば〉と、懸命に堪《こら》えているけれど、どうしても嗚咽《おえつ》の声を止めることができぬ。そしてまた思い続ける。

〈いったい、どんな悪因縁《あくいんねん》があって、こんなにも好きでしかたないのに、辛いことのみ多くて、お別れしなくてはならないのか……。どこか少しでも、うんざりするようなところを見せてくださったら、それで思いを冷《さ》ますよすがにもしたいけれど……〉と、薫はそんなことまでも思って、じっと大君の様子を見守るけれど、見れば見るほど、ますます心惹かれて、ああ惜しい、と魅力的なところばかりが目に立つのであった。

腕などもたいそう痩せ細り、まるで影のように弱々しげに見えるものの、肌の色艶は変わりなく、白くかわいらしげに、いかにもやんわりとして、そこに白い衣のしんなりとしたのを重ね着て、上に被《かぶ》るべき夜の衣は脇《わき》へ押しやってある。すると、その白い衣のなかには、体のついていない人形を横たえているような感じがするくらい、身は痩せ細り、髪は、いくらか量も減って、そうたっぷりとした感じでもないように、枕辺にうち置かれている……それが枕からこぼれ落ちたあたり、いかにも艶々《つやつや》と賞嘆すべき美しさなのを見ても、〈ああ、この君は、これからどうなっておしまいになるのであろう……〉と思い、もはやこの先露命《ろめい》を繋《つな》ぎ得《う》べきものとも見えないのは、惜しいといってこれほど惜しまれることもあるまい。

もう長いこと病床にあって、身だしなみも調《ととの》えぬ様子ながら、こうなってもなお心を許すことなく、薫のほうが恥ずかしくなるくらいに気高い風情を持《じ》している。それは、限りなく装い立ててお洒落にばかりうき身を窶《やつ》しているような人よりも遥かに美しさが勝って、一つ一つ細かに見ていくと、あまりの美しさに薫の魂はふわふわと身のうちから彷徨い出て鎮まるすべもないほどであった。

「しまいにわたくしを見捨てて先立たれてしまったなら、もうこんな世の中、ほんのしばらくだって生きていたいとも思いませぬ。が、この命に、もし定まる寿命というものがあって、心ならずも生き残ってしまったとしても、その時は、深い山奥に彷徨《さまよ》い入って世を捨ててしまおうと思います……。いや、わたくしのことなどはどうでもいい……ただ、あのたいそう心を痛めながら後に残される、もうお一方のお身の上のことを、わたくしはなんとしてもお案じ申しているのです」

薫は、こう言い掛ければ、きっと大君の返答を聞けるのではないかと思って、かの中君のことを口にする。

すると、顔を隠していた袖を少し引きはずして、大君が答えた。

「もとよりわたくしは、こんなにも儚い命でございましたものを、そんなわたくしを、御身さまは、まるでなんの思いやりもないような者とお思いになっておられました……それはほんとうに生きている甲斐もない思いがいたしました。そのため、この……後に残るはずの妹を、わたくしと同じようにお思いくださいませと、いつぞやちらりと申し上げましたものを……もしあの時に、わたくしがお願いしたとおりにしてくださっていたら、今ごろは、さぞ心やすく旅立つことができましたろうにと、ああ、それだけが恨めしいことにて、そのゆえに執心が残って成仏できぬような気がいたします」

　こう言われて、薫はまた、

「いえ、きっとわたくしは、こんなふうにひどく物思いをするように運命づけられた身であったのでしょう……どのように仰せられましても、わたくしの心は、決して他のかたに思いを変えて関わろうというようなこともございませんでしたから、お諭《さと》しの趣《おもむき》には従い申すこともできずじまいになりました。今になれば、そのことが悔やまれもし、また胸の痛む思いもいたします。……ですが、どうか、中君のことは、くれぐれもご案じなさいますな」

　などなど、言葉を尽くして言い慰める。

　すると大君がたいそう苦しそうにするので、薫は、修法《ずほう》の阿闍梨をはじめとする祈禱の僧侶どもを呼び込ませて、さまざまな功験のある僧ばかりに命じて、加持祈禱をさせるのであった。そうして、薫自身もまた、仏を念じること限りもない。

大君、逝去

〈こんな俗世を厭離《おんり》せよと、ことさらにお勧めくださる仏などが、その機縁として、これほどまでにひどく辛い物思いをさせてくださるのであろうか……ああ、こうして見ているうちに、まるでものの枯れゆくように、お命が消え尽きてしまわれる……こんな辛いことが……〉。もはや引き留めるすべもなく、目の当たりに死に奪われていく大君の姿を見守りながら、薫は、足を地に摺りつけでもしそうな悲しみようで、そんな赤ん坊のような有様を見れば、人はさぞ頑愚《がんぐ》な者だと見るだろうことなども、もう意識にない。いよいよこれが限りと見るほどに、中君は、姉の跡を追いたいと思い悩乱《のうらん》する様子だが、それも道理というものであった。そうして、ついに中君が前後を忘れたようになってしまうのを、いつもながら、賢《さか》しらぶった女房どもが、不吉な、今という今ここにいては死の穢《けが》れに触れてしまうとばかり、床の辺から無理にも引き離すのであった。

薫は、こんなありさまながら、〈まさかこんなことがあるはずはない、きっと夢ではないか〉とまで思って、灯明を近く掲げて見てみれば、袖で隠していた顔も、ふつうに眠っているようで、平生《へいぜい》とかわるところもなく、かわいらしい風情で臥せっている。〈ああ、こんなかわいいお姿のまま、蟬の抜け殻のように、ずっと見ていることができたらなあ〉と、あらぬことまでも思って薫の心は乱れる。

臨終に際してのさまざまの手当てをするうちに、女房どもが、大君の黒髪を搔《か》き梳《けず》ると、その刹那《せつな》、芳《かんば》しい香《こう》の薫《かお》りがさっと匂った……その生きているときとなにも変わりのない匂いのまま、ほっと心惹《ひ》かれるような香ばしさ、それもまた世にも稀なことにて、薫はなお思い続ける。

〈どんなことでもいい、この人を、すこしでも凡庸な人だったと思って恋しさを冷ますことができたらよいのだが……実際のところ、この世の中を思い捨てるための道しるべとしてこんな辛い目を見るのだったら、今この亡骸《なきがら》に、恐ろしげでうんざりするような、悲しさもなにもかも一時に冷めてしまうような醜いところを見つけさせてくださいませ〉と、薫は仏に祈念するけれど、そのようなことは毛の先ほどもなくて、恋着追慕の情を鎮静させるべき方法などどうしても見つからぬ。

もはや万策尽きて、この上は、一刻も早く荼毘《だび》に付して煙にでもし尽くしてしまおう、と思って、あれこれと葬送の作法をするのも、あまりなることであった。

かくて、薫は、空をふわふわと歩くように頼りない気持ちがし、もうこれ限りに煙になし果てる有様もまるで夢幻《ゆめまぼろし》かと思われた。そうして、見る見る空に立ち上《のぼ》っていく煙が、中空《なかぞら》に行き泥《なず》む気配もないまま、すーっと消えていってしまったのも、まるで張り合いのないほどにあっけなくて、薫は魂の抜けたように茫然と帰ってゆく。

中君の心痛

三十日の忌《い》み籠《ごも》りに随従した人の数も多く、さしも寂しい宇治の山里も、すこしは心細さが紛れるかもしれぬが、中君には、その人目も辛い。〈……姉君の死も、もとはといえば自分が匂宮に玩《もてあそ》ばれて捨てられたと思って、嘆いていたことが原因であった〉と思うゆえ、そういう物笑いになるような、人目を憚る我が身の辛さを思って鬱々と沈んでいる。そうして、その様子は、こちらもまた死人のように見えるほどであった。

しかし、匂宮からも、弔問や見舞いの使者はしげしげと遣わされてくる。それらに接するにつけても、〈宮はほんとうに心外で薄情なお方だと、姉上は思い込んでおられたご様子だったけれど、そのこともお考え直しになる機会もないまま、亡くなってしまわれた……〉と中君は思う。思えば辛いばかりの宮とのご縁である。

中納言の君薫は、これほどに世の中が憂《うれ》わしいことに思うのをしおに、ここで出家の本懐を遂げようとも思うけれど、三条の宮（女三の宮）が悲しまれるだろうと、そこを憚ることもあり、またこの中君のことに心を痛めていることもあって、千々に思いは乱れ、〈いっそ、大君があぁして仰せになっていたとおり、その身代りとして中君の面倒を見てやればよかった、と思うけれど……。いや、いかにあの大君が、心のうちにあの妹君を分身のように思っていたとしても、肝心の私自身は、どうしてもあちらに心を移すなどということはできそうもなかったものだが、……しかし、結果的に、中君にここまで辛い思いをさせ申すくらいなら、いっそ私が深く語らう仲になり、いつまでも尽きせぬ心の慰めとして、お世話もし、また通いもしたものを……〉などと思っている。

かくて薫は、かりそめにも京へ出ることなく、まるで世捨て人のように、消息もせず、なんの慰めるよすがとてなく宇治に籠っているのを、都の人々も、〈さてこそ中納言は、亡くなった姫に、よほど深く思いをかけておられたのだな〉と見聞きして、内裏の帝をはじめ、弔問の使いも数多く下ってきた。

かくて、うかうかと日数《ひかず》が過ぎてゆく。七日ごとに営まれる法要なども、薫は、たいそう荘厳《そうごん》に営ませつつ、痒《かゆ》い所に手が届くように供養を尽くすけれど、しょせん定まった故実《こじつ》というものがあるゆえ、夫婦でもない薫の衣の色は平生のまま、とくに鈍色《にびいろ》の喪服を着ることもできぬ。が、亡き姫君に側近として仕えてきた女房たちが、たいそう黒っぽい喪服に着替えているのを、ちらりと目にするにつけても、薫には感ずるところがある。

くれなゐに落つる涙もかひなきは
形見の色を染めぬなりけり

紅の色に染まって落ちる血の涙が袖を濡らしたとて、なんの甲斐もない。
私は、亡き人を悼む服喪の鈍色に袖を染めることなどできぬのだから……

こんな歌を詠じながら、薫は、聴《ゆる》し色（薄紅）の、まるで氷が解けずにあるのかと見紛うばかり艶々と光沢のある袖を、涙でぐしゃぐしゃに濡らしながら、ただ物思いに沈んでいる。その様子は、まことに飾り気のない、そして汚れない美しさに見える。

女房たちは、これを覗《のぞ》き見て、

「姫君が空しくなられてしまったことは、もはや、なにを申しても甲斐なきこと……それはそれとして、この殿が、これほど通い馴れてくださったのに、今を限りに、もう遠いところのお方と思い申し上げなくてはならないこと、そのほうがさらに惜しまれて、残念でなりませぬ」

「ああ、それにしても期待外れの、ご宿縁でおわしましたなあ」

「かくまで深いお心を頂戴いたしましたに、いずれの姫さまも、中納言さまのお気持ちに背《そむ》かれなさって……」

と、泣きあっている。

中君には、

「亡くなられた姉君のお身代りとして、今はどんなことでも、わたくしがご用を承りたく存じておりますほどに、どうか、疎々《うとうと》しく思い隔ててくださいますな」

と、薫は言い置くけれど、そう言われた中君のほうは、もうなにもかも辛いばかりの身の上なのだと思って、よろずに気の引けるばかり、それゆえ、いまだ薫に対面してなにかを話すことなどもせぬ。

この君は、はっきりとした性格で、いささか無邪気らしいところもあり、あくまでも品格を具《そな》えているものの、なお親しみ深く内面から滲《にじ》み出る人柄の魅力という点では大君よりも一段劣ると、事に触れて薫は感じる。

十二月、雪の積った明月の夜に

雪がねんごろに降り続けて真っ暗な日に、薫は、一日中物思いばかりして過ごしていると、日暮れて後、どこぞの人が「殺風景なもの」として言い謗《そし》っているとか聞く「師走《しわす》の月」が、皓々《こうこう》と曇りなく雲の晴れ間に顔を覗かせた。そこで、「遺愛寺《いあいじ》の鐘は枕を欹《そばだ》てて聴《き》く、香炉峰《こうろほう》の雪は簾《すだれ》を撥《まきあ》げて看《み》る（遺愛寺の鐘は枕をもたげて聴く、香炉峰の雪は、簾を巻き上げて見る）」と歌うた白楽天に倣って、簾を巻き上げてその月を見ると、おあつらえに、向かいの寺から鐘の声が響いてきたゆえ、枕をもたげて聴いている。すると「山寺の入相《いりあひ》の鐘の声ごとに今日も暮れぬと聞くぞ悲しき（ああして山寺の夕暮れの鐘の声が響いてくると、ああ今日も一日暮れたと、そう思って聞くことの悲しさよ）」と歌うた古歌の心にも似て、〈ああ、今日も空しく暮れた〉と思いつつ、そのかすかな鐘声《しようせい》を聞く。

薫は、ふと口ずさむ。

おくれじと空ゆく月をしたふかな
つひにすむべきこの世ならねば

自分も逝（ゆ）き後れまいと、空を行（ゆ）く月を慕うことよ、ああして月は澄（す）むけれど、私はいつまでもこの世に住（す）むことはできぬゆえに

風がたいそう激しく吹くので、蔀戸《しとみど》を下ろさせる。その刹那に外を見やれば、四方《よも》の山を映す鏡かと見える川の汀《みぎわ》の氷が、月の光にきらきら光ってたいそう趣深い。都の邸をどんなに限りなく磨き立てようとも、とてもこんな美景にはかなわぬ、という気がする。〈もし、もしも、亡き君が、かつがつに息を吹き返して、今ここにいてくださったら、いっしょに並んでこの景色を眺めながら語りあおうものを……〉と、そんなことを思い続けると、とても胸ひとつに納めてはおけないような痛哀に打たれる。

恋ひわびて死ぬる薬のゆかしきに

雪の山にやあとを消《け》なまし

恋の叶わなかったことを悲観して、もう死んでしまおうと思うゆえ、死ぬ薬を求めて、あの天竺《てんじく》の雪山《せっせん》にでも、行方をくらましてしまいたい

昔、雪山童子という人は、雪深い山で修行の砌《みぎり》に、鬼が現われて「諸行無常《しょぎょうむじょう》、是生滅法《ぜしょうめつぼう》」とて、四句《しく》の偈《げ》の半分だけを授けたという。残りの半分「生滅滅已《しょうめつめつい》、寂滅為楽《じゃくめついらく》」は、人間の血肉《けつにく》を食わせてくれたら教えようと言ったゆえ、童子は谷に身を投じて鬼に与えたという。その尊いお経に見える鬼でもここにいてくれぬか、そうしたらその鬼の所望に事寄せて、私は身を投げて死んでしまいたいくらいだ……などと思うのは、修行者の心としてはいかにも不純なことであったが……。

それから、女房たちを近くに呼び集めて、しんみりと故人の思い出話などをさせる薫の様子を見れば、それはもうまことに理想的に整った外見、おっとりと思いやり深い人柄など、女房たちのなかでも取り分け若い人々は、胸がいっぱいになるばかりすばらしいと思

う。また老いた女房たちは、こんなにすばらしい殿と結ばれることなく逝った大君が、ただ口惜しく、いいようもなく哀しいことと思い思いするばかりであった。

老女弁の君が口を開く。

「姫君さまのご病状が重くおなりになったのも、ただあの宮さまのなされようを、いかにも心外なことに拝見いたしましたのがもとにて、こんなことでは、中君さまが世間の物笑いになってしまう……それはほんとうにひどいこと、と思し召すようでございました。さりながら、中君さまには、そんなふうに案じているということを知られまいと、ただ姫君さまのお胸ひとつに納めつつ、ひたすら宮のお仕向けをお恨みになっておられるご様子でございました。さるあいだに、ついにはわずかの果物すらも召し上がらぬようになり、ひた弱りに弱られましたように拝見いたしました。かの姫君さまという方は、どんなご心配ごとも面《おもて》には顕《あら》わされることはございませんでしたが、実際には、心のなかで限りなく深くお考えになられて、何ごとにもお心配りをなさるようなお方でございました。それがために、亡き父宮さまが、軽々しく男などを通わせることなく身を堅く持て、とご教訓あそばしたことに背《そむ》いて、中君さまの御身にあのようなことが起こったということを、度を越して思い悩まれるようになったのでございました」

こんなふうに物語りながら、弁は、亡き姫君があの時にはこうおっしゃった、この時にはああも仰せになったなどと、語り出すものだから、その場にいた誰も誰も、身も世もあらず泣き惑うこと限りもなかった。

匂宮、雪を凌いで馬にて通い来る

薫は、こんなことになったのも、そもそもは、自分の思いつきで、宮を唆《そそのか》したりして、大君に無用の懊悩をさせることになってしまったからだ……今を昔に巻き戻したいと、甲斐のないことを願い、おしなべての世も辛いことばかり、そう思ってひたすら念誦に深く心を潜《ひそ》める。そうして、ほとんど一睡もせぬままに夜を明かした。

まだ沈々《しんしん》たる闇夜《やみよ》に雪の降り積もる気配はひどく寒そうであったが、その時、人々の声が数々聞こえ、馬の嘶《いなな》きや蹄《ひづめ》の音までも混じって聞こえてきた。

いったい何人《なにびと》がこんな真夜中に雪を分けて来たのだろうと、忌み籠りの高僧たちもびっくりして怪しむに、匂宮が、粗末な狩衣姿《かりぎぬすがた》に身を窶《やつ》して、濡れ鼠《ねずみ》になって入ってきたのであった。

戸を打ち叩く物音を聞くと、それはたしかに匂宮らしいと、見当をつけて、薫は御座《おまし》を去って物の奥まったところに身を隠し、息を殺している。

忌みのお籠りが明けるまでにはまだ日数《ひかず》が残っていたけれど、宮は、もはや気掛かりで我慢がならず、夜もすがら雪に行き泥《なず》みながら、はるばる通って来たのであった。

されば、この日ごろの宮への恨みも慰められるかと思うような按配であったけれど、中君はとても対面しようという気も起こらない。ただこの宮とのいきさつによって、姉君が病みつかれるほどに思い悩まれていたことを思うと、とても姉君に顔向けのならぬ思いがして、ついには薄情な男と思い込んでいた宮への評価を思い直すにも及ばず亡くなってしまった以上、今から後《あと》に宮が心を改められたとしても、なんの甲斐もないと、心の底の底まで恨めしく思っているので、対面しようともせぬ。そこを、女房たちが、誰も誰も口々に事の道理を諫め聞かせて、やっと物越しに対面する。

宮は障子を隔てて、この日ごろ通いの途絶えたことについて、限りなく詫《わ》び続けたが、それも、中君は、ただぼんやりと聞いているばかりであった。

〈さては、この君も、もうひどく衰弱されてしまって、姉君の跡を追うことになってしまうのではなかろうか〉と思えるほどの、弱々しい気配に、宮は心を痛めて、まことに気遣《きづか》わしく悲しいことだと思っている。

今日は、もはや自分の身はどうなろうとままよとばかり、宮は宇治に宿ることにした。

「どうか、このような障子越しでなく……」

など、宮は、いたく辛《つら》がって訴えるけれど、

「いえ、今少し心がしっかりするまで、命が長らえておりましたら……」

と答えるばかり、中君は、まことに素っ気ない態度に終始している。

薫は、この状況を聞いて、しかるべき女房を呼び出し、中君への伝言を取り次がせる。

「こなたの宮家の姫様としてのご体面や、あれほどに待ち焦がれておられたお心を踏みにじって、いかにも薄情らしい宮のおとりなしにて、姉君のご生前も、こういうことになった今も、ずっとただ辛いばかりであったこの幾月かの宮の罪は、姫君がそのようにお恨み申すのも道理ながら、ここはなにとぞして、そうそう憎からぬ程度に注文をつけられるようになさいませ。宮は、このようなことで甚《いた》く責め立てられるようなことはご経験がございませぬお心のほどゆえ、さぞ心を痛めておいででございましょう」

と、こんなふうに、薫は、そっと物知り顔に姫を諌めてみる。こんなことを言われる

と、中君としては、宮ばかりか、こちらの君がどう思っているのかもますます気にかかって、なんと返事をしたものかも思いつかぬ。

「ああ、呆れるばかり情《なさけ》ないお心でいらっしゃったのだね。いつぞやの夜、あれほど堅く将来を契ったのに、それさえ全くお忘れになってしまわれたか……」

宮はそう言って、その日一日、心底《しんそこ》から嘆いては、ため息ばかり吐いて過ごした。

やがて夜になると、あたりの気配は、ひどく荒々しい風の音がして、寒さも一段と募るに、廂の間《ま》に隔てられている匂宮が、それは誰のせいでもない、自身身《じしんみ》から出た錆《さび》なのではあるが、ひたすらため息を吐《つ》きながら臥している、そのため息などを聞くにつけて、中君は、〈いかになんでも、これではお気の毒かしら……〉と同情して、昨夜と同じように、障子越しに話すことにした。すると宮は、あちらこちら数々多き社の神懸けて、将来は末長く心変わりせぬことなどを、重ね重ねに約束して聞かせる。しかし、それも逆効果で、中君のほうでは、〈どうしてまた、こんなに達者に口馴れておいでなのでしょう〉と、うんざりした気持ちになる。とはいうものの、まったく夜離《よが》れて知らん顔をされていた時の疎ましさと比べれば、やはり心に沁みるところがある。いや、もともとこの宮は、その姿を見た女ならみな心惹かれてしまうような美しく優しい男ゆえ、ただ一途に疎んじ通すというわけにもいかないことであったと思い思い、宮の饒舌《じようぜつ》ぶりをつくづくと聞いて、

来《き》しかたを思ひいづるもはかなきを
行く末かけてなに頼むらむ

過ぎてきた過去を思い出すだけでも、あれほど当てにならないことであったのに、
これから先にかけて、なにをどう頼みにしたらいいのでしょう

と、こんな歌を、声も幽《かす》かに言い出《い》だす。待ちに待った中君の返事がこれでは、いっそ返してくれぬほうが良かったと思うくらい、宮は、却って鬱々として不安が募るばかりであった。

宮はまた歌いかける。

「行く末をみじかきものと思ひなば
目のまへにだにそむかざらなむ

もしこれより行く末の命を短いものとお思いなら、

せめては、今目の前の私の言葉に背かないでほしいのだが……

なにごとも、このように見る間に移り変わってしまう世の中だものを、そうつれなくして、罪作りなふうにお考えなさいますな」

と、宮はせいぜい言葉を尽くして言い慰めるけれど、

「なんだか気分が悪うございますほどに……」

とて、中君は、奥へ引っ込んでしまった。

一人取り残された宮は、そこらの女房が見ているだろうと思うと、いかにも格好悪く、さらにまたため息ばかりついて夜を明かした。

〈なるほど、姫君があのように恨むのも無理からぬところながら、これでは、あまりにも憎々しげな……〉と、辛さのあまりに涙が落ちるので、〈ただ一夜こうして疎外されただけでもこんなに辛いのだから、ましてや何か月と途絶えを置かれて、あの姫君がどれほど辛い思いに苦しんだことであろうか〉と、宮の心には、さまざま身に沁みて思い知られるのであった。

匂宮、薫の有様を案じつつ、帰京す

いっぽう、薫中納言は、もうすっかりこの邸の主《あるじ》めいて住み馴れ、女房たちを気安く呼びつけては召し使い、女房のほうでも、大勢で食事の支度や配膳《はいぜん》に奉仕したりしている。薫がそんなことをさせるのを、宮は翌朝目《ま》の当たりにして、〈中納言ほどの人が、かかる山奥で主人顔をしているとは、なんだかお気の毒でもあるけれど、また一趣向《ひとしゅこう》あるようにも思えるな〉と思っている。

しかし、薫本人は、このところの心労のせいか、ひどく痩せ細り、顔も青ざめて、なにやら魂が抜けてしまっているように見えるくらい、ぼんやりと物思いに沈んでいる。宮はその様子を見て、胸の痛む思いがし、真剣にお悔やみの気持ちを口にする。

だからと言って、今さら亡き人の生前の有様などを語ったとて、なんの甲斐もないけれど、ほかならぬこの宮にだけは、いくらか話しておこうと思う。しかし、なにを口に出して言うとしても、ひどく心の弱い、また頑愚な男だと宮の目には映るのではなかろうかと思うと、いささか憚られて、なかなか言葉にならぬ。そうして、ただ声を上げて泣く泣く、何日も日数《ひかず》が経ってしまったので、面差しも変わってしまったほどだったが、その泣き腫《は》らした顔さえも見苦しいということはなく、かえってますますなにやら汚れなく飾り気のない美しさが際立って、もしこれを女が見たならば、必ずや惚《ほ》れ込むに違いないと、宮は、自分の色好みなる心から類推して、そんなことを思い寄る。……となると、これはもしやあの中君も心を寄せるかもしれぬと、にわかに心配になってくる。さては、なんとぞして、母宮のお叱りや、周囲の人々の謗《そし》りや恨みやを、うまく避けながら、中君を京に引き移らせてしまいたいと思う。

〈……とは言いながら、肝心の中君は、今もこんなにつれないままだし、内裏のほうでも父帝のお耳に入っているだろうから、それもいかにも具合が悪かろうな〉などと思いあぐねて、とりあえず今日は帰ることにした。

その帰るについても、宮はまた、せいぜい濃密に言葉を尽くして行く末を契りなどしはしたが、中君のほうでは、「いかで我つれなき人に身をかへて苦しきものと思ひ知らせむ（なんとかして、私があの薄情な人に身を変えて、薄情な仕打ちをされることがどれほど辛いことか、思い知らせてやりたい）」と古歌に歌われたように、薄情な仕打ちをされるのがどんなに辛いものか、そのことを宮に思い知らせてやりたくて、ついに打ち解けることはしなかった。

師走、年も暮れようという頃になると、こんな山里でなくとも空の気配はただならぬもの、まして宇治ともなれば、荒れぬ日とてもなく、みっしりと降り積もる雪に、依然として物思いにのみ日々を送っている薫の心持ちは、なんだか果てしない夢を見ているようであった。

宮のほうからも、追善の誦経《ずきょう》のための布施の料《りょう》など、うるさいまでに送ってくる。

〈……こんな調子で、宇治の山里に籠ったままで、新しい年になってもなお嘆きのうちに過ごすのであろうか〉と思うにつけても、京の母宮のもとからも、冷泉院のあたりからも、薫がいっこうになんの音沙汰もなく宇治に籠居しているとは何ごとかと、苦情が寄せられるので、さすがに薫も、今はこれまで、と思って京に帰ることにする。その心地も、また喩《たと》えようもなく悲しい。

これほどに宇治に住み馴れて、その間《あいだ》は、なにかと人気《ひとけ》も多かったものを、薫が引き上げてしまうと、その名残もなく、また寂しくなってしまうことを思って、女房たちは、すっかり悲観的な気持ちになっている。それは、大君が亡くなった、その当座、皆々悲しみ騒いでいた時よりも、今からはすべてが寂然《じゃくねん》と静まり返ってしまうことのほうが、いちだんと悲しく思われる。

「時々、なにかにの折に触れて、あの風情豊かなご消息など、やりとりなさっておられた時分よりも、このお邸で、こうしてゆるゆるとお過ごしなさいました日々の、ご様子、そして御物腰《おんものごし》のほうが、親しみやすくって情深くてね……」

「そうそう、雅《みや》びやかなお遊びでも、実用的な暮らしむきのことでも、ほんとうに痒い所に手が届くような思いやり深いお人柄であったが……」

「それがもう、今日を限りに、拝見することが叶わぬようになるとは」

などなど、女房たちは、口々に言いながら、ひたすら涙に咽《むせ》んでいる。

匂宮の、中君を京の邸に迎え取る企て実現へ

匂宮からは、

「さすがにやはり、先だってのように、宇治へ参りますのも、たいそう難しいことを思いあぐねて、姫君をどこか近いところへ、お渡し申そうと存じ、その手はずをいろいろと工

夫していることろでございます」

という消息が届けられる。

実は、この宇治のことについては、明石中宮も耳にされて、〈中納言ほどの人も、これほど熱心に思いをかけ、心呆《ほう》けていると聞きますほどに、なるほどこの宇治の姫君たちについては、世間並みに女房として出仕させてなどというわけにはいくまいと、誰もがお思いになっておられるのであろう〉と心を痛められて、それならというので、二条院の西の対《たい》に、中君を渡し据えて、匂宮は時々そちらへ通うようにすればよい、と母宮はそっと匂宮に耳打ちする。

これを聞けば、匂宮は、〈さては、女一の宮づきの女房にでも、というおつもりなのであろうか〉と母宮の気持ちを忖度《そんたく》しながら、もしそうなったら、遠く離れて気掛かりな思いをすることもなくなるのは確かに嬉しいし、とそう思って、宮はかかる消息を宇治へ送ってきたのでもあったろう。

〈……ということは、そういうことになるのであろうな〉と薫も聞いて、〈火事で焼けた三条の邸を再建の折には、自分もあの姫君をそちらへお移ししようと思っていたものを……そうして、あの大君の身代りに思い準《なぞら》えて、お世話をしてもよかったのだがな〉と、そう思い返すと、自分の許《もと》にはもう誰もいなくなってしまったような気がして、心細い。

そうして、宮が妙に邪推したごとき、薫と中君の関係というようなことは、まことに似つかわしくもないことと、すっぱり思い切って、〈よし、妹背の仲としては宮にお譲り申すとして、その他のなにかにのお世話となれば、私を措《お》いていったい誰が……〉と、そのように薫は思っているとか……。

【第八巻】訳者のひとこと

あはれ、と言われたい男心

林　望

「薄雲」に、斎院の女御（六条御息所の息女）に対して、源氏が、こういうことを言うくだりがある。

「かやうなる好きがましき方は、静めがたうのみはべるを、おぼろけに思ひ忍びたる御《おほん》後見《うしろみ》とは、思《おぼ》し知らせたまふらむや。あはれとだにのたまはせずは、いかにかひなくはべらむ」

朝廷に返り咲いたことは喜びだが、深くしみじみと嬉しいという程ではない、と怪しげなことを口にしたあと、源氏は、「なんといってもこの、恋というものにつながれた心は、いまもどうしても鎮《しず》めがたいことばかりです。にもかかわらず、母君からはくれぐれも好きがましいこととして姫を見てくれるなと真摯《しんし》なご遺言でもありましたから、わたくしは恋しい気持ちを抑えに抑えて、こうしてあなたさまのお世話をしているのです。それはもう、決して生半可の我慢ではないのだということを、おわかりいただけているのでしょうか。……せめては、この愚衷《ぐちゆう》を知っていただき、『かわいそうに』くらいのことをおっしゃっていただかなくては、ああ、なんの甲斐もないことでございます」と、まことにあられもないことを言い渡るのであった。

実は、この「あはれとだに……」という言い草は、色好みの男が、しばしば口にする常《じよう》套句《とう》である。すなわち、男が口説きかかる、女は拒絶する（格式ある女は美しく拒絶するのだ）。しかし、女の拒絶やだんまりに対抗して、男が口にするのが、この一言なのだ。「あはれとだに」というときの「だに」は、なにか最小限のものを挙げて「せめて……だけでも」という意味の助詞。「好きだと」も「愛しています」とも言ってくれなくてもいい、そんな大望は抱きませぬ、せめて、せめて「あはれ」の一言くらいは言ってくださ い、とそういう殺し文句である。この場合の「あはれ」は「かわいそうな男よ」と憐れんで欲しいというのではあるが、もう少し含意があって、「そんなにまで焦がれて、愛《う》い奴、かわいい男よ」と思って欲しいという、希望的な言いかたでもある。もし、ほんとうに嫌いな男なら、どんなに言い寄ってきても、かわいそうにとは思わないのが女心であろう。「玉鬘」における太夫の監《げん》のように、全くの嫌われ者は、憐れんではもらえないのだ。

そこで、この物語には、色好みの男の台詞として、これが頻々と出てくる。一番それを繰り返すのは、どこか生真面目なる柏木で、「若菜・下」に女三宮への恋慕の情を募らせて、ついに宮のもとへ忍んでいくくだり、心中「すこし気近《けぢか》くて見たてまつり、思ふことをも聞こえ知らせては、一行《ひとくだり》の御返《おほんかへ》りなどもや見せたまふ、あはれとや思《おぼ》し知る」と思う。「ちょっとだけお近くで拝見して、自分の思いの一端を申し上げることさえできたら……そして、たった一行《ひとくだり》だけでもいいから、お返事などいただけはすまいか、……かわいそうな男だと、それだけでも思ってくださるだろうか……」と、こういうことを思い思い忍んでいくのである。

この後、宮の閨《ねや》へ侵入した柏木は「あはれとだにのたまはせば、それをうけたまはりてまかでなむ」、あまりに情知らずなご対応では、頭に血が上って何をするかわからぬから、「ただ『かわいそうな者よ』とだけでも、お言葉を頂戴できますなら、それをありがたく承って、だまって退去いたしましょうほどに……」と口説き寄り、とうとう力づくでこれを犯す。そのあとも宮は茫然《ぼうぜん》として良い色など見せぬ。そこで、柏木は、今一度「あはれとだにのたまはせよ」と念を押すのだが、宮はやはり答えない。こうなると、常套句が常套句でなくて、柏木の本心そのものになってしまう。こんな紋切り型の殺し文句が本心になってしまうところに柏木の生真面目さ、野暮さ、そして「あはれ」さがある。柏木は、その後、「柏木」で、苦悶のうちに死にそうになりながら何度も何度も、この「あはれとだに……」と訴えるが、結局一度も言ってもらえないまま死ぬ。

その後、出家した三の宮に対して、源氏は、「なほ、あはれと思《おぼ》せ」と言うところがある。すなわち、そうやって自分の反対も省みず、なにもかも振り捨てて尼になってしまったのは、ほんとうにこのかわいそうな老人の私を心底厭《いと》うてのことなのだろうと言い放ち、「それでもせめて『気の毒な男よ』と憐れみをおかけくだされよ」と止《とど》めの一言を口にする。こうなると、どこか嫌味《いやみ》という感じにもなってくる。

宇治十帖でも「橋姫」で、矛盾に満ちた理屈屋の薫が大君のところへずぶぬれになりながら通って来たそのときに、応対した宿直男《とのいおとこ》にこう伝言するところがある。

「かく濡れ濡れ参りて、いたづらに帰らむ愁《うれ》へを、姫君の御方《おんかた》に聞こえて、あはれとのたまはせばなむ、慰むべき」

「このようにびしょびしょに濡れて参上したが、なんの得るところもなく帰らなくてはならない身の辛さを、姫君の御方に申し上げて、ただ『哀れな』の一言なりとも仰せくだされば、それにて気の済むというほどのこと……」

というのだが、これなどは、まったくの紋切り型、そこには柏木のような痛切さもなければ、源氏のような色好みの迫力も感じられない。ただ約束通りそう言っているだけ、という感じがする。

こうして、恋の常套句一つを取ってみても、作者は、様々な相貌《そうぼう》を変幻自在に綴《つづ》り分けてみせる。面白いと言えば、こういうところもまことに面白いのである。

本書の主な登場人物関係図（匂兵部卿～竹河）

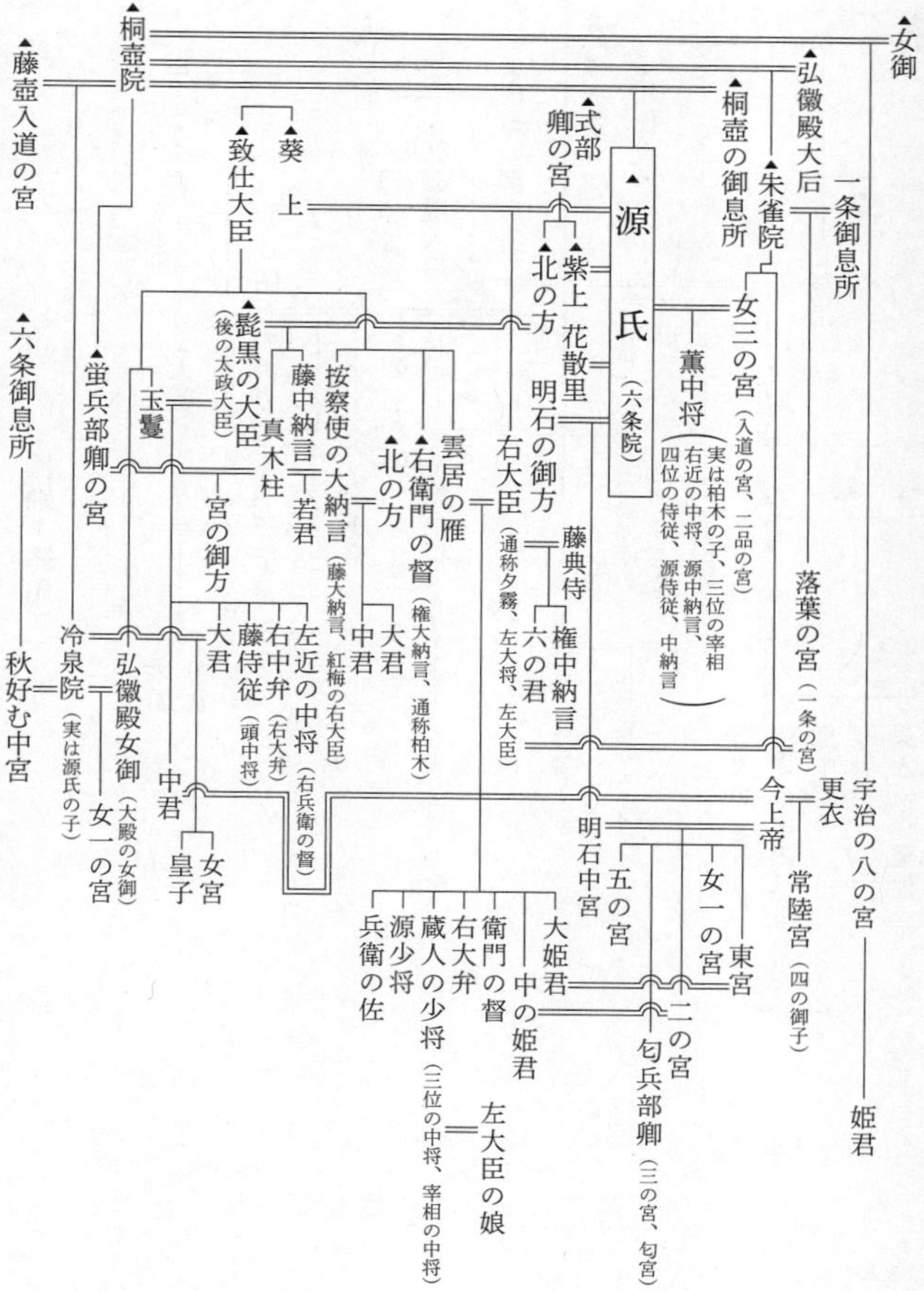

※▲は故人

（橋姫～総角）

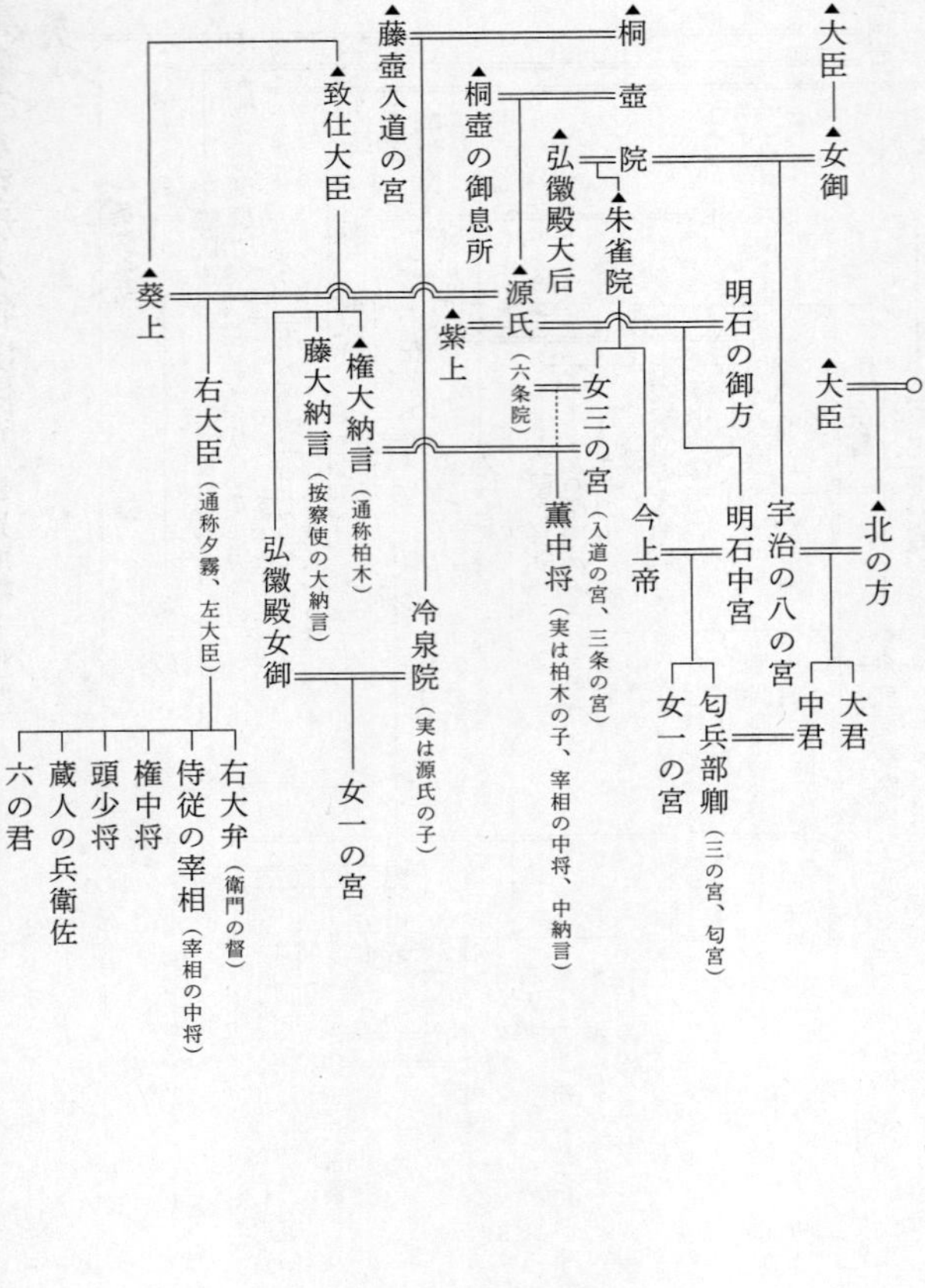
▲大臣
▲女御
▲大臣
▲北の方
宇治の八の宮
大君
中君
▲桐壺院
▲桐壺の御息所
▲弘徽殿大后
▲朱雀院
明石の御方
明石中宮
今上帝
匂兵部卿（三の宮、匂宮）
女一の宮
▲藤壺入道の宮
▲致仕大臣
▲源氏（六条院）
▲紫上
女三の宮（入道の宮、三条の宮）
薫中将（実は柏木の子、宰相の中将、中納言）
冷泉院（実は源氏の子）
女一の宮
▲権大納言（通称柏木）
藤大納言（按察使の大納言）
弘徽殿女御
▲葵上
右大臣（通称夕霧、左大臣）
右大弁（衛門の督）
侍従の宰相（宰相の中将）
権中将
頭少将
蔵人の兵衛佐
六の君

※▲は故人

平安京と宇治　関係地図

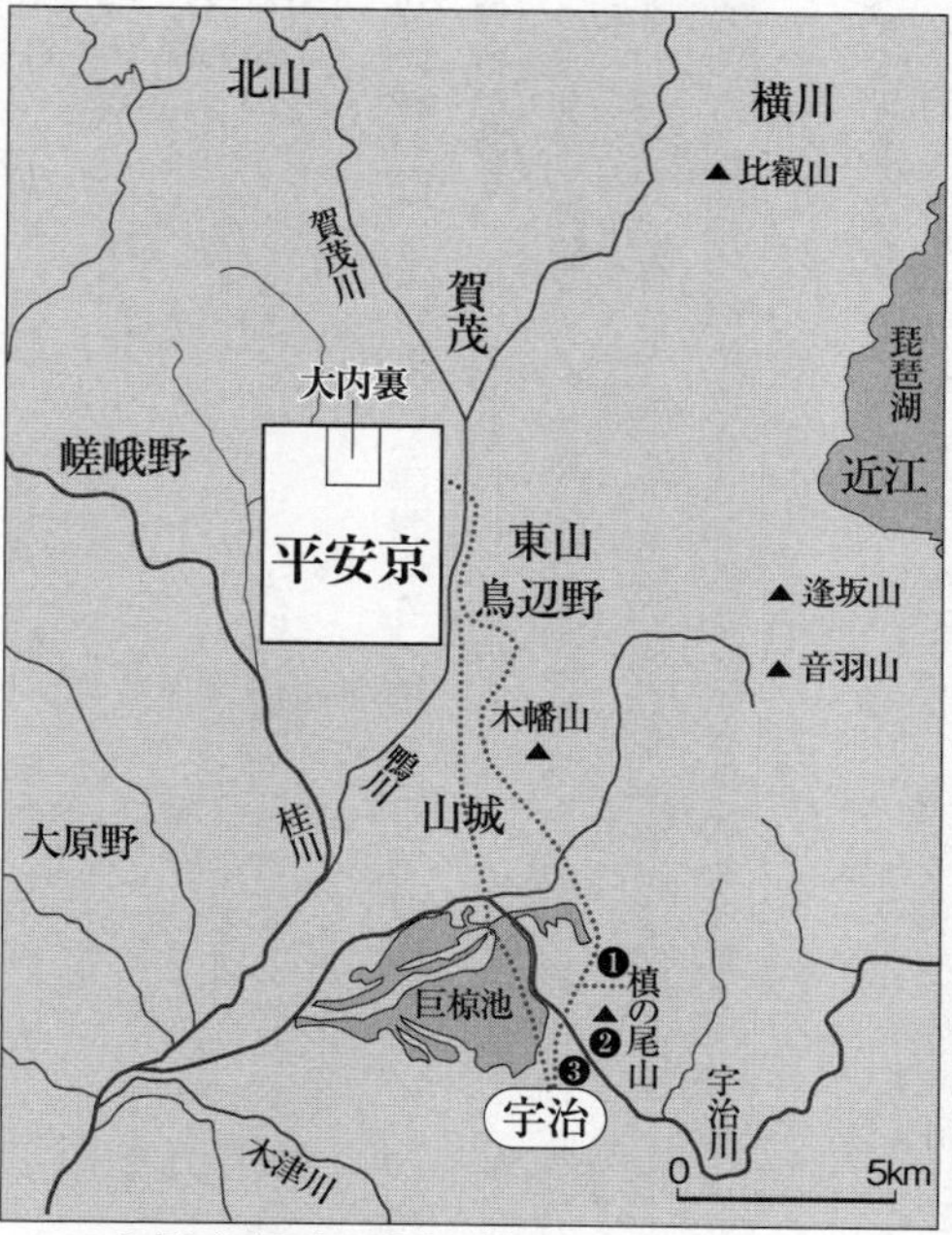

①宇治山寺
②宇治の八の宮山荘
③源氏宇治別邸

……木幡山経由の通い路

解説――

敬語表現と語り手の問題について
林望氏の訳の試みは
古典文学の現代語化に
大きな道を開いた

大輪　靖宏（上智大学名誉教授・文学博士）

この第八巻からは源氏君の亡き後の世界が展開する。第七巻を御覧になった方は四三五頁に「雲隠」という巻名があり、そのあとの頁に巻の内容がまったく記されてないことに気付かれたと思う。つまり、「雲隠」という巻は名前だけあって、内容が存在しないのだ。この空白の間に物語の世界では八年が経過しており、源氏君は出家した後、嵯峨に隠棲《いんせい》し死去している。おそらく源氏君ほどの偉大な人物についてはその死を語ることはできず、と言って物語の展開上、触れないでいることもできず、「雲隠」という巻名のみによってその事柄と時間的経過を暗示したのだろうと言われている。

もっとも「雲隠」という巻が最初から存在したかは疑問である。源氏物語の諸註を集成した鎌倉時代の書『異本紫明抄《いほんしめいしょう》』は「光源氏物語巻第廿六雲隠もとよりなし」として除外している。ここで「雲隠」を二十六と数えているのは、並びの巻を除外して本編のみの順序であり、今の一般的な数え方とは異なる。現在では源氏物語は五十四帖と言われているが、これは「若菜」を一巻として「雲隠」を加えるか、「雲隠」を外して「若菜」を上下二巻と数えるかのどちらかによる。

そして、この「雲隠」のあと、「匂兵部卿」「紅梅」「竹河」の三巻を経て、「橋姫」から宇治十帖と呼ばれる新しい物語が始まる。ここでは、対照的な個性を持つ薫《かおる》と匂宮《におうのみや》とが、宇治の八の宮の姫君達や、浮舟《うきふね》をめぐって新しい筋を展開させる。この二人については、薫は源氏君の陰の部分を具現しており、匂宮は源氏君の明の部分を具現していると見ることも出来て、源氏君在世中の物語とはまったく異なった雰囲気の物語となっている。

こうした宇治十帖と、源氏君を中心とした本編とも言うべき部分とを繋ぐものが、この第八巻の冒頭を占める「匂兵部卿」「紅梅」「竹河」の巻々である。

この三つの巻は実のところあまり面白くない。「匂兵部卿」は匂宮と薫の今の状況を説明するのみで展開に乏しく、「紅梅」も説明的であまり筋の発展はない。「竹河」は髭黒の他界後の子女の事柄が述べられており、独立性が強く、物語内の時間でいうと「匂兵部卿」や「橋姫」と重なっている。表現の仕方なども違いが見られ、紫式部とは作者が異なるのではないかという説も立てられている。

源氏物語には、別人が書き加えた巻も存在する。有名なところでは江戸時代の学者本居《もとおり》宣長《のりなが》が書いた「手枕《たまくら》」で、これは源氏君と六条御息所との出会いが本文にないからと「夕顔」の巻の前に挿入する巻を作ったのである。宣長は希代の源氏学者であるから、源氏物語の文章の特性も熟知しており、知らずに読んだら最初から紫式部が書いたものと思われるほどの出来である。

これは作者が分かっているのだから良いが、平安時代や鎌倉時代にもこういう行為はあったらしい。「さくら人」「巣守《すもり》」などの巻名が伝わっている。他にも多々あるのだが、今では明らかに別作者ということで除外されている。「匂兵部卿」「紅梅」「竹河」の三巻については除外する積極的な根拠もないままで、従来通りこの場所に置かれているのだ。

ともかく、これらの巻を経過して「橋姫」に入ると、ここからの十帖はまことに魅力的な世界である。宇治の大君《おおいぎみ》と薫とによって展開するストーリーは、アンドレ・ジイドの『狭き門』にほとんど一致していることで有名だが、もちろん源氏物語の方がはるかに古い。源氏物語には近代の西欧文学にも通じる面があるということだ。こうして、源氏君が存在した世界とは別の世界が展開するのが、この八巻から後ということになり、ここからはまた源氏物語の新しい魅力が味わえよう。

ところで、源氏物語などの文芸作品の一ジャンルに用いられるモノガタリとは何であろうか。「物語」という言葉は私たちに親しいが、その語源はよく分からないのだ。本居宣長は「もの」は軽くうち添えたる語と言っている。「語る」は他動詞だから形式的な目的格が必要ということなのだろう。「物」に特別な意味を認めないのだ。しかし、古事記では大国主命《おおくにぬしのみこと》など出雲の神々についての語りを「神語《かみがたり》」と言っているので、神語に対する物語の「物」は出雲の神に対立する言葉ではないかとも考えられる。出雲の神に対立するのは高天原《たかまがはら》系の神である。そして、これを司っていたのが物部《もののべ》氏であることを考えると、「もの」は天照大神《あまてらすおおみかみ》など高天原系の神についての言葉で、それについて語られるものが本来の「物語」なのかも知れない。

さらにまた別の考え方としては、万葉集で「鬼」という字を「もの」と読んでいるという点も指摘できる。「鬼」という漢字は中国語で死者の霊魂のことであるから物語は「鬼《もの》語」で、死者についての語りなのかも知れない。死者の霊魂を慰めるためにその業績を語るのは通夜物語として現在でもその風習が残っているが、それが物語の語源かも知れないのだ。さらにはモノガタリは本来は「喪の語り」であったという説もあって、この場合も死者についての語りだろう。このように「物語」という語の起源は今でも結論が出ない。ただ、物語は「語り」であることは間違いない。源氏物語もモノガタリであるから、語り手が存在する。その語り手がときどき作中に顔を出すところがあって、それを草子地《そうしじ》という。もともと平安時代にあっては、日記と言えども、おつきの女房が自分の仕える御主人様の行動を記録したという体裁をとるのであって、「土佐日記」や「かげろふ日記」なども皆そうである。源氏物語も主人公の源氏君のことを語る人が存在する。一例を挙げれば、「蓬生」の巻の終わりの所に「〜などを、いますこし、問はず語りもせまほしけれど、いと、頭《かしら》いたく、うるさく、物憂ければなむ、今又も、ついであらむ折に、思ひ出でゝなん、聞こゆべきとぞ」というようにあるところが草子地である。

それは作者自身の言葉と言っても良いのだが、形の上では源氏君のことをおつきの女房が語っていることになるのだ。源氏物語の現代語訳でいちばん難しいのはこの語り手の存在をどう示すかである。平安時代では、お姫様が絵を見ていて、おつきの女房が物語を読み上げるという享受の仕方があるらしいので、語り手の存在は邪魔にならない。むしろ、その場にいた人から直接聞いているというような臨場感があるだろう。

しかし、近代文学では、読者が直接現場に居たり、主人公に接していたりするように書くのが一般的であるから、それに慣れた読者にとっては、そこに語り手が介在すると、読者は主人公や現場と隔てられるように感じられ、実感が薄らぐ。

　林望氏の謹訳はその点が非常に上手く処理されている。従来の源氏物語訳はややともすると、女の語り手の存在を示すような訳になっているのだが、林望氏は原文をきちんと訳しながら、中性的な言葉遣いをし、あまり語り手を読者に感じさせないようにしている。この謹訳源氏を読んできた読者はほとんど語り手を意識しないでいるのではないだろうか。それはすなわち近代小説の読み方ということになるのであって、この謹訳源氏が非常に読みやすいという評判をとっている一因はここにあると思う。

　もう一つ源氏物語を読む際の煩わしさは敬語表現の問題である。語り手が居るのだから、作中の人物に対しては当然尊敬語が用いられるし、貴人に対する別の人の台詞には謙譲語が用いられ、その台詞を言った人に対して語り手は尊敬語を用いるというようなことになる。そして、その尊敬語や謙譲語の使い方によって誰の行為か、誰が誰に向かっての行為かがはっきりと分かるのだ。それはその時代の一般的な在り方で、敬語は煩わしいものではなく、誰の行為か分かるための大切な手段なのである。

　日本語の文章や会話では原則としてあまり主語を示さない。敬語の使い方で分かるからいちいち主語をいう必要はないのだ。したがって、源氏物語の読者にとっては、ここに示される敬語表現は決して煩わしいものではなく、当時としては普通のことだったのだ。しかし、この敬語表現をそのまま訳出すると、近代の読者にとっては煩わしいだけでなく、述べられていることがよく分からなくなってしまう。この点も林望氏の訳は巧みで、さりげなく主語を示したり、今までの状況から分かるように仕向けたりして、原文にある敬語表現をあまり使わないようにしてある。これは現代の普通の表現ということになり、とりもなおさず現代語訳ということである。

謹訳源氏の読みやすさは今までにも多くの方々が指摘しておられるから改めて言うまでもないのだが、この敬語表現と語り手の問題は、古典を口語訳するときにいつも大きな問題として生じるので、林望氏の試みは古典文学の現代語化にも大きな道を開いたと言えよう。

単行本　平成二十四年七月　祥伝社刊『謹訳 源氏物語 八』に、
増補修訂をほどこし、書名に副題（改訂新修）をつけた。
なお、本書は、新潮日本古典集成『源氏物語』（新潮社）を
一応の底本としたが、諸本校合の上、適宜取捨校訂して解釈した。
「訳者のひとこと」初出　単行本付月報

一〇〇字書評

切・り・取・り・線

購買動機（新聞、雑誌名を記入するか、あるいは○をつけてください）	
□（　　　　　　　　　）の広告を見て	
□（　　　　　　　　　）の書評を見て	
□ 知人のすすめで	□ タイトルに惹かれて
□ カバーが良かったから	□ 内容が面白そうだから
□ 好きな作家だから	□ 好きな分野の本だから

・最近、最も感銘を受けた作品名をお書き下さい

・あなたのお好きな作家名をお書き下さい

・その他、ご要望がありましたらお書き下さい

住所	〒				
氏名		職業		年齢	
Eメール	※携帯には配信できません	新刊情報等のメール配信を 希望する・しない			

この本の感想を、編集部までお寄せいただけたらありがたく存じます。今後の企画の参考にさせていただきます。Eメールでも結構です。

いただいた「一〇〇字書評」は、新聞・雑誌等に紹介させていただくことがあります。その場合はお礼として特製図書カードを差し上げます。

前ページの原稿用紙に書評をお書きの上、切り取り、左記までお送り下さい。宛先の住所は不要です。

なお、ご記入いただいたお名前、ご住所等は、書評紹介の事前了解、謝礼のお届けのためだけに利用し、そのほかの目的のために利用することはありません。

〒一〇一-八七〇一
祥伝社文庫編集長 清水寿明
電話 〇三（三二六五）二〇八〇

祥伝社ホームページの「ブックレビュー」からも、書き込めます。
www.shodensha.co.jp/bookreview